謹以本書紀念我的母親——

昆桑・德千（Kunzang Dechen，普賢大樂），

她的生命與過世啓發了我們所有人。

衷心希望讀者能將此珍貴教法牢記於心，藉以獲得解脫。

確吉・尼瑪仁波切（Chökyi Nyima Rinpoche）

The Bardo Guidebook

中陰指引

修習四中陰法教的訣竅

祖古．烏金仁波切｜序
Tulku Urgyen Rinpoche
確吉．尼瑪仁波切｜著
Chökyi Nyima Rinpoche
普賢法譯小組｜中譯．校對

龍闕

8 完

目次

壹之章

籌資建港興海利

秦鳳儀的奮發，令南夷一干人樂呵，心下暗想，咱們殿下甭看嘴上不說，心裡到底是憋著一股勁兒的。

結果，這股勁兒一到秋天，被秋風一吹，不知道怎麼吹歪了。親王殿下這奮發的道路猛地一拐彎，他……他剛把世子的親衛軍建起來，就開始折騰著辦馬球隊了。

是的，馬上蹴鞠。

以前南夷馬少，就兩千來匹軍馬，秦鳳儀也捨不得打馬球這麼折騰。現下不同了，自從開啟了與大理的商路，大理的馬匹源源不斷輸送過來，馮將軍早在聽說要與大理通商時，就親自到鳳凰城向秦鳳儀請安，主要就是說軍馬的事。

秦鳳儀這人挑剔，他其實一直不大喜歡大理的矮腳馬，不過，自從到了南夷這地界，他的性子轉變了許多，什麼東西能湊合著用就湊合著用唄，見馮將軍眼熱這些大理的矮腳馬，便道：「由你先挑便是。」

馮將軍喜得，恨不能向秦鳳儀磕一個頭，他轉身就在桂州準備起自己的騎兵來。潘琛的動作也不慢，雖則這些馬不比他們從京城帶出的馬，但也是馬啊，誰也不嫌自家騎兵多。

秦鳳儀道：「別都去練騎兵，我正準備造些軍船，你們多練練水上功夫吧。」

潘琛畢竟是京城出來的將領，人極其敏銳，潘琛道：「殿下，咱們這是要練水兵嗎？」

「咱們南夷水脈豐足，總不能你們一個個都是旱鴨子吧？」秦鳳儀道：「何況，以後出海什麼的，也要有人在船上護送。」

潘琛一聽，頓時兩眼放光，他這兩年跟著秦鳳儀吃香的喝辣的，實惠沒少得。前幾年秦鳳儀買茶園，他也跟著弄了一個，當然，規格不敢跟殿下的茶園相比，但這幾年，因著這茶山，往海外倒騰，賺的那些個銀子，只要以後不是腦子發抽，孫子輩的生計也有了。何況，秦鳳儀在軍功方面一向大方，潘琛在南夷小日子過得，比在京城時滋潤一百倍。他是知道除了風季，殿下長年在海上走私的。就是現下，負責海上那一塊守衛的都是潘琛的人。不過，走私畢竟是走私，潘琛聽殿下這話，似乎是要派海船出海。

潘琛連忙打聽，秦鳳儀道：「咱們南夷也不比泉州差什麼，先時閩王不是一直誣陷咱們這裡有海貿走私嗎？何苦叫人誤會了去，不就是個海港，他泉州能建，咱們南夷就不能建？」

潘琛驚了一跳，道：「殿下，咱們要建港？」

「怎麼，不行？」

「行行行！」潘琛激動的搓搓手，「臣盼著咱們南夷建港多少年了！」

秦鳳儀笑，「所以，你們先在水上練練，起碼不能暈船。」

「誒！」潘琛連聲應了，回去挑選健卒預備以後練水兵。

說來，不論是練水兵還是建海港，都是燒銀子的事。

秦鳳儀手頭上不見得有能撐起這兩樁事的銀錢，但他對於銀錢的運作向來極有一手，何況如今外城剛剛開建，房舍店鋪都賣得差不多了。

說到這建外城之事，還有一樁事。原本幾家銀號以為，有了前番建鳳凰城的經驗，這回親王殿下若是建外城，自己提前賣房舍賣店鋪的，怕也用不著他們的銀子周轉了，結果秦鳳儀還是召了他們來，笑道：「本王豈是無情無義之人？當年本王空手建鳳凰城，不少人要看本王的笑話，獨你們願意拿出真金白銀來。客套話不用多說，今次建外城，也有人建議本王，有了先時鳳凰城賣房樣子的經驗，提前收回銀錢不難，也無須再借你們各家之力。可話雖這樣說，事卻不是這樣辦的，你們當年的好，本王心裡都記著。若你們願意，咱們一如鳳凰城當年那樣行事，如何？」

感動人的話，其實不必多麼的花言巧語，許多時候，實話已足夠動人。

秦鳳儀這般說，明擺著就是給他們賺銀子的機會，幾家焉能不願。以親王之尊，還能記著與他們幾家這些年的情分。只是，幾家也不好再按鳳凰城時的份子了。這一回，鳳家商量著，以往是二八，親王殿下的地皮，他們的銀子。這回這樣明顯不道地，親王殿下仁義，他們也不能讓親王殿下吃虧，於是改按四六，依舊是親王殿下的地皮，他們的銀子。

其實這回幾家真的沒出什麼現銀，因為房鋪開始認購時起，很快就賣光了。刨除成本，大家得的都是現成的利潤。當然，親王殿下的好處不是白得的，對於工程的監督管理上，幾家人派出的都是家族裡一等一的實幹子弟，不然這外城品質出什麼問題，他們真是沒臉見親王殿下了。而且，幾家人看出來了，親王殿下是個重情分的，只要跟著親王殿下幹，少動些小心思，往後好處多著呢。

原本幾家老東家各有所在，如晉商銀號的何老東家，人家慣常是在晉中老家的。還有徽商銀號的康老東家，多是在徽州。現下不同了，大家都在南夷長期駐紮了，實在是在別個地方，哪怕在京城開分號，也沒有南夷分號賺錢。

再者，這外城在興建中，親王殿下已經命人去測量到桂州、信州、邕州、壺城，以及上思榷場的官道了。

這明顯是建完外城就要修建到這幾地，以及幾地互相連通的官道了。何況，這幾年修路的事就沒停過。南夷甭看是西南偏僻地界，那官道修得，雖沒有京城的氣派，但南夷的官道都是嶄新的，四通八達，好走極了。

商人的消息最快，這不，外城修建得如火如荼，又聽聞親王殿下要建海港，他們當下就想去向親王殿下請安了。只是，親王殿下不是好見的，也不好空手去，所幸幾家都是豪富，並不缺禮物。不過，這送禮也有講究。聽聞親王殿下好打馬球，故而，大家都想著搜羅幾匹好馬獻上，以投其所好。

秦鳳儀卻是不曉得幾家銀號要來他這裡打聽興建港口的消息，他建官學的事，竟然在朝中被御史參了，說他建書院獨招收官員子弟，長此以往，會使得官民分野越重云云。還有秦鳳儀為世子組建親衛軍一事，朝廷也要求他為擅自招兵做出解釋。

朝中有御史參奏，景安帝便令人將奏章送來給秦鳳儀看。

秦鳳儀吩咐趙長史寫回摺：「官學之事，主要是土人與山民嚮往漢學文教……」說一句正常話，秦鳳儀與趙長史道：「誒，這些御史是不是傻啊？腦子不會動啊？」

趙長史道：「御史嘛，可不就是要嘰歪？這是他們的本分，他們哪有殿下眼光深遠？」

「這些個狗屁御史看不透本王的長遠大計也就罷了，我就不信朝中別個人也看不出。」秦鳳儀很不滿地「嘖」了一聲。

趙長史道：「當初我就說，殿下先給朝廷上摺子，再辦這事，您就這急性子……」

「要等朝廷允了，黃花菜都涼了。你又不是不知道朝廷，屁大點事他們都能吵吵一個月，還吵吵不出個所以然。」秦鳳儀這話其實也在理，所以，當初秦鳳儀直接把這事辦了，趙長史也未狠攔。秦鳳儀不耐煩道：「隨便給朝廷回一封摺子就成了。對了，把咱們建港口的事跟朝廷說說。」

趙長史還不曉得秦鳳儀要建港口，當下大驚，「建港口？」

「是啊！」秦鳳儀一副理所當然的模樣，「先時咱們沒銀子，再者，海上的生意沒做過之前，我也不大有準頭兒。如今鳳凰城建起來，桂信二州已平，該操持著建港口的事了。」

趙長史心緒漸次平靜，細想秦鳳儀這話，倒也覺得有理，而且，他們南夷走私多年，生意也不錯，只是沒有正經港口，到底是受了影響。

趙長史道：「朝廷怕是沒有銀子撥下來。」

「要等朝廷的銀子，這港口還不得建到猴年馬月去？你只管在摺子上寫說，咱們自籌銀子建港口。」秦鳳儀道：「對了，上思那裡我也要建個小港，你一併說了吧。」

上思便是與交趾的榷場所在。

趙長史提著筆的手都有些抖，問秦鳳儀：「殿下，這銀子……」

「銀子不必擔心，先叫朝廷應了此事，我自有法子。」秦鳳儀那真是藝高人膽大，他先時啥都沒有，還能建起鳳凰城呢，眼下是兩個港口，秦鳳儀真沒拿著當大事。

趙長史心說，怪道殿下前些天叫造船讓兵士們練一練水戰，合著早有這想法了。

待秦鳳儀這摺子一上，他辦官學、私募兵馬未提前得到朝廷許可的事，全都不算事了，朝廷上下簡直被鎮南王的大手筆給鎮住了。原本鎮南王海上走私的事，基本上朝中大員已是心知肚明，要不然，程尚書不能從秦鳳儀那裡每年撬出幾十萬銀子來，但大家都沒想到，鎮南王殿下這就要建港口了，而且，不必朝廷出銀子，人家自己解決銀錢的事。

這要是不允，除非整個朝廷的官員都腦子出問題了。

何況，還有程尚書早對泉州市舶司商稅不滿的人，程尚書幾乎是舉雙手雙腳地支持南夷建港口。南夷建港還有一個好處，便是分薄了泉州港的海貿生意。好吧，早就分薄了的，但南夷港的建設絕對可以給泉州港造成威懾的。

不論自經濟或是自政治，在南夷建港都是一個很不錯的選擇。

何況，人家鎮南王還不需要朝廷出銀子。

簡直是沒有拒絕的理由啊！

鎮南王還親自寫了一封私人密信給景安帝，信中很是臭罵了一回參他的御史，用秦鳳儀的話說，那都是一群沒腦子的東西，他這把整個南夷剛收服了，難道不要教化土人與山民？什麼樣的教化最有用啊，自然是要教他們些禮義廉恥。還有，把他們的青壯整編成軍隊，放在身邊，一日日教他們忠誠於朝廷，他們才能安分，這個道理都不懂嗎？成天瞎嘰歪個頭！他又不是招募了多少人，不過是招募了五千人，而且，其中多是土人山民中大族子弟。這些人不攏在手心，難不成叫他們滿地亂竄？

秦鳳儀很不客氣地罵了一回這些沒腦子的御史，然後說了建港之事。秦鳳儀信上說了，要是朝廷出這筆銀子，怕是難辦。他自己籌錢，待港口建成，每年他要截留些銀錢還債。

反正，這樣的大好事，除非景安帝突然老年癡呆，不然不可能拒絕的。至於秦鳳儀所開辦的「官學」，還有招募山民土人為兵之事，景安帝都未曾放在心上，不過秦鳳儀先時都未知會一聲，這也有些過分，正趕上有御史參奏，所以，景安帝就讓他走了一下政治程序。

如今秦鳳儀港口修建之事，很奇特的，便是再多嘴的御史也沒有多說一個字，甚至大皇子也是裡裡外外支持此事，還說：「雖則鎮南王不需朝廷出銀子，可哪裡好一點兒都不出的。朝廷即便不寬裕，也還是賞賜些吧。」

景安帝也是這樣想的，問了問戶部，程尚書管戶部管得，他簡直就是個吝嗇鬼。當然，用程尚書的話說，每分銀子都要用在刀刃上。至於南夷建港口，鎮南王都說要自己籌款項，戶部的銀子都有去處了。景安帝硬是沒要出銀子來，連大皇子都看糊塗了，想著這姓程的不是，直與那姓秦的交情匪淺，怎麼連這點銀子都捨不得了？

其實這就是大皇子的短見了，程尚書身為戶部尚書，內閣重臣，雖與秦家有些私交，但怎麼可能去為秦鳳儀效力。程尚書能在戶部尚書之位安安穩穩地坐著，自始至終都是景安帝的心腹之臣。倘若程尚書效忠秦鳳儀，焉能是他出面從秦鳳儀那裡要出茶、絲、酒、瓷四樣的商稅來？程尚書素來公私分明，此方極得景安帝信重。

景安帝沒從戶部要出銀子，只好從內庫拿出五十萬兩賞賜了鎮南王，支持他建港口。同時，景安帝還寫了封情深義重的私人信件給秦鳳儀，信上大致的意思就是，雖則朝廷沒銀子支持，其他方面，有什麼需要只管開口。

總而言之，除了那五十萬兩，沒有半點實惠。

大皇子卻是暗道：終於把閩王得罪透了啊！

他還同他爹道：「閩王那裡不知底裡，只怕會有些情緒，還需父皇安撫一二。」

景安帝不以為然，「這有什麼可說的？鎮南王自籌銀子建港，朝廷難道能不允？我看泉州市舶司收入真是一年不如一年。」

話到這裡，倒是給大皇子提了個醒，大皇子道：「鎮南王做事一向俐落，依兒子看，他這港口也耽擱不了多少時候。南夷市舶司的人選，是不是得叫吏部斟酌著了？」

「是啊。」景安帝點點頭。

大皇子頓時想著，塞幾個人進去方好。

不知道大皇子是不是轉運的緣故，今年於他而言，簡直是順風又順水。自從開了竅，有些僵硬的父子關係重歸融洽不說，大皇子於朝中也是連受好評。這不，秦鳳儀自己出銀子建港口，算是徹底與閩王翻臉了。結果，待到今冬，還有一樁喜事等著在皇子呢，秦鳳儀又幹一事，把徽州巡撫給得罪翻了，兩人的官司一直從年前打到了年後去。

這事真是說來話長，秦鳳儀也沒想到徽州巡撫堂堂正三品大員這般沒風度。

秦鳳儀近來很忙，一則忙著幫他兒子訓練親衛軍，這五千親衛，原本秦鳳儀沒打算招這許多。他只想招個兩千來人的。甭看土人山民們通漢文化的不多，人家個頂個的不傻，聽說是給世子招親衛軍，這還了得，許多人明明條件不夠，也要塞人進來，就為了近水樓臺，若自家孩子出息，以後豈不得了世子的眼緣？

再者，土人山民們參軍，不似漢人那般，生怕自家子弟有去無回啥。他們雖則算術不咋樣，但十分會算帳，親王殿下待他們寬厚，教授他們種田、養蠶、紡織的各種知識，沒有田地的，還分予他們田地，就是田稅，收的也極好。

這些土人山民，也是猴精猴精的，有些腦子不夠的，還不了解參加世子親衛軍的好處，但那些個家裡有個一官半職的，就得為家裡子弟考慮。他們自從歸順了親王殿下，得知朝廷選官都是要考試的。這上頭，不論土人還是山民都不及漢人。當然，他們的官職也有一些能傳與子弟，可這年頭家裡人口多了，不見得所有子弟都能輪得到一官半職，而親王殿下對於軍職一向厚待。於是，大家往這親衛軍裡塞人塞得，一下子塞了不少。

如李邕這樣的二皮臉，還腆著臉同秦鳳儀道：「實在是聽聞殿下要給世子選親兵，大家太熱情了，都想過來為殿下和世子效力。我也不好回絕，回絕了表姑媽，表姨媽家要不要也回絕，不然表姑媽就要跟我算帳。殿下，您英明神勇，看著用吧。」

秦鳳儀笑，「看來，這都是你家的關係戶啊！」

李邕嘿嘿陪笑，「我們一族人居多。」

方壺就很會說話了，方壺的大意是，大家都很踴躍，也都很優秀，不知道要刷下哪個，就都給殿下帶來了。

餘者還有不少山民族中少年在自家族中德高望眾的長老帶領下過來，好在，秦鳳儀規定了，這回主要招收十四歲到十六歲之間。山民們更是求之不得，這個年紀的男孩子，正是能吃的時候，來了鳳凰城，還能給家裡省下糧食。若有運道，以後說不得還能搏一場富貴。

這麼些人，秦鳳儀就沒打算全部招收，如一些刺頭之類的，自然要踢出去了。

所以，秦鳳儀一則要慢慢為兒子遴選親衛，二則朝廷批覆了建港口之事，整個南夷為此大賀，秦鳳儀正是大宴賓客三日，城中無宵禁，令百姓一道歡慶此事。

事實上，早已有泉州港，按理，大家應該不這麼激動才是。

然而，泉州港那裡，閩王一家簡直就是個土霸王，而且，閩王在商業見識上，絕對比不上秦鳳儀。這也是為什麼幾家銀號的老東家都在鳳凰城長駐的緣由，便是商賈，也希望跟個懂行的藩王多加來往。何況，閩王自視甚高，雖則收銀子時毫不手軟，卻看不上他們這些商賈。鎮南王殿下不同，鎮南王殿下非但見識高遠，且最重情義，這些年跟著親王殿下幹的，有哪個是吃了虧的？

不要說幾家銀號，便是鳳凰城的經銷茶、絲、瓷三樣的幾大商賈聞信都過來送了重禮，向親王殿下請安，裡裡外外打聽著港口的事。他們雖不是銀號，但都是身家豐富的大商賈，很希望能為親王殿下出力。

另外，還有專司港口建設的商賈，這會兒已經著人去閩地打聽建港口的經驗，或是延請一些有經驗的匠人了。連漕幫羅老爺都過來打聽造船的事，那啥，他們漕幫可是有造船方面極好的匠人師傅。只要想一想這件事的工程量，就知道這是多麼盛大的一件事了。

想當年，泉州港建十年，投入超過八百萬銀兩。

依親王殿下的氣派與實力，鳳凰城的官員還是商賈百姓都知道，這座港口的興建將標誌著南夷將成為與泉州相媲美的州城之一，甚至，依親王殿下的才幹，鳳凰城將來只會比泉州更為耀眼璀璨。

秦鳳儀的宴會，章顏、趙長史這樣的穩重人都吃酒不少，可見眾人心中歡樂。與秦鳳儀這裡的歡樂相對的，便是閩王的憤怒，雖則景安帝還是下旨寬慰了閩王，但閩王如何能嚥得下這口氣？

景安帝偏頗南夷，不僅默認秦鳳儀海上走私，如今竟大大方方興建港口，這豈不是明擺著要從他泉州港嘴裡奪食？

閩王只會這樣想，卻不會想，他一地藩王據泉州港占了朝廷多少便宜。閩王一家十子百孫，起居之奢侈不遜帝室，所依仗者難道不是泉州港？且，泉州港是朝廷撥銀高達八百萬兩所營建的，可這些年泉州港市舶司每年為朝廷所貢稅銀，不過百萬銀兩。相對於朝廷八百萬兩的投資，不能不說沒有收回，可帳不是這麼算的。

南夷這才幾年海上貿易，還是偷摸著，每年上繳給朝廷的稅銀便是泉州市舶司的一半有餘。如今南夷要建港口，人家都不用朝廷出銀子，相對於閩地，朝廷有什麼拒絕的理由？便是與閩王交好的一二朝臣，都知道這事沒有不允的可能。

鎮南王可是皇帝的親生兒子，相對血緣，較閩王近得多。

皇帝可坐視泉州開港，為什麼不讓自己兒子的藩地建港，何況又不用朝廷出銀錢。

閩王卻是不想輕易嚥下這口氣，吩咐世子：「把咱們泉州那些老匠人都給我扣下，我看他到哪兒尋人去！」

事關閩地利益，世子倒也極盡心，結果，待著人去幾家老匠人那裡時，除了在閩王府任官職的那位，其餘幾家早悄無聲息不知哪兒去了。

世子同父親回稟時，閩王跌足長嘆，氣得直拍大腿，「被那小子算計了！」

秦鳳儀雖則沒與身邊人透露，但他說建港，斷然不是突然起的心思。秦鳳儀既有此心，焉能不提前準備？閩商銀號想在他南夷分一杯羹，焉能不表些忠心？

這事不知如何被景安帝知曉，景安帝特意與景川侯私下笑了一回閩王，景安帝笑道：「朕那閩伯王一向自負聰明無雙，這回卻是叫鳳儀釜底抽薪，走了先手。」

一想到這些年在泉州市舶司上生的氣，景安帝頗覺痛快。

景川侯道：「先前委實沒料到鎮南王要建港口，真真是一點兒口風都沒漏。」

「倘是漏了口風，怕閩王要給他下絆子了。」景安帝一副自己得知先機的模樣，其實秦鳳儀連岳父大人都沒說，自然更不可能與景安帝說。不過，景安帝一向有些小小嫉妒秦鳳儀與景川侯的翁婿關係，故而，他就小小吹了一下牛啦。

景川侯道：「還是讓殿下小心些，他雖提前收攏了人手，但明槍易躲，暗箭難防。」

「這話說的是。」於是，景安帝便給秦鳳儀寫封信，打發人送了去，讓他在工程上務必謹慎，千萬不要出差錯。

秦鳳儀接到景安帝的信，心說，這鳳凰城是我的地盤，焉能叫閩王攪了局？

秦鳳儀敢在閩地偷偷挖人，他就防著閩王呢。

閩王這人嘛，輩分的確是高了些，也很會收泉州港的保護費，可叫秦鳳儀說，這人其實不會做人。泉州港吃了這些年的獨食，你身為一地藩王，怎麼著日子都不能差的，結果，一年市舶司才給朝廷百萬兩銀子的商稅，難怪皇帝為此早便大為不滿。當然，秦鳳儀說這話，也是站著說話不腰疼，他哪裡知道下面有十個兒子、好幾十個孫子孫女的壓力哩。

秦鳳儀渾然沒當回事，李鏡卻是勸他：「小心無大錯，閩王斷然嚥不下這口氣的。」

秦鳳儀道：「能有什麼事啊？放心吧，閩王無膽，我早看透他的。」

不料，這話還熱呼著呢，秦鳳儀就遭受了兩次刺殺。

秦鳳儀在京城就有貓九命的名聲，他如今在鳳凰城，章顏、趙長史等人更是拿他當命根子，秦鳳儀就是愛往街上逛，身邊隨扈也向來不少。刺殺並未成功，卻也叫人驚出一身的冷汗。趙長史和章顏分別寫了奏章上奏朝廷，景安帝大怒，太平盛世，竟有人敢行刺親王。

秦鳳儀遇刺，最苦逼的就是閩王。

閩王心說，這可不是我幹的，可現在半朝人都懷疑是閩王因南夷建港之事惱羞成怒，對鎮南王下了黑手。你說把閩王冤得，恨不能剖心以自證清白。

秦鳳儀遇刺之事不是小事，這幾名刺客最終也沒能活下來，畢竟鳳凰城不同於京城，鳳凰城是秦鳳儀的地盤，這個時候刺殺秦鳳儀，簡直是與一城人為敵啊！故而，不論有司還是城中百姓，都恨煞了這刺客，但待到逮捕時，刺客咬毒自盡。

章顏他爹是刑部尚書，章顏捏開刺客的嘴看一眼就知道，後槽牙藏了毒，倘若有萬一之時，咬破毒囊，即刻便死。

秦鳳儀向來膽大，道：「以後加強些護衛便是，本王的護衛一向用心。」

這個時候，如果無人能混水摸魚才算怪呢，倒是城中的清風道長與了緣禪師，聽聞親王殿下遇刺之事，向親王殿下推薦了自家門中的高手來做秦鳳儀的護衛。

天下和尚是一家，了緣禪師推薦的是幾位少林外門弟子，以及一位武功極高的和尚，對外說親王殿下信佛便是。清風道長也不甘示弱，他家道宗武當山，亦是高手倍出，也向親王殿下推薦了好幾位不錯的道長。

秦鳳儀自是來者不拒，當然，這些人的來路生平，王府也要查一查的。不過，既然兩人敢將人薦到他跟前，便都是些有本事的，更有幾人還是名門出身，只是拜到門下習武罷了。

秦鳳儀私下與妻子道：「此方曉得這些和尚道士的實力啊！」與名門關係這般緊密。

李鏡笑道：「此番薦人，可見是向相公投誠了。」

秦鳳儀有些不解，「現今聽聞大皇子在朝中風評漸佳，他慣常是個會作態的，聽說清流對大皇子稱讚有加。」

李鏡道：「大皇子身邊未嘗沒有他們的弟子，但這些應該是看好你的。」

秦鳳儀瞠目結舌，「和尚道士也這麼沒節操？」

李鏡一笑，「你以為呢？名門大派的內部相爭，都是一樣的。」

秦鳳儀這裡剛解決了遇刺之事，加強的防衛，冬天有些冷，就愛打個馬球什麼的，然後他獲知了一個消息：江南暴雪。

按理，江南不比江北，冬天雖有雪，但雪一向不大，沒想到今年不一樣，江南不知道是什麼樣的鬼天氣，竟然遭遇百年不得一遇的暴雪，不知多少地方受了災。

聽徽商銀號的康老東家說，他家銀號捐了十萬兩銀子買米買糧的救濟，有許多偏僻地方救濟不到，還是有人凍餓而死。

秦鳳儀的腦子不走尋常路，他一拍大腿，「這可真是太可憐了！」回頭就讓自己手下的一個近侍名喚張瑤的，這是秦鳳儀培養出的童子軍裡挑出來的。秦鳳儀命張瑤，帶著兩湖的一位大糧商，帶著糧食去徽地救濟百姓。當然，不能白救濟，還得讓在鳳凰城的徽商介紹幾個可靠的牙人，去徽地用糧食換人。要吃飽，就要賣身到南夷來。

秦鳳儀下手一向狠，再者，他派出的不只張瑤一個，聽聞江浙也遭了雪災，他派出好幾個心腹，帶著糧食去換人。結果，徽地巡撫反應最慢，叫秦鳳儀弄了萬數人去南夷。而江浙因為官員還算得力，主要是江浙吳總督早送了個孫子給秦鳳儀，這位吳總督鬼精鬼精的，聞了風聲，立刻加大救濟力度，再不能叫鎮南王把他治下百姓弄去南夷的。

要知道，這年頭人口也是官員功績的重要考察指標。

就這樣，徽地吃了大虧，把徽地巡撫氣得，直接上摺子參了秦鳳儀一本。

秦鳳儀先時死不承認，他只說，流民到了南夷，總不能攆出去啊，他就收容了。徽地巡撫也不是等閒之輩，他這輩子當官也沒見過樣無恥的，他們徽地是受災了，可你有糧食，哪怕你賣給我，我也承你的情，你卻拿糧食換我百姓。

徽地巡撫險些一口老血噴出，他也是有證據的。

秦鳳儀看事情賴不過，便直說了，誰叫你救濟不及時，難不成看百姓餓死？

徽地巡撫便道：「你有糧食，我可高價收糧救濟百姓！」

秦鳳儀乾脆道：「我有糧食，徽地又不是我的封地，我就是本地人口不多，才去遷些人過來的。」這話把徽地巡撫氣個半死，而且，秦鳳儀還舉例：「江浙就比你聰明，我也派人去了，結果只買回不多幾人。你不說你本事不夠，便說我挖你人口。你要是處處都好，百姓們誰會為口吃的就賣身啊？」

於是，秦鳳儀直接把徽地巡撫從巡撫位上給幹掉了。

這事兒鬧得，整個年下京城都不缺談資了。

真是個神人啊！

以往秦鳳儀在京城，礙於身分地位的緣故，勉強算一朵奇葩。如今不同了，自從身世被揭，秦鳳儀成為了藩王，現在做事越發的神仙放屁，不同凡響了。

只聽說過別個地方受災，有相臨的州府伸出救援之手的。雖則徽地離南夷有些遠吧，人家徽地是遭災了，可也沒求著你南夷去救啊，倒是鎮南王殿下，很有慈悲心腸，讓人帶著糧食去了，結果竟是拿糧食換人去的。

往時要想遷徙些百姓，朝廷還得按人頭出銀子，給百姓們安家費。如今不同了，鎮南王殿下一手舉著熱騰騰的白米飯，一手揮舞著賣身契，誰賣身就給誰飯吃。至於人頭銀子，那是一分都沒有的。就這樣，據說折騰了徽地好幾萬人。雖然鎮南王殿下只承認他就弄了一萬人過去，但這個數字是沒人信的。

倘只是一萬人，徽地巡撫能急得直接翻臉。

當然，現下諸多老油條都認為，徽地巡撫與鎮南王翻臉是很不明智的，畢竟人家鎮南王雖是客串了一回拐子，可人家不是強行拐賣人口，那些賣身的百姓也都是自願的。

尤其鎮南王是個潑才，先時抵死不認，眼看抵不過去他就翻臉了，還說徽地巡撫無能，他雖是買了些人口，但總比叫百姓們凍餓餓死要強吧？你要是救濟得及時，百姓們能為口吃的就自賣自身，來我南夷嗎？說來，都是你巡撫大人無能！

這場嘴仗下來，徽地巡撫把官兒也給丟了，還強行叫鎮南王扣上了頂「無能」的帽子。這頂帽子，即便鎮南王不給他扣，許多朝臣心裡也覺得徽地巡撫怪無能的。遭災的又不止你徽地，江浙一樣遭了雪災，怎麼人家江浙就沒出這事呢？

聽說鎮南王也派了人牙子到江浙去了，江浙總督巡撫是年都不過了，到各地巡視救災狀況，其治下官員更是沒一個敢偷懶的，硬是沒叫鎮南王拐去多少人口。

這人啊，就怕比。

與江浙總督巡撫一比，說徽地巡撫無能，也不能說不對。

只是，想到鎮南王做的這趁火打劫的奇葩事，百官都無語了。

禮部盧尚書私下同景安帝道：「鎮南王殿下給徽地送糧原是好意，可這事兒鬧得，倒叫殿下在朝中風評不一了。」

景安帝一副老神在在的模樣道：「有什麼風評不一的？朕看鎮南王就不錯，以後哪裡賑災力有不逮，朕就叫鎮南王去給他們幫幫忙。鎮南王那裡正缺人，早跟朕嚷嚷好幾回了。還哪裡的百姓他們能樂意？要是顧不過來，就讓鎮南王幫他們一幫，也是為他們減輕負擔。」

盧尚書心說，你倆真不愧是父子，這餿主意想得，簡直能擠兌死地方官。

倒是大皇子年下幫著宮裡施粥捨米救濟京城貧窘百姓，很受了些好評。

秦鳳儀反正是向來不管旁人怎麼說的，他是個只認實惠的。如今把百姓們「買」來了，立刻給上戶口，搞定戶籍。秦鳳儀先給人個甜棗吃，南夷分他們土地耕種，前三年都不用交稅，三年後按田地品質分上中下三等田來交糧稅，而且，他們自賣自身，只須做十年奴婢，待過了十年，便可恢復良民身分。至於分給他們的田地，六十年內不許買賣，六十年後便是他們自家的了。再者，這些百姓中倘有手藝的匠人，那真是走了大運，現下南夷正缺匠人，直接可去匠人司報到。至於匠人司的待遇，那真是……哪怕不是自賣自身，要是他們早曉得南夷這裡對匠人這般優厚，早自己背著鋪蓋過來討生活了。

人雖是秦鳳儀買來的，但秦鳳儀真沒把他們當奴婢的意思，分了田舍，還能一家分幾兩銀子蓋個房子住，耕種的種子、耕牛也都是衙門出借的，以後豐收了再還。

如果想掙些現錢，南夷城正在建外城，只要不饞不懶肯吃苦，都能攢下些銀錢，所以，這些飢寒交迫的百姓們一來，很容易便扎下了根，安頓了下來。

至於徽地巡撫，早叫秦鳳儀幹掉了，秦鳳儀才不會與這等無能之人多費神。倒是江西巡撫就很知趣，雖也被秦鳳儀順道劃拉了些人，硬是屁都沒敢放一個，只當沒這回事。這不，官兒就安安穩穩的。

秦鳳儀先把弄來的人安置了，就準備過年的事了。

倒是年前，閩王打發人送了一份厚禮過來，還很貼心地把自己王府裡懂得建港的工匠給秦鳳儀派了來，並親自寫了封信給秦鳳儀，主要是解釋一下，自己對於南夷建港是一百個支持，而且，在建港口一事上，他們泉州畢竟是前輩，倘秦鳳儀有什麼不大了解的，只管令人送信給他，他都會幫忙的。

閩王之所以這樣殷勤熱絡，當然不是良心發現，委實是，秦鳳儀遇刺之事，大家都說是他幹的。天地良心，真不是他幹的啊！

閩王不是多聰明的人，用秦鳳儀的話來說，閩王行事趨利避害，頗識時務。閩王這種性子，不大可能會派殺手來殺他，不然這事就徹底得罪了景安帝。景安帝這些年，一直優容閩王，卻也不是沒有底線，如果閩王殺到景安帝頭上，景安帝再優容也不會容他的。

暗殺事件一起，九成九的人都懷疑是閩王幹的。若真是閩王幹的，這法子就太蠢了。

閩王不得不就此事同秦鳳儀解釋一二，這種感覺當然不好受，但眼下要務便是，閩王不希望帝室對他有所懷疑，於是，在刺殺事件當下，閩王對於南夷建港之事的仇恨值反是降低了許多。用閩王信上所言，雖則秦鳳儀一直不承認，但南夷截他生意已經這好幾年了，如今不過是私鹽擺檯面上做官鹽，老夫完全沒有理由仇恨你啊。總之，閩王的信上把自己洗得像朵小白蓮似的。

秦鳳儀看過閩王的信之後，讓媳婦給閩王家回份年禮，然後，秦鳳儀想了想，親自寫了封信給閩王。秦鳳儀這信寫得很實在，當然，裡面也有些花頭。

信中的大意是：我知道不是閩王你幹的啊，都知道我們南夷建港影響最大的就是泉州港了，我這時候遇刺，十個人裡得有九個人懷疑是你。咱倆就是關係不好，你也不至於幹這傻事兒啊。這個我早與陛下說了，不大可能是你。不過，你想想自己有沒有什麼仇家，這明顯是要栽贓你啊。

秦鳳儀的信很短，不得不說，正中閩王心坎兒。

閩王又寫了封信給秦鳳儀，大致意思是，你也想想自己有沒有什麼仇家，是不是你的仇家特意藉這個機會派人殺你，然後順便栽贓於我啊？

秦鳳儀給閩王回的第二封信只有一句話，那句話是：仇家太多，算不過來。

閩王見此信絕倒。

所幸，兩地彼此間的關係緩和了些。

南夷港開建的確會分薄泉州港的生意，但閩王這些年靠著泉州港賺的也夠了，再者，秦鳳儀又不是第一天搶他生意。說來，閩王並非霸道性情，現下南夷港也尚未建起來。何況，閩王就是為了洗脫刺殺秦鳳儀的懷疑，也要與南夷近乎著些的。

秦鳳儀想在南夷建港的事不是一天兩天了，有關海港的人才儲備都悄悄準備了好幾年。如今正式開始準備，秦鳳儀更是時時關心進度，並親自去海邊勘測地勢之類。

秦鳳儀非但自己去，有時還帶著媳婦兒女一塊去。

此外，大海船的建造也要開始了。

造船這事，秦鳳儀當真是比當年建自己的王府都要上心。

就這麼著，秦鳳儀也沒忘休閒時玩一玩馬球。

任何年代，風尚都是由貴族引導的。

秦鳳儀是南夷的王，他愛玩馬球，不要說正當年輕的官宦富商子弟，便是比秦鳳儀大上十來歲的章顏都稍加練習，竟然也打得不錯。

秦鳳儀都稱奇：「我大舅兄是武門出身，花拳繡腿總會兩下子不足為奇。老章，你家可是正經文官，你馬術竟這樣好。」

章顏笑道：「臣年少時隨家父宦游，曾在蜀中青城山習武。不過，武功不大成，後來就改走文舉了。」

秦鳳儀心說，這武功不大成，才走的文舉，結果，年紀輕輕便是狀元出身。秦鳳儀更加慶幸自己當年把章顏弄到了南夷來。相對的，趙長史在這上頭就不成了。方悅也完全就是個書生，騎術很是一般。李釗則不錯，雖然武功是沒法與妹妹李鏡相比，可他的騎術相當好，馬球也很容易上手。

因秦鳳儀好馬球，過年的時候，秦鳳儀不聽戲了，也不看歌舞了，他組織著手下官員成立了馬球隊，大家改打馬球了。

上有所好，下必甚焉。

於是，在秦鳳儀的帶領下，打馬球成了南夷城的新風尚。

非但如此，秦鳳儀還命人在以往舉行佳荔節的地方，修建了一處極大的馬球場。

對馬球癡迷的非但是大人，孩子們也很喜歡看馬球。自從家裡有了打馬球的遊戲，大陽在音樂舞蹈外，又添了新愛好——看他爹打馬球。除此之外，大陽對自己的小馬駒花花更加上心了，天天過去看花花，給花花添草料，與花花培養感情。大陽還想著，以後待花花長大了，他就騎著花花去參加他爹的馬球隊。

年節剛過，踏雪還傳來了好消息，相對於踏雪與小玉成親後數年不孕，直待去歲才生了花花。如今踏雪改了運，今年又有了身孕。

壽哥兒得了消息，跑去跟他姑丈說：「姑丈，踏雪生了小馬駒，能不能給我一匹？」雖然姑丈送過他兩匹大理馬，但大理馬沒有姑丈的馬神駿。

秦鳳儀哈哈一笑，「這有何不能的，待踏雪這胎生了，便給壽哥兒。」

阿泰晚了一步，只得排在馮將軍和壽哥兒後頭，等踏雪的第四胎了。

……

秦鳳儀年前把徽地巡撫給幹翻，是為政治場中的勝利，但他那種趁火打劫的行徑，也頗得官場詬病。有些個迂腐的官員就覺得秦鳳儀這事做得不厚道，更有無數御史盯著南夷，這不，秦鳳儀剛建了個馬球場，就有御史參他奢侈，敗壞風氣。

這件事，景安帝根本沒打發人叫秦鳳儀知道，直接反問那御史：「鎮南王用自己的銀子修馬球場就是奢侈？要按你說，鎮南王的銀子該怎麼花？」

御史道：「自然是取之於民，用之於民。」

景安帝冷冷道：「既如此，乾脆你去做這鎮南王如何？」

御史當即滿頭冷汗，面白如紙。

秦鳳儀這幾年下來，建鳳凰城、打仗、平定南夷，以及勾通大理、交趾，還能不費朝廷的銀子自己建港口，不要說景安帝這做親爹的，便是朝中公允人看來，建個馬球場怎麼了？又不是魚肉百姓，建就建唄，難不成還不允許親王殿下有些個人愛好了？

當然，親王殿下這也不是尋常的個人愛好就是了。

京城很快便聽聞了親王殿下要舉行馬球賽的事。這倒不是誰刻意去打聽，實在是，秦鳳儀天生就是個大排場的性子，他幹啥事都喜歡幹得驚天動地。

秦鳳儀的佳荔節為什麼短短幾年便朝野聞名，就是因為他善宣傳。如今這馬球賽也是，明明是許多清流不大贊同的玩樂項目，秦鳳儀偏要宣揚得天下皆知。

話說，秦鳳儀好打馬球，馬球場都建起來了，自然是要用的。秦鳳儀不願意就自己組建馬球隊消遣，他是一向是獨樂樂，不如眾樂樂的性子。如此，便著人沿著京杭大運河，一路宣傳他們南夷的馬球賽。秦鳳儀還大手筆拿出了十萬兩銀子的比賽金，當然，這十萬兩銀子不是好賺的，秦鳳儀設置了極其複雜的晉級方式，而且，不是說得第一就能得十萬兩，這十萬兩是要按比賽成績來分的。

不過，這十萬兩銀子豪獎的宣傳語一宣傳出去，可比鶯歌燕舞的佳荔節更吸引人，當下便不知多少人湧到南夷來，打聽這馬球比賽的事。

秦鳳儀專門令一個相貌清秀，眉眼含笑，名喚許涵的侍衛負責此事，為此，還給許涵封了個校衛的官兒。因許涵負責馬球事宜，便有人叫他馬球校衛。

秦鳳儀如此大張旗鼓地張羅馬球賽，簡直是驚得旁人都不知鎮南王這是什麼意思了。

要說秦鳳儀，絕對不是個奢侈的人，他自己起居雖講究了些，卻並不浪費，現下京城還有秦鳳儀餐不過六菜的傳聞呢。如今這傢伙竟拿出十萬兩銀子辦什麼馬球賽，這是要從此就要花天酒地、吃喝玩樂了？

也就京城人有這種擔心，在章顏、趙長史看來，秦鳳儀五天打一回馬球，平日裡依舊是勤於政務沒有半點耽擱，同時把大理馬匹要漲價的事駁了回去。

真是好笑，他這裡剛要準備馬球賽，大理馬就要漲價，這起短見小人。

秦鳳儀與趙長史道：「你與白使臣講一講如何才能把生意做大的道理。真個短視近利，怎麼兩隻眼睛就只盯著眼前的一畝三分地？」

趙長史對此等小人也頗是瞧不上，笑道：「我們先時是互有盟約的，殿下只管放心，我帶他去親衛營看一看，包管他們不敢做出毀約之事。」

秦鳳儀現下的精力都在建港口、訓練大陽的親衛，還有官學上面，並不願意這會兒就與大理開戰，所以讓趙長史去跟那大理使臣講講道理。

由於秦鳳儀設下的巨額獎金，整個南夷的馬市驟然繁榮，人們買的不只是大理馬，事實上，打馬球最青睞的是北疆的駿馬，這樣的馬高大不說，速度也快。但大理馬也不是沒有優點，大理馬雖矮，卻十分有韌性，還善走山路。

如今一些商家做生意用馬之類的，仍是選大理馬。倘是些不差錢的貴公子，或是要組建馬球隊的，則是多用北疆馬。

要說先時對秦鳳儀辦馬球賽還頗有些不解的臣屬，如今見到南夷客似雲來，心下也有些隱隱約約明白了。不說別個，只要人多，整個南夷的商業又達到了新的高峰，包括還在建設中的外城，房舍店鋪全部銷售一空，甚至連鳳凰城周邊郊外的地價也跟著上漲不少。

此時此刻，出資贊助秦鳳儀馬球賽的幾家銀號商號，簡直是佩服得五體投地。相對於因馬球賽給南夷帶來的繁華，這十萬兩銀子算什麼呀？便是他們幾家大商家，誰家的生意不因此受益，更何況，還能藉此馬球賽與親王殿下更近一層。

不過，城中還是事務不少。

最讓秦鳳儀與南夷諸官員發愁的仍是人口問題，倒不是說南夷人少，當然，南夷人本也不是很多，先時秦鳳儀剛來南夷時，那時地方窮，但有個賺錢的去處，百姓們基本上個個踴躍。如今不同了，南夷這裡商事繁茂，秦鳳儀收的商稅又不重，當地百姓哪怕在田裡種些菜蔬，每日進城來賣，也能過得日子。像一些建城、建港的活計，已經由原來的香餑餑變得尋常了。許多心思靈活的百姓，都不樂意來掙這辛苦錢。

如今外城在興建中，又要開始建港，秦鳳儀並不愁銀子，愁的是過來幹活建港的民夫。用章顏的意思，還是讓各家出徭役，大不了多給些工錢就是。

秦鳳儀道：「不少男丁已是在建外城，還有許多在軍中當兵，怕是徭役也沒多少人。」

章顏道：「不如去外地招些民夫來。」

「只得如此了。」工程依舊是包給商賈來做，這些招工的事，自然是由商賈們自己想法子。只是，有些實在招不到人，用工短缺之事，秦鳳儀也不能置之不理，只得多為他們操一操心了。更叫人鬱悶的是，自秦鳳儀從徽地「救濟」了些人回來，現下外頭但凡有聽聞要到南夷做工之事，許多人都擔心碰到「拐子」，這就令南夷招工之事越發艱難了。

最終徹底解決此事的，是海外的來客。

知道秦鳳儀這裡缺人，然後海外的商人不知道從哪裡運送來了好幾船的崑崙奴，用秦鳳儀的話說：「除了有些黑，不會說漢話，倒也能比劃著溝通，做活亦是賣力。」

大陽聽見新鮮事，連忙打聽：「爹，有多黑？」

秦鳳儀想了想，「跟鍋底似的。」

大陽驚得大張著小嘴巴，都不能信，當天就跟他爹說想去看崑崙奴。

秦鳳儀道：「明兒個帶你去。」

大陽道：「那我邀請阿壽哥、阿泰哥、大妞姊一道去。」大陽現在不知為啥，特喜歡文謅謅地說話，像「邀請」這種詞，明明用一個「請」字就可以，他偏愛咬文嚼字。

秦鳳儀笑，「去跟他們說去吧。」

大陽忙著邀請小夥伴去了，李鏡笑道：「以前觀史書，說魏晉時便有崑崙奴來我中土，史書上記載是髮膚黝黑，倒是沒見過。」

秦鳳儀道：「明兒個咱們一道去瞧瞧。」又道：「妳不曉得，個子很是不矮，筋骨瞧著該是強健的，只是這麼遠道而來，船上只當他們是奴隸，僥倖未死罷了。故而，我說了，依舊如先時那般幹活，漢人如何待遇，他們亦是如此。眼下也不要令他們做重活，緩一段時間，應該是極能幹的。我著了通譯過去，看能不能與他們溝通。」

秦鳳儀又問：「咱們庫裡有沒有陳年不用的料子？」

「不會衣不蔽體吧？」

「說衣不蔽體有些嚴重，但也好不到哪兒去。」

李鏡道：「你是知道我的，素來不存那些積年的東西。不如打發人去城中棉麻鋪裡尋些積壓便宜的庫底，給他們尋出來做衣衫。」

秦鳳儀道：「這單生意乾脆找個鋪子交代下去吧，鞋起碼也要一人兩雙有個替換。」

李鏡便吩咐女官去辦了。

李鏡與丈夫道：「崑崙奴的事，還是與朝廷說一聲的好。」

「我曉得。」

秦鳳儀知道現在大皇子在朝廷中刷人望，總是免不了要踩他幾腳的。秦鳳儀向來不懼人言，但他買了好幾船崑崙奴，理當得與朝廷說，不然縱他不說，怕也會有御史嘰歪的。

秦鳳儀就讓趙長史寫了個摺子遞了上去，景安帝一向喜歡秦鳳儀心思靈敏，尋常人想不到的法子，秦鳳儀都能想出來。景安帝乾脆讓秦鳳儀挑幾個崑崙奴送到京城來，他也沒見過崑崙奴呢，倒是先收到了大陽寫給祖父的信。

大陽給畫了個崑崙奴他祖父瞧，就是個小黑人，兩隻白眼睛。

景安帝有些好奇，遂讓秦鳳儀送幾個來京瞧一瞧。

大皇子知曉此事亦有些好奇，笑道：「以往只在史書上見到過，說唐時便有崑崙奴了，只是未曾親眼見過。」

景安帝道：「最早見書於魏晉時便有了。」

朝中還有一件，鄭老尚書同景安帝商量：「先時南夷地方小，故而只設了巡撫位，如今南夷靖平，是不是該設總督府？」

景安帝道：「這事朕也思量，待問一問鎮南王的意思再說吧。」

鄭老尚書應是。

於是，秦鳳儀收到景安帝的批覆，一則便是讓他準備幾個崑崙奴送到京城看稀罕，二則便是問他總督府之事。

秦鳳儀與章顏說：「當初沒想著在城中造個總督府，這以後你到哪兒辦公啊？」

章顏很謙遜，「臣不過正三品，總督皆是正二品，如此升遷，怕是太過了。」

秦鳳儀道：「這有什麼過的？你在南夷都是第三任了，倘是再繼續任巡撫，朝中那些個愛找碴的必有話說。何況，這幾年打仗都是你鎮守鳳凰城，不僅運送糧草，還有守城之功，現下也兼著從二品的散秩大臣，升二品也不算什麼。你升了總督，就讓老桂接你的巡撫位，我看他亦是個一心任事的。」

章顏問：「那安撫使一職？」

「就傅長史吧。先時平靖桂信之地，他亦有參贊之功，雖是五品長史，實際上也兼了四品的桂州知府。如今安撫使為從三品，不過升半品，依舊讓他兼著桂州知府便是。」

秦鳳儀如此安排，南夷的臣屬都沒意見。景安帝看了看，也沒意見。只是，不少盯著南夷總督位置的朝臣未免有幾分喪氣，想著鎮南王也將南夷把持得太緊了些。

要說最高興的，就是章顏他爹章尚書了，章尚書簡直是老懷大慰啊，想著當年兒子陰錯陽差去了南夷，如今看來，這一步走得太對了。兒子這尚未不惑之年便居尚書位，便是舉朝而觀，也是有一無二啊！

章尚書胸膛裡的那一顆老心啊，撲通撲通的，甭提多雀躍多欣慰了。又想著鎮南王雖則一向不走尋常路，但當真是個重情重義之人，只看這些個跟著鎮南王的，不提自己兒子，便是朝中又臭又硬一直在從三品位置上不得升遷的桂韶，如今也升了正三品的巡撫。

章尚書琢磨著，還是要就朝中的形勢悄悄跟兒子說一說的，鎮南王這樣的才幹，倘止步於王爵，豈不是太可惜了嗎？

章顏得封正二品總督，便正式邁入了頂級大員的行列，接到聖旨時便要回京陛見，聽詢皇帝陛下的教導。秦鳳儀道：「正好，你把夏糧稅一併帶去，還有這半年的商稅。」

秦鳳儀還交代章顏：「打聽一下市舶司的事。」

章顏明白秦鳳儀的意思，南夷一旦建港口，朝廷自然要派市舶司入駐。秦鳳儀倒不反對朝廷派遣官員管理海貿，畢竟海貿商稅秦鳳儀一直在收，市舶司來了，無非就是多收一些罷了。這些個銀子，還不在秦鳳儀的眼裡，秦鳳儀的大頭產業在茶園、瓷窯、織造局上頭。不過，市舶司最好不要來些不識時務之人。秦鳳儀又令章顏將港口建設時的籌款之事與景安帝親自分說。如今這銀子多是借的，待以後港口建好，遠洋之時，前幾年市舶司的收入會略低些，希望景安帝有個心理準備。

主從二人私下密議了一回，章顏才與方悅一家一起往京城去了。

方悅來南夷也三四年了，至今沒回過京城。方閣老這把年紀，方悅又是他最得意的嫡長孫，哪裡有不記掛的？去歲秦鳳儀說了，今年讓方悅回京一趟，如今正好搭順風船，秦鳳儀還讓方悅回京多宣傳一下南夷的馬球比賽。

如此，一切都吩咐好，秦鳳儀便令眾人出發回京了。

這一年，註定是不平靜的一年。

二人此時回京，章顏身為國朝最年輕的總督大人，哪怕是南夷總督……當然，現下已經不能用「哪怕」二字來形容南夷了。南夷有了秦鳳儀這個神人，眼下都能拿出十萬兩銀子來舉辦一場馬球賽，可見南夷的財力。

可想而知，章顏會多麼的令人羨慕嫉妒恨了。相較於章顏，方悅則好上許多，主要就是家裡親戚間走動。更讓人嫉妒的是，章顏自從回京，屢次受到景安帝召見，可見景安帝對於這位年輕總督的重視。

實際上，景安帝重視的還真不是章顏，而是眼下南夷的局勢，包括建港口這件事，秦鳳儀是怎麼籌到的銀子，以及山民與土人的情況。

秦鳳儀那邊則開始準備佳荔節了，這一次的佳荔節，無疑更為盛大。因為秦鳳儀邀請了大理與貴地的土司們過來一起過佳荔節，另外還有桂信二地的山民，如李邕、方壺先時都不曉得佳荔節是怎麼回事，這回算著時間，尋個來向殿下請安兼述職的名頭，也都過來了。

這些人哪裡見過如此盛世景象，尤其鳳凰城之富庶風流，更是令大夥兒心驚不已。

當然，更令兩地土司心生讚嘆的便是親王殿下神明一樣的美貌了。大理幾位土司心下暗道，以往白使臣回去說鎮南王如何美貌，我等都覺誇大，今日一見，果然輝煌耀眼。

這一次，秦鳳儀不僅是要邀他們共度佳節，佳荔節後還有閱兵儀式。這事是秦鳳儀在京城就做熟了的，此次小露鋒芒，便令諸土司的態度恭敬許多。

真正對眾土司形成威懾的，則是在這一年冬天南夷與交趾的一場戰事。自從南夷靖平之後，秦鳳儀就想暫時與民生息，不急著打仗，不然也不能弄出個閱兵儀式來震懾土司，結果秦鳳儀把防範之心都放到土司上了，卻是忘了交趾。

主要是，秦鳳儀也從沒將交趾當回事。

交趾這場戰事，從根由來說，是自秦鳳儀而起。

這件事要從秦鳳儀往交趾傾銷食鹽說起。

食鹽是人類生活中必不可缺的生活物資，南夷臨海，鹽價一直便宜，秦鳳儀先時是往江西走私，後來景安帝不大樂意，秦鳳儀就改往交趾傾銷。要知道，經濟與政治息息相關，交趾不過一小國，經濟上收入的減少，令交趾當權者大為不悅。人家也不傻，沒有不查的，然後就查到了食鹽走私一事。交趾的王，誅殺了那幾位與食鹽走私有關的大臣，有一二漏網之魚聞信逃到邊境，直接逃進了榷場，請求政治庇護。

榷場的主事薛重薛主事乃秦鳳儀自朝中重金挖來的，當朝首輔鄭老尚書的孫女婿，但薛重也沒經過這般政治事件，當下只得將人先行收留，想著上稟秦鳳儀，聽聽秦鳳儀的意見。可交趾王一口惡氣難嚥，他堅持認為，這時候幾個叛逆逃到上思，此食鹽走私之事，怕就是南夷官員主導。交趾王倒也沒有衝動之下直接出兵，他令官兵扮作強盜攻擊了上思城。

所幸薛重是個細緻人，他敢收留交趾的政治要犯，就知要知會城中將領注意守衛。如今交趾人一來，自然是先閉城門，組織守城。薛重還命人點起狼煙，先看到上思狼煙的自然是附近的縣城，之後一地傳一地，直待邕州李邕知曉上思戰事。邕城是個大城，李邕與城中阮大人商議後，留下阮大人守城，他率兵去救援上思。

這倒不是李邕如何的見義勇為，主要是上次桂地之戰，李邕、方壺等人對於秦鳳儀還是有些疑慮的，故而都只是做了做後勤工作，沒真正出兵助拳，這也導致事後軍功以及大家分桂王寶庫時，他們真的只是跟著喝了點湯。

如今一看有戰事，李邕當下不耽擱，著人給在壺城的大舅兄送了個信兒，他便先帶人過去救援了。方壺的動作也不慢，只慢李邕半步罷了。

待他二人大軍一到，交趾便不得不退兵了。

如此上思雖有些損失，損失並不大。

薛重真不愧秦鳳儀親自挖牆角挖過來的，當下關閉與交趾的榷場，逐出上思所有交趾商人。同時依大景朝與交趾榷場大使之名給交趾王發去公文，令交趾交出圍攻榷場之賊人，不然與交趾榷場將永遠關閉。

這個時候，交趾王真不怕南夷關閉榷場，他現在正一肚子氣，覺得這些漢人不道地，竟然與他交趾的私鹽販子相勾結。

其實這就是交趾王燈下黑了，說得他著交趾兵扮盜匪劫掠上思未成的事多光明似的。這也就是未劫掠成功，倘真的劫掠了上思，薛重等一干人還不知是何下場呢。從這方面說，交趾王又比鎮南王清白幾分呢？

方壺、李邕大老遠的來了，薛重也是供給茶飯，並表達了謝意，還請他們多留些時日。

李邕道：「交趾小國如此猖狂，該打上交趾王座，讓他賠禮道歉才是。那些人哪個是盜匪啊，盜匪如何有這般齊整的裝備，那是交趾兵假扮的！」

他們可不走，這大老遠來了，一點兒實惠都沒得呢。

方壺則一副替薛重憂心的模樣，「倘此番沒個計較，以後交趾怕會再次作惡。這次若不是薛大人及時防範，一旦為交趾兵破城，滿城百姓便是有死無生。」

薛重道：「我已上稟殿下，聽憑殿下吩咐。」

李邕、方壺等人，便在上思等著親王殿下的一聲令下，便要磨刀霍霍去交趾打仗了。薛重很驚訝，想著殿下如何調理的這些山蠻啊，這可真夠忠心的，這般願意為朝廷打仗。

秦鳳儀接到上思的戰報，以及薛重的奏章，當下也給氣了個好歹。

秦鳳儀道：「咱們的馬球賽剛結束，就來這堵心的事。我原想著，咱們前年剛打完仗，該休養生息才是，偏有這等無端尋覓是非的。」

秦鳳儀命馮將軍為帥，帶大軍去交趾討還個公道，至於一應糧草供應，由就近的糧草商供給，倒是兵械，秦鳳儀命人運了許多過去。

於是，這一個年下，南夷又打起仗來了。待到春節剛過，秦鳳儀方打發人去往京城送捷報。同時平息的，還有桂地一場小小騷亂。因此事，傅長史年前沒能回鳳凰城述職。

交趾那裡的情形則有些麻煩，交趾王頗有骨氣，戰敗後於王宮自盡而亡，餘下諸王子公主，為不使受辱於漢人，這位王自盡前把老婆孩子都殺完了，省得秦鳳儀回京城獻俘。

秦鳳儀乾脆把餘下王室貴族、官員之流全都抓起來勞動改造去，然後秦鳳儀上書朝廷，言交趾王室已絕，此地當歸附朝廷。

秦鳳儀突然打下交趾，沒有別個原因，完全是因為他媳婦又有了。

秦鳳儀發現，不論他媳婦生男生女，眼下的地盤都不夠分啊！

然而，朝中對於交趾的歸附卻是大吵一架，倒不是吵交趾歸附之事，而是交趾由誰來治理的問題。按理，這地方是秦鳳儀打下來的，關鍵是，秦鳳儀的藩地就挨著交趾，他對交趾的情況最熟。你即便派了官員過去，也要仰仗秦鳳儀。便有官員提出，就交趾那彈丸之地，蕞爾小邦，就讓鎮南王一塊照管好了。

也有官員強烈反對，不為別個，交趾又不是鎮南王的封地，再者，鎮南王封地，在諸藩王中最大，再讓他接管交趾，豈不是令他藩鎮西南半壁？藩王勢力太大，反是不美。

景安帝見他們吵鬧不休，乾脆讓秦鳳儀來京陛見。秦鳳儀親自回了封信給景安帝，信上說他媳婦又有了，走不開。至於交趾歸屬，隨便吧，朝廷願意派人過來接管再好不過，最好再派一支軍隊駐紮交趾，畢竟交趾剛剛歸附，他擔心有反叛分子作亂。

景安帝見兒媳婦又有了身孕，心中一喜。秦鳳儀雖有一子一女，但這年頭誰都不怕兒孫滿堂呢。秦鳳儀不染二色，這就造成秦鳳儀在子嗣綿延上的效率不高。如今李鏡又有身孕，自然是皇家的大喜事。

景安帝一向看這個兒媳婦順眼，將此消息告知裴太后、平皇后，二人皆為李鏡歡喜。裴太后當下便翻出不少好東西賞賜李鏡，平皇后雖不敢與裴太后比肩，禮物備得也極是豐厚。至於其他人，自然各有各的心意。

景安帝還與親家景川侯通報了這樁喜事，景川侯笑道：「這可真是大喜事，臣回去一說，我家老太太還不知如何歡喜。」

君臣二人說一回這喜事，景安帝便說起交趾之事來，想問一問景川侯的意思。

景川侯略加思量道：「臣先時也想過，倘有人願意去交趾駐守自然是好事，只是，交趾那地方，陛下也是曉得的，比以前的南夷強不到哪兒去。聽說鎮南王現在剛剛修通信桂信之地的官道，一時半會兒，怕也顧不過交趾來。此時朝廷接管，他應當不會反對。」

景安帝道：「若只是收復一個比南夷的窮地方，於朝廷又有何益處呢？」

景安帝的意思很明確，朝廷收復地方，這地方就要為朝廷做些貢獻，像先時的南夷，為什麼朝廷由著山蠻占據半壁，主要是地方窮。每年非但上繳不了多少稅賦，還要朝廷救濟，所以先時朝廷對南夷便也不冷不熱。自秦鳳儀過去，南夷在秦鳳儀的管理下，簡直是日新月異。因為南夷能給朝廷上交數目不少的商稅糧稅，故而朝廷對南夷方這般重視。

說到底，都是一個利字。

這就是政治。

景安帝不願意要一個窮僻之地。

景川侯身為景安帝的心腹，自是明白帝王的意思，他道：「鎮南王別個不說，經營之道尋常人斷難及他。他以經營手段治理地方，頗有成效，可恕臣直言，交趾讓鎮南王管，憑他的才幹定能管好。只是，這地方一旦交給他，還需給他一個正經名義，不然朝中怕是要有人多話，而且，鎮南王這性情，他一賭氣，不管也是有的。」

景川侯評價自己的女婿還是很客氣的，實際上，就秦鳳儀那打仗風格，每勝一地先把庫銀分了，估計現下交趾也不剩什麼了。就是朝廷讓人去接，這攤子也不好接。何況，秦鳳儀把地盤打下來，你不給他治理，他真能乾站岸看好戲。

「他這性子，簡直叫人發愁。」

景安帝很有堵百官嘴的法子，他先是詢問百官，誰願意去交趾為官啊？結果，沒人主動請纓。景安帝心道，就知你們沒一個有鎮南王的氣派！如此，景安帝便將交趾劃歸到鎮南王的藩地，令鎮南王治理，而且，景安帝說了，三年要見成效。

翻譯過來便是，三年我得見收成。

秦鳳儀見著朝中將交趾劃歸給他的聖旨，高高興興地接了旨，回頭對媳婦道：「再生一個也不怕了。」卻沒想到，第二年六月剛過，他媳婦給他生了一對雙生子。

秦鳳儀一下子得兩個大兒子，哪裡有不歡喜的，只是，抱著兩個兒子，再看著大陽和大美，秦鳳儀愁了：地盤又不夠分了，可咋辦哩？

李鏡此番誕下雙生子，委實是把大家震驚了一下子，尤其是景川侯府，原就打發人送了不少東西過來，如今聽聞生的是雙生子，李老夫人連忙又與景川侯夫人張羅著收拾了不少滋補之物，令李欽送去鳳凰城。

李老夫人還有不少話說與孫子：「跟你大姊姊說，這生了雙生子，必是要坐滿兩個月的月子才可下床。」

李欽都應了，帶著家裡準備的東西往鳳凰城而去，正好聽聞宮裡的欽差也要往鳳凰城發下賞賜，李欽便搭了欽差的大船一道南下。

這樣的好消息，如外家景川侯府都這般喜悅了，可想而知正主皇家了。

與秦鳳儀不對盤的就不提了，但不論景安帝還是裴太后都是極喜悅的，景安帝一高興，還賞賜了景川侯府御酒兩罈、珍珠兩斛，大致意思應該是，感謝景川侯府養出的好閨女，嫁到了皇家，這麼的會開枝散葉，為皇家繁衍子嗣。

景安帝是真正高興，誰家嫌孫子多啊，特別是他對秦鳳儀還頗有些偏愛，更希望秦鳳儀子孫興旺。先時還覺得秦鳳儀不染二色，家裡子嗣不豐，沒想到兒媳婦雖然兩三年才生了一胎，效率卻很是不低，一下子生了倆。

景川侯進宮謝賞時，景安帝又把李鏡誇了一通。

景安帝道：「比鳳儀懂事，人也賢慧，尤其大是大非上，不愧卿之愛女。」然後又評價秦鳳儀：「別的事情上都尋常，獨娶妻一道，最有眼光。」

這種誇獎已是相當的不得了，要知道，秦鳳儀現下是朝中屢立戰功的藩王，景安帝這樣說，可見對李鏡評價之高。

景川侯謙遜一二，「殿下心胸寬廣，不然就臣女那性子，先時臣都擔心她不好嫁。」

景安帝剛得兩個孫子，正是龍心大悅之時，「非得這性子，才能時時勸勉鳳儀。」

先時景安帝不曉得秦鳳儀身世時，時常看秦鳳儀懼內，心下很覺好笑。後來那啥，知曉秦鳳儀身世，景安帝自然是偏心自家兒子，也覺得這個兒媳婦有些厲害了。不過，李鏡雖性子厲害，但人家也有本事啊。景安帝又不傻，知道秦鳳儀現在需要的就得是這樣的妻子。對於這樣有本事有眼光的兒媳婦，景安帝就睜隻眼閉隻眼了。何況，兒媳婦還這麼會給皇家生孫子，更加完美啦。

原本景安帝還覺得秦鳳儀子嗣上不大興旺，可現下景安帝轉變了想法，李鏡是秦鳳儀的嫡妻，又這樣的旺夫旺子，必要讓秦鳳儀多生幾個嫡子嫡女才好。甭看景安帝當年做皇子時對於先太子因嫡出而被立太子很有些個不服，但輪到自己這兒，這位皇帝最隱祕的私心裡，卻是希冀著自己這支的嫡出能枝繁葉茂方是吉兆。

故而，景安帝此番對李鏡賞賜頗厚，裴太后自然也是如此。裴太后是與秦鳳儀關係尋常，但大陽幾個都是她的重孫，她又不會跟重孫過不去。至於平皇后，近來越發賢慧，裡裡外外都透著為鎮南王添了雙生子的事欣悅，賞賜起來更不手軟。至於心下有何想，只看平皇后私下與兒子兒媳念叨了一回多子多孫多福分，想讓兒子媳婦再多生幾個嫡子嫡女就知道。

奈何，這樣的事豈是人力可強求的？

貳之章　收復雲貴撼朝野

京城來人，一路行有二十來日，便到了鳳凰城。

李鏡這會兒還在坐月子，秦鳳儀這些天沒幹別的，就是到處顯擺他家雙胞胎。他與帝室一向有些隔閡，不過，他剛得了雙生子，正是人逢喜事精神爽，然後他一見到過來的欽差，更是驚喜連連，笑道：「老三，你怎麼來了？哎喲哎喲，看看咱們安哥兒，長這麼高了！」

來的欽差竟是三皇子帶著兒子安哥兒。

秦鳳儀一把將安哥兒抱了起來，親了兩口。

安哥兒怪害羞的，被這位伯伯親得小臉蛋紅紅的。

三皇子笑道：「在京城待得氣悶，正好聽聞你這裡的喜事，我就跟父皇說了一聲，討了這差使。一直聽說你這裡好得不得了，便帶著安兒出來見些世面。」

秦鳳儀又與二小舅子打過招呼，整個人都透出濃濃的歡喜，可見是真正高興他們到來。

三皇子先辦正事，把宮裡的賞賜念了。

秦鳳儀道：「都知道我家雙胞胎的事啦？」

三皇子輕捶他肩頭一下，打趣道：「整個京城都曉得了。」又悄悄道：「你可真行！」

「那是！」秦鳳儀先請了三皇子和李欽去看自家雙胞胎，又命人去把孩子們喊回來。安哥兒來了，大家都不用念書了，放幾日假。

一行人到了王府主院，三皇子看秦鳳儀這王府並無金玉琉璃之物裝飾，十分素樸，心下不由暗暗嘆服。秦鳳儀已是忍不住吹噓起自家雙胞胎：「那相貌，那風範，那氣質，跟我是一個模子刻出來的。」

等秦鳳儀一左一右兩隻胳膊把雙胞胎抱出來，三皇子、李欽就看到了兩隻裹在布包裡的紅皮小猴子……那啥，說好的相貌、風範、氣質呢？而且，恕三皇子眼拙，真沒看出這兩隻紅皮小猴子跟秦鳳儀哪裡像來。

李欽說了句大實話：「更像大姊姊。」

「也像我啊，額頭像我。」秦鳳儀得意洋洋的顯擺了一回兒子，秦鳳儀便對李欽道：「來，抱著我家二寶和三寶送去給你大姊姊，你也陪她說說話。」

李欽嚇得，抱著兩隻胳膊不敢接，秦鳳儀便越發得意了，斜著一雙大大的桃花眼笑話二小舅子，「你這也是有媳婦的人，馬上就要做爹了，還連個孩子都不會抱，這可不行啊！」然後讓三皇子稍坐，自己得瑟著把雙胞胎抱進去給媳婦照看了。

李欽跟進去見自家大姊姊，心說，大姊夫還是一如既往的討厭啊！

剛出生的小奶娃沒什麼好看的，安哥兒卻很喜歡小娃娃，也跟著進去看了。

秦鳳儀把雙胞胎送進去後，出來與三皇子說話，又把自家雙胞胎誇了一回。

三皇子心說，這都高興傻了吧？

三皇子來鳳凰城的確大開眼界，鳳凰城論氣派自然遠不及京城，但這座城池亦十分精緻結實，或者因時常有雨水的緣故，整個城池都很是清爽，沒有京城秋天的乾燥。

秦鳳儀還說：「你要早兩個月來，正好趕上我們南夷的佳荔節，熱鬧極了。」

「這會兒我看城中人也很是不少。」三皇子道。

「這些天一直有馬球賽，今兒你先休息，明兒咱們去看馬球賽。多留些日子，待到八月十五，我要下場打馬球的。你會不會打馬球，你會的話，咱們一起上場。」秦鳳儀道。

三皇子道：「這有什麼不會的？」雖然京城不流行馬球，但三皇子馬術不錯，不就是馬上揮杆打球嗎？練一練也就會了。

三皇子過來，秦鳳儀十分高興，還專門為三皇子和安哥兒舉行了歡迎的宴會。第二天，安哥兒就跟著大陽他們上學去了，反正安哥兒也識得些字的。就算不識也無妨，沒見大美和大勝這兩個文盲都在跟著混班嗎？

說來，大勝是個好性子，哥哥念書，他也沒什麼特別的嚮往。大美不一樣，一見哥哥要去念書，大美現下也三歲了，開始有邏輯了，她便也要去。

秦鳳儀說閨女道：「還不趁著年紀小多玩兩年，念書可累了。」

結果，大美不嫌累，反正哥哥做什麼，她就要做什麼，她才不要一個人在家守著兩個小哭孩呢。秦鳳儀拗不過她，李鏡只好讓周嬤嬤幫大美做個小書包，也讓大美每天挎著小書包跟著一塊聽課去了。這倒也沒什麼，反正大妞也去上學呢，兩個小姑娘還能做個伴。從此，大美每天早早起床上學念書，比她那懶蛋賴床哥大陽強百倍。

如今安哥兒來了，孩子們便一起念書。

當然，啟蒙課程並不累，秦鳳儀給規定了，每天上午一個時辰，下午一個時辰，之外的時間好好玩就行了。

秦鳳儀還常帶著三皇子和孩子們去城中逛一逛，三皇子有幸去看了南夷剛剛投入使用的港口，三皇子頗是驚訝，「這就建好了？」

秦鳳儀笑，「並沒有全建好，這是第一段港口，先建這個，建好便能用了，剩下的還有第二段、第三段、第四段、第五段，且得建著呢。建好的先試用，看有沒有什麼問題。」

三皇子感慨道：「你這幾年真沒白活。」

「這話說得。」秦鳳儀猜度著三皇子在朝中怕仍是不大如意的，只是如今身邊有官員有孩子們，秦鳳儀並未多言，帶著大家品嘗鳳凰城的海鮮。

待與三皇子私下說話時，三皇子方道：「去歲你未回京獻俘，可算是如了他們心願。」

說到獻俘，其實就是交趾王一家子都死完了，如果獻俘，還可以將王室旁支帶到朝廷獻俘。不過，那會兒正趕上李鏡有身孕，秦鳳儀便未回朝。聽三皇子這樣說，秦鳳儀也是有些朝廷的消息的，他道：「我聽說大皇子近來在朝中聲望好得不得了。」

「豈止不得了，簡直是活著的聖人。」三皇子諷刺一句，端起鳳凰城有名的鳳凰茶啜一口，「倘不是自小就認得他，我也得說，這真是個好人啊。」

「這麼好？」秦鳳儀問。

三皇子道：「就是你在南夷打仗，收服了山蠻，打下了交趾，朝中都有人說你窮兵黷武，可現下，無一人說他的不是。」

秦鳳儀沉吟半晌，琢磨著，「他可不是這樣會做人的啊？」

「這有什麼不會做人的？什麼都不做，凡事只靠兩片嘴說好話，又捨得花銀子，朝中但有些窮窘官員，他沒有不救濟的，但有博學大儒，他沒有不請教的。就是我這臭脾氣，他這幾年對著我也沒有一絲惱色。」三皇子面露憂色，「他的賢德之名，令不少官員折服。」

秦鳳儀的左手無意識敲擊了幾下，笑道：「那咱們都是三生有幸，竟認得活聖人。」

秦鳳儀對於這種刷名聲的事完全不陌生，他在南夷也常冒充鳳凰大神在人間的分身，但大皇子這種充聖人的舉動，秦鳳儀還是頗不以為然的。秦鳳性一向重實際，甭看他也時常花言巧語，可秦鳳儀是個做實事的人，他是個需要看到實際效果的性子，並不是說拿著大把銀了收買人心，或者做出個禮賢下士的模樣，這人便真就是個能人了。

秦鳳儀用人，最不喜的就是這種花頭貨。

秦鳳儀道：「他是沒在南夷，他要在我南夷，分分鐘叫他原形畢露。」

三皇子道：「你不曉得，那些個沒見識的清流最吃他那一套，捧著本書請教學問，說話便是聖人之言。不是我說，你這樣兒的，在清流可不如他吃香。」

三皇子這次特意到南夷來，一則便是在京城看那偽聖人看得氣悶，二則就是過來給秦鳳儀提個醒。那啥，秦鳳儀本就離京城比較遠，不如那人近水樓臺，如今不要說那些個沒見識的小官兒，便是一些朝中大員，被大皇子糊弄住的也不少，畢竟秦鳳儀與朝中官員的交情不過是這六七年而已，何況，他與朝中官員也不全是好交情。大皇子則是這些老大人們看著長人的，眼下朝中許多大員還做過大皇子的先生，又有大皇子那大景朝第一名門的外家。這人只要略做些樣子，政治資源便很是了不得。

「我用得著清流捧臭腳嗎？」秦鳳儀道：「那些個人，雖說不是什麼壞人，可許多人讀書讀迂了。再者，他們倒是滿肚子的聖人學問，可他們也不想想，世上哪個聖人是做過一國之主的？他們懂的，無非是做官的學問，何況，他們難道就沒有私心？我與你說吧，他們為什麼喜歡這種禮賢下士的？說到底還是為覺得這樣的人好拿捏，於他們有利。理他們呢，這些人不足為慮。」

「你可別這麼說，螞蟻多了，還能咬死大象呢。」三皇子很為秦鳳儀的前程擔憂，實在是，三皇子現下有妻有子，他也不傻，他與秦鳳儀關係多好啊，他還等著秦鳳儀以後登上大位，自己也跟著過舒坦日子呢。倘叫大皇子搶得帝位，以後怕只剩噁心了。故而，三皇子定要讓秦鳳儀小心的。

秦鳳儀道：「眼下又不是大皇子當政，不過是無人與他爭，方讓他一家獨大罷了。」

三皇子急了，「你就在南夷媳婦孩子熱炕頭啦？」

「我們南夷沒炕，我們四季如春，都是睡床的。」

「別裝傻！」

秦鳳儀道：「他這樣邀名聲的，我見多了，這不就是魏晉時的清談的那一類嗎？先弄個名聲，實際上做實事的少。我剛來南夷的時候，想用些本地士紳，結果他們給我薦上來的族中出眾子弟便是這種，嘴巴倒是很巧，一做實差，立刻露餡兒。民間還有句俗話呢，是騾子是馬，拉出來遛遛便知道。」

三皇子若有所思。

秦鳳儀沒好直接跟三皇子說自己的損招，要秦鳳儀說，大皇子既然收買人心正起勁兒，便去民間傳誦「小聖人」之名，他就不信景安帝能不急眼。

秦鳳儀晚上就想與媳婦念叨一下這事，雙胞胎卻哭個沒完，嚎得大美都決定自己睡一屋了。大美還說：「我要離遠些的屋子，不然叫他倆吵得，明天上學都沒精神。」

大美對於上學一事十分上心。

大陽也說：「雙胞胎哭起來好吵，妹妹小時候沒這麼愛哭。」

秦鳳儀笑，「誰都別說誰，你們小時候都一樣。誰夜裡還不哭一嗓子啊，主要是，你們是一個人哭，雙胞胎是兩人哭。」再加上他家人的大嗓門兒，是有些吵啦。不過，秦鳳儀不受影響，他睡起來跟個死人似的，一點兒都沒影響。大美卻是個怕吵的，決定不要跟爹娘一屋睡了，大美要獨立。

大陽便跟他妹商量：「妹妹，咱倆一個屋睡吧？」

大美道：「我不要你，你腳臭。」

大陽不樂意聽這話，「腳不臭，那叫腳嗎？」

大美這會兒說話很順溜了，「按你這麼說，我這就不是腳了？咱娘的腳也不是腳了？」

「爹的腳也很臭啊！」大陽覺得自己腳臭是有緣由的，遺傳自老爹。

大美道：「爹每天都洗腳，你有時還不洗腳哩。」

大陽也是要面子的，噘嘴看著他妹，「我還不跟妳在一屋呢！哼，我其實不怕吵，我還跟爹娘一個屋！」

大美便不理會她哥了。

大陽不知是不是因為被妹妹拒絕兩人一屋的請求，對大美很是不滿，還說他妹：「趕緊搬出去，自己一屋睡去吧！」

大美當真不是受氣包的性子，她跟她娘道：「娘，等妳出了月子就教我武功，等我練好武功……」說著，瞇著眼睛向她哥晃了晃小肉拳頭。

大陽歪著個小肉脖子，一副黑社會氣派地問他妹：「妳這是皮癢找揍嗎？」

秦鳳儀在一旁加油，「好！媳婦兒，我十兩銀子押大陽贏，妳押誰？」

媳婦險些把他給揍一頓。

秦鳳儀只好調節一下兒女之間的矛盾，說大陽：「你做兄長的，得知道照顧妹妹。」又說大美：「妳做妹妹的，得知道敬重哥哥。這叫什麼，這叫兄友妹恭啊！」

大美嚴肅地糾正她爹：「是兄友弟恭。」

「活學活用，活學活用。」秦鳳儀把兩個孩子勸好，又許下明日親自幫閨女挑屋子。大陽也要他爹幫他挑一個，秦鳳儀道：「你不是要跟爹娘一起嗎？」

大陽扁扁嘴，醋兮兮道：「自從有了雙胞胎，娘被窩一個，爹被窩一個，我都要自己一個被窩了，我明兒找安堂兄一起睡。」

「好主意！」秦鳳儀鼓掌。

大陽得意地晃晃大腦袋。

給兩個孩子一攪和，秦鳳儀第二日晚上睡前過去親了親兒子，又親了親閨女，同時還得跟閨女兒子分別保證：你們才是爹最喜歡的小寶寶。

秦鳳儀回屋方與妻子說了京城「活聖人」之事，李鏡道：「幾位在京的年長皇子，母族皆不顯。六皇子年紀尚小，也不得與大皇子爭，可不就讓他一家獨大了嗎？」

秦鳳儀道：「山中無老虎，猴子稱霸王啊！」

李鏡挑眉，「你是老虎？」

秦鳳儀「嗷嗚」一聲，做個老虎樣。李鏡被他逗笑，又道：「倘若不是京城形勢的確不大好，怕三皇子不會親自過來，你也要留些心。」

「放心吧，還早著，陛下身體好得很，就他那人品，還不得活個百八十歲啊！」秦鳳儀撇嘴道：「根本不必理大皇子，他現下就做個聖人樣，以後還要如何？我得想想，再給咱們四寶弄塊地盤。妳說說，就是把交趾劃歸給咱們，現下四個娃，這地盤也不夠分啊！」

秦鳳儀愁了一回兒女們以後的生計問題。

這事嘛，不是一時半刻能愁成的，三皇子這大老遠的來了，秦鳳儀便想多陪三皇子，偏生又遇到一千載難逢的良機，羅朋打發人祕密送信回鳳凰城，言說大理與吐蕃因馬匹交易一事大為不快，大理勢力最強的楊家主張出兵吐蕃，給吐蕃王一些厲害嘗嘗。結果，大理還沒出兵，吐蕃先劫掠大理周邊。這回，大理土司必要出兵的。

羅朋將這消息傳回鳳凰城，秦鳳儀也沒時間同三皇子玩了，乾脆帶著三皇子議政。

秦鳳儀召來心腹商議：「千載良機，千載良機，斷不能錯過。」

「殿下的意思是？」

「加強大理那邊的監視，讓馮將軍準備好兵馬，隨時準備出兵大理。」秦鳳儀簡直是要樂死了，真是想什麼來什麼，他媳婦剛給他生了一對大胖小子，他正發愁地盤不夠分呢，大理就出事了。這可真是，瞌睡便有人送枕頭，真是想什麼來什麼。

馮將軍那裡準備好兵馬，秦鳳儀這裡立刻令李釗一應後勤供給送往桂地，同時密令先行一步送到桂地與大理，必要讓大理與吐蕃打一場狠的才行。

吐蕃與大理的這場戰事，一直斷斷續續持續了半年，其間吐蕃祕密派使臣繞道蒲甘、暹羅，經交趾州，到達鳳凰城，請求鎮南王發兵，共分大理。

秦鳳儀肅容道：「大理乃我朝疆域，你吐蕃不過是我附屬小邦，我與你共分我朝疆域？真是個大笑話！」遂逐了吐蕃使臣出城。

三皇子道：「這吐蕃派出使臣來咱們這裡求援，可見還是大理兵更強些。」

「大理這些年因與咱們的貿易，越發張狂。倘此戰叫大理勝了，咱們這裡怕要多事。」

秦鳳儀這裡義正辭嚴做好人，羅朋那裡沒少著斥候祕密給吐蕃送消息，直待這場原本以大理勝數更大的戰爭折騰了個兩敗俱傷。尤其是楊家，楊家土司及膝下年長子次子悉數在戰爭中戰亡，楊土司第三子和第四子欲繼土司之位，段白兩家卻也有人說，按朝廷規矩，該是楊土司的長孫繼承土司之位。為此，爭執不休，最後沒法，只得請知識淵博的鄰居鎮南王秦鳳儀來給評評理。

秦鳳儀立場明確，「你們這說的都不對啊，楊土司雖則有長子，但他的長子乃庶出。楊土司的正室生的是第三子，故，該由楊土司的第三子繼位，此方為朝廷大典也。」

楊三郎得了鎮南王的支持，一時聲勢大漲，結果卻是有命無運，騎馬出門時，馬驚跌落馬背，叫驚馬一腳踩在胸口，重傷不治，還未登上土司之位便掛了。

秦鳳儀得知消息，還在白使臣跟前哭了一回楊三郎。楊土司的第四子便成為存世的最年長的兒子，這位牛人也頗下得手去，一不做二不休，直接把楊三郎家的幾個兒子也幹掉了。這回行了吧，嫡支滅絕，該輪到老子做土司了吧？可他手忒黑，其他楊氏子孫嚇死了，私下向羅朋尋求庇護，羅朋便命張瑤護送這些孩子們東去，逃到南夷，過來向鎮南王求助。

鎮南王終於等來了大義之名，他以鎮南王之名，在楊家子孫的請求下，派馮將軍為帥，親去大理，征討大逆之人。

相對於去歲征討交趾的磨刀霍霍，此番大理出兵，秦鳳儀是占盡了大義之名，完全是令馮將軍打著仁義之師的名頭，去征討弒兄殺侄的楊土司四子。但仁義之師也有仁義之師的缺點，如去歲對交趾出兵，完全就是去報仇，你交趾王派兵將假扮盜匪攻打我縣，就秦鳳儀的性子，那絕對饒不了交趾王啊。如今他非要弄個仁義名兒，結果，馮將軍便叫段白兩家拎著楊家四子擋在了大理城外。

段白兩家委實不傻，你不是來征討楊四郎嗎？成啊，人我們幫你抓了，免費送你，也謝謝你們遠道而來，你們這就回吧。

這兩家人是絕對不願意見到南夷兵入駐大理的。

好在，此次隨馮將軍出征的是傅浩，這位秦鳳儀當年送出幾百里也要留下的大才子。傅浩實不愧他才子之名，馮將軍是將領，他遇到這局面，當真有些懵，可傅浩不一樣，這位長史兼桂地知府大人，通讀史書，見識非凡，傅浩當下說服了楊土司庶長子的嫡長孫楊佑。楊佑年紀還小，不過十歲，他爹以前是公認的土司之位的第一繼承人，他身為他爹的長子，是第一繼承人的繼承人。依傅浩的本事，說服楊佑並不難，楊佑只說一句：「以前都是我楊家掌管大理之事。」

傅浩溫柔而恭敬道：「以後自當如此。」

然後，楊佑便以楊家第一繼承人的名義，請馮將軍護送他入大理城。

段白兩家自然不願，但與吐蕃之戰，兩族兵馬損耗亦是不小，豁出命去想擋住馮將軍也並非做不到。無奈，一旦翻臉，若怒鎮南王殿下，大理是萬萬招架不住的。不過，兩家允馮將軍入城前，還是與傅浩談下了諸多條件。傅浩身為秦鳳儀的心腹，自然一一答允，心說，真個蠢才，待我大軍入城，以後難道還是你們說了算？

這便是秦鳳儀控制大理的整個過程。

大理駐軍之後，秦鳳儀得寫封摺子跟朝廷知會這事一聲。

三皇子道：「先時好奇與大理的戰事，我一住就是半年，這也該回京過年了。你這裡的事情，有什麼要我回稟父皇的沒？」

秦鳳儀坦蕩無比，「照實說就是。」

三皇子踟躕半晌，與秦鳳儀商量：「你說，我也跟父皇要塊封地，出來就藩如何？」

秦鳳儀道：「比在京城憋屈著強。京城的人太過機變，今兒朝東，明兒朝西的，全都盯著富貴權勢。男子漢大丈夫，當做些實事才算不負一世。」

三皇子點頭，「那這事我回京便說。」

秦鳳儀道：「我送傅安撫使與你一道，一路走也有個伴。」

三皇子七月底過來，原本想著九月便回京的，卻遇著大理這事，他覺得這事比朝中那些個爛事有趣多了，遂給京裡寫了封奏章，說要多留些日子。大理與吐蕃打仗，不知道會不會波及南夷，他不放心兄弟，要等戰事結束再加京城。

反正，隨便找個理由吧，三皇子就帶著兒子留了下來。

安哥兒乾脆就跟著大陽他們一塊上學，每天睡都是同大陽睡在一處，如今說要走，安哥兒很捨不得大陽幾個，大陽幾個也捨不得他，大陽還抽噎了兩聲，把自己心愛的布虎頭送給安哥兒，拉著安哥兒的手說：「安堂兄，以後你見著這老虎頭，就當是見著我啦。」

安哥兒把自己最喜歡的玩具送給了大陽弟弟，還有壽哥兒、阿泰、大妞、大美幾人，均與安哥兒有禮物相贈。安哥兒很不願意走，他在京裡也有許多堂兄弟一起在宮裡念書，但大家最喜歡的是永堂兄，安哥兒就要靠後站。但在鳳凰城，大陽幾個每天除了上學，就是在一起瘋玩，大陽弟弟對他也很好，他倆還睡一個被窩，晚上說悄悄話哩。

秦鳳儀說：「乾脆叫安哥兒在南夷過年吧。」

安哥兒很願意，但他爹不同意，「不成，家裡他娘肯定記掛著。」安哥兒一想也是，好些日子沒見娘和弟妹們了，也就沒鬧著不走，最終是依依不捨地跟他爹走了。

秦鳳儀有些擔憂，與媳婦道：「妳說，陛下能將雲貴之地再劃給我不？」

李鏡頭都沒抬，「你這是發哪門子夢啊？」

秦鳳儀扳過媳婦的臉，「別看兒子了，妳倒是看我一眼。」

李鏡心下好笑，抬頭看向自家男人，「最好的結果就是現下這般，由著咱們的兵馬駐守大理。待過了年，貴地的土司若是明智，也該拿出些誠意來。」

「其實雲貴都是窮地界，有什麼呀？就是馬匹、茶葉、藥材之類，茶葉咱們也不缺。」秦鳳儀道：「可我總得為三郎和四郎想一想啊，咱們家四個孩兒，大陽是世子，最大的地盤自然是大陽的。周邊這三個，雲南、貴地、交趾，大美和雙胞胎，一人一個，省得打架。」

「你就別叨叨了。」李鏡道：「有這空不如去大陽的親衛軍裡瞧一瞧，再者，大理如今歸順朝廷，咱們倒不稀罕他那裡的金銀，但也總該有些表示才對。」

秦鳳儀看向妻子，李鏡鳳眼一瞥，「你怎麼倒笨了，段白楊三家久居大理，眼下他們也多是面服心不服，讓他們三家出幾個家族嫡系子弟，過來鳳凰城學習一下漢家禮法。」

李鏡又淡淡道：「這凡事都得講一個禮字。就拿那楊土司來說，他身死，三子四子爭位，當初咱們憑什麼支持楊三郎，就因為楊三郎是嫡出，其他都是庶出。嫡脈斷絕，遂取庶長一支，也是無可奈何之舉。以後段白兩家的土司繼承，自然也要依咱們漢家禮法。我看他們以往不大懂這些，叫他們過來學習一二，總無害處。」

「妳說的是。」禮法不禮法的，秦鳳儀覺得，過來幾個人質很不錯啊。

李鏡繼續道：「咱們這幾年在南夷，叫些不知底裡的人瞧著，得說咱們順風順水，只是咱們也不容易呀。窮還是小事，就看這幾年打的仗，信王桂王交趾王楊土司，哪個不是曾稱霸一方的人物，可一旦戰敗，不是人死身滅，就是為虜為俘。咱們雖是勝者，我卻時時驚心，若非咱們兵強馬壯，哪有如今的太平日子？可見想過太平日子就得有人馬，是不是？」

秦鳳儀叫他媳婦給念叨得，起身道：「我這就去兵營瞧一瞧。」

「先等一等。」李鏡喚住丈夫，「你剛也說了，大理有什麼，無非就是馬匹藥材罷了，這兩樣還多是把持在段白楊三姓之手。可要我說，不論大理還是交趾，最值錢的卻不是這些外物，最值錢的當是人口。這兩地多是各族混居，倘有那真心歸順的，不妨收攏了他們來，再練一支兵，只要教導得宜，讓他們忠於咱們便是了。」

秦鳳儀想了想，正色道：「妳這話也在理，這兩年我是有些懈怠了。」

李鏡笑，「勞逸結合嘛，有忙的時候，就得有休息的時候。」見丈夫一勸就聽，比往時聽話的多，不由心說，待過兩三年，身子調理好，得再生一個才是。

這年頭，並沒有太好的避孕方法。

當然，有避子湯，但是藥三分毒，避子湯一般都是當家主母給自家侍妾喝的，有哪個主母會自己左一碗右一碗的喝避子湯啊？

沒人這麼幹，所以，如李鏡這等恩愛夫妻，現下孩子生的也不算多。

李鏡這剛生產完，大公主就懷上了第三胎。大公主這幾年與崔氏不曉得怎麼了，一個接一個地生兒子。大公主這回有了身孕，就跟李鏡念叨：「我這胎非生個閨女不可。」

李鏡自己是有閨女的人，在大公主跟前便很有優越感啦。

李鏡笑咪咪地道：「我嫂子生他家三郎前也是這麼說的。」

大公主想想也是好笑，又說李鏡與駱氏：「還是妳家有福氣，都是有閨女的人家。」

駱氏這會兒也正大著肚子，道：「兒子閨女還不是一樣？」

「剛開始懷阿泰時，我是盼兒子的，駙馬家裡就他一個獨子，可如今都生兩個小子了，我就特稀罕閨女。」大公主道。

大家都是有兒子的人，故而說到兒女上就沒太多顧忌。大公主這話，崔氏特有共鳴，崔氏剛生下三郎不久，道：「就是公主這話，我有了三郎，時常叫大妞大美過去，想著多瞅瞅她們，是不是就能生個閨女，還有穩婆說，看我懷相是個閨女，結果生下來還是個小子。」可見穩婆也不靈。

南夷這裡，男人們忙著練兵，處理政務，女人們則是圍在一起閒聊，京城裡卻是因大理之事掀起了新一輪的論戰。

大家關心的是，究竟該不該由南夷出兵鎮守大理。

當然，還有些狗屁倒灶的話，說什麼鎮南王發兵大理不過舉手之勞，不值一提，目的不過是要削鎮南王之功罷了。

三皇子實在聽不得這些無恥之語，譏誚道：「鎮南王打交趾，你們說他窮兵黷武，如今兵不血刃令大理歸順，諸土司來朝，你們又說沒什麼大不了。我看你們當真是生錯了時間，你們當生在前朝方是正經。」

景安帝道：「三皇子這話雖直接，卻也不是沒有道理。」直接令人將那顛倒黑白的官員攆出大殿，奪職，永不敘用，朝中風氣頓時大好。

三皇子此次回朝，非但他所知道的大理之事，連連讚道：「鎮南王真是有勇有謀，若非大理吐蕃兩敗俱傷，怕大理沒這麼容易馴服。」

景安帝頭一遭見三兒子在自己跟前滔滔不絕，眼中忍不住閃過了一抹暖意，「怎麼，覺得長見識了？」

「長見識了。」三皇子並不否認，「父皇，兒臣比鎮南王小不了多少，兒臣想著，也向父皇討塊封地，做一番事業，也為百姓做些實事，方不枉這一世。」

景安帝微微皺眉，「當年打發鎮南王就藩是有原因的，朕漸上了年紀，就想要兒孫繞膝，你何苦離朕而去？」

三皇子道：「鎮南王常說父皇龍體康健，定能長命百歲。兒子想著，到外頭去瞧瞧。」

景安帝笑，「看來，你是拿定了主意。」

三皇子起身行一大禮，「請父皇成全。」

景安帝問：「你看中哪裡封地了？」

三皇子沒跟他爹客氣，「兒子看，江西就很不錯。」

倒不是什麼好地方，景安帝卻是另有打算，「雲貴封給你如何？」

三皇子道：「雲貴多為土司掌權，與先時南夷的形勢還不大一樣，而且，現下大理剛剛歸順，父皇便派我去就藩，怕會引起當地土族的反彈，畢竟他們在大理還頗有勢力。不如令鎮南王漸次削弱土司之勢，再令藩王就藩不遲。」

景安帝想到朝中人對鎮南王的詆毀，笑道：「你這話也在理，你既看中江西，那便將豫章封給你吧。」一直接允了三皇子。

三皇子起身謝恩。

三皇子封藩之事，大皇子是且喜且憂，喜的是，討厭鬼又走了一個，待這些討厭鬼們走光了，儲位自然非他莫屬。憂的是，三皇子竟封到了豫章，這豈不是正與南夷相鄰？如今與鎮南王狼狽為奸便更容易了啊！

這裡要說一下封藩制度，如景安帝說把豫章封給三皇子，所封者，不過一城而已，並不是把整個江西都封給三皇子。至於景安帝當年將整個南夷封給秦鳳儀，主要原因是，南夷貧瘠，土人、山蠻橫行，基本上，當時說將南夷封給秦鳳儀，也主要是指被漢人轄制的南夷地區。但秦鳳儀收復土人、靖平信桂，收撫了整個南夷，由此秦鳳儀的封地一躍為天下藩王之首。所以，秦鳳儀的封地，真的是有原因的。

現下朝中不少與秦鳳儀不睦的大臣想到秦鳳儀的封地都覺肉疼，想著當年怎麼陛下將南夷封給鎮南王時咱們沒攔一攔，倒叫鎮南王賺得如此大塊封地，真是占足了便宜。

可這些人也不想一想，人家秦鳳儀的封地大，是因為這是人家憑本事收復的。以往南夷雖說是屬於朝廷的，也不過名義上罷了。土人們還每年去朝廷打秋風，做出個順服的模樣，山蠻完全就是鳥都不鳥朝廷的。

相對於秦鳳儀，三皇子的封地明顯就小的多了。

不過，即便是小些，三皇子也寧可就藩，不在京城裡看大皇子那裝模作樣的臉。

三皇子得封豫章王，但安哥兒身為嫡長子，未能得封世子，由此可見三皇子在京城勢力之微弱了。不過，安哥兒畢竟是嫡長，只要無甚錯處，以後封世子也必是安哥兒無疑。

三皇子年後便收拾收拾，帶著自家兒女，還有他爹派給他的屬官往豫章就藩去了。

朝中此時有人提議在雲貴設總督之位，景安帝未允。

大皇子有些不解，景安帝與他道：「大理那裡如何，怕是鎮南王一時都不能掌控全域。說到底，楊家雖勢微，可段白兩家勢力猶有大部分保留。既然大理已然駐兵，此時再派總督，鎮南王的人馬必然要退出大理，如此便要調用他處兵馬。西南之地多有瘴毒不說，將士們適不適應得了西南的飲食氣候還得兩說。當年太祖皇帝著大將謝敏征南夷，便損耗頗重。」

大皇子道：「父皇，難道不能直接徵調南夷兵馬嗎？鎮南王為人忠心，亦識大體。」

景安帝搖頭笑道：「忠心倒是不假，可識大體就算了，他可不是識大體之人，何況，他麾下兵源亦是複雜，土兵、山民，還有交趾人，其中這裡頭再分各族子弟，據說南夷共有二四十個族群。鎮南王能整治得起這一攤，可換一個人，不一定有這樣的本事，而雲貴亦多是這種情形，所以，縱以後派官，亦要萬分斟酌。當地各部族，人雖少，卻是土生土長的，一旦不能收服，他們便跑到深山。倘他們肯在深山安生度日，也是福分，可山裡的生活，如何能與城裡相比，終是會生出各種是非來。再者，就算打得他們不敢出來，雲貴之地多大的地盤兒啊，沒人怎麼行呢？趕走了當地土人，又要遷民。如今承平日久，你瞧瞧，先前徽地受了雪災，鎮南王帶著大米遷了些百姓到南夷，徽州巡撫猶是急了眼。各地大員，沒人願意遷自己當地的百姓。再退一步講，就是遷過去，雲貴之人一向貧瘠，百姓們有手有腳，如若日子不好，終是要逃的。」

「朝廷雖有銀錢，難不成全撒到雲貴去？再者，貴地土司現下還沒動靜呢，現在派雲貴總督，此旨一發，鎮南王必然令軍隊退出大理。他的兵一退，新調去的兵水土不服，亦不知當地風土人情，豈不叫大理緩過這一口氣？倘他們緩過這口氣，再想有這樣的機會可就難了。還有，貴地土司尚未臣服，談什麼雲貴土司？他們啊，不過是看著鎮南王這幾年東征西討，怕鎮南王得了實惠。」

景安帝語重心長地拍拍長子的手，「可你想想，鎮南王到底是咱們皇室的人，倘因咱們皇室之爭，叫雲貴土司得了便宜，這成什麼了？何妨就叫他暫且駐兵大理，依鎮南王的性子，他必是要貴地臣服的。另則，雲貴的大頭是茶馬貿易，這裡頭的分寸，鎮南王與雲貴素有商事往來，他對此事能拿捏得好。換一個人，不一定有此間分寸。興許會有朝臣說，讓鎮南王輔助新總督治理雲貴便可，這樣的話，更是混帳至極。你要記住，天無二日，國無二主，到地方上仍是如此。一件事必然有主有從，現下一地總督為正二品，巡撫為正三品，尚有督撫之爭。令誰誰輔助誰誰，這樣的話聽起來沒錯，可一旦施行，必致地方大亂。何況，鎮南王乃親王之尊，你讓他去輔助一地總督，豈不是尊卑不分？」

景安帝細將雲貴的形勢利害說與長子知曉，大皇子雖覺父親的話在理，心下卻是覺得，長此以往，鎮南王勢力膨脹至整個西南，這也委實優容太過。

只是，這樣的話，如何能與父親說呢？

大皇子私下請四舅平琳向外公平郡王請教，平琳的話就是：「陛下偏心太過。」

平郡王所憂慮者，不止是陛下的偏心，何況，這算什麼偏心呢？

平郡王知道是大皇子特意令平琳與他請教此事，只得細說與這個兒子道：「不論雲貴還是南夷之地，先時對朝中向來無所供奉，如南夷，但有天年不收，年景不好時，朝廷還要賑濟一二。如今南夷好了，大家的眼睛便都盯著南夷去了。」

平琳道：「爹，朝廷好地方多了，北有京師，南有蘇杭，哪個不是一等一的好地方，誰還眼饞南夷不成？我是覺得，鎮南王的封地本就極大，交趾又劃給了他，眼下雲貴也叫他的兵駐著，西南半壁都是他的地盤了。」

雖則平琳一向欠缺智謀，但不得不說，這句話卻是正中平郡王心坎兒。平郡王亦覺得，景安帝對鎮南王優容太過。不過，平郡王到底不是尋常人，他平家外姓封王，當年一樣有人說陛下對他平家優容太過。

想通這一點，平郡王越發沉靜，「阿琳，眼下西南看著形勢雖是一片大好，可西南之地不比中原，多是漢人聚居，西南是百越混居，那地方換個人，誰能收拾得了？」

平琳道：「我就不信朝中就沒有能人了？」

「朝中的確不缺能人，但這時候誰接掌雲貴都不如叫鎮南王合適，何況，貴地土司未有臣服之意，這可急什麼呢？」平郡王道：「現在急吼吼去奪雲貴之權，惹惱了鎮南王，倘雲貴之地雞飛蛋打，這個責任誰來負？」

平琳嘀咕道：「就是雞飛蛋打，也比叫鎮南王得利好吧？」

平郡王一掌拍在桌間，怒斥：「你放肆！」

平琳嚇得連忙道：「爹，我就隨口一說。」

平郡王怒視兒子，冷聲道：「你若想成為一流的人物，必然要有一流的眼光。不要陛下令鎮南王駐兵大理，就這樣沉不住氣。鎮南王乃國朝藩王，陛下愛子，倘若不是鎮南王抓住時機，焉有今日大理臣服？難道大理在鎮南王手裡，於我朝還有什麼害處不成？陛下聖明，方會令鎮南王駐兵大理，因為大理的形勢只有鎮南王最清楚。陛下的眼界是著眼於全域大勢，而不是朝中區區權勢之爭。」

平郡王最後道：「想要跟著陛下的步子，必要跟上陛下的眼光。」想著大皇子到底年輕，還是沉不住氣啊。

接下來，雲貴土司的行為，也證明了景安帝令鎮南王兵駐大理的英明。

秦鳳儀要求大理嫡系子弟來鳳凰城學習漢家禮典，以免他們不懂繼承制，再釀出什麼血案之類的事。在大理，段白楊三家分別貢獻出數名嫡系子弟到鳳凰城時，貴地土司終於表示出對朝廷的臣服，分別向鎮南王與朝廷上了恭順的奏表，也派出自家子弟到鳳凰城念書。

雲貴土司同時又做了一個決定，那就是，他們派去鳳凰城的不過是嫡脈子弟，而有繼承權的嫡長子弟，則是都派到了京城，到京城國子監念書去了。

這些土司精明得很，他們的子弟一到京城，便展示出了對皇帝陛下的恭順與臣服。大皇子自是不會放過這等機會，對這幾家子弟頗為照顧。

對於此事，秦鳳儀心中很不爽，可能說什麼呢？他也不能不叫這些人過去京城念書。而大皇子，自然要拉攏這些有繼承權的土司家的子弟，以準備日後收回雲貴之權。秦鳳儀這口氣難嚥，立刻叫雲貴土司明白了一句話，那就是：現官不如現管！

秦鳳儀先對土司的繼承制進行了改革，除了嫡長繼承制外，其餘土司諸子若想要獲得官位，必要先經朝廷考核。其次，秦鳳儀要求丈量土地，清查人口，徵收賦稅，修建城池。

與此同時，統一信仰，祭鳳凰大神。

秦鳳儀的手段繁多，簡直令大理諸土司應接不暇，如今大家都埋怨段土司，非得出這餿主意，把嫡長子弟送去京城，惹得鎮南王殿下不悅，可現下埋怨已是無用。

秦鳳儀率先做的，便是組織大夥兒來鳳凰城祭鳳凰大神。

這倒不是秦鳳儀突然想出來的，說來，還是山蠻給秦鳳儀的靈感。漢人的禮儀是每年冬至秦鳳儀身為藩王，要帶著麾下臣屬在封地舉行祭天大典。為了收攏土人與山民，秦鳳儀也時常帶著他們一道進行祭祀，後來不知道這些山民土人怎麼想的，大概是因為他們族中並不流行祭天，倒是時常祭祀鳳凰大神。方壺出了主意，請秦鳳儀帶領他們祭祀鳳凰大神。如今秦鳳儀收服土人與山民，待他們與漢人一視同仁，他們想著，不能總去參加漢人的祭祀，咱們也是有信仰的啊，咱們當祭鳳凰大神。不過，只有他們自己去祭鳳凰大神不大威風，正好秦鳳儀先時時常宣稱自己是鳳凰大神在人間的分身，他們又已歸順親王殿下，親王殿下做一做鳳凰大神在人間的分身也沒什麼。

於是，山民土人一合計，便請鳳凰大神在人間的分身鳳王殿下帶他們去正式祭祀鳳凰大神。有了共同的祭祀，大家才能團結在一起。

其實雲貴那邊的土人也有祭祀鳳凰大神的習慣，只是，現在也有許多人開始信佛了。秦鳳儀決定，大家還是一起信奉鳳凰大神吧。

此事得到了清風道長的大力支持，難得的是，了緣禪師也很合作。了緣禪師對清風道長那副小人得志的模樣很不以為然，有什麼得意的，反正他們佛家已經把鳳凰大神收歸到鳳凰大菩薩類去了。至於道佛兩宗，都是朝廷認可的正宗的有傳承有歷史的宗教。

待給鳳凰大神舉行過祭祀，了緣與清風二位宗教界大能還就宗教上向大家普及了一下親王殿下就是天下菩薩（神仙）下凡，過來普渡眾生云云。

這種給當權者造個神仙身分的事，從來也不罕見。

秦鳳儀另規定了每年官方正式祭祀鳳凰大神的時間、儀式，每年鳳凰大神的祭祀，各土司、山民、土人，還有交趾土人中有身分的、受邀請的，都要過來一塊祭祀鳳凰大神。各地主要是指雲貴與交趾，秦鳳儀還很和氣地問他們，有沒有銀子建鳳凰大神的觀宇啊？要不要他出手幫忙啊？

交趾吳知府立刻保證會自籌款項給鳳凰大神建觀宇，吳知府是秦鳳儀一等一的心腹，乃秦鳳儀提攜起來的，他祖父原是江浙總督，剛轉調直隸總督，說來小吳也跟著秦鳳儀許多年了。先時與薛重在榷場，後來收復交趾後，秦鳳儀點讓他做了交趾知府。

吳知府這麼一表態，雲貴土司也不能說沒錢啊。

秦鳳儀還一副很善解人意的模樣，「知道你們不富裕，不過，你們這樣的心誠，鳳凰大神會保佑你們的。以後跟著本王，包管你們吃香的喝辣的，好日子還在後頭呢。」

秦鳳儀少時在民間長大，很有些江湖習氣，說話也直接，先問過李邕、方壺，還有桂地的李長安，各地方官道的修建情況。三人說得那是眉飛色舞，口沫橫飛，主要是，親王殿下簡直忒是仁慈，修官道都不用他們出錢，徵用他們山民的時候，給的工錢也很是不少，從不令他們出白工。這一兩年，普通山民的日子都能過得的，許多聰明的姑娘和小夥子，還學了一二技術。正因得了實惠，方壺才會帶頭把秦鳳儀供奉為鳳凰大神在人世間的分身。

不然，誰會傻乎乎地奉承你啊。

再者，官道修好，他們各地買賣貨物，生意往來，方便很多。再有大理來的馬匹，眼下他們大多數山民都不再是肩背手扛，他們當地也有了運送貨物的車馬行，就是出門也便利了許多。還有許多躲在山裡的山民，也在他們的勸說下，下得山來，分予田地，過起了日子。

各州府之間的官道修好後，他們又說了縣州之間的官道的事，秦鳳儀笑，「先緩一緩，就是州縣之間也得有個先後，甭到時先修你們州的，他們府的就開始吃醋。」

秦鳳儀一笑，便笑得李邕有些不好意思起來，至於方壺、李長安，兩人都是臉皮厚的，只恭敬地道：「我們都聽殿下的。」

李邕悄悄同秦鳳儀眨眼睛，意思是私下有事同親王殿下說。方壺身為李邕的大舅子很看不上妹夫這種小意手段，不知為啥，特別喜歡跟親王殿下說私房話，簡直是叫方壺……還小小的有些嫉妒哩，他就沒有妹夫這樣不要臉。

吳知府說起自交趾到上思的道路來，吳知府道：「這條路必要先修起來，不然運東西太不方便了。就是有馬，路也實在難走。」

秦鳳儀道：「測量出多少里程和道路狀況沒？」

吳知府道：「都測好了。」

「一會兒你把公文交給趙長史。」秦鳳儀吩咐一句，譚知府連忙應了。

雲貴土司瞧著秦鳳儀給這裡修路，給那裡修路，尤其雲南土司，他們自雲南入南夷來鳳凰城，一路上可算是親自體驗了一回南夷道路之寬敞好走，此時都很不要臉地問，都是鳳凰大神的子民，親王殿下能不能也順道幫他們修修路，他們也窮啊，路也難走啊。

秦鳳儀爽快道：「行啊，要修哪裡的路，你們與羅卿商議，只管測好里程，繪出地形來，到時一應花銷由我這裡出。」

雲貴土司都不能信這天大的餡餅竟落到他們頭上，秦鳳儀肅容神聖道：「鳳凰大神在上，只要你們歸順，我視你們如一。」

秦鳳儀與羅朋私下說話時則道：「趁著這次修路繪路，把雲貴的地形摸一摸底。還有，他們都是各土司為政，大土司乃段白楊三家，想來還有些小部族，弄清那些小部族的情況。」

羅朋正色應了，又與秦鳳儀說了鹽井之事。

因著大理之事，羅朋官升兩級，如今已是正五品，他家媳婦小圓也升了五品誥命，此次回鳳凰城，正在跟李鏡說話呢。

小圓道：「我們初時到了大理，覺得跟咱們先時到南夷城時相似，時間長了就覺得，沒有咱們這裡的法度。他們當地土人治理全靠土司，有什麼糾紛也全賴土司裁度，可說起來，又沒有正式的法典。若不依賴土司，日子是極難過的。到了土司治下，每年耕作又要將地裡一半的收成獻給土司。倘遇到賢明的土司尚好，若有災年，總能為治下百姓減免些租子。有些殘暴的，哪裡管他治下百姓死活，許多百姓過得還不如咱們這裡的崑崙奴呢。」

李鏡道：「這樣重的賦稅，想來當地土司必是大富的。」

「有錢得不得了。」小圓道：「他們那裡的女人也學咱們南夷的打扮，只是，她們太喜好金銀了，常常插滿頭，看著就沉，多墜頭髮啊！」

李鏡笑道：「說不得在家私下不這樣。」

「我覺得也是，要是在家也這樣，得早早把頭墜下來，變禿頭。」小圓說話可樂，逗得屋裡人都笑了。

大公主道：「我聽說雲貴那裡的土人風俗與咱們漢人大有不同。」

「他們那裡的土人也是分不同的族群，各有各的忌諱，也各有各的美醜標準。有一個部族，女人都會紋面，我反正看不出哪裡好看來，但她們就是以此為美，在他們部族內，不紋面的女子基本上嫁不出去。」

小圓忽想到一事，笑道：「還有一個部族，居住在離大理比較遠的地方，他們那裡的人不成親，要是哪位姑娘小夥子看對眼，姑娘半夜就跑到小夥子屋裡去，兩人行周公之禮後，姑娘便離去。倘以後姑娘生下孩兒，與這小夥子也無干，在家裡與自家兄弟姊妹一道養育。」

李鏡大公主等人都聽傻了，大公主直接道：「還有這樣不通教化的地方？」

小圓點頭，「自從大理與咱們南夷通商時起，還有一件趣事，說一個到大理的商賈聽聞這些風俗，就以為大理的女孩子都是這般。有一天他投宿在客棧裡，晚上睡覺時聽到房間裡窸窸窣窣，以為是有姑娘過來與他睡覺，結果是來了一個賊，把他屋裡東西偷了個精光。」

眾人俱是大笑。

此次土司們過來，尤其是大理的土司們，還有要事想同鎮南王殿下相商。商量的也不是別個事，便是鹽井之事。

大理為什麼與吐蕃打成兩敗俱傷，雙方方肯罷手？先時說因貿易之事，但那不過是個幌子，具體原因是在兩地邊界發現了鹽井。這可是了不得的好東西，鹽鹵曬個十天半月，便給曬出鹽來，誰不想要啊，還在兩地邊界。為爭鹽井，可不就人腦袋打成狗腦袋嗎？

如今秦鳳儀派軍隊兵駐大理，自然也曉得鹽井之事。

秦鳳儀派出兩支軍隊，一支在大理，一支便守著鹽井。

大理的土司們為了鹽井都能跟吐蕃人打起來，雖則秦鳳儀勢大，但也沒有吃獨食的道理啊。如今過來，便是想商量一下鹽井之事。

秦鳳儀很是大方地道：「此次戰事，楊家損失最大，楊家拿四成，你們沒意見吧？」

段白兩家土司一陣肉疼，想著楊家拿四成，親王殿下也要占一股的，那麼分到他們頭上的能有多少呢？不過，這是在秦鳳儀的地盤上，兩家土司不敢放肆，硬著頭皮問：「我們兩家也死了不少青壯啊！我的弟弟，白土司的叔叔，都戰死了。」這是賣了一回慘。

秦鳳儀道：「你們每家三成。」

段土司與白土司都驚得說不出話，四隻眼睛齊刷刷望向秦鳳儀，臉上寫滿不可置信。

秦鳳儀爽朗一笑，「怎麼，以為本王也要分你們的鹽井不成？只管放心，當初傅長史如何與你們約定的，便是如此，本王是個信守承諾之人。」

兩家人這叫一個感激喲，雖則楊家的事都由親王殿下做主，楊家得的這四分鹽井，估計也得入親王殿下的手，但親王殿下給他們每家三成，足以令他們鬆口氣了。

兩家人又道：「鹽井那裡必得有軍隊守護才成，不然那些吐蕃賊必然又要來搶。」

秦鳳儀微微一笑，「你們各家的鹽井，自然由你們駐軍。不過，關於鹽井駐軍，咱們得立起幾條章程來。我這個人既守承諾，亦守規則。」

兩家連連稱是，之後大家就駐兵之事又有一番商議，以及規則的擬定。

這些事安排好後，土司們心滿意足地離去，親王殿下答應幫他們修路，還答應把鹽井分給他們。親王殿下的寬和，讓這些剛剛歸順的土司們一直吊著的心可以放下一些了。

而且，他們在鹽井的劃分上，此處鹽井不知為何，一部分是出白鹽的，另一部分則是紅色的鹽。段白兩家都不願意要出紅鹽的鹽井，便把那出紅鹽的鹽井讓給了楊家。為免親王殿下不悅，兩家人還給羅朋送了重禮，說這紅鹽比白鹽好。

羅朋先是有些不悅，兩家又送了一回禮，還有兩家的土司太太跟小圓解釋了好幾回，很是奉承小圓，最後，羅朋只得允了。

羅朋問手下：「牢裡的犯人吃了這些天的紅鹽，沒事吧？」

手下道：「沒事，都挺好的。以往他們飯菜裡哪裡有鹽啊，這放些鹽，飯菜也有滋味兒，他們吃得可香著。」

於是，羅朋把這紅鹽改了個名兒，不叫紅鹽了，叫桃花鹽，裝桃花鹽的瓷罐都是豫章那裡訂製的官窯瓷。總之，包裝上各種高端大氣上檔次。羅朋又給這桃花鹽批註了一些養顏補血的美容功效，沿著京杭運河，自江南大戶一路賣到京城去，種種火爆就不必提了。

叫段白兩家羨慕得，好想再把鹽井換回來。

只是，當初他們死活要把這產紅鹽的鹽井給楊家，為這不惜走關係送重禮，如今哪裡又開得了這個口？

兩家土司頗受族中長老埋怨，批評他們沒有智慧，將天大好處送予了他人。

兩家土司也是一陣火大，心說，當初還不是你們出的主意，說紅鹽色妖異，定然是不好賣，也賣不上價的。如今看人家發財，又來埋怨我等，當真是可恨的老賊。

至於羅朋，更是叫兩家土司嫉妒壞了。

秦鳳儀知此事很是笑話了一回這兩家土司，心說，阿朋哥十幾歲就出門做生意啦，哪是你們這些土老帽能比的？

羅朋更是藉著修路測繪之機，收攏了許多當地的小部族，還請了易風水大師過來，為他們擇址建城池，讓他們自山野搬到城中居住。至於這些小部族的頭領，也有幸在羅朋手下兵馬的護送下，過來鳳凰城向鳳凰大神在人間的分身鳳王殿下請安。秦鳳儀待他們十分友善，餵了不少心靈雞湯，描繪了許多美好願景，把這些小部族頭領們收服得妥妥的。

待段白兩家得知親王殿下的野心，卻又懾於南夷兵馬強壯不敢輕動，再加上羅朋時有彈壓，竟叫羅朋辦成了些事。羅朋對小部族完全施行朝廷法典，授與他們的土地，三年內不收租，三年後按田地等級不同，最多的不過每畝一斗租。同時，給他們一些南夷淘汰下來的槍械，徵收軍隊，加強軍事訓練，讓他們學會護衛自己。

可想而知，段白兩家治下之民聽聞這些消息是一個什麼樣的心情了。

大理城的空氣，一時緊張至極。

總而言之，羅朋在雲貴這麼幹，簡直是不叫人活了。

段白兩家都想派刺客宰了他，奈何羅朋身邊侍衛上百，每次出門皆浩浩蕩蕩，除非出動軍隊，尋常刺客還真拿他沒法子。至於出動軍隊，一旦開戰，他們沒信心能與鎮南王抗衡。何況，自從歸順了鎮南王，他們的茶馬生意更上一層樓，驟然翻臉，生意就不必提了，鎮南王反是能趁機削弱他們。

兩家猶豫著，誰都希望對方下此黑手，結果，誰都沒敢出手。

羅朋一舉收攏雲貴小部族，為他們建城池，教他們守城，還傳授給他們種植的技能，把幾家大土司擠兌得狠。倒不是大土司的日子不好過，事實上，大土司們生意興隆，秦鳳儀連鹽井都能分給他們，他們更添財源，雖則不比羅朋桃花鹽那喪心病狂的收入，實際上也都發了財。但治下之民們看到其他小部族們過的日子，便是要受朝廷的官員管束，可朝廷的官員很有些美名，並不是不講理。那些小部族的賦稅很輕，又有技術，日子比他們好過一百倍。

治下之民不安分，為此，出了幾起不太美好的處置逃民的事件。現下大理城名義上畢竟是楊家做主，楊佑在羅朋的教導下斥責了白段兩家土司，羅朋故作善良體貼地勸他們：「你們何苦要把事情鬧成這樣？我們漢人講究口服心服，便是處理逃民，他們嘴上怕了，心下怕是更恨你們。不是我說，你們也該改一改法子了。」

兩家土司心說，還不都是因為你。兩家人道：「我們大理素來行此法度，羅君一到，便改了規矩，你太過良善，哪裡知小民刁鑽？」

「鳳凰大神在上，刁鑽小民有刁鑽小民的法子，可你們徵稅實在太重了。楊土司已經決定減免賦稅，你們的意思呢？」

羅朋不愧是秦鳳儀自幼一起長大的竹馬，他雖沒有秦鳳儀念書考探花的本事，但行商日久，頗見世面，後又在秦鳳儀手下主持海貿，辦過許多差使，人情練達，手段老辣，絕非常人可比。五年的時間，羅朋便架空了段白兩家土司，令雲貴二地皆奉朝廷法典，至於兩地官制構建，也由原來的土司治理制度，改為了與朝廷一體的官員治理制度。

羅朋亦由原來的五品，升到了四品，更是破格令他擔任雲貴安撫使。

更令朝廷驚嘆的是，如雲貴這樣的地方，竟可每年為朝廷繳納賦稅。

便是景安帝，也誇讚羅朋，雖非科舉取官，卻是一等一的能幹。而就在這年，秦鳳儀打通了北至北疆，西至天竺的商路，這兩條商路之艱難，一時之間真是說也不盡。當然，這兩條商路的暢通，也為南夷帶來了可比肩蘇浙的繁華。

秦鳳儀在家抱著小五郎，看著朝廷發來的文書，驚得不得了，「啥？陛下要南巡？」

小五郎奶聲奶氣地問：「爹，陛下是哪個？」

「你不認識他。」秦鳳儀對趙長史道：「他不會要來南夷吧？」

要說最令趙長史無奈的，便是秦鳳儀對景安帝的態度了，如今秦鳳儀已是而立之年，與景安帝的關係卻是數年如一日的冷淡。聽聽這說話的口吻，叫朝中清流知曉，豈不多事？

趙長史道：「依臣所見，陛下定要來咱們南夷的。」

秦鳳儀撇撇嘴，「多勞民傷財啊，咱們這裡窮兮兮的，就怕招待不起。回封摺子，就說咱們這裡窮，沒接駕的銀錢。」

趙長史道：「臣可沒臉編這種瞎話，誰信啊？」

秦鳳儀懶洋洋地揮揮手，「好啦好啦，你去瞧著辦吧。別太奢侈，以實用為主，那人不是個好奢侈的性子。」

這話聽得趙長史心裡又是一愁，倒不是接待陛下有什麼愁的，趙長史愁的是，明明親王殿下這麼了解陛下，如何就不肯略拿出些虛情假意來同陛下搞好關係呢？

秦鳳儀因景安帝要來南巡的事正覺晦氣著呢，大陽中午回家吃飯卻是一臉喜色，笑得跟朵花似的問他爹：「爹，祖父是不是要來了？」

秦鳳儀瞥兒子一眼，「這麼高興做什麼？」你個沒出息的傢伙，還知道裡外不？秦鳳儀覺得，兒子平日裡明明很貼心，不知道為什麼，就是在景安帝這事上，大陽很覺得景安帝是個好人。為此，秦鳳儀總覺得兒子實在不夠成熟啊。

十歲的大陽，面容肖似其父，笑嘻嘻道：「我好幾年沒見過祖父了，我可想祖父啦！」

大陽還道：「爹，趙長史說您把迎接祖父的差使交給他了，我想跟趙長史一起準備迎接祖父的典禮，好不好？」

「你不用上學念書了？」秦鳳儀鄙視地道：「書讀得亂七八糟，還有臉跟我討差使。」

大陽不服道：「爺爺奶奶都誇我有才，說我比爹您小時候書念得好多了。」

秦鳳儀連聲道：「都說七八歲，狗都嫌，你這已經十歲了，怎麼還這麼討人嫌啊？」

大陽不愧是他爹的親兒子，當下也不問他爹了，直接通知他爹一聲：「我就當你答應了，反正我耽擱不了功課的。」

他爹跟祖父關係一般，但大陽一向有自己的主意，他與祖父的關係很好啦。

大陽午飯都沒在家吃，就去了隔壁姑媽府上，跟阿泰哥說起了祖父要過來的事。大陽要參與迎接祖父之事，他與阿泰哥是表兄弟，他祖父就是阿泰哥的外祖父，有這樣的事，自然不能忘了阿泰哥。

阿泰果然很願意加入，大陽乾脆把小夥伴們都找齊了，一起參與迎接景安帝的準備。

秦鳳儀私下對妻子道：「馬屁精一個。」

李鏡笑，「孩子們願意張羅就讓他們張羅去唄，陛下是君，咱們是臣，總要恭敬些的好。你又不願意出力，叫大陽去也挺好的。」

秦鳳儀哼唧兩聲，「三郎和四郎去做什麼？還有五郎，路沒走穩，也跟著瞎湊熱鬧。」

李鏡道：「他們都是哥哥們的跟屁蟲，一向是大陽到哪兒，他們就要到哪兒的。」

秦鳳儀是不參與迎駕大典的準備事宜的，李鏡卻要另收拾院子，他們夫妻搬到旁的院子住，將這主院重新裝修了，屆時給景安帝入住。如景安帝其他的隨扈，亦要安排起居之所，好在隔壁公主府可以幫忙，不然帝駕安置也是大問題啊！

秦鳳儀還鬧彆扭，不想景安帝住王府，李鏡一句話就堵了他的嘴：「要不，咱們另外花銀子，現下給陛下建行宮也來得及。」

秦鳳儀如今雖不差銀錢，但他家大業大，用錢的地方也多，一聽建行宮的話，此方不再多嘴，隨媳婦安排去了。

要說景安帝想要南巡，真不是一時的想法，這位帝王在位多年，早想出來看看自己治下的大好河山了。只是，因著有先帝當年北狩之事，大家對於帝王出巡之事便比較慎重。好在景安帝大權在握，他非要南下，官員們也攔不得。

如此景安帝便將大皇子留京，與鄭老尚書一道主持政務，景安帝帶著景川侯與諸多心腹之臣南巡。景安帝早想來南夷看看了，這個早年極為荒蠻之地，聽聞近些年被秦鳳儀治理得很不錯，尤其每年商稅數目，景安帝每每想來便是龍心大悅啊！

在豫章見到了三兒子，並在豫章住了兩日，景安帝便帶著三兒子與幾個皇孫一塊來南夷了。剛一入南夷，景安帝就見到孫子大陽帶著外孫阿泰以及好幾個孫子外孫子等一干孩子，連帶著南夷的總督、巡撫、長史官們都在碼頭等候御駕了。

景安帝見著孫子，沒有不高興的，大陽與他祖父更是好得不得了，行過禮後，就跳上龍舟，帶著一干小夥伴們見過祖父，又同外祖父打過招呼。景安帝瞧著這一堆的孫子外孫子，委實是老懷欣慰，尤其是孫子大陽，除了鼻樑有些像外家人，眉眼簡直與秦鳳儀如出一轍。

望著大陽那靈動的眉眼，景安帝彷彿看到了秦鳳儀少時的模樣，大陽笑嘻嘻道：「我爹在家等著迎接祖父，先讓我們過來打個前哨。」

景安帝哈哈一笑，「前些天聽說他帶著你巡視雲貴各地，什麼時候回來的？」

大陽道：「我們過了上元節就去了，四月便回來了。知道祖父要來，我可高興了。祖父，我好幾年沒見你了。」說著還膩在祖父身上同祖父蹭蹭臉，親暱得不得了。

景安帝極喜愛這個孫子，這麼些個皇孫，也只有大陽這樣與他如尋常祖孫般的親近。雙胞胎性子偏文靜，不似哥哥。獨小五郎，年紀小，見大哥與祖父這樣親近，他也伸著兩隻小胳膊，奶聲奶氣地提要求：「祖父抱……」

景安帝笑，「這是小五郎吧？哎喲，祖父這才見著你。」俯身把小五郎抱起來。

大陽把小五郎放到祖父左腿上，他坐祖父右腿，這麼一屋子人，大陽硬是不覺丟臉。可見其臉皮之厚，頗得其父真傳啊！

大陽很是跟祖父親暱了一陣，一時，景安帝召見南夷總督和巡撫等人，大陽就抱著小五郎從祖父的膝上下來了。他一副極有派頭的模樣，帶著弟弟和小夥伴們站在一旁。

景安帝心中極是欣慰，深覺寶貝孫子很懂規矩，見過章總督、邵巡撫等人後，溫言說了幾句，龍舟便往鳳凰城而去了。

因天氣正暖，景安帝也未在艙中，而是在外看兩岸風景，大陽就是祖父的小嚮導，兩岸都有哪些城鎮，他一清二楚。

景安帝笑道：「可見是常出來的。」

大陽笑，「我每年都去三叔家玩，安堂兄也會來我家，我還常跟我爹出門巡視哩！」很有些得意，又介紹他們南夷的風土人物。

大陽尤其自豪的是：「去歲春闈，我們南夷中了兩個進士啊！祖父，您不曉得，那天熱鬧得，街上跟過節似的。」

南夷這些年頂多出過舉人，進士一直是零蛋，原本秦鳳儀想通過特權把方灝、傅大郎的戶籍轉到南夷，讓這兩人頂著南夷戶籍去春闈，也給南夷弄幾個進士。奈何傅大郎早便在杭州有才子名聲，杭州知府早就等著他春闈弄個三鼎甲給自己臉上增光添彩，再不能答應的。

這年頭的官員，尤其是清流上去的官員，很有些骨氣，還放話說，秦鳳儀要查敢搶傅大郎，他就上京告御狀。方灝則因多年在學術界發光發熱，人品正直，根本就當沒聽到秦鳳儀這餿主意。結果，這事就沒成。

後來還是南夷真的本土教導出來的學子中了進士，其中一人還是當年秦鳳儀打發人去徽地趁火打劫「拐」來的徽地百姓。彼時人家就是個識字的，因為當年這孩子識字，秦鳳儀就沒讓他入奴籍，沒想到念書靈通得不得了。其後中了秀才，就到鳳凰城的府學來念書了。一來二去的，年紀輕輕便中了進士，很是給南夷人民增光添彩。至於這一家子的戶籍，早在這位進士兄中秀才時便都放了良民，這也算是秦鳳儀對於當年那些徽地百姓的一項鼓勵念書的政策吧。只要一家子有人念書識字，經考試學識不錯，便可放良籍。若這家子出個秀才，便放一家子良籍。

大陽身為南夷世子，也深知自家地盤啥都好，這些年更是富得流油，就是一樣，這幾年雖說讀書人漸多，但沒有中過進士的，又因近來財大氣粗，時常被些眼紅的外路人諷刺為暴發戶。故而，如今南夷出產了兩個本鄉本土的進士，大陽這個世子也倍覺榮光。

大陽還跟他祖父說：「可惜我不能科舉，我要是能科舉，以後起碼得是個榜眼吧。」

景安帝笑咪咪地聽著大陽吹牛，「你爹當年考的是探花，你就要考榜眼啊？」

「那是。」大陽文謅謅的，「這叫青出於藍而勝於藍。」

雙胞胎在一旁聽著大哥吹牛。

三郎忍不住道：「大哥要是能考榜眼，大姊肯定能得狀元。」

四郎與三郎是雙生子，兩人很有些心有靈犀的意思，四郎還直點頭，「就是就是！」

大陽剛一吹牛，兩個弟弟就給他漏氣，大陽瞪他倆，「我這是好男不跟女爭好不好？再說了，我平時都是讓著大美啦！」

三郎和四郎完全不信的模樣，簡直叫大陽氣歪鼻子，尤其小五郎還在旁邊拍著手，奶聲奶氣地說：「大姊念書比大哥好！」

這三個臭弟弟，簡直叫大陽面上無光啊！

景安帝哈哈大笑，問：「怎麼大美沒來啊？」

大陽道：「她在家幫著檢查迎接祖父的儀仗，給姑媽和我娘打個下手。」又說：「姑媽可喜歡我妹妹了。」雖然妹妹念書比他好，大陽與大美的感情還是很不錯的。

景安帝看兩個碼頭都紮著彩棚，道：「太奢侈了。」

大陽笑，「南夷這好幾十年祖宗們都沒來過，祖父是第一個來的皇帝，祖父，您不知道我們南夷上下多麼高興啊！」

大陽性子肖似乃父，有什麼說什麼，此刻說起話來，那種發自內心的孺慕與歡喜，更是令景安帝心下喜悅，景安帝道：「這紮好的倒罷了，別的再不許這樣了。」

大陽應了，其實別的也沒啥了。

因南夷水脈暢通，官路也修得平整，就是自舟登岸，踏上官道，景安帝沒忘說一句：「這官道修得也不錯。」

大陽道：「每年都有人護理，要是哪裡壞了，立時就修了。聽我爹說，當初他來的時候，從江西入南夷，到南夷城便走了十好幾天，那會兒路況破敗，現下都修好了。就是這外頭的山路，實在是修不了太寬。我記得小時候去京城，京城的正街都是十六輛馬車並行的。」

景安帝道：「京城地處平原，南夷山多路險，路能這般平穩，可見費了許多人工。」

大陽很能說上一些路況的情形，還有現下許多在修的縣與縣之間的道路的情形，「以前我爹剛就藩時，先修的就是大庾嶺這段路，後來是修州與州之間的官道，縣與州之間的官路，如今修到縣與縣之間的官道了。其實有好些富裕的縣自己拿銀子，再徵召縣裡的青壯，就把路修好了，這回修的主要是偏僻一些的縣城的路。」

參之章 ● 噩耗乍起亂朝局

景安帝一行車駕兵馬眾多，行了七八天才到鳳凰城。秦鳳儀縱是再不情願，一大早也帶著妻女還有大公主夫婦以及王府屬官出迎景安帝。

鳳凰城更是收拾得喜氣洋洋，二十丈便是一處彩棚，百姓們更是早早就到了大街上，等著瞻仰皇帝老爺的儀駕。

秦鳳儀按著儀式迎接了景安帝，自從南夷太平後，秦鳳儀好幾年沒回京城了，此次一見景安帝，心下暗忖，當真是好人不長命，禍害遺千年。景安帝如今也是五十出頭的人了，竟還髮鬚漆黑，望去不過四十許人一般。

秦鳳儀心裡感慨，為什麼說禍害遺千年啊，禍害太會保養啦！

秦鳳儀暗自腹誹，殊不知景安帝也在瞧他。秦鳳儀三十歲時就開始留小鬍子了，他也不似別人下巴上留一撮，他是唇上留兩撇小鬍子，修剪得整齊精緻。因南夷多有海外夷人，秦鳳儀還學人家弄個小鬍子微微上翹，平添幾許俏皮。

天可憐見，秦鳳儀原就是那種特別不顯年紀的相貌，少年時雖有幾分稚氣，但二十歲以後就是青年的模樣了，現下，嗯，還是青年的模樣，他非要弄兩撇小鬍子，半點沉穩可靠的氣質都沒有，反令人深覺好笑。

景安帝調侃一句：「鬍子不錯啊！」

秦鳳儀隨手一摸，不是他吹牛啦，他這鬍子在南夷排第一，無人敢稱第二。秦鳳儀看景安帝下巴上留的鬍鬚，道：「你這種都不流行啦，顯得老氣橫秋的，現在都流行我這種。」

景安帝心說，朕這鬍子是京城最流行的好不好？

兩人彼此腹誹幾句，景安帝對秦鳳儀道：「與朕同乘御輦如何？」見秦鳳儀一沉吟，景安帝便知他不願，立刻將手一擺，給自己找個臺階，「罷了，輦車再加上你就擠了，大陽與祖父同乘吧。」大陽立刻樂不顛地應了。

景安帝心道，還是孫子好啊！

當然，景安帝也見過長女、長女婿一家，還有兒媳婦李鏡，與孫女大美。見到大美時，景安帝都不由讚了一句：「大美生得可真好。」

聽到有人誇他閨女，哪怕是景安帝這樣討厭的傢伙，秦鳳儀都不禁挺起胸脯，驕傲得如一隻引吭高歌的天鵝，心說，也不看看我閨女像誰！

大美那相貌，那眉宇間的神韻，與其父簡直一個模子刻出來的，不過，秦鳳儀一向是活潑性子，大美則多了幾分沉靜，但那精靈一般的美貌，縱此時不過小小女孩兒，卻已依稀可見日後的傾國之貌。

大美笑道：「皇祖父好。」

聲音清清脆脆，舉止更是落落大方，景安帝心生喜歡，道：「大美也與祖父同乘。」

大美謝過祖父，待上了御輦，景安帝發現，相對於大陽猴子般的好動，大美幾乎就是皇家貴女的楷模，那種儀態，那種自骨血裡流露出的驕傲與矜貴，景安帝很是喜歡。又想到大陽大美兩個如此南轅北轍的性子，偏是同胞兄妹，不由令人一樂。

景安帝此際乘御輦行駛在朱雀大街之上，街兩旁淨是百姓們的歡呼。

景安帝自車窗向外看去，大陽為祖父介紹：「咱們這是從東城進，王府在西城。」

景安帝笑，「有東城有西城，看來也有南城北城了？」

大陽點頭，「南城已是建好了，北城還在建。」

這是鳳凰城的城建問題了，當年建城時也沒想到發展得這麼迅速，後來人口漸多，秦鳳儀又有錢，當然，就是他沒錢，也有的是人願意出錢與親王殿下合作建城。

景安帝見東城已是這般繁華，心下已知西城風景，望著這座不遜蘇杭的城池，景安帝唇角的笑意不由更深了幾分。

景安帝帶著大陽和大美在御輦同乘，女眷如大公主、李鏡皆有自己的車駕，年紀小的孩子們都是跟著母親們坐車，大些的孩子們便是騎馬，秦鳳儀與三皇子都是騎馬。

三皇子看著秦鳳儀便心急，這幾年南夷當然發展得很好，但大皇子在朝中依靠著顯赫外家，再加上數年如一日地裝聖人，真真是要把自己裝成個真聖人了。故，大皇子在朝風評亦是極佳。偏生近幾年南夷也沒什麼事，除非三年一次按例回京陛見，秦鳳儀也不知多尋幾個機會回京在朝刷好感。

三皇子自己不是那種會去跟人刷好感的性子，可秦鳳儀不同，秦鳳儀只要願意，八面玲瓏的事做起來毫不費力，偏偏這人不肯做。

於是，三皇子見著他就著急。

好吧，如果秦鳳儀不是這樣的性子，而是為著皇位便同景安帝卑躬屈膝的人，那三皇子多半也不會與他交好。

可秦鳳儀這麼傲氣，三皇子又很為他著急。

三皇子與秦鳳儀便在御輦兩畔，聽著鳳凰城百姓的歡呼，一路直到了王府而去。

景安帝到了王府之後，便打發鳳凰城的眾官員退下了，畢竟大老遠過來，皇帝陛下得先休息一二，讓他們明日再來請安。

景安帝一路見到了南夷的繁華，也見到了鳳凰城的熱鬧，此時，同樣見到了秦鳳儀王府的樸素。是的，在許多士人、山民們看來稱得上威風八面的王府，在景安帝看來，簡直可以稱之為簡陋了。不要說帝室，就是京城一些富戶有了錢，也要在屋頂上犯忌諱地弄幾塊琉璃瓦來顯示富貴，更不必說王府規制，皆是琉璃金頂才是。

秦鳳儀這座王府，固然也是王府的規制，有面闊五間的正門，面闊五間的正殿，但裝飾上卻無一絲金玉琉璃之物，這也忒簡樸了些。想到秦鳳儀當初來南夷就藩，一來就忙著修橋鋪路，當時銀子緊張，自己王府都這樣隨便糊弄了一下，便是以景安帝之鐵石心腸，看向秦鳳儀的眼神都柔軟了許多，感慨道：「這南夷，你治理得很不錯。」

秦鳳儀哼哼兩聲，意思是，這還用說嗎？長眼的都能看到！

大陽替他爹翻譯那兩聲「哼哼」：「還好吧，我爹說，現在雖則是有點小錢了，以後還要注重百姓們文教方面的引導，必得叫百姓識得禮法才好。最好再多幾個進士，這樣也能有面子，不然總有人說我們壞話，說我們這裡的人沒文化。」

景安帝聽大陽說話就開懷，對秦鳳儀等人道：「你們都歇了吧，叫大陽陪朕便好。」

李鏡笑，「父皇的院子也都是大陽帶著弟弟妹妹們一起收拾的。那就讓大陽服侍父皇，這幾年沒去京城，他時時念叨父皇呢。」

景安帝更覺熨貼，想著兒媳婦孫子都這麼懂事，也不知秦鳳儀怎麼就這般倔強。對於秦鳳儀的性子，景安帝亦是無奈，便打發眾人各去休息了。

景安帝有大陽陪伴，秦鳳儀就帶著妻子孩子們去跟岳父說話啦。景川侯見著長女一家、長子一家很是歡喜，尤其各家都一大群孩子。景川侯三子三女已稱得上人丁興旺，李釗身為他的嫡長子，也不比老爹差什麼，除了長子壽哥兒是在京城出生，也不曉得南夷的風水怎麼這麼好，崔氏隨丈夫來了南夷後，又生了四個兒子，如今家裡五個兒子，最小的明哥兒也三歲了。景川侯看著這麼一堆的孫子、孫女，哪裡有不喜歡的。

秦鳳儀道：「哎喲，自從知道岳父您要過來，我跟大舅兄是日也盼夜也盼啊！早我就邀請你來的，怎麼樣，我們南夷咋樣，比京城還好吧？」

南夷眼下氣象，秦鳳儀身為南夷之主，自然是得意非凡。

景川侯心說，你還真是十年如一日愛吹個大牛啊！

景川侯道：「鳳凰城雖好，也比不得京城氣派。」

「嘖！」秦鳳儀道：「要是在京城，這會兒正是颳大風沙的時候，我們南夷四季如春，因為時常下雨，地界就乾淨，哪似京城似的風大沙大的，哎喲，春天颳得人睜不開眼。上回雙胞胎跟著我回京，正趕上春天颳大風，一個沒站穩，吧唧就叫風給颳倒了。」

雙胞胎齊齊點著小腦袋，扯著小奶音道：「對，颳倒了！」

景川侯笑道：「你少渾說，我聽說南夷颳起海風來，房子不結實的，屋頂都能颳飛。」

雙胞胎又齊齊點著小腦袋，扯著小奶音道：「對，颳飛啦！」

秦鳳儀瞧著這兩個牆頭草，問他們：「你倆到底是哪國的啊？」雙胞胎繼續扯著小奶音，腆著小胸脯道：「我們是正義之國的勇士！」

有孩子的地方永遠不會煩悶，景川侯還是問了問皇帝過來鳳凰城，有關鳳凰城的安保工作之類，讓秦鳳儀務必留心。

秦鳳儀道：「您只管放心吧，我親自瞧過的。我的地盤，哪裡可能會出事啊？」

景川侯想著秦鳳儀大事素來謹慎，便也不再多言。

景安帝說是不必人服侍，中午用膳一樣要叫著兒女子孫們過來一道用。皇帝嘛，尤其是到了景安帝這個年紀的皇帝，握有天下這些年，到了現下，不就是圖個兒孫滿堂的熱鬧嗎？

到了南夷，自然要用南夷的特色菜。

大陽跟皇祖父介紹：「海味兒最好吃的還不是鳳凰城，南夷最好的海味兒在瓊州，這些都魚貝蝦蟹都是早上自瓊州運來的，鮮得很，祖父您嘗嘗。」

景安帝身為帝王，享有四海，可說來生活並不算奢侈。當然，這節儉也是有原因的，當初景安帝登基算是臨危受用，西北的蠻子險些兵臨京城，彼時只怕國朝不保，哪時有時間說這些吃喝享用之事。之後就是十年的勵精圖治，收復陝甘。陝甘那一仗打了好幾年，糧草消耗不知凡幾。那會兒便是景安帝也是勒緊褲腰帶過日子，後來國朝漸歸太平，又得令百姓休養生息，故景安帝甭看是一國之君，真沒過過太奢侈的生活。如這些海味兒，他其實也喜歡吃，只是南夷路遠，這些蝦貝在南夷或者不是很貴，但一路運到京城，再經內務司，就不知何價了。是的，景安帝絕不是那種「何不食肉糜」的天子，事實上，他心裡很有一本帳，極會過日子的。

如今到了鳳凰城，倒是可盡情享用了。特意自瓊州送來的海味兒，又是進上的，品質自然不消說。景安帝也讚了一句：「不錯，清淡鮮甜，數年前閩王曾往京城供奉海味，不及南夷海味肥美。」

秦鳳儀大陽父子臉上齊齊露出得意模樣，父子倆偏又生得肖似，一大一小，令人看著有趣。大陽很有他爹的眼力勁兒，還幫祖父剝蝦、剝螃蟹，他自己也吃。

景安帝素喜大陽，親暱地令他與自己坐一席，這下子，連馬公公也無用武之地了。

如今這酒席上，大家說些團圓開懷之語，便是秦鳳儀與景安帝素來不睦，也沒擺臉色攪了氣氛。說到三皇子賣給他的瓷器太貴，秦鳳儀真是一肚子不滿，說三皇子：「越發的不實誠了。以往浮梁的官窯瓷價錢多實誠啊，後來老三你不知聽了誰的讒言，年年的給我漲價，這不，今年又長了一成，你這個也忒貴了！」

三皇子不聽他這刁話，「先時我不懂商事，我們豫章的官員也都不大懂這個，可叫你占了不少便宜。再者，今年這也不算漲價，我這是新燒出的官窯瓷新花樣，自然是新價錢。」

秦鳳儀勸三皇子酒，「來來來，那祝你官窯燒出新花樣，你得吃一盞。」

兩人互勸起酒來，秦鳳儀勸酒的那些個花樣，三皇子拍馬都趕不上，一時叫秦鳳儀灌了不少酒。景安帝看他二人和睦，心中很是喜悅。

大陽怕他祖父寂寞，也端起酒盞道：「祖父，我也敬您一杯。這第一杯，是我和弟弟妹妹們敬祖父的，祝祖父福如東海，壽比南山。」祝壽詞都出來了。

景安帝哈哈一笑，「好！」喝了一盞。

「我們才不用你代呢！」大美很不滿被大陽代表之事，舉杯道：「祖父，這是您第一次來南夷。以前都是我們去京城看望您，今天是您來了南夷，孫女敬您一杯。」

大美仰脖就乾了，一亮杯底，「我乾了，祖父您隨意。」

祖父老人家是見著了一堆的孫子外孫子，大公主與崔氏彷彿都受了生兒子的祝福一般，起先兩人都想著，生個閨女以後好與大陽般配，畢竟秦鳳儀先時可說過兩家做親的事，結果這兩家是一個閨女都生不出來，崔氏生了五個兒子，大公主生了四個兒子，再加上三皇子家的安哥兒，秦鳳儀家的四個兒子，所以，景安帝這回是見著五個孫子四個外孫子，女孩子就大美一個，而且，大美這般豪爽，景安帝也乾了一杯。

大美喝的是女眷飲的荔枝酒，並無妨礙。

雙胞胎跟著起鬨，兩人向來行動一致，他倆如今不過五歲，也不會如兄姊那般說老長的話，他倆就舉起自己的小盞，齊聲說了三個字：「祖父，喝！」

有孩子們熱鬧著，安哥兒、阿泰等都紛紛敬祖父（外祖父）酒，景安帝這一餐午膳，吃酒吃到微微醺，午膳後小睡了半個時辰，醒後神清氣爽，舒坦至極。

景安帝與馬公公道：「這酒倒不錯。」

人是感情的動物，哪怕一直被詬病為鐵石心腸的帝王亦是如此。

人又都是有偏好的。

譬如景安帝，別看秦鳳儀一直對他歪鼻斜眼很不馴順的模樣，景安帝偏生看秦鳳儀極順眼。因為看秦鳳儀順眼，景安帝看南夷便越發順眼了，尤其是南夷這地方雖無甚歷史積累，但新城有新城的好處，那就是啥都是新的，再加上秦鳳儀是個講究的，又愛到街上逛，所以街上完全沒有亂搭亂建的事，畢竟要注意市容嘛。

大陽陪祖父去街上走一走時，景安帝就覺得，鳳凰城的市容比京城整齊多啦。當然，主要也是京城寸土寸金，大家便寸土都不肯浪費。大陽還請祖父吃了蝦籽餅，把自己的小夥伴們介紹給祖父認識，又請祖父去參觀了自己的親衛軍。

大陽的親衛軍最終的定額人數是三千，先時都是他爹幫他盯著訓練的，後來大陽漸漸大了，因為他爹說這是給他的親衛，大陽便有空也時常自己過來看著將士們訓練。為此，他還經常去別個軍營進行對比偷師哩，甚至從自己老爹那裡要了本兵書祕笈悄悄塞給自己的親衛將領小嚴將軍，讓小嚴將軍好生努力練兵。

大陽很關心小嚴將軍，但凡小嚴將軍的生辰或者節日，大陽都會有禮物賜給小嚴將軍，先前小嚴將軍沒把家小帶過來，後來也不好總是夫妻分居，便把媳婦接了來，大陽還把一個與自己年紀相當的小小嚴帶到身邊，跟自己一起上學念書。

故而，別看大陽書念得一般，在這些事上，他很遺傳了他爹的心眼兒。

大陽還跟祖父說道：「嚴大姑家的小豹子還太小，跟五郎差不多，等五郎念書的時候，他們可以做伴。」

大陽說的嚴大姑就是京城嚴大將軍家的姑娘，前幾年被秦鳳儀李鏡這對夫妻忽悠到了南夷來，後來嫁給南夷的少族長阿金。秦鳳儀一向希望漢族與南夷的當地土族融合，故而嚴大姐與阿金成親的事，秦鳳儀非但按照禮法規矩通知了嚴大將軍，還派出典儀官幫著阿金張羅，同時寫了封信給景安帝，想讓景安帝賜給嚴大姐一個爵位，以示朝廷對這樁親事的看重。

其實除了嚴大姐是心甘情願嫁給阿金這一點，像嚴大姐這種京中高門貴女遠嫁千里，嫁給一個土族少族長，在京許多士大夫看來，這與和親也沒什麼差別了。景安帝在南夷的政治理念上與秦鳳儀非常一致，那就是，景安帝也認為漢土融合有助於南夷的治理，特別嚴姑娘還是出身一向忠烈的嚴家，嚴姑娘更是有戰功之人，並非尋常閨秀，是故，景安帝也樂得給嚴家這個面子，直接就封了嚴姑娘一個郡主銜。在嚴姑娘與阿金成親時，景安帝亦按郡主例賞了一份嫁妝，所以這樁親事當年也是頗為榮耀的。

大陽說的小豹子就是嚴姑娘與阿金的長子，因為生長子前，阿金夢到了一隻渾身金斑燦燦的豹子，便給長子取名為豹。

不過，小豹子現在與父母在交趾駐兵，沒有他爹的命令，嚴姑姑一家不能來鳳凰城。

大陽還說起嚴姑姑的武功：「好厲害，有一回把小嚴將軍打趴下了。」

景安帝聽得哈哈直笑。

大陽道：「我也跟我娘學習武功了，祖父，等回去我練給您看。」

「好。」景安帝摸摸孫子的頭，他就喜歡大陽這朝氣蓬勃的模樣。

祖孫一行人還去了大陽極力推薦的飯莊用飯，大陽道：「祖父您總是在皇宮，出來吃飯的時候肯定少。咱們家的廚子自然精細，不過，民間也有民間的味道。」

大陽雖然年紀不大，吃飯卻很是好胃口，先不提這飯食味道不差，就是大陽的好吃相，景安帝瞧著便胃口大開。這孩子活潑，也不怎麼挑食。大陽從小就是爹娘的小寶貝，原本也是有些挑食，不過，這種挑食後來被他爹給治癒了。

大陽長大些後，秦鳳儀東巡、西巡都會帶上大陽，所經地域也並不全都是富庶之地，還有些鄉下地方，百姓們雖能吃飽，日子依舊不易。孩子小時候大多心善，大陽有一回跟他爹去了一個窮地方都哭了，後來大陽就不挑食了，還特別愛惜糧食，每次用飯都能將碗裡的飯吃得乾乾淨淨，從來不剩飯。

所以，對鳳凰城的參觀，就由大陽陪伴著祖父完成。

景安帝過來就是南巡的，見過鳳凰城的官員後，景安帝又由大陽帶著參觀了幾個軍營、學堂，包括秦鳳儀一直被清流念叨的，專門招收官宦子弟的「官學」，景安帝都去瞧了瞧。另有鳳凰城的青壯訓練場，因南夷是多族混居，先前戰事也多，尤其是未平山蠻之前，還曾有縣城被山蠻劫掠之事。故而，秦鳳儀要求百姓們得學些自救的本領，便號召縣裡的捕快與青壯們輪番來州府參加軍事訓練。時間也不長，按朝廷規矩，百姓每人每年四十天的徭役期。秦鳳儀這裡一向有什麼城鎮建設都出銀子讓商賈做了，很少直接徵調民夫，便要求百姓們每年四十天的徭役改為了軍事訓練，學不學得好，總能學習一些，以免有戰事不能自救。

另外，各鄉里村裡也會發下一些軍中淘汰下來的刀槍，由裡正村長分發給村裡的青壯，用以保衛鄉里。

景安帝便問道：「現下南夷靖平，如何還要召百姓來訓練？」

大陽道：「這是因為不能叫百姓們沒了血性，我爹說，固然可以收天下之兵以求太平，可是，將百姓們都養成不知兵戈的弱雞，以後就只能等著人宰了。何況，眼下是太平了，但周邊暹羅、蒲甘等地，皆是族群凶殘的地方。他們那裡雖有國王，但地方勢力也極厲害的。偏生與天竺的生意得經此二國，咱們這裡是比他們那裡要富些的，若是百姓只是有錢，而無自保之力，周邊這些小國就得以為咱們是肥羊，磨好刀就要來宰的。我聽我爹說，除了南面的這些小國，北疆還有北蠻，也是又窮又能打的國家，所以，不能叫百姓們失了銳氣。」

大陽說得很是認真，景安帝知道大陽是個實誠孩子，想著這話多半是大陽問他爹時，秦鳳儀說給大陽聽的。不過，對於秦鳳儀這話，景安帝卻是信一半不信一半的。

在鳳凰城停留三日後，景安帝便決定東巡，去桂信二地看一看，再到交趾看一看。他是皇帝，自然是由他做主。不過，景安帝在南夷出行，必是要秦鳳儀相陪的，至於皇孫，景安帝就帶了兩個，一個是大陽，一個是安哥兒，另外帶了外孫阿泰，其餘皇孫皇外孫都沒帶。當然，兩個兒子三皇子與秦鳳儀都帶上了。

待往東而行後，景安帝才算是真正看到了秦鳳儀在這片土地上花費了多少心思。自鳳凰城往東，不論碼頭還是官道，皆是修建得結實耐用。沿途所經各州縣，景安帝對當地官員但有所詢，文官對於當地民生皆瞭若指掌，武將們話不多，一到軍營中去，就知實力如何了。何況，南夷的武將多是有軍功的，便是土人、山民出身的將領亦是如此，他們的官位雖然多是因歸順朝廷方賞賜下來的，但前幾年南夷戰事，倘武功謀略不足的，基本上都在戰事中交代了。活到現下的，起碼都有自己的一套。

景安帝更是看到了南夷百姓對於秦鳳儀出自內心深處的愛戴，漢人們會稱秦鳳儀為親王殿下，土人山民則會稱他為鳳王殿下，耆老們說起秦鳳儀的好來，那真是三天三夜都說不完。其實主要就是託殿下福，傳授給咱們這許多的技術，咱們現下吃得飽穿得暖，只要不懶，日子都好過。這些話很實在，聽著也簡單，但南夷由原來的荒瘠之地到今日不遜江浙的富庶，可想而知秦鳳儀所付出的心血。

景安帝登上交趾土地時，與秦鳳儀道：「自先帝時起，失陝甘之後，這是第一次我朝開疆拓土。後世史書會記下你，也會記下朕。」

秦鳳儀完全沒想過後世史書如何寫他的事，他隨口道：「這算什麼，交趾不過小地方，我聽人說，海外的地方大著呢，什麼時候我閒了，去海外占一大片疆域。」

景安帝看向秦鳳儀慵懶中透出淡淡威儀臉龐，不得不說，他諸子中，秦鳳儀的眼界最是開闊。或者正因此開闊眼界，方有南夷今日。

此時景安帝卻是不想說海外疆域之事，他道：「這裡沒有外人，朕也想要與你說幾句心裡話。自先帝過世，朕就有兩件事一直放在心上，第一治理好江山社稷，不使祖宗蒙羞；第二便是為這萬里江山，找一個值得託付的儲君。鳳儀，你可願意受此託付？」

秦鳳儀大大的鳳眼驀然定睛在景安帝的臉上，望入景安帝的鳳眼之內，彷彿一柄刀，一把劍，似要剖開景安帝的胸腹，取出他的臟腑。

秦鳳儀望景安帝片刻，便移開眼睛，微微勾起唇角道：「當日，我剛知道我娘的事，心裡無比憤怒。鄭尚書與盧尚書曾去勸我，我便對他們說，就是你的十二旒天子冠放到我面前，我都不會多看一眼。」

「這些年也有人勸我與你修好，謀求帝位。」秦鳳儀的側臉冷若千年寒冰，聲音中不見半絲溫情，語氣卻是淡的，「你因帝位拋棄了她，我若因帝位忘記她當年苦難，那樣，我與你又有什麼分別？」

「我就是要讓你知道，我與你是不一樣的人！我永遠不會做你當年的選擇，我這一生，不與你同！」

父子之間最動聽的話應該是，我要成為父親這樣的人。

這是兒子對父親人生最大的肯定。

而今，景安帝經歷了完全相反的一句話：我這一生，不與你同。

所幸景安帝不是尋常父親，待聽過秦鳳儀這些話，景安帝的臉龐神色沒有半分動容。他或許早預料到了這種結果，如果秦鳳儀要謀求帝位，不會在南夷靖平後只是例行公事的三年一次京城陛見。如果秦鳳儀想謀求帝位，會主動與他緩和關係。再退一步，起碼，不會這樣直接地拒絕他。

這麼說，其實並不太準確……

一瞬間，景安帝腦中閃過多少分析決斷秦鳳儀不清楚，但景安帝這種雲淡風輕，彷彿兩人只是在閒話家常的態度，秦鳳儀還真是服了他，心說，皇帝的臉皮真跟常人不一樣啊！

不過，景安帝也不是被虐狂，他被秦鳳儀噎得不輕，只是他這樣的年紀，這樣的人生經歷，也不可能大失其態。不過，他也少理會秦鳳儀了。三皇子偏生又不是個嘴巧的，他是瞧出皇父似不大痛快，卻不大會勸慰。好在大陽、安哥兒兩個都正是天真活潑的年紀，景安帝平常只是叫了孫子們在身邊說話玩耍，含飴弄孫，好不樂哉。

景安帝還當著一眾大臣的面誇大陽：「好聖孫！」

這種誇讚，簡直叫南夷一干大臣心下暗喜，心說，果然咱們殿下最得陛下聖心，連咱們小殿下也這般得陛下喜歡。

獨秦鳳儀一人暗翻白眼，心說，你們可真好糊弄！

三皇子也為秦鳳儀高興，讓他多往老爺子身邊奉承一二，秦鳳儀偏生不肯，簡直氣得三皇子跳腳。三皇子心說，我是為了你嗎？我是為了絕不能讓那人如意地登上帝位！

三皇子素來口拙，還要去替秦同儀在皇父跟前說好話，三皇子道：「他這人，心裡都有，看大陽就知道他的心了，只是性子彆扭罷了。」

景安帝覺得好笑，道：「難得你還會說別人性子彆扭。」

三皇子為了幫秦鳳儀刷好感，臉面全都豁出去了，「那可不，要不怎麼是兄弟呢？」

這話景安帝愛聽，景安帝很是慈父心腸地與三兒子說了許多話，連三皇子的為人處事，都有頗多指點。

秦鳳儀的性子雖則令人頭疼，奈何人家也有一幫擁躉，如三皇子，以及在秦鳳儀這裡效力的宗室如襄陽侯，如壽王家二郎，都會替他在景安帝跟前刷好感。有大家幫著圓場，還有大陽這個會幫他爹刷分的存在，景安帝瞧著也挺樂呵。

從交趾起駕，再至雲南、貴州。抵到貴州後，景安帝便與秦鳳儀道：「朕接下來經湖南再到豫章坐一坐，便也回京了，你不必送了，回吧。」

秦鳳儀道：「我讓大陽送陛下。」

景安帝點點頭，忽而對秦鳳儀道：「鳳儀，你天資出眾，遠勝於朕。你這些年也經歷了不少事，朕知道，凡事你自有你的判斷，可是，你的眼光就一定是準的嗎？你的判斷就是一定是對的嗎？朕與你說的話，皆是真心。」

景安帝忽然在眾臣面前說這一席話，一時間，眾臣皆驚，只覺陛下此話大有深意。便是素來只忠於景安帝，不參與皇家任何事務的嚴大將軍都不由多看了秦鳳儀一眼。

秦鳳儀一副淡然無波的死樣子，簡直是急煞了一干心腹之人。

景安帝就此離開了南夷所屬藩地。

景安帝一走，秦鳳儀令趙長史、馮將軍陪著大陽護送景安帝一直到湖貴邊界，再送大陽回鳳凰城。大陽是個天真的性子，他早就察覺父親與祖父的關係不大好，突然聽到祖父說這樣沉重的話，大陽心裡有些不好過，不知道兩位長輩之間有什麼矛盾。

大陽是個伶俐的孩子，看祖父情緒不高，不好打聽長輩們的事，便悄悄安慰祖父道：「我回去勸勸我爹就好了，他要是不聽，我就叫我娘勸我爹，我娘的話，他一準兒聽。」

景安帝欣慰地摸摸大陽的頭，覺得孫子真貼心，殊不知大陽要是對著他爹必然得說：「有什麼事不高興啊，我去勸勸祖父，祖父一準兒聽的。」

所以，身為牆頭草雙胞胎的大哥，大陽也很有牆頭草的氣質啦。

秦鳳儀回鳳凰城的路上就被心腹偷偷打聽了好幾遭，皇帝那話似有深意啥的。

秦鳳儀煩不勝煩，道：「沒什麼深意，就是問我要不要當儲君，我回絕了。」

章顏和李釗險些一口老血噴出來，章顏見秦鳳儀竟然把儲位給回絕了，急壞了，「殿下怎地如此輕率？」你以為這儲位是你的嗎？這是咱們南夷的！你你你……你竟然拒絕儲位！你乾脆一刀捅死我算了！

章顏此時真是死的心都有了。

李釗臉也青了，都不想搭理秦鳳儀了。

秦鳳儀道：「我說你們是不是傻啊？這種話都能信？哪個皇帝立儲是問你要不要做儲君的啊？有這麼問的嗎？真是，什麼都信，你倆可真天真！」

景安帝既然當著眾人的面說那些似是而非、含糊不清的話，便斷然不會保密的。此事與其叫景安帝故意洩露出去，倒不如他先說給心腹們知道。

章顏雖則被秦鳳儀這話說得有些回轉，卻還是道：「那殿下也不必回絕得那麼狠，倘陛下沒有立殿下之意，焉會問殿下此語？而且，離開南夷時又說那樣的話，必是相中了殿下的。再者，恕臣直言，倘陛下有立那一位的意思，這些年早該立了。」

秦鳳儀道：「朝中平家勢大，後宮裡平皇后安穩，你們就不要癡心妄想了，我本也沒想過要坐什麼儲位。」

章顏此時神智復位，恢復了從二品大員的政治素養，認真道：「我等說這話，並非出自私心，只是看如今諸位皇子，又有哪位皇子有殿下的才幹呢？臣今日之心不為私，實為公也。有當年先帝陝甘之鑒，臣真是怕了再有無能之人登上帝位，一誤江山，二誤天下。」

「行了，這江山是陛下的，他考慮得不比你們深啊？叫他著急去吧，管他呢！」

秦鳳儀那副無所謂的模樣，彷彿說的不是天下至尊儲位，而是隨便微末小事，章顏和李釗看他這樣，又是一陣氣悶。

二人私下也有一番商議，章顏與李釗打聽：「不知侯爺那裡……」

景川侯私下有沒有與李釗透露些什麼啊？

李釗搖頭，章顏嘆道：「那麼，怕陛下只是試探殿下的意思了。」

如果真有什麼，這樣要緊的事，景川侯沒有不與李釗暗示一二的道理。

李釗道：「咱們也不必急，我看，殿下一向有自己的主意。」

章顏嘆，「太可惜了。」

李釗亦覺可惜，但秦鳳儀能權掌西南，這些年歷練下來，心志見識更非常人可比，看秦鳳儀半點也不急，二人雖覺可惜，但心裡也明白，陛下突然這樣問，的確是試探成分居多，倘真大咧咧應下來，那也忒實在了。

只是，陛下已年過五旬，仍未立儲，其意若何，反正在章顏和李釗看來，陛下這絕對不是滿意大皇子的意思，反而是他們這一位，這些年內平南夷，外征交趾，收復雲貴，戰功赫赫，再有安民撫民，他們這一位都是獨一份。

如若秦鳳儀無能無才，這儲位他們想也不會想，可秦鳳儀明明出身才幹皆是一等一，如果就此失去儲位，簡直天理不容。

因為景安帝提及儲位，二人身為秦鳳儀的超級心腹，一時皆是心思奔騰，思緒萬千。

李釗隨秦鳳儀回鳳凰城後，還特意同妹妹說了這事，讓妹妹好生給秦鳳儀順順毛，別一見皇帝陛下就跟見了三輩子的仇人似的，便是為大陽，也得多想想，是不是？

李鏡聽聞景安帝竟與秦鳳儀提及儲位，哪裡有不問秦鳳儀的。章顏李釗都不好細問他，李鏡卻無此顧忌，仔細問了丈夫。

秦鳳儀擺擺手，「他的話，妳一句都不必信。」

李鏡結合景安帝兩番提及此事，輕聲道：「陛下也許並不是在試探你，如果是試探，陛下不會提第二次的。」

「那我也不信。」秦鳳儀靠在榻上，雙眸輕閉，輕聲道：「我不想做他的儲君。我的母親，用生命生我養我。」

李鏡握住丈夫的手，知道他是忘不了婆婆的事。

李鏡道：「無妨，不做便不做。」

若是十年前，李鏡斷然說不出這樣的話，但現下自家相公據西南半壁，景安帝也不可能來削南夷的藩。現下該為難的不是他們，而是景安帝才對。誠如章顏的觀點，李鏡在儲位上也是一樣的看法。要是景安帝滿意大皇子，早該立大皇子了，焉能等到現在？

李鏡道：「別無精打采的了，我有事與你商議。」

秦鳳儀原以為媳婦也要批評他沒順竿做這個儲君呢，沒想到媳婦這般善解人意，當下精神大振，睜開眼坐直身子問：「什麼事，只管說來。」

「是母親的事。」李鏡道：「這些年了，咱們都是在自家小祠堂供奉母親。以前咱們剛來南夷，諸事忙亂，千頭萬緒，主要也是咱們這裡不太平，能把母親供奉在哪裡呢？如今總算小有基業，孩子們也大了，母親雖在揚州入土為安，咱們做兒女的，也該有咱們的心意。我想著，不如從內庫裡拿出些銀錢來，給母親蓋座廟，以後也可常去祭拜。」

李鏡又道：「這事在我心裡頭這些日子了，廟宇的名字我都想好了，就叫慈恩寺。」

「妳這主意好。」秦鳳儀自然是願意的，越發覺得媳婦貼心。

李鏡雖則不急著丈夫去爭儲位，但此位，李鏡絕不會拱手讓給大皇子，她就要用這慈恩寺給京裡的百官提個醒，誰才是皇朝的元嫡血統。

大半個月後，大陽就在趙長史和馮將軍等人的護送下回了鳳凰城。

李鏡正張羅著建慈恩寺的事，大陽是個好奇心重的，說了些一直送祖父到湖南的事，他就打聽起慈恩寺的事情來。說來，他爹娘雖然也時常往廟裡觀裡佈施些個，卻不是愛求神拜佛之人，便是大陽，在父母的教導下，對宗教向來是尊重而不沉迷。不過，好端端的，怎麼爹娘倒建起廟來，必然是有緣故的。

大陽問他爹時，他爹只說：「小孩子家，瞎打聽什麼？出去這些天，功課有沒有落下？」拿考校功課威脅兒子。

大陽就去問他娘了，他娘便沒瞞他，直接與他略說了說柳王妃之事，李鏡道：「這些事，你聽一聽便罷了。這是長輩們的事，與你們小輩無干。」

大陽驚呆了，他不曉得他一向崇敬的祖父竟然曾經為了帝位拋棄了自己的親祖母……

大陽一時很有些緩不過神，好幾天都沒精神。

秦鳳儀知曉此事後埋怨妻子：「大陽還小，如何要與他說這個？」

「他已到了懂事的年紀，早晚都會知道，與其叫別人說，不如我們告訴他。」李鏡老神在在，「放心，我心裡有數。」

李鏡後來又與兒子長談了一回，李鏡道：「人這一輩子，不可能都是光明的時刻，陛下與你祖母之事，我讓你不要多想，便是因此事太過複雜，事涉長輩，而且，當年到底是個什麼形勢，我與你爹那時候都沒出生，何況你了？你祖父與你祖母的事，是他們的事，你只要想你祖父對你好不好就行了。」

「自然是好的。」大陽眼神有些黯淡，情緒亦是不高。

「那便是了。」李鏡想摸摸兒子的頭，終是沒有動。大陽是世子，以後要承繼基業的，而李鏡對長子的冀望更深，她希望兒子心性上的成長要更快些，再快些。

李鏡道：「你祖父與你祖母、你爹，終是有歉疚的，但他對你一直非常喜愛，沒有半點不好。大陽，這是你們的祖孫情分。」

大陽有些似懂非懂，李鏡讓他自己琢磨去了，孩子不是一瞬間便能長大的，在長大的過程中，必然要有各式各樣的經歷，而這些經歷是父母所不能替代的。李鏡向來只負責引導，其他的就看孩子們自己了。

大陽還沒弄明白祖父母之間的事，忽然自江西傳來的噩耗，御駕經江西龍虎山腳時，遇山石崩裂，不幸罹難，連帶著景安帝、景川侯，全都遇難了。

大陽聽聞此事，祖父品德有瑕之事再顧不得想，不論是祖父還是外祖父，都是待他極好的，大陽只覺傷心至極，哇一聲就哭了。

大陽這能哭出來的還是好的，他爹倒是沒哭，他爹驟聞此事，心下大痛，低頭一口血便吐了出來。麾下諸臣原就被景安帝遇難的消息驚得六神無主，如今見秦鳳儀如此，更是面色大變，再顧不得景安帝如何，立刻大聲宣來太醫，又紛紛上前勸起秦鳳儀來。

秦鳳儀與景安帝一向不大和睦，這並不是什麼祕密。只是，看你原本對皇帝陛下愛搭不理的模樣，皇帝陛下雖則遭遇不測，你這反應也忒強烈了吧？

秦鳳儀突然吐了血，大家這會兒就全都顧不上皇帝陛下了，齊齊喊來太醫給親王殿下看診：關鍵時候，南夷上下都指望著您老人家，您可千萬不能有事啊！

好在秦鳳儀年輕，一時刺激過大，吐口血並不是大事，太醫開了寧神的方子便親去煎了來。秦鳳儀吐了回血，心下倒是驀然清明，立刻問過來傳信的信使：「這絕不可能！陛下御駕防控何其嚴密，怎麼會山石崩裂遇難？簡直是笑話！」

信使道：「殿下，世間誰人豈敢拿帝躬說笑？」

這話也是，秦鳳儀驟然起身，來回遛達兩遭，喃喃地道：「那也不大可能啊，我完全感覺不到啊！」秦鳳儀又問：「大舅兄，你感覺得到嗎？」

李釗此刻臉色泛白，沒明白秦鳳儀的意思，「什麼感覺？」

秦鳳儀道：「親人過世，我這心裡都有感覺的，你是岳父的長子，倘岳父有個好歹，你肯定也有感覺。」

大家都覺得：殿下這是傷心傻了吧？

李釗眼淚都下來了，顧不上自己傷心，哽咽道：「阿鳳，你節哀。」說著，李釗的眼淚便撲簌簌落了下來。此時落淚的，絕不止李釗一人，景安帝身為帝王，一國之君，雖則遲遲沒把他家殿下立為儲君，但這位帝王在位時，一雪先帝失土之恥，勵精圖治，盡職盡責，為政為君，皆稱得上英明之主，便是他們南夷能有這麼迅速的發展，也少不了這位帝王在政治上的支持。想到皇帝陛下月餘前還在鳳凰城對他們溫方勉勵，欣賞有加，而今竟隕身江西，每念至此，大家焉能不傷心呢？

於是，紛紛掉下淚來。

秦鳳儀還道：「哭什麼呀，一準兒沒事，都虛驚一場。」

大家一聽這話，想著皇帝陛下山陵崩，親王殿下傷心過度失了神智，於是，哭得更傷心了。眾人哭了一回，章顏方問那使者到底是個怎麼回事。使者細細說了，原來龍虎山是有名的張天師的道場，景安帝南巡就想去龍虎山拜一拜。現下不正是雨季嗎？前些天下了雨，大家也不曉得山岩鬆動了。御駕剛至山腳，山石崩塌，御駕都埋山石下頭了，現在還挖呢。

秦鳳儀有些懷疑，「陛下真在御駕中嗎？不會是別人在御駕中，你們看錯了吧？」

使者都覺得，親王殿下當真是神智不大清醒了，皇帝陛下安危大事，給他八個膽子，他也不敢亂說啊！

正好，章太醫端上藥湯來，大家勸著秦鳳儀先吃藥，定一定神，別真的傷心傻了，眼下這要命的時候，大家還都得指望著他呢。

秦鳳儀一盅湯藥下肚，就有些昏昏欲睡，趙長史與李釗把秦鳳儀送到內儀門，李鏡已帶著一群孩子們接了出來，顯然也是聽說了景安帝不幸遇難的消息，人人臉上帶淚。

李釗一見著妹妹，更是傷感得不行，不過，眼下還有更要緊事，李釗強撐著精神道：「殿下傷心過度，剛喝了章太醫開的湯藥，睡過去了，讓他好生歇一歇吧。」

李鏡讓大陽帶著孩子們送丈夫去房裡休息，請李釗和趙長史到書房說話，一到書房，李鏡先問：「消息準確嗎？」

李釗道：「是三殿下特意打發人，八百里加急過來送的信，應是無差。」

李鏡不知是沒敢問，還是疏忽了沒有問，並未提自己父親的情況，而是道：「召章大人、桂巡撫、傅長史、張駙馬、馮將軍、潘將軍、方賓客都過來說話。」

章顏等人一到書房，見到王妃殿下，立覺心安。

這些年南夷能有今日，自然是親王殿下的英明所致，但王妃殿下的賢德智慧，他們這些近臣亦是曉得的，尤其是曾與王妃殿下參與過鳳凰城保衛戰的章顏、方悅二人。再者，王妃殿下為親王殿下誕有四子一女，這樣的時刻，親王殿下傷心過度不能理事，有王妃殿下主持大局，亦是好的。

李鏡道：「章總督立刻起草王令，陛下罹難，南夷上下，包括雲貴，外鬆內緊，且謹防不測。另則，令義安、敬州二府嚴防閩地。張駙馬點兵三千，備上糧草，去一趟江西，一定要見到豫章王，問清楚到底是怎麼回事。」

李鏡如此一通吩咐，大家彷彿找到了主心骨，凡是接到王妃吩咐之人，皆起身領命。

秦鳳儀是在下午醒來的，醒來後就看到了守在床邊的妻兒，大陽的眼睛腫得跟個核桃一般，妻子臉上亦有淚痕，他過了一會兒才想到了什麼，聲音中彷彿帶著微微的嘆息，問：

「什麼時辰了？」

大陽哽咽，「爹，下午未末了。爹，您可醒了。」

要不是見他爹都傷心得倒下了，大陽都想痛哭一場。

秦鳳儀坐了起來，看向妻子，「是真的嗎？」

李鏡點點頭，「又有三封密報送來，三殿下正在主持救援的事，眼下已挖出御駕……」

李鏡也說不下去了，眼睛濕潤，淚水便落了下來。死的不止是景安帝，還有她親爹。

李鏡想到父親竟遭此不測，便傷心極了。

秦鳳儀長聲一嘆，「我要去一趟江西，非我親見，我必不能信。」

李鏡道：「我已著張駙馬親去了，到底如何，待張駙馬回來便能知曉了。眼下陛下那裡尚不知如何，你想想，陛下萬乘之尊，如何就突然遇到山石崩裂之事？我絕不信這是意外。可倘是人為，陛下都受此謀算，你若是現下去，焉知不是正中他人算計？何況，眼下南夷官員六神無主，正需你拿主意，我雖能穩住一時，到底是婦道人家，再者，大主意我也沒有。你若好了，就先去見一見章總督等人吧。」

李鏡也不全然是勸秦鳳儀，她說的也是實話，李鏡雖自忖不算無能，秦鳳儀也常說他媳婦是天下第二聰明之人，李鏡卻深知，自己在大局見識上是不如丈夫的，尤其現下生死榮辱之計，更需丈夫拿下主意，以定君民之心。

秦鳳儀卻彷彿沒聽到妻子這話，他的眼睛虛虛垂下，輕聲道：「妳說那人，我以往常說他是世上第一聰明之人。當年為登上帝位，也是用盡心機手段，如今卻也不過這般結局。」

秦鳳儀其實是個愛哭的人，大陽就遺傳了這一點，但此番親爹、岳父一塊出事，秦鳳儀吐血之後反是並沒有落淚痛哭。只是，看他的神色，李鏡反是盼著他痛快哭一場才好。

秦鳳儀並沒有倒下，他已不是先時那個遇事只會憤怒哭泣的少年了。

秦鳳儀起身後換了白衣，在書房召見近臣。章顏等人亦都是換了青衣角帶，個個神色肅穆，一肚子的心事。

秦鳳儀當頭一句便是：「我沒想到陛下會突然出事，你們也沒想到吧？」

這話說得，誰能想到啊？

秦鳳儀似是看出他們心下所想，淡淡道：「只有一種人能想到，便是謀害帝駕之人。」

秦鳳儀的聲音不大，就是秦鳳儀昏睡的時間，諸人心裡定不是沒想過御駕突然出事委實蹊蹺，但秦鳳儀突然說破，饒是大家乃權重一方的大臣，仍是禁不住面色微變。

章顏身為南夷總督，諸人之中他官位最高，但第一個說話的不是他，而是雙眼紅腫的桂巡撫，桂巡撫咬牙問：「殿下的意思是，陛下是被人所謀害的？」

桂韶性忠烈，一想到這樣聖明的君父竟是為人所害，恨不得立刻揪出賊人噬其肉食其骨飲其血剝其皮。

「除此之外，我絕不相信世間能有這麼湊巧的事。帝駕不去龍虎山，他這山石怕也不能突然崩裂。」秦鳳儀雖恨景安帝，但他也就是說兩句「好人不長命，禍害遺千年」的話，並沒有恨到要殺景安帝的地步，更未料到景安帝突然就這麼去了。

秦鳳儀寒聲道：「南夷封地是陛下親自賜予我的，我既是南夷之主，便要守好這裡。馮將軍，沿線佈控，所有軍事防備調至最高等級，所有休假的將士悉數召回。自州縣到鄉村，皆要加緊訓練，慎防戰事。」

馮將軍領命，秦鳳儀對潘將軍道：「鳳凰城的城防交給你。」

潘將軍起身領命。

秦鳳儀又與桂巡撫道：「陛下遇難的消息，京城應已知曉，吩咐下去，南夷上下，國喪期間，禁宴樂婚嫁。還有，眼下千頭萬緒，本王亦六神無主，李賓客暫且奪情。」

李釗哽咽，「是。」

秦鳳儀將藩地的事情吩咐好後，便打發眾人下去了。

之後，秦鳳儀修書一封給羅朋，命人祕密送往大理。

章顏、李釗、方悅、趙長史和傅長史五人，私下又求見了秦鳳儀一回，章顏道：「眼下雖不該說這話，這些年殿下待臣等恩深如海，臣不得不言，為殿下計，為南夷計，為天下蒼生計，殿下，您得有個決斷。」

秦鳳儀道：「既敢謀害陛下，必有後手。」

大家還等著秦鳳儀後面的話呢，後手是啥啊？結果，秦鳳儀說完這句便沒動靜了。

李釗身為秦鳳儀的大舅兄，兩人於公於私皆不是外人，何況此番不僅秦鳳儀死了親爹，李釗他親爹也遭遇了不幸，而且，不同於秦鳳儀與景安帝複雜的父子關係，李釗與其父一向是父嚴子孝的典範。一想到親爹叫人害了，李釗恨得便忍不住道：「殿下的意思是……」

秦鳳儀道：「這世間許多人都愛耍心機手段，陰謀詭計，以示不凡。人有些心機原不是壞事，但想以心機成大事，實是捨本逐末，愚蠢至極。這世上其實只有一件事情是最要緊的，那就是……實力。」

「且等一等，並無妨。」秦鳳儀如此說。

李鏡雖則已是優秀政客，但她當真沒有秦鳳儀這種安定人心的能力。大家看秦鳳儀正常了，心下委實鬆了口氣，開始有條不紊地進行外鬆內緊的各項治喪事宜。

小嚴將軍私下找方悅打聽了一回，他……他爹是陛下的隨扈大將，他爹有沒有事啊？

方悅悄與小嚴將軍道：「你稍安勿躁，我就在殿下跟前，一旦有嚴大將軍的消息，我立刻著人告知你。」

小嚴將軍擔憂不已，一臉憂心忡忡地向方悅道謝。

相對於南夷的平靜，京城則是險些翻了天。

一聽到景安帝出事的消息，裴太后直接就厥了過去，然後，又被平皇后、大皇子等人哭醒過來。裴太後面白如紙，只恨不得一口氣上不來，再厥過去一遭才好，此際，還要提著一口氣問：「皇帝怎麼會出事？景川侯呢？嚴槿呢？」

大皇子雙手將一封素白的奏章捧上，泣道：「皇祖母……」

奏章呈上，嚴大將軍倒還活著，景川侯卻是一塊西去了。

裴太后也是七十來歲的人了，再如何耳聰目明，其實眼睛也有些花了，但手腳靈便，此時伸手去接奏章，卻是未能接住，奏章直接掉到了冰冷的地磚之上。

大皇子膝行上前，伏到裴太后膝上痛哭起來。

裴太后與大皇子抱頭痛哭，一時間，整個慈恩宮內皆是涕泣之聲。

裴太后和大皇子等人正哭呢，得了信兒的鄭老尚書等人也哭到了宮裡來。

裴太后抱著大皇子泣道：「我的孫兒，這可如何是好？」

大皇子泣道：「孫兒全無主意，還需皇祖母教導！」

裴太后老淚縱橫，「我一守寡老婦人，無非是夫在從夫，子在從子罷了。今皇帝一去，痛我心肝！」裴太后多精的人啊，縱是初時被皇帝兒子的死打擊得厥了過去，眼下的裴太后卻是比任何人都要清醒。一個成熟的政客，在沒有弄清楚形勢之前，是不會做任何決斷的。

裴太后眼淚汪汪地對大皇子道：「你是皇室長孫，如今你父罹難，你可要給你弟弟們做出個表率來啊！」

大皇子那淚水也是不要錢似的往下淌，「還得祖母教我。」

「我不知政要，不過，皇帝南巡前，令內閣鄭相輔政，他總是個忠心的。」裴太后哽咽地道：「再者，平郡王乃我老親家，更是你外公，他亦是信得過的。」

如果大皇子留心就能知道，裴太后說的這些話，與景安帝南巡前交代大皇子的話簡直如出一轍，只是換了幾個字而已，可大皇子並未留心。

既裴太后如此吩咐，大皇子便宣了鄭相一行人進來，內閣幾位留京之人悉數到了。以鄭相為首，大家皆是一副天塌下來的哀淒樣。當然，皇帝陛下突然離逝，這與天塌也沒什麼不同了。大家進來先是一通哭，哭完後還得商量大事。

裴太后道：「你們皆是國朝忠臣，皇帝乃萬乘之尊，今不過南巡便江西遇難，這樣的事，自古至今，聞所未聞。不要告訴哀家，這是意外。」畢竟是親兒子，饒是裴太后這樣冷心冷腸之人，談及兒子遇害之事，猶是傷痛不已，再次落淚。

裴太后看向大皇子，挽著大皇子的手對鄭相等人道：「皇帝南巡之前，將京中之事交予大郎，你們皆是內閣重臣，眼下如何，還得你們與大郎商議。哀家、哀家又有什麼主意呢？」

裴太后說著，又是一通哭，平皇后等人亦跟著哭泣。

裴太后望著大皇子，淚眼婆娑又千叮萬囑：「大郎，你可要查清楚害你父的賊人，為你父報仇雪恨啊！」

「是，孫兒謹遵皇祖母懿旨！」

「好了，你父皇的事要緊……」裴太后目含淚光，拍拍大皇子的手背，「記住，任何時候咱們皇室都不能亂，別辜負了你父皇對你的期望。」

「孫兒在皇祖母身邊服侍。」大皇子將頭埋在裴太后膝上，裴太后輕輕撫摸他的後頸，哽咽道：「此時此刻，在哀家身邊服侍不過小孝。你父遇難，你身為長子不主持政務，難道要叫你年幼的弟弟們主持嗎？他們又懂什麼呢？你不把朝廷撐起來，又讓我們靠誰去呢？」

裴太后說著勸著，大皇子方與諸臣去了。

大皇子雖則被裴太后交代了一應政務皆由他主持，但父皇遇難，大皇子彷彿全無主意，事無巨細，都要請教皇祖母，奈何裴太后被皇帝兒子遇難之事打擊得竟一病不起。如此，大皇子也不好再拿這些事擾了皇祖母養病，只得自己做主了。

大皇子也請來了平郡王請教政務，眼下除了給大行皇帝治喪，便是查大行皇帝死因之事了。平郡王認為，當召在外諸藩王回京奔喪。內閣鄭相對此亦無意見，但大皇子的心腹前文長史與前工部尚書汪尚書，以及親四舅平琳極力反對，此三人皆認為，眼下第一要務便是：請大殿下以嫡長身分登基。

至於如何登基，那就要從如何查明陛下死因說起了。

大皇子其實不大信賴鄭相等人，不過，他還是信賴自己外公的。只是，外公也不曉得怎麼了，不知是不是上了年歲，怎麼這會兒就張羅著藩王進京？鄭相一向與秦鳳儀關係不錯，可外公是自己的親外公啊，又不是秦鳳儀的外公，難不成老糊塗了？

大皇子委實想不通這一點。

其實，大皇子真是想錯了鄭相，就是鄭相此舉也是出自公心，而非私意。鄭相與秦鳳儀那點關係，在秦鳳儀沒挖他孫女婿的時候，就是尋常關係。鄭相畢竟是首輔，雖則與藩王打交道的時候不多，也不會主動與藩王交惡，而秦鳳儀是個自來熟的性子，除了秦鳳儀特討厭的人，如大皇子外，其他能相處得來的，秦鳳儀都挺親熱，但兩人真沒什麼私交，哪怕是孫女婿升職升到了南夷市舶司主管，鄭相依舊是景安帝的忠心首輔，而不是秦鳳儀的狗腿子。

可大皇子就是覺得，鄭相與秦鳳儀交好。

大皇子想不通的事，他四舅也想不通，平琳回家還與他爹抱怨：「陛下突然崩逝，眼下最要緊的，莫不國不可一日無君。倘藩王來京，京城各種勢力交雜，殿下的大事怕要耽擱。殿下一向待咱家親近，眼下還是大事要緊啊！」

平郡王一直沒有在大皇子身上下重注便是這個緣故，大皇子的耐性著實太差，原以為這些年已經有所轉變，不想，一遇大事，還是這般沉不住氣。可這個時候，大皇子只差一步，平郡王也不好再委婉著，畢竟這是自己嫡親的外孫，能伸手扶一把還是要伸手扶一把的。

平郡王道：「現下的大事只有一件，先迎大行皇帝回京，為大行皇帝舉哀發喪。至於其他的，大殿下何須急躁，大殿下本就是嫡長皇子。」

平琳道：「爹，我們也該提前預備著些。」

平郡王淡淡道：「你要預備什麼？」

景安帝已死，平琳身為大皇子最親近舅舅，膽子大了不少，平琳頗是敢說，輕聲道：「自然是殿下登基的事。」

哪怕在平郡王看來，外孫子的皇位已有五成把握，但看著這個四兒子仍是不住的灰心，平郡王道：「大行皇帝以孝治天下，三年不改父道方為孝，所以，沒有比大行皇帝發喪更要緊的事，包括大殿下登基之事。」

你爹遺體還沒弄回來呢，還在外頭晾著，你能登基嗎？

平琳越發覺得父親古板，「爹，我不是說不給大行皇帝發喪，我是說，先待大殿下登基，再召藩王回京，豈不更是穩妥？爹，您也曉得，鎮南王權掌西南，一向不馴。」

平郡王氣得，跟誰說話都沒這麼費勁過。怎麼別人家的兒子都是一點就通，偏生他家這個就是榆木疙瘩。平郡王低聲道：「殿下一旦登基，鎮南王焉會還朝？」

平琳到底沒蠢到家，此方明白父親深意，「父親的意思是，先用大行皇帝發喪之事令鎮南王還朝，拿下鎮南王後，再拱衛大殿下登基？」

這還用說嗎？

平郡王不是沒有私心，他的私心讓他在大皇子有機會問鼎皇位時，必要推大皇子一把，也必會為大皇子考慮。鄭相等人是什麼意思他不曉得，但在平郡王看來，這是最好的召鎮南王還京的時機了。

平琳去宮裡與大皇子商議他爹這主意，大皇子倒也願意畢其功於一役，然後，大皇子想了個蠢主意。當平郡王知曉這個蠢主意的時候，問罪三皇子的詔書已然由六皇子帶往了江西去，便是想追回都難了。平郡王當下跌足長嘆，待去宮裡求見大皇子時，大皇子一副理所當然的模樣，「豫章王隨駕帝側，父皇遇難，我召豫章王來京問個明白。」

平郡王道：「豫章王是大行皇帝親子，殿下的手足兄弟，大行皇帝遇難，豫章王喪父，定是心痛難當。殿下該好生安慰豫章王，事情尚不清楚，問罪豫章王，未免不妥。」

大皇子皺眉，「父皇畢竟在江西出事，不要說豫章王，便是江西巡撫都脫不開干係。」

如果說對四兒子的失望還只是父對子的失望，如今面對大皇子，平郡王當真心若死灰。其實許多話大皇子不說，平郡王也能明白。豫章王一向與鎮南王交好，這幾年南夷發展的勢頭極為順暢，江西挨著南夷更是沒少沾光。據說，江西自豫章到南夷的官路不大好，都是鎮南王財大氣粗出銀子給修的。大皇子問罪豫章王，必是削鎮南王羽翼之意。

平郡王縱是心如死灰，但對於大皇子而言，現在的時局卻是千載難遇之時機，平郡王忍下一口灰心，語重心長地道：「殿下既要召鎮南王回朝，便不好在此時動豫章王，舉朝上下皆知鎮南王與豫章王交好，殿下問罪豫章王，鎮南王必不會坐視。殿下啊，此詔書一出，想召鎮南王回朝，難矣。」

大好時機，就此喪送。

便是自己親外公，總這麼嘟嘟囔囔否決他的主意，大皇子也不大痛快了，不由得面現不悅地說：「倘朝廷連豫章王都不能問上一問，他鎮南王也忒霸道了些。朝廷將他分藩南夷，是讓他為朝廷之臣，不是讓他為朝廷之主的。再者，豫章之事，與他鎮南有何相干？倘他如此不馴，朝廷自有說法。」

這樣的橫話，在他跟前說又有什麼用？

看大皇子如此冥頑不靈，又蠢又擰，還要擺臉色，平郡王一樣的不痛快。倘不是覺得鎮南王為心腹之患，你又為何須聽我的主意召他還朝啊？還不是想把他弄到咱們的地盤上來，以除南夷之患！要對老虎下手，難道不該是快準狠？平郡王還是第一次看到要對老虎下手之前，先撩虎鬚，看看這老虎是不是軟柿子的？

鎮南王要是軟柿子，大皇子還用這麼忌憚他嗎？

平郡王被大皇子氣得折壽五載，還得忍氣問：「便是問罪豫章王，何人不可去江西，殿下如何派了六殿下？」

大皇子道：「眼下朝中，愉王叔聞父皇之事，已是不支病倒，宗人府還要二弟撐著。四弟五弟二人，一個在禮部一個在工部，皆離不得。唯六弟，他在刑部，正管刑名之事。他這番過去，我也叮囑他了，必是要把父皇的靈柩妥妥地帶回來。再者，父皇遇難之事，他也要細查才是。還有，倘派別人，老三怕是要多想。老六與他一向不錯，讓老六去，老三也能放心與他進京。我其實只是宣老三來京問一問父皇遇難之事，這事早晚都要問的，只要與他無干，我身為兄長，疼他都來不及，哪裡會問罪於他？」

平郡王終於無言可問，自宮裡告退後，都不想再替大皇子操這份心了。原本用大行皇帝之死，召藩王來京奔喪之事可名正言順召回鎮南王，只要鎮南王一回京城，那就是離水的魚，入籠的虎，先軟禁鎮南王，慢慢削南夷之勢，大皇子的皇位十拿九穩。再退一步，以給大行皇帝奔喪之名召鎮南王，倘鎮南王不肯回京，立刻便是大不孝，如此亦可在輿論上壓制鎮南王，大皇子也可以孝子之名登上皇位，日後問罪鎮南王，亦是師出有名。

偏生大皇子先要問罪豫章王。

鎮南王性情強橫，你動豫章王，他豈會坐視？

果然，原本秦鳳儀就令人時時關注江西局勢，六皇子帶著朝中詔書到江西，一則要請大行皇帝靈柩回京，二則竟要帶三皇子與江西巡撫、嚴槿，連帶龍虎山的諸位道人等回朝細問大行皇帝遇難之事。

六皇子帶來的詔書內容，秦鳳儀當天晚上就知曉了。秦鳳儀晚飯都沒吃，召近臣商量此事。秦鳳儀先是罵了大皇子、內閣等人一通，秦鳳儀怒道：「三皇子、江西巡撫、嚴大將軍，哪個是能害陛下的？不要說出這樣的大事，便是陛下在江西打個噴嚏都得是他們服侍不周，簡直荒謬！他這也忒心急了些，想登基就登基便是，如此下作，丟盡陛下的臉！不是說這幾年如同聖人一般嗎？聖人就這等吃相？」

秦鳳儀大罵一通，不然心下這口氣斷難平。

章顏在秦鳳儀身邊多年，知道秦鳳儀就是爆炭性情，待他爆發之後，方冷靜道：「大殿下此舉，怕是項莊舞劍，非在三皇子，而是在殿下。」

「既是對我，只管明刀明槍的過來便是！」

李釗道：「三皇子這裡總得有個主意，三皇子與大皇子不睦，此番進京怕是難好。」

方悅道：「倘是讓三皇子被帶到京城，下次就當真要把屎盆子扣到咱們南夷來了。」

大皇子如此手辣，眾人皆知到了要緊時候。

趙長史和傅長史互望一眼，躬身道：「還得殿下拿個主意才好。」

馮潘二位將軍亦起身道：「我等誓死追隨殿下！」

秦鳳儀面沉如水，卻是不發一言。他知道眾人之意，自景安帝遇難，秦鳳儀也知道早晚必有這一日。只是，這樣的決斷，臨頭時並不好做。突然間，書房中的牛油大蠟劈啪一聲，爆出個燈花，秦鳳儀心中一動，一掌擊在案上，吩咐馮將軍：「立刻點一萬兵馬！」

馮將軍領命，章顏等人大驚失色，齊齊道：「殿下？殿下斷不可衝動行事啊！大行皇帝尚未發喪，倘殿下兵犯京城，叫天下人如何看殿下？」

秦鳳儀皺眉看他們，「我去京城做什麼？去京城一萬人馬也不夠啊！」

「那殿下是……」

「我去迎大行皇帝來鳳凰城！」秦鳳儀語破天驚，章顏等大驚失色，然後，然後便不知是什麼反應了。

天啊，天啊！

這，這……

這主意簡直是妙至毫顛！

古有曹孟德挾天子以令諸侯，當然，大行皇帝不是漢獻帝，但此時此刻，不得不請您老人家在我們南夷受我南夷香火供奉了。

秦鳳儀看他們一個個都似被剪了舌頭一般，冷聲道：「怎麼，我不能迎大行皇帝來鳳凰城嗎？我聽聞平民百姓之家，父死，尚是正室之子為家族嫡脈正根。大行皇帝雖對不起我的母親，可我以德報怨，自然該是我為大行皇帝舉喪，難不成叫庶孽之子為大行皇帝破土發喪？如此，國朝禮法何在？」

眾人心裡一跳，繼而齊聲道：「殿下明斷！我等誓死追隨殿下！」

秦鳳儀望向大夥兒臉上的忠貞堅定，暗道，相對於大皇子，依你的英明傲氣，想來，更願意受我供奉吧？

秦鳳儀突然神來之筆，立刻令整個局勢為之逆轉。

秦鳳儀去江西接大行皇帝靈柩來鳳凰城，簡直是神人都想不到的高招。大皇子你不是要以大行皇帝遇難之事來發難嗎？行了，不必你幫著大行皇帝發喪了，你也不配呀，你更無立場以此來問罪諸人。

秦鳳儀回去同媳婦一說，李鏡也嚇了一跳，畢竟剛死了親爹和公公，李鏡不好讚此舉甚妙，李鏡說的是：「這幾天哀大行皇帝之死，竟忘了這樣要緊的事。你說的是，咱們該迎大行皇帝靈柩來南夷的，不然豈不是讓人說咱們不孝嗎？焉能元嫡之子猶在，反是讓大行皇帝受庶子供奉呢？」立刻就給秦鳳儀收拾隨身衣物，倒也不複雜，如今剛過夏時，素服便可。

李鏡難免再叮囑一句：「這次到江西去，別個都不要緊，你可得保重身子。」

但凡這事能讓第二個人去，李鏡也不能讓丈夫在此時離開南夷，但委實沒有第二個人可代替。李鏡便不似尋常婦道人家攔著丈夫說些擔心的話，只是讓他注意安危便是了。何況，經大行皇帝之事，現下的江西怕是如鐵桶一般了。

「妳放心。」秦鳳儀道：「我這一去，鳳凰城諸事便交給妳了。」

李鏡點頭，「還有一事，把小嚴將軍帶去吧。」

嚴家一向忠貞，三皇子、六皇子都好說，就怕嚴大將軍不肯隨他們來南夷。

秦鳳儀道：「妳說的對。」

秦鳳儀第二日便帶大軍出發了，文官帶了傅長史、李釗，武官則是馮將軍，另則兵馬兩萬。如今秦鳳儀的安危是重中之重，大家都不敢大意。

秦鳳儀在第三天遇到護送安哥兒到鳳凰城的衛隊，帶隊的是三皇子的侍衛頭領與張盛身邊的副將，一問方知，三皇子著人把長子送到南夷，自己準備去京城了。秦鳳儀嚇得不輕，以為三皇子已經跟六皇子走了呢。

好在侍衛說出城前六皇子命城中相士占卜，說七日內不宜移動大行皇帝靈柩，眼下他家殿下還未隨六皇子去京城。

秦鳳儀鬆了一口氣。

三皇子的侍衛長自懷中取出兩封信雙手奉上。秦鳳儀侍衛接了，秦鳳儀一目十行看過，一封是三皇子寫的，三皇子說他必要去京城說個明白，便是死也不能背上謀殺皇父的罪名，把長子安哥兒託付給了秦鳳儀。另一封是六皇子的信，六皇子的信上簡單介紹了隨他來的諸位朝中大員，信件寫得十分簡潔，最後說，秦鳳儀若是想救三皇子就趕緊想個法子，他能拖個七八天，再多時間怕也拖不住了。他也不是什麼好漢，與大皇子關係也不親密，屆時怕是護不住三皇子。秦鳳儀看過六皇子的信，心說，這還像些樣子。

秦鳳儀將安哥兒往自己馬上一放，道：「去什麼鳳凰城，安哥兒與我一同去接你父親和母親，好不好？」

安哥兒比大陽大上兩個月，已是懂事的年紀，知道皇祖父遇難，他六叔來江西，要把他爹娘帶到京城去受審，心裡又是害怕又是擔心父母弟妹，已是偷偷哭過好幾回了，此時見了鳳伯伯，安哥兒強忍著眼淚，響亮地抽了一鼻子，而後大聲道：「好！我跟鳳伯伯一道去救我爹娘，還有弟弟妹妹！」

秦鳳儀讚安哥兒一句，「男子漢大丈夫，便當如此！」打發三皇子的侍衛長道：「你快馬回去，看住你家殿下，不要讓他隨六殿下去京城，拖上兩日，待我過去，自有話說。」

「是！」那侍衛長面露感激，曲膝跪下，鄭重向秦鳳儀行了個大禮，而後飛身上馬，快馬回了江西。

終之章　智勇無雙奪帝位

秦鳳儀的大軍皆是精兵，行進速度並不慢，待到第七日便到了豫章。大軍所至，舉城皆驚。原本嚴大將軍的軍權已由一位裴將軍接掌，秦鳳儀大軍至城外，禁衛軍已是接管城防，見鎮南王大軍親至，當即嚇得不輕，連忙去回稟。

裴將軍道：「鎮南王乃朝廷藩王，無諭不可擅離封地，一旦擅離，等同叛逆。如何處置叛逆，還用本將教你嗎？」

副將想罵娘了，媽的，鎮南王來都來了，這是大行皇帝的親兒子，我他娘的難道要去砍親王？只是大將軍都叫人關了起來，副將只能忍氣吞聲，「下官魯鈍，還得請將令明示！」

裴將軍一時叫這副將噎得不輕，副將不想擔上殺親王之名，裴將軍更是不傻，不過，能叫大皇子派出來接掌嚴大將軍的禁衛軍，自是大皇子的死忠，這位便是裴側妃的嫡親兄長，因在軍中任職，一向與大皇子親近。

裴將軍索性一不做二不休，聲音自牙縫中擠出來，將一令箭遞出去，「當誅！」

副將領命去了。

然而，他剛出門便叫六皇子的人請了去。六皇子得到消息亦是極快，副將正發愁呢，便是有令箭，一旦對鎮南王的軍隊開戰，以後清算，找人頂缸，他可沒有裴家的關係。何況，鎮南王善戰之名天下皆知，叫他一個副將去與鎮南王開戰……

關鍵是，這姓裴的到底是哪顆洋蔥頭啊，就讓老子去送死！照照鏡子，你配嗎？一見六皇子，副將立刻半點不隱瞞地將此事與六皇子說了，連帶自己的擔憂一併講了。

副將道：「雖有禁衛軍十萬，但鎮南王機謀善戰，又是親王之尊，這樣問都不問一句便對鎮南王開戰。此事關係重大，下官不敢不回稟殿下……」

六皇子大怒，一則是怒裴煥不將他放在眼裡，竟然問都不問他一句便要對鎮南王下手。二則便是這姓裴的想作死自己只管死去，竟還要連累他。

六皇子怒道：「荒唐！鎮南王乃我王兄，父皇在此，鎮南王來向父皇請安，便有人想誅殺皇子！」他當即過去與裴將軍一番理論。

六皇子自小便不是個好纏的，裴將軍卻也是大皇子的心腹，而且只看此人能發下令箭，便知此人心思委實狠毒。六皇子怒道：「在我父面前，我斷不能讓你誅殺皇子親王！」

「鎮南王無諭擅離封地，已是叛逆之身！」

「便是三司，也沒有不問而誅之事！」

還有江西的官員勸著，再者，問都不問一聲便對鎮南王的軍隊動手，這無疑是要逼反鎮南王的。你要是有本事拿下鎮南王，咱們也就不說什麼了，可南夷兵一向善戰，鎮南王戰功更是名震天下。關鍵是，他娘的，我們江西離南夷不過七八日路程，你敢對鎮南王出手，咱們這些人能不能活著走出江西都得兩說，腦子長屁股上了吧？

還是新任江巡撫道：「不妨請鎮南王孤身入城說明情況，這樣不致冒犯鎮南王殿下。」

六皇子斜睨這江巡撫一眼，心說，又一個發夢的。

六皇子道：「不如裴將軍、江巡撫一道與本皇子迎鎮南王兄入城。」

二人面現猶豫，六皇子冷笑，「怎麼，鎮南王親王之尊，還不夠你等親迎？」

二人連稱不敢，江巡撫道：「臣隨殿下出迎鎮南王，畢竟城中兵馬要由裴將軍調度。」

「迎鎮南王而已，何須兵馬調度？」六皇子道：「我把話放這裡，鎮南王若是心懷歹意，南夷兵馬數十萬，咱們這裡才有幾人？」看裴將軍一眼，六皇子譏諷道：「蠢才！你竟然要對鎮南王用兵，我看你是要把我們都連累死！」

把二人臭罵一通，六皇子趾高氣揚地道：「我堂堂皇子之尊都不懼，你們倒比我這龍子鳳孫都要金貴了！」

六皇子隨便幾句便把二人擠兌得不成樣子，二人心說，便是隨六皇子出城，料鎮南王也不敢如何。鎮南王的確不敢如何，鎮南王不過是沒客氣，挾他三人率大軍入城而已。

六皇子路上還一副與秦鳳儀不共戴天的堅貞模樣，「我好意出迎，王兄這是做什麼？」

「沒有做什麼？聽聞你假傳聖諭，私囚親王，我就是過來看一看，你們哪裡來的這般膽量？」秦鳳儀還肯理一理六皇子，如裴將軍，剛要大罵，立即被秦鳳儀侍衛一頓嘴巴子抽掉滿嘴牙，再說不出話來。江巡撫見狀，馬上噤聲，不敢多言。

秦鳳儀進城先把六皇子帶來的一干人，連帶六皇子、裴將軍、江巡撫都給軟禁了，再召文武諸人議事，再將三皇子、嚴大將軍、前江西巡撫都放了出來。

秦鳳儀先對三人道：「陛下在江西遇難，你們自然罪責難逃，但要說這事是你們做的，我第一個不信。很簡單，不要說陛下為人所害，便是陛下略有不適，你們便落得侍奉不周的罪名，可眼下的確是你們的疏忽，方致百姓失君父，國朝失聖君。你們若現在以死贖罪，到了地下，陛下問為何人所害，你等可有言語回答？」

前江西巡撫滴下淚來，「殿下明鑒！有殿下此言，罪臣便是立刻死了也心甘情願！」

秦鳳儀冷聲道：「死人無用！」

江西巡撫嚇得，連死都不敢說了。

秦鳳儀再問嚴大將軍道：「大將軍可要去死上一死？」

嚴大將軍其實年紀不算老，尚未至六旬，以往保養得宜，亦是烏髮多銀絲少，今日一見已是滿頭銀髮，神色悲愴，可見御駕出事對嚴大將軍的打擊與壓力。嚴大將軍倒是不怕死，但就像秦鳳儀說的，倘就這樣死了，就是到地下也無顏面對皇帝陛下。

嚴大將軍道：「在未查出陛下死因前，罪臣不敢言死。」

秦鳳儀與三皇子道：「你的清白，待此事水落石出之時，自可明證。你自幼讀聖賢之書，得陛下教導，陛下何時教導過你自知死路，反是一意赴死的？你家媳婦兒女，難不成託付給我？我又不是沒媳婦兒女要看顧，我可看顧不過來，還是你自己看顧吧！」

說完，秦鳳儀舉起腰間所佩之劍，高聲道：「今日，本王以大行皇帝元嫡之子的名義，迎大行皇帝靈柩入歸鳳凰城！」

三皇子、嚴大將軍都以為秦鳳儀是來救人的，沒想到，秦鳳儀除了救他們，還有這麼一樁大事要做。嚴大將軍是個懂行的，一見那嵌滿寶石、五顏六色、寶光璀璨的寶劍，立刻失聲道：「這、這是……這是鳳樓劍？」

「正是！」秦鳳儀一臉肅穆莊嚴，神聖凜然，沉聲道：「當年太祖皇帝為迎娶孝元皇后而鑄此劍，從此但凡國朝正宮，必持此劍。我母乃先帝親賜婚事，當初迫不得已遠離宮闈，離宮之時便持此劍。宮內平氏，不過側室扶正，非大行皇帝元配之妻，安配持此寶物？」

「本王乃大行皇帝元嫡皇子，奉國朝禮法，迎大行皇帝靈柩回城！」

秦鳳儀突然之間放大招，連嚴大將軍這樣的朝中老將都叫他給震懾住了。雖則一直有傳聞說秦鳳儀的生母是柳王妃，但由於柳王妃的事，先時皇室是說柳王妃早早過世的，後來秦鳳儀認祖歸宗，皇室對於柳王妃一事始終諱莫如深，再者，秦鳳儀也沒什麼證據能證明自己是柳王妃的兒子。可現在，秦鳳儀突然就把鳳樓寶劍拿了出來。

這、這可真是……

真人不露相啊！

連嚴大將軍對於秦鳳儀的心性城府亦是有說不出的畏懼了。

要知道，皇室之中向來講究母以子貴，子以母貴，鳳樓劍可不是尋常寶劍，這是眾所周知的當年太祖皇帝迎娶孝元皇后的聘禮，後來這把劍多是皇后正宮所掌。如孝元皇后當年，因不滿兒媳周氏，在太祖皇帝過世之後，孝元皇后便一直沒有將鳳樓劍賜予周氏，最終周氏被廢。還有，昭皇帝在位時，鳳樓劍為其元配孝明皇后所有，孝明皇后過世，昭皇帝扶正貴妃雲氏。按皇室規矩，雲氏為繼后，也該掌鳳樓劍，但昭皇帝以雲氏並非元配，未賜鳳樓劍。不過，也有例外，如肅皇帝，登基後偏愛皇貴妃李氏，便越過自己的元配章皇后，將鳳樓劍賜給了李氏。當然，後來章皇后親兒子登基，章皇后做了太后，第一件事就是把鳳樓劍自李氏手中奪了過來，李氏一族也遭受到了沉重打擊。

由此可見，皇室對於鳳樓劍的重視了。

如果秦鳳儀在當年身世大明時拿出此劍，怕真是活不到現下了，彼時，秦鳳儀不過無依無靠的元嫡皇子，而平家在朝勢力，大皇子一系斷不能容秦鳳儀有今日的。可誰能料到，秦鳳儀就是這樣的沉得住氣，這位大行皇帝的元嫡皇子，手握重器，卻是在此關要之時，方肯拿出示人，以證出身。

這是何等樣的耐心與心機？

明明是大行皇帝元嫡皇子，卻甘願以母不祥的藩王之身，在這小小西南積蓄實力……嚴大將軍一時想的多了，心中很有些不寒而慄。其實這位大將軍委實不大了解秦鳳儀，秦鳳儀以前根本沒想過自己元嫡皇子的身分哩……而且，在來江西前，要不是他爹娘把這鳳樓劍給他，他都不曉得這是鳳樓劍。

嚴大將軍著實誤會了鎮南王殿下。

顯然，如此這般誤會鎮南王殿下的絕不止嚴大將軍一人。如李釗，身為侯府世子，是知道一些皇家傳聞的，他雖未見過鳳樓劍，也聽聞過鳳樓劍的名聲。如傅長史，雖則多年生活在民間，不過，這位長史學富五車，亦是聽聞過鳳樓劍大名。

今日此劍被嚴大將軍叫破，二人均不由多瞧了這傳世寶劍一眼，心下皆自暗道：果然殿下是有所準備的！

於是，對秦鳳儀信心更足。

事實上，滿堂室內，除了嚴大將軍，沒人認識這是鳳樓劍。

但有嚴大將軍一人識得，足矣。

接下來，秦鳳儀依舊令江西巡撫暫代巡撫之位，另外，嚴大將軍、三皇子皆隨秦鳳儀護送大行皇帝靈柩回鳳凰城。至於江西之事，秦鳳儀交代傅長史留下繼續調查大行皇帝遇難之事，另則張盛帶一萬兵馬，還有三皇子的一萬護衛軍亦給張盛調遣，留在江西，與江西巡撫共商兵防之事。

之後，秦鳳儀便要先帶著大行皇帝靈柩及十一萬大軍回鳳凰城。

這十一萬大軍裡，有十萬是嚴大將軍麾下，裝備精良的禁衛軍。

一路皆是急行軍，秦鳳儀看了三皇子、嚴大將軍、江西巡撫等先時的調查文書，晚上抽空問了嚴大將軍與三皇子當日之事。

三皇子道：「父皇說龍虎山乃張天師道場，既來江西便想去龍虎山看看。龍虎山離豫章不遠，我帶著安哥兒先行一步，去龍虎山準備接駕事宜。龍虎山是半個月前下的雨，因為要行山路，我還特意讓人一路查了路況。」

秦鳳儀問：「山壁都查過嗎？」

三皇子道：「自然都查過，你也知道，山多的地方，出行時有山石滾落，也有砸到行人的時候。我令他們查路況的時候特意叮囑往山壁上瞧一瞧。」說著，壓低聲音，「不單是我，就是大將軍也令人細查過路況的。後來，我們往父皇出事的山上去看了，有炸藥的痕跡，可見山崩是人為的。只是，尚未容我等上報此事，老六就帶著人到了。」

秦鳳儀問：「那天你為什麼沒隨在御駕旁？我看京裡那位無非是藉此為難你。」

三皇子嘆道：「龍虎山上準備好接駕之事後，我原就要帶著安哥兒下山迎接御駕的，結果安哥兒早上吃壞了肚子，雖則有醫師看了說無礙，可我就不大放心這山上飲食，難免又去查了一回。這一來二去的，便耽擱了。我讓安哥兒在龍虎山等著，我去迎御駕，不料，尚未見到御駕，父皇便出了事。」

其實三皇子這事嘛，也不怪大皇子發難，三皇子的確可疑，要不是安哥兒鬧那場肚子，三皇子這回也得跟御駕一起交代了。

不過，這事不像是三皇子做的，三皇子沒那個立場，先不說三皇子與景安帝雖則不算太過親密，但父子也沒仇沒怨。而且，三皇子根本沒有接近皇位的機會，再加上三皇子與大皇子一向不睦，景安帝在江西出事，大皇子第一個發作的便是三皇子。

嚴大將軍顯然也深知這一點，故而，隨著三皇子的話道：「三殿下檢查過路況後，我又著人查了一遍。因著畢竟是山路，不及大道寬闊，陛下出行是去龍虎山，並未全部帶禁衛軍，當時我點了一萬精兵隨駕，陛下身邊另有兩千近身侍衛，是由景安侯帶領的，結果……」景安帝自己也葬送了，自然能證清白。

李釗想到自己親爹這麼叫人害了，心下既痛且恨，「先不說如何爆炸的那山石就恰好砸翻御駕，就是這能炸山的炸藥，也絕不是小數量。」

三皇子點頭，「我當時自山上下來，不瞞你說，地動山搖，黑雲遮日，濃煙滾滾，我當即便知出事了，可我晚了一步……」三皇子死的也是親爹，說著不禁紅了眼眶。

三皇子現下最恨的就是京裡的大皇子，他直接問秦鳳儀：「你說，是不是他？」

三皇子先時雖說與秦鳳儀交情好，其實也只是在諸皇子裡算是親近的，遠未到無話不談的地步，但這次他出事，秦鳳儀立刻率大軍來江西，還救了他一家子，三皇子很是感激。如此，便有什麼說什麼了。何況，親爹在他的地盤叫人害了，三皇子要洗脫嫌疑，必然要將此事查個水落石出。

秦鳳儀一時沒有回答，反是嚴大將軍望向秦鳳儀道：「陛下南巡，留了大殿下在京監國掌事，不是下官說話不中聽，殿下您雖則功高，畢竟已是藩王，陛下雖一直未曾立儲，但近年來大殿下於朝中風評極佳……」

許多人已是將大皇子視為儲君人選，景安帝似對這位兒子也是極為信任的。大皇子平時表現的又好，如何能做得出弒父之事？

李釗突然道：「如果陛下曾提及傳位於我們殿下之事呢？」

嚴大將軍悚然一驚，李釗沉聲道：「當時陛下來鳳凰城，東巡至交趾時曾問殿下，他願以江山相託，但殿下並沒有答應，所以，在貴州，陛下要去湖南前，曾與殿下說的話，大將軍也是聽到的吧？」

李釗望向嚴大將軍，嚴大將軍顯然記性不錯，他當時甚至有些不大明白，好端端的，陛下怎麼與鎮南王說那樣的一席話呢，陛下說的是：「鳳儀，你天資出眾，遠勝於朕。你這些年也經歷了不少事，朕知道，凡事你自有你的判斷，可是，你的眼光就一定是準的嗎？你的判斷就是一定是對的嗎？朕與你說的話，皆是真心。」

朕與你說的話，皆是真心。

當時，嚴大將軍私下還思量過這句話是什麼意思。若說鎮南王先時拒絕過儲位，當然，這雖然有些不可思議，但也不是稀奇事，在嚴大將軍這樣成熟的政客看來，立儲自該有「三辭三讓」之事。不過，看秦鳳儀這個，倒不似「三辭三讓」的政治作秀……

難不成，世間真有人不願意坐儲位？

可是，如果陛下有立鎮南王之意，倘此事叫京城大皇子一脈知曉……

嚴大將軍是個細緻人，秦鳳儀突然來請大行皇帝靈柩去鳳凰城，而且，待嚴大將軍的態度絕對比大皇子要好，但嚴大將軍不能不說心裡沒有懷疑過秦鳳儀，畢竟，秦鳳儀於西南勢大，與大行皇帝關係不好也不是什麼祕密……

只是，倘李釗所言是真，那麼，最可疑的便不是鎮南王了……

此事，到底是不是真呢？

雖則鎮南王與陛下關係不大好，但陛下待鎮南王一向寵愛，這是身為景安帝心腹之臣嚴大將軍十分清楚的事。再者，景安帝也沒有要削西南之勢的意思，事實上，景安帝對西南的發展滿意得不得了。鎮南王看著也不像失心瘋的，關鍵是，景安帝在江西一出事，最大的受益人並非鎮南王，而是在京的大皇子。

當然，鎮南王把大行皇帝靈柩接到鳳凰城，這政治局勢又得另說了。

不過，這法子顯然不是鎮南王早有盤算，因為如果鎮南王早有算計，不會等到現下才來接大行皇帝靈柩。再加上這些年有兒女在西南當差，嚴大將軍對秦鳳儀為人亦是有些許了解的。相對於大皇子在清流與朝臣間溫文樂雅、禮賢下士的好風評，秦鳳儀則有譬如脾氣爆、難說話、小心眼兒等缺點，當然，秦鳳儀的優點也很明顯，看西南半壁就知曉了——這是國朝第一精明強幹的藩王。

嚴大將軍是武人，有武人獨有的直覺，他認為秦鳳儀不可能做出謀害大行皇帝之事。分析加上直覺，嚴大將軍便暫時安心地隨秦鳳儀去了鳳凰城。

大行皇帝靈柩一至鳳凰城，大陽早帶著南夷官員迎出。大陽一看到他祖父的靈柩，眼淚嘩嘩地流，哭得甭提多傷心了。雖然他祖父是做過一些對不起他祖母的事，但一想到祖父突然死了，大陽就傷心得不得了。

眾臣亦是涕淚橫流，哭聲震天。

於是，就在半城人的哭聲裡，大行皇帝靈柩被接入了鳳凰城。

待京裡的大皇子得知此事，當下氣得掀了自己慣用的一張黃花梨的小炕桌。

大皇子暴怒，「他竟敢……他竟敢……」

秦鳳儀非但敢，他還派出使者，四下給藩王送信，召諸藩王來鳳凰城祭大行皇帝，他要為大行皇帝破土發喪。

秦鳳儀把大行皇帝靈柩迎入鳳凰城，將滿朝人的下巴驚掉了，大皇子更是被這無恥小人氣得一佛出世二佛升天。若秦鳳儀在他之前，他真能一刀捅死秦鳳儀。

大皇子臉色鐵青，一番暴怒後，長史官連忙相勸。文長史聞知此事，亦是大怒，「鎮南王好大的膽子，竟然以大行皇帝靈柩挾天下！狼子野心，狼子野心！」

邵長史卻是默默無語。

說來，大皇子身邊也是兩位長史，但他這兩位長史與秦鳳儀身邊的趙傅二位長史又有不同，秦鳳儀是正經藩王，親王爵位，按制，當是兩位長史。大皇子一直未賜爵，不過，皇子之位等同親王爵，朝廷也是有規定的。

大皇子一直是一位長史，先時是文長史，後來文長史與秦鳳儀相爭，叫景安帝打發去修帝陵了，繼而換了邵長史服侍大皇子。明顯，文長史更得大皇子心意，自景安帝出事，大皇子立刻將文長史召回身旁，從此邵長史的話便少了。

文長史隨著大皇子罵了秦鳳儀一通，君臣二人又開始商量如何對付秦鳳儀，因大皇子這消息還是自己的路子送來的，秦鳳儀的奏章尚未到朝廷，所以，大皇子得先有個準備才是。

要按文長史的意思，文長史也是平生頭一遭見識到如此厚顏無恥之人，他能有什麼法子啊？他要是有法子，當初自己五品長史，也不能叫七品的秦鳳儀坑去修陵。

文長史便道：「不知邵兄何意？」

邵長史道：「臣愚鈍，不如問一問內閣，大行皇帝之事，畢竟不是小事。」

文長史便道：「咱們也當先有個應對。」

邵長史問他：「文長史有何應對？」

文長史見自己的問題又叫邵長史摔回自己臉上，面上不覺有些灰灰的，只得道：「自然是不能叫鎮南王狼子野心得逞。」

邵長史繼續問：「想來文兄已有應對之法。」

文長史道：「如此不臣之人，宮裡太后娘娘，朝中文武百官，難道會坐視？」

邵長史還以為他有什麼高招呢。

不過，邵長史卻是叫文長史此言提了醒，邵長史雖是被大皇子召還文長史的事傷了心，到底在大皇子身邊這幾年，大皇子也沒薄待了他，邵長史輕聲道：「殿下，大行皇帝靈柩乃大事，太后娘娘卻是宗室輩分最長之人，再者，愉王壽王亦是宗室親王，也是殿下的長輩。如此大事，除了文武百官，還需問宗室意見。」

大皇子心說，除了皇祖母，愉王壽王早叫姓秦的收買透了的。又問他們，能有什麼好主意？大皇子到底也不是不開竅的，他道：「自是該請皇祖母教我。」心下卻不很是滿意。

文長史見明明是自己提的法子，竟叫這姓邵的賣了好，當下氣得不輕。只是，此際大皇子卻是顧不上他了，大皇子輕聲道：「你們說，六皇子是不是故意的？」

這個問題，二人都不好答了。

大皇子便打發二人下去，又召來平四舅商議此事。

秦鳳儀的奏章來得也很快，奏章上根本沒說請罪啊之類的話，秦鳳儀先就六皇子帶去的詔書進行了批評，秦鳳儀說得很明白，皇帝陛下出這樣的事，豫章王身為人子，沒有不傷心欲絕的，你們有證據嗎？你們就要問豫章王的罪？你們好大的膽子！大行皇帝剛閉眼，你們便要戕害皇子！還有，大行皇帝這事不勞煩你們了，本王以大行皇帝元嫡之子的身分，為大行皇帝破土發喪，你們有空就過來送大行皇帝一場，沒空就算了！

此外，秦鳳儀還在奏章上寫了他此舉所依律法，那就是，他是正室之子，斷不能讓庶子主持大行皇帝喪儀。

內閣接到秦鳳儀這奏章，當即傻眼。

他們倒是想過，一旦動了三皇子，秦鳳儀與三皇子素有交情，怕是不能甘休，但無人能料到，秦鳳儀竟然連大行皇帝的靈柩都迎到了鳳凰城，而且，秦鳳儀還說自己是依禮而為，秦鳳儀所依之禮便是：他是大行皇帝元嫡之子，他有權利也有義務為大行皇帝破土發喪。

看吧，看吧！

盧尚書一看到鎮南王的奏章便抱怨開了：「當初我就說不該問罪豫章王，先以迎大行皇帝靈柩回朝為第一要務！」

鄭老尚書嘆道：「盧尚書，現在說這個還有什麼用？」

他們都是積年老臣，一則傷心景安帝之死，其實誰心裡不恨啊，誰心裡不想把此事查個清楚明白啊？但這些老辣政客心裡自是有一桿衡量輕重的秤。大行皇帝在江西崩逝，沒有比迎大行皇帝靈柩回京更重要的事了，可大皇子堅持要宣豫章王回朝問詢大行皇帝崩逝之事。大皇子說得也很正義，事情畢竟是在江西出的，三皇子當時也身伴御駕，今御駕出事，自然要過問於三皇子。

大皇子以孝子之名相壓，內閣也無法，只得答應。如此，方給三皇子發的詔書。眼下，大行了，倘沒有這多此一舉，鎮南王多半也不會去截大行皇帝的靈柩。眼下，大行皇帝靈柩叫鎮南王截去，這可如何是好？

刑部章尚書輕聲道：「老相爺，還得您拿個主意。」

鄭老尚書雙眉緊鎖，這事難了。他們再怎麼想鎮南王會因問罪豫章王的事發怒，可也沒想過鎮南王來這一手啊！

鄭老尚書自然不是個沒主意的，其實鄭老尚書與邵長史想到了一處，鎮南王既以出身說事兒，此時便需大家長裴太后出面調和了。只是，名義之爭在這位老相爺心裡還是小事，鄭老尚書憂心的是，十萬禁衛軍啊！跟隨大行皇帝南巡的十萬禁衛軍，就這麼叫鎮南王得手！

哪怕鄭老尚書對鎮南王並無惡感，但想到鎮南王這一手，便是鄭老尚書都有驚心動魄之感。內閣中人都明白，憑大皇子與鎮南王的關係，大行皇帝驟然離逝，未留隻言片語，兩者之間，必有一爭。便是鄭老尚書也未料到，鎮南王竟強勢若斯。

要命的是，大皇子的政治手段還這般急功近利，就是盧尚書的話，要不是他當初要問罪豫章王，鎮南王也不會直接把大行皇帝靈柩連帶豫章王、禁衛軍等都弄去了鳳凰城。如今，怕是江西也在鎮南王之手了。

鄭老尚書道：「眼下大殿下監國，此等要務，自當請大殿下做主。」

隨你怎麼折騰去吧，你不聽老人言，自己捅的婁子，你自己想法子吧！

鄭老尚書也不想管了，只要不動兵戈，隨他們爭唄，反正都是大行皇帝的龍子。

於是，內閣請求面見大皇子。

不想，大皇子真是個有主意的，而且，大皇子的主意，比世人都大。

在秦鳳儀直接把大行皇帝的靈柩迎回鳳凰城之後，大皇子直接宣佈，秦鳳儀並非大行皇帝親子，而是先帝之子，晉戾王之後。

大皇子不是隨口一說，他是有證據的。

大皇子的證據說來還是秦鳳儀送到朝廷來的，便是先時自桂地押解入京的數名罪人，經慎刑司審訊之後，這幾名罪人供出一天大祕密，那就是：柳王妃與晉戾王有染，而秦鳳儀是這二人之後。至於鳳樓寶劍，便是偷情鐵證，畢竟這把寶劍為當年晉戾王之母卓皇后所掌，那便是晉戾王偷給柳王妃的，而秦鳳儀早知自己身世。

那麼，大皇子得出一個真理，大行皇帝便是被秦鳳儀所害。

大皇子此話一出，倒是把鳳樓劍為何在秦鳳儀之手解釋清楚了，只是，他這話，不要說內閣眾人聽過後一副要吐血的模樣，便是文邵二位長史也是目瞪口呆，唯獨平琳一副智珠在握的篤定。

大家都驚呆了。

就像先時所有人都沒想到鎮南王能親去江西把大行皇帝靈柩劫持到他鳳凰城一般，現下大家才發現，大皇子與鎮南王果然是一個爹的種啊，這他媽的，都是幹的這種叫人想破腦殼都想不出的事啊！

只是，鎮南王迎大行皇帝靈柩，人家可不是沒準備啊，人家是等朝廷問罪三皇子、嚴大將軍一行後去的江西，非但把大行皇帝靈柩這個極具政治意義的象徵迎到了鳳凰城，還極不客氣地接管了十萬禁衛軍，這簡直是賺翻了有沒有？

可大殿下你，雖則有慎刑司的證詞證言，好吧，咱們也不說大行皇帝剛閉眼，你就給自己親爹頭上戴綠帽，抹黑嫡母的名節。是的，柳王妃雖則一直沒有封后，但她在皇室一直是先帝賜給景安帝正室的存在，大皇子自然要稱一聲嫡母的。就你說的這事，退一萬步，咱們便是聾子瞎子的不發表反對聲浪，可你說這些話，除了壞了親爹嫡母的名聲，有什麼用？你得有後手啊，殿下！

內閣一干人都不知道什麼反應了。

並不是大皇子應對的辦法不好，一個人的應對好不好，只看有沒有效就夠了，至於要不要臉，算了，政治人物就沒有這種奢侈品的存在。

正因如此，大家才目瞪口呆，瞠目結舌啊！

要是鎮南王在京城，在你掌心，你給他扣一屎盆，抹黑他的出身，直接把他從皇子行列中剔除，立刻把鎮南王收拾乾淨，人道毀滅，雖則你這手段有些不講究，咱們也只能睜隻眼閉隻眼，哪怕為鎮南王可惜，事已至此，也得說你手段夠狠。可現下，鎮南王遠在西南，剛收了朝廷的十萬禁軍，他西南兵馬最少也有十萬，何況，西南兵強馬壯是出了名的，他又據有大行皇帝靈柩在手，你這個時候說他不是大行皇帝親生的，還說他親娘柳王妃與晉厲王有染，你這就是侮辱人家親娘。依鎮南王的性子，一旦叫他知曉此事，他定不能甘休的。

殿下啊，還是說你做好了與鎮南王開戰的準備？糧草、兵械，你都準備好了嗎？

殿下啊，你急什麼呀？鎮南王是藩王，他就是柳氏之子，他已是藩王，按約定俗成，藩王不可能繼承帝位的啊！

對大皇子冀予期望的大臣們都要哭了，大皇子還一副假惺惺的惋惜模樣，「我剛聽聞此事時，亦極是震驚，眼下要如何是好，還得你們幫著拿個主意。」

「殿下萬萬不可輕信小人之言！」盧尚書實在忍無可忍，一聲暴喝就站了出來。他那一嗓子，把大皇子嚇了一跳，就見盧尚書神色中隱含一絲怒意，大聲道：「大行皇帝剛剛過世，慎刑司便查出如此有辱大行皇帝名譽之事！殿下，大行皇帝繼位以來，勵精圖治，收復陝甘，惜民愛民，便是對殿下，亦極盡寵愛！大行皇帝南巡，令殿下監國，如今，大行皇帝尚未發喪，便有小人詬病大行皇帝名聲，老臣斷不能忍！」

盧尚書一向耿直，他簡直氣瘋了。盧尚書不是沒有政治智慧，但想他多年來深受大行皇帝重用，君臣融洽，今大行皇帝還未入土，不過剛閉眼，就有人給大行皇帝戴綠帽子，盧尚書氣壞了，他衝上前，對著慎刑司主官就是劈頭一記大耳光，怒道：「你敢汙衊大行皇帝，我焉能饒你？」一這麼說著，不待那主官回過神來，反手又是一記大耳光，接著，一腳踹到主官肚子上，硬是把人踹了個趔趄。

說來，盧尚書也是七十來歲的人了，瞧著也就乾瘦一老頭，由於很懂養生，身子骨硬是不錯。這慎刑司主官一時不防，就叫老頭兒得了手，揍得他雙頰紅腫，當下就躺地上了。其實哪裡有那麼誇張，盧尚書再好的身子骨也是七十歲的人了，無非就是這慎刑司主官叫盧尚書揍了，又不能再撕打著揍回來，便裝個死罷了。

就這樣，盧尚書仍是不解氣，怒對大皇子道：「如此小人，殿下當立誅之！」

盧尚書既已開了頭，鄭尚書亦是道：「殿下，事關大行皇帝名聲，何況單慎刑司來審，未經三司，如何敢確定不是那等罪人胡攀亂咬？倘就此定性，史書當如何記載大行皇帝呢？就是殿下與我等，焉能看大行皇帝受此汙衊，還請殿下治此小人欺上瞞下大不敬之罪！」

便是內閣之外的吏部商尚書都是這個意思，其實大家嘴上不好直接說，大行皇帝名譽是小，這樣侮辱柳王妃名聲，鎮南王一旦發兵，就事大了。禁衛軍裡最精銳的十萬精兵眼下已落入鎮南王之手，城中還有東西大營十萬禁衛，直隸亦有屯兵十萬，除此之外，重兵都在北疆防衛北蠻人。這個節骨眼上，要緊的不是惹惱鎮南王，而是如何讓政權平安過度。

大皇子一見內閣竟如此袒護鎮南王，臉上當下就不大好看了，平琳更是直接就對上了內閣，平琳道：「正是因事關大行皇帝名譽，不能令罪人之子強扣大行皇帝靈柩，更不能令罪人之子藩鎮西南！為免朝廷上下受此罪人之子的矇騙，更為大行皇帝不能枉死，當詔告天下，明示罪人身分，以免他再仗著藩王身分哄騙了世人！」

盧尚書爆了，指著平琳怒罵：「我還說你不是你爹生的，要不要我跟平郡王說一聲？」

平琳可是大皇子他四舅，大行皇帝的四小舅子，平郡王嫡子，雖則一向官階不高，卻不似慎刑司，只有挨打裝死的份。平琳臉也青了，怒懟盧尚書：「你如此袒護罪人之子，是不是受西南收買，做了西南的奸細？」

「我是奸細？我看你才是被鎮南王收買，若非爾等小人蠱惑，大殿下焉能受此矇騙？」盧尚書直接吼了出來，「小人，你只管去汙衊鎮南王的出身，你還要詔告天下？小人，鎮南王據西南之勢，兵甲不下十幾萬眾，何況他剛收攏了南巡十萬禁軍，眼下兵馬至少二十幾萬！隨大行皇帝南巡者，皆禁衛軍中一等一的精兵，這些精兵，兵甲器械一應俱全，其中更有無數京城豪門子弟！你現在去說鎮南王不是大行皇帝所出，你說他生母與人有染，他難道會忍氣吞聲？若不是你等一徑要問罪豫章王，鎮南王焉能直接將大行皇帝靈柩迎回鳳凰城？焉能有機會染指十萬禁衛軍？皆因爾等小人作祟，令大殿下失大好局勢，不然如今迎回大行皇帝靈柩，大殿下早該靈前登基了！你這個蠢才，鎮南王不過是藩王，他就是柳氏之子，大行皇帝早將他隔絕皇位之外！」

盧尚書噴平琳一臉的吐沫星子。

盧尚書被這群小人氣得，頭腦一陣暈眩，忽地向後仰去，就此人事不知。

秦鳳儀還不曉得京裡大皇子準備給他再換個爹，他現下正張羅著給大行皇帝出殯呢，至於他著使者去請的藩王們，尚且未到。

不過，秦鳳儀相信，他們會有一個明智的選擇。

秦鳳儀派出的皆是在他這裡效力的宗室，這些年，凡留在秦鳳儀這裡的宗室，秦鳳儀看他們只要是用心做事，現下基本上也都有了實缺。這些宗室很有幾家藩王的近親，便派他們去與幾家藩王說一說過來鳳凰城祭大行皇帝之事。

順王封地在荊州，康王在潭州，越王在杭州，蜀王則在蓉城，至於閩王就不必提了，這是秦鳳儀的老鄰居了。除了安王在長安外，其他幾個藩王的封在多在南方。這也便宜了秦鳳儀搞串連，反正秦鳳儀先在鳳凰城為大行皇帝停陵，同時讓馮將軍、章顏對於禁衛軍從百戶到副將進行清理，但凡與大皇子相近的，不好意思，得暫時委屈諸位了。

此外，帶到鳳凰城的六皇子、裴煥、江巡撫一行，裴煥、江巡撫依舊關著，一天三頓豬油拌飯養著。六皇子到底是皇子身分，爹死了，正是需要兒子守陵的時候，秦鳳儀就把他給放出來，叫他老實地在大行皇帝陵前懺悔。

六皇子也傷心啊，他爹活著時，他是什麼光景啊，倍受親爹寵愛的皇子，誰敢對他說一句重話，動他一根手指啊？突然之間，爹死了，他那聖人大哥立刻變臉，叫他來綁了三哥進京受審，這明擺著得罪人的活給他幹啊。六皇子猴兒精猴兒精的，不敢不應。不過，六皇子到底是六皇子，他一直就沒看好過大皇子，除了個長子身分，還有什麼啊？半點不如鎮南王能幹。六皇子來了西南就沒打算走，他娘也是這麼跟他說的，他娘說了，你只要在西南平平安安的，大殿下不敢怎麼著我，若咱們母子都在宮裡，才是任人拿捏。

所以，六皇子完全是帶著一顆投奔的心來的。

只是，他也不敢與秦鳳儀太親密，畢竟他娘還在宮中呢。六皇子頭一回私下見秦鳳儀，就很配合地把京裡的情況都說了，當然，說到他爹的事，六皇子是真的傷心，眼淚淌著，「不知哪個天打雷劈的害了父皇，叫我知曉，定要將那起賊人千刀萬剮！」還說秦鳳儀：「你可千萬別回京城，你要一回去，就正中老大的奸計了。」

秦鳳儀道：「我還以為你現在跟他一夥了呢！」

「哪能啊，你看我也不像是入他眼的，要不，他也不能把押三哥進京的事叫我幹。」六皇子抹著眼淚道：「虧得他自發昏招，沒拿我當回事，不然我哪裡能來阿鳳哥你這裡呢？」

「淨會說甜言蜜語。」秦鳳儀到底是看六皇子長大的，尤其六皇子先時打發人給他送了信，可見並不是真要把三皇子帶去京裡受審。秦鳳儀問他：「裴國公不是你的外家嗎？這個裴煥是怎麼回事？」

六皇子說來也是氣悶，道：「裴國公雖是我外公，可他老人家兒子就有五個，閨女也有三個。我母妃我大舅我三舅是嫡出的，裴煥是我二舅，他一直不服我大舅做世子，老大娶的裴側妃就是裴煥的閨女。」

「豪門這事兒也夠亂的啊！」秦鳳儀感慨一句。

「現下別說人家了，父皇出事，你心裡可得有個主意啊！」六皇子道：「我可是要跟著阿鳳哥你的！」

六皇子還與秦鳳儀說了不少大皇子的事，「近年來，頗是寵愛一位宮人出身的閔庶妃。除此之外，便是個聖人了。當初傳回父皇遇難的消息，我們都懵了，除了傷心，別個哪裡還顧得上？原本內閣的意思是迎回父皇的靈柩便是，可他非要問罪三哥，還拿出孝子的名頭說話，內閣有什麼法子呢，方下了這道詔書。我真沒想到，他這般心急。」

「大皇子還有其他親近的人嗎？」

「其他的，就是他身邊的臣屬、長史之類的。那原就是他的屬官，另則便是，他是極親近平琳的。」

秦鳳儀頷首，「那就好。」

六皇子不解，「好在哪兒？」

「你傻啊，平琳腦子不夠用，大皇子親近這種人，可見他這些年即便長進也有限。」秦鳳儀道：「有平琳在，還怕大皇子不昏頭嗎？」

六皇子好玄沒笑出聲來，好在畢竟死了親爹，正傷心著。

六皇子抽噎兩聲，道：「阿鳳哥，你別招我笑。」

「我說的都是實話。」

兄弟見過，交談一番，秦鳳儀與六皇子道：「我讓你嫂子給你收拾了個院子，就在老三隔壁，你就暫且住著吧。」

六皇子道：「我聽哥的。」

六皇子準備回自己院休息時，突然道：「哥，你抽我兩巴掌。」

秦鳳儀挑眉，「你失心瘋啦？」

六皇子道：「哥，我雖投奔了你，可我母妃還在宮裡呢。你可千萬別對我好，在外頭更不要給我好臉色。你這裡要是有京裡的細作，什麼時候叫他們來，當他們面兒再臭罵我一通才好。快，給我兩下子！」

秦鳳儀雖則不是什麼好性子，他也不是沒打過人，但這種沒來由就為著作戲打人，秦鳳儀還真有些下不去手，奈何六皇子還一徑催他，秦鳳儀只好輕輕抽他兩下。

六皇子道：「你倒是力氣大些啊！」

秦鳳儀再「啪啪」兩下，響倒是響，六皇子自袖中取出個小鏡子，一看，臉上啥都看不出來。六皇子直抱怨：「你這樣可怎麼行啊？」

看秦鳳儀不大下得了手，六皇子自己啪啪兩下子，把臉抽腫，臨出門還對著秦鳳儀堅貞又憤怒地吼了一嗓子：「你敢這樣欺負我，父皇泉下有知，是不會放過你的！」然後，就甩著袖子氣吼吼地走了。

秦鳳儀：……

大皇子原以為內閣都叫秦鳳儀收買了的，當盧尚書喊出真心話的那一刻，大皇子才發現自己大錯特錯。盧尚書，盧老師，他……他是一心為了我啊！這位忠心耿耿的禮部尚書，大皇子先前的史學先生，依舊是支持自己的。

於是，大皇子愧疚了。

愧疚之下，大皇子連忙令人宣來太醫給盧尚書看身體。盧尚書不過是怒急攻心，再加上上了年紀，一時不支，昏了過去。太醫一針就把盧尚書扎醒了，又開了方子，讓好生養著，萬不能再動怒了。

盧尚書一醒，大皇子便握著盧尚書的手道：「盧師傅，您放心，您的苦心我都曉得。您說的是，只慎刑司一家之言的確輕率，事關父皇名聲，我一定會慎重行事的。」

盧尚書心下此方好受些，強撐著身子想坐起來卻又身上發軟，沒有半點氣力，大皇子連忙道：「師傅有什麼要叮囑我的，只管說就是。」

盧尚書聲音很輕，似乎所有的氣力都隨著先時的一場怒火發洩而去。

盧尚書道：「殿下，老臣怕是要歇一歇了。眼下最要緊的，莫過於為大行皇帝發喪之事。殿下啊，縱是鎮南王迎大行皇帝到鳳凰城，大行皇帝的陵寢卻是修建在郊外皇陵的，總不能不令大行皇帝入土為安。」

盧尚書說完，實在沒力氣，臉色也不好，待御醫端來湯藥，大皇子看著宮人服侍著盧尚書服下，讓盧尚書好生歇著，出去與內閣議事。

大皇子既相信了盧尚書的忠心，對於內閣反對慎刑司的審問結果也就不那麼反感了。大皇子道：「現下的確要以迎回父皇靈柩為要，慎刑司這樁事暫且壓一壓吧。只是，鎮南王如今私劫父皇靈柩，拒不交還，當如何是好呢？」

鄭老尚書見大皇子終於正常了，道：「還得請太后娘娘下一道懿旨，請鎮南王護送大行皇帝入京城皇陵，入土為安。」

大皇子皺眉，「我只擔心他生就不馴，若是不依皇祖母的懿旨，當如何是好？」

鄭老尚書正色道：「太后娘娘為皇家長輩，倘鎮南王不依，便是忤逆之罪，屆時太后娘娘便可下旨申斥。」

其實，在大皇子看來，這種申斥真的是不痛不癢的。不過，他也明白，他爹不入土，他這皇位怕是難。總不能他爹尚未發喪，他就提皇位的事。

既內閣這般說，再想一想盧尚書的忠心，大皇子便也應了。不過，還是琢磨著，什麼時候跟外公商量商量，是不是調些北疆兵南下，也好震懾西南。

大皇子便去請示裴太后的意思了，裴太后身子仍是病歪歪的，強撐著聽大皇子說過讓鎮南王奉景安帝的靈柩回朝之事，裴太后道：「這是正理。就是老三的事，也與鎮南王說一說，朝廷並沒有問罪老三的意思，他是你的親兄弟，哀家的親孫子，不過是叫他來京說一說皇帝如何遇險，哪裡就要問罪了？還有嚴槿等人，朝廷何時冤枉過誰？」

「是。」大皇子道：「那孫兒這就讓內閣擬詔。」

裴太后點點頭，「還是讓他們都回京城來，老三、小六、鎮南王，不都是咱們一家子的骨肉嗎？是不是？」

大皇子此時才體會到當初內閣讓諸藩王來京奔喪的良苦用心，是啊，哪怕他暫不坐那把椅子，把藩王都召到京來，鎮南王一入京，還不是隨自己拿捏。到時說他是罪人的兒子，他便是罪人的兒子，哪似如今，倒叫這小子挾父皇以令天下了。

今裴太后再提此事，大皇子連忙應是，「是啊，就是其他幾位藩王，也請他們來京，好一併商議給父皇發喪之事才好。」

裴太后頷首，心下卻是不由一嘆，現下知道錯了，只是時機已逝啊！

內閣擬旨很快，裴太后也很痛快地加蓋了自己的鳳璽。大皇子便與內閣商量著發詔書，還有近來的一些朝政事宜。平皇后在裴太后身邊抽抽噎噎，「母后，那鳳樓劍的事，可如何是好？」這些年她一直以為鳳樓劍在婆婆裴太后手裡，不想，卻是叫柳氏帶出了宮去。每每想及此事，平皇后焉能不恨。

「什麼鳳樓劍不鳳樓劍的，那又不是皇后的金冊金璽。」裴太后咳了兩聲，「大郎正是要緊的時候，妳多看顧著些，不比鳳樓劍有用？」

裴太后完全沒有半分偏向秦鳳儀的意思，自從秦鳳儀知曉身世，這也十來年了，倘要是能明白的人，早就明白了。秦鳳儀不一樣，不管裴太后多次示好，秦鳳儀自始至終就根本沒理會過裴太后。李鏡倒是與裴太后關係不差，但倘秦鳳儀上位，說了算的肯定是秦鳳儀。裴太后還是覺得，哪怕大皇子笨些，大皇子上位，對她而言，卻是最好的選擇。

京城詔書到鳳凰城的時候，秦鳳儀正招待過來鳳凰城的各路藩王與藩王世子。順王、康王和蜀王都是親自來了，越王沒能過來，說是身上不大好，派了世子過來。閩王、安王亦是派了世子過來。閩王的理由與越王一樣，閩王上了年紀，八十好幾的人了，安王則是以藩王無諭不得擅離封地的由頭，著世子前來代他祭大行皇帝。當然，幾位未能過來的藩王，都親筆寫了哀婉動人的悼詞。

的確是，景安帝雖則上位的過程不大光彩，但當政的這三十來年，稱得上是一代明君，便是對幾位藩王亦是極好的。閩王那樣的在泉州港挖牆角，景安帝都忍了幾十年，沒收拾了這個伯王。如今景安帝突然過世，閩王雖則以往對景安帝意見特別大，覺得景安帝偏心秦鳳儀，還有南夷港搶他泉州港的生意啥的，簡直能把閩王氣死，可景安帝這麼突然死了，閩王是真的傷心，在家哭了好幾場，再加上上了年紀，身子委實不大成，孩子們也不放心他行遠路，便是世子過來了。

安王封地在長安，離京太近，他是不敢得罪大皇子的，故而著世子前去鳳凰城，既是祭大行皇帝，也是想打聽一下局勢。安王早與世子說了，倘西南勢好，就別回長安了。

總之，這一場祭禮，也是各有各的心機。

不過，也是人人哭得悲傷。

要說嗓門最大的就是大陽和六皇子了，大陽是天生嗓門高，與祖父感情好，祖父過世，他傷心啊！六皇子因為一向要在秦鳳儀這裡擺張受盡委屈的臉，再加上這死的是特疼他的親爹，也是扯足了嗓門地嚎。另則，便是側廳裡幾位隨景安帝出巡的幾位高官的靈柩，如秦鳳儀他岳父景安侯，還有工部李尚書。這位李尚書說來也運道平常，先時的汪尚書因不得景安帝心意，後來汪尚書死了老娘，正好回家守孝，景安帝便提了李尚書上來。李尚書隨御駕南巡，這不，跟著一道遇難了。

秦鳳儀也沒委屈他們，都是景安帝心腹之人，這一起陪著景安帝到了地下，君臣也能做個伴，便在偏廳給他們停陵。另外還有死去的上千近衛，雖是就地安葬，如今也供一供他們的牌位。待大家祭過景安帝，秦鳳儀與諸藩王們商量著給景安帝出殯的事。

秦鳳儀道：「先時我想著，該令大行皇帝歸葬京城，可後來京城那邊很不像話，大行皇帝一出事，便要謀害皇子藩王，索性我也就不做這老好人了。大行皇帝辜負了我母親一輩子，如今，就讓他們在鳳凰城合葬吧。」

三皇子、六皇子、順王、康王、蜀王、閩王世子、越王世子、安王世子聽著，大家都曉得秦鳳儀搶了大行皇帝的靈柩，必然不會再歸還京城的。

康王溫聲道：「可今日太后娘娘的懿旨，總得有個答覆，欽差還等著呢。」

秦鳳儀嘆道：「這也容易，有大行皇帝的衣物，給他們一箱帶回去吧。我知他們不肯過來祭大行皇帝，這是大行皇帝的貼身衣物，就以此入皇陵，做個衣冠塚吧。畢竟，我的母親是不願意與平氏共葬帝陵的。平氏做了這許多年的皇后，享了這許多年的皇后尊榮，而今大行皇帝去了，皇陵裡的位置依舊是平氏的，可大行皇帝得與我的母親共葬，以後大行皇帝享用的，也是我的香火供奉。我不能讓庶子來供奉大行皇帝，這不合規矩。」

不還大行皇帝，還一箱衣裳，讓京城諸人去弄衣冠塚。

秦鳳儀這政治應對，真是絕了。

同時，秦鳳儀還給內閣寫了一封信，信上就一段對話。

在交趾，他說：這裡沒有外人，朕也想要與你說幾句心裡話。自先帝過世，朕就有兩件事一直放在心上，第一治理好江山社稷，不使祖宗蒙羞；第二便是為這萬里江山，找一個值得託付的儲君。鳳儀，你可願意受此託付？

我說：當日，我剛知道我娘的事，心裡無比憤怒。鄭尚書與盧尚書曾去勸我，我便對他們說，就是你的十二旒天子冠放到我面前，我都不會多看一眼。這些年也有人勸我與你修好，謀求帝位。你因帝位拋棄了她，我若是因帝位忘記她當年苦難，那樣，我與你又有什麼分別呢？我就是要讓你知道，我與你是不一樣的人！我永遠不會做你當年的選擇，我這一生，不與你同！

在貴州，他說：鳳儀，你天資出眾，遠勝於朕。你這些年也經歷了不少事，朕知道，凡事你自有你的判斷，可是，你的眼光就一定是準的嗎？你的判斷就是一定是對的嗎？朕與你說的話，皆是真心。

然後，他走了，半個月後，御駕出事。

原本剛與內閣緩和關係的大皇子，因為秦鳳儀的一封信直接氣綠了臉，尤其是「鄭尚書與盧尚書曾去勸我」云云，大皇子心下冷笑，原來這兩位早燒過秦鳳儀這熱灶，只是沒燒通罷了。現下大皇子早忘了先時還握著人家盧尚書的手，一口一個「盧師傅」的事了。

其實大皇子還真是誤會了鄭盧二位尚書，當時那是秦鳳儀身世剛剛曝光，兩人身為景安帝的心腹，過去幫著勸勸秦鳳儀，也是想緩和一下父子關係，而且景安帝對此事一清二楚，真心說不上什麼燒熱灶沒燒通啥的。而大皇子這般惱羞成怒，一則是被秦鳳儀這封信點破了祕密，是啊，誰能料到呢，對他一向信重的父皇，居然特意跑到那荒僻的西南去問秦鳳儀，可願受託負江山？

這樣問，那他算什麼？

親生父親都如此不是個東西，真不怪大皇子不信任內閣了。

大皇子最惱怒的是，當初他說要給秦鳳儀的出身潑一盆髒水，內閣哭著喊著不同意，結果如何？白將大好時機讓給了秦鳳儀。

秦鳳儀此信一出，內閣諸人還不得懷疑……

大皇子的唇角抿成一道冷峻的弧度。

真是錯失良機！

一想到當初內閣哭著喊著攔著他，大皇子就氣不打一處來。

至於內閣，他們看到秦鳳儀的信也都傻眼。

鎮南王殿下，你……你這是什麼意思啊？

最傻眼的就是鄭老尚書，盧尚書因為回家病休，大概還不曉得此事。鄭老尚書覺得，自己完全就是叫秦鳳儀坑害了。他當年不過是盡臣子本分，這個時候叫秦鳳儀點名，就大皇子那疑心病，還不得以為自己跟秦鳳儀有什麼私交啊？

鄭老尚書真是氣死了，他要是與秦鳳儀有私交，秦鳳儀能這麼坑他嗎？

奈何大皇子不這樣想啊，大皇子把先時隱而未潑的那盆髒水，嘩地潑向了西南，直接令內閣下詔說秦鳳儀生母與晉厲王有染，然後大皇子令江浙總督出兵南夷，擒殺鎮南王。

內閣是攔都攔不住啊！

鄭老尚書乾脆辭官回家了，正好，鄭老尚書不走，大皇子也不打算留他了。鄭老尚書一滾，大皇子立刻提了新補的工部汪尚書任內閣首輔。汪尚書絕對是大皇子的鐵杆啊，不然先時也不能在兵械上與秦鳳儀作對，叫秦鳳儀扒了面皮，失寵於陛下。如今汪尚書翻身了，先時因他守母孝提攜的李尚書隨駕南巡時一塊交代了，大皇子便提了汪尚書代工部尚書銜，如今鄭老尚書辭官，大皇子乾脆提他做了首輔。

大皇子此舉頗是不合規矩，因為內閣是講究論資排輩。鄭老尚書是首輔，次輔便是盧尚書，縱盧尚書有病，大皇子按例也該問過盧尚書，如果盧尚書實在病重難支，內閣排第三的是刑部章尚書，第四戶部程尚書，第五是左都御史耿御史，第六是翰林掌院駱掌院，第七才是新補的汪尚書。所以，按理，該是前六部都不成，才輪得到姓汪的。結果，大皇子直接提了汪尚書，盧尚書在病榻上就遞了辭呈，言其老邁，不堪使用。

大皇子大約是被秦鳳儀的信件刺激的，留都沒留一句，直接便允了。盧尚書若不是有家人一天六個時辰寬慰著，真能氣死。

汪尚書一上臺，對於其他三位在職尚書以及耿御史當真是一種羞辱。倘若是景安帝時如此，大家真能辭職不幹，但大皇子這樣做，很奇異的，大家竟是沒說什麼，甚至諫都未諫一句，都沉默了。

至於大皇子非要往鎮南王身上潑的髒水，在鎮南王給各地督撫發過那麼一封信後還有什麼效果，就仁者見仁，智者見智了。

現下最想死的就是江浙總督了，他是今年沒燒香還是怎地？朝廷是不是瘋啦？鎮南王這剛說大行皇帝前腳說了傳位給他的話，後腳御駕便出事。接著，朝廷給的應對就是，鎮南王不是大行皇帝的親兒子……鳳凰城正給大行皇帝出殯啊，你讓我帶兵去打鳳凰城，先不說這打不打得過，打仗啊，糧草呢？軍備呢？啥都沒有，叫我帶著江浙兵就用庫裡那些個陳年兵甲去打鳳凰城，內閣是不是瘋啦？

江浙總督又不傻，不要說要啥啥沒有，就是有，也斷沒有立刻就去送死的。江浙總督一邊跟朝廷要糧草要甲械，一邊與幕僚商量此事如何應對，這明擺著是大皇子與鎮南王的帝位之爭，他正二品總督，一個站不好隊就得炮灰。

幕僚道：「便是朝廷調來糧草兵械，咱們這裡的兵久不經戰事，西南卻是精兵強將，哪年都得打上兩場的。何況，一旦用兵，受苦的還是百姓啊！」

「誰說不是？」江浙總督道：「我真是愁死了！神仙打架，凡人遭殃！」

江浙總督與幕僚商量許久，也沒商量出個所以然，先不提秦鳳儀與大皇子間的口水戰，一個說大行皇帝要傳位自己，轉眼就被害；另一個說你出身有問題，你娘不清白。其實這些個話，到了江浙總督的位置，是不是真的，一點都不重要。江浙總督自始至終所估量的完全是兩者的實力，大皇子據京城地利之便，而且母族顯赫，掌北疆兵馬。鎮南王則是權掌西南，勢力不比大皇子小。江浙總督愁得，鬱悶陛下走前怎麼就沒立儲呢？

江浙總督也沒愁多久，很快秦鳳儀的使者就到了杭州。說來，秦鳳儀當真是個能人，他在京的消息要比內閣令江浙出征南夷的詔書更快，這並不稀奇，內閣風雲變換，大皇子只以為提了汪尚書為內閣首輔，便能掌控內閣了？他簡直是把內閣得罪完了，大家又不只是他一家可以投資，大皇子直接屏棄內閣諸人，內閣裡哪個不是修煉成精的老狐狸？事實上，大皇子剛提攜了汪尚書，當天就有水、空兩路信使帶著急件趕往南夷了。水上這路是沿京杭運河而下，空路便是秦鳳儀這些年生意鋪到京城的信鴿了。

秦鳳儀接到密件後，氣得險些直接提兵殺去京城，到了這地步，秦鳳儀與大皇子都放棄了和平得到皇位的方式。

秦鳳儀罵大皇子就罵了兩個時辰，之後，秦鳳儀把越王世子給策反了。他先是請在鳳凰城的諸藩王、世子等參觀了他的兵馬，還有他新式的刀槍，秦鳳儀道：「這是我們南夷新製出的兵刀，你們試一試。」

兩位勇士下場，一個持新刀，一個持禁衛軍的舊制刀，不過十數招，那舊制刀便斷了。

秦鳳儀微微笑道：「我們南夷，地方上別個不多，就是山多礦多，這刀是新製出來的，比以往工部的刀還略強些。」

這句話所包含的意義太多了，山多礦多的地方不少，但私煉兵甲可是死罪。

不過，現在無人提此一節，大家想的都是，難不成南夷早有準備，還是說……

秦鳳儀輕聲道：「大行皇帝過來南夷，見此刀，亦甚喜。」

不得不說，秦鳳儀簡直是深諳政治術語，他這一句便引得人浮想聯翩，覺得大約是大行皇帝默許。如果大行皇帝有立鎮南王之意，或者，依大行皇帝先前對鎮南王的偏愛，突然之間昏頭，允南夷自煉兵甲，倒也不是不可能。

畢竟，沒有哪一位藩王能如鎮南王這般權掌西南數省，雲貴、南夷、交趾，簡直是西南半壁都給了他。

之後，秦鳳儀私下與越王世子說了不少知心話。

秦鳳儀向來不說什麼虛頭話，秦鳳儀道：「總要站隊的，不是嗎？大皇子辱及我生母，我斷不能甘休，而大皇子倘不能除我，他殺害大行皇帝之事，又怎能蒙蔽天下人眼呢？你父王的心啊，還是搖擺不定。不過，現在的形勢已不能容他兩面討好了。去與你父王說，不論他選大皇子，還是選我，總要選一個。如果一個不選，將來不論我們誰勝出，越王府都得不了好，選一個吧。」

越王世子低聲道：「我父王讓我過來，自然是……」

「我要的不是自然是。我馬上會一統江南，而後揮軍北上，為大行皇帝報仇。」

「所以，我要的是，明明白白的態度。」秦鳳儀又道：「還有，我這裡有給江浙總督的一封信，你幫我帶去。」

不止越王世子，前來為大行皇帝奔喪的諸位藩王、世子，都被秦鳳儀單獨談話了。其實大家能來鳳凰城，多少也有些政治傾向了，但秦鳳儀讓大家明確表態，大家還是有些猶豫。不過，秦鳳儀很狡猾地端著一副高嶺之花的姿態不說，還對順王說：「閩王那裡親衛只有五千，分兵給我三千，雖則人不多，也是閩王的一番心意。」

順王嚇一跳，想著閩王不是與秦鳳儀素不對盤，老頭兒站隊便是快啊。順王道：「閩伯王在閩地多年，我在湖北，兩湖總督巡撫都在，倘是有兵甲動靜，怕是瞞不過他們。」

秦鳳儀微微一笑，「你只管說著人來我南夷，你看是總督敢攔，還是巡撫敢攔你。」

這話裡透露出的事情就更多了，順王不由思量，難不成，秦鳳儀早與江南的總督巡撫們都勾結一處了？

秦鳳儀則是祕密派了親信趙長史親自去了兩湖總督巡撫處，趙長史說的是：「順王、殿下已知京中大皇子謀害大行皇帝之事，決定出兵助我家殿下平逆。不知二位大人何意？」

而後，蜀王與蜀中總督、越王世子與江浙總督處仍如法炮製。

秦鳳儀這法子不是沒有破綻，只是，大家還未能再問個詳細，譬如，俺們投奔了你，待人事成功，可有什麼好處啥的？秦鳳儀那封《誅殺父逆子書》便已明發天下。讓江南這一干總督巡撫藩王們險些憋死的是，那上面為什麼有他們的簽名印章手指印是怎麼回事啊？

這裡頭最氣惱的就是閩王了，藩王們事後都說，是閩伯王你先分兵給鎮南王的啊，閩王只想吐血：老子何時給過他兵啊？

秦鳳儀直接把江南藩王、大員們坑了個人仰馬翻，大家之所以會默默嚥下這口老血，還真不是說這些藩王大員們就好欺負了。讓大家隱忍的原因有二，一則秦鳳儀的確實力出眾，一則便是這些年，秦鳳儀把南夷經營得風生水起，兩湖的糧食及江浙的絲綢、茶葉和蜀中繡品，還有自南夷經雲南、蜀地，直至北疆的馬匹生意，秦鳳儀都能在京城弄幾個祕密據點，他與江南這些地方往來，更不在話下。

怎麼說呢，通俗地講，長江以南的這些藩王大員們，哪個是沒從南夷海貿上得過好處的呢？再者，秦鳳儀用人，並不是直接說去賄賂這些藩王、大員們，那樣就太低級了。只要海貿生意裡給他們加兩條船，除去南夷抽成，也夠他們賺翻。長久的利益往來，比任何交情都可靠，而且，現下各家都有船在外還沒回來呢。秦鳳儀一旦倒灶，這其中當然不乏有人得大利的，但更多的是這些先時便與秦鳳儀交好的諸人，誰不戰戰兢兢以防大皇子清算呢？

當然，你們也可以背叛秦鳳儀投了大皇子。

關鍵是，大皇子怎麼看，勝算也沒有比鎮南王大多少啊。鎮南王剛得了十萬裝備精良的禁衛軍，咱們這會兒去朝廷喊冤，說那什麼《誅殺父逆子書》上的簽名印鑒手印都是假的，朝廷信不信咱們的清白暫且兩說，就是鎮南王那裡，怕得先打殺過來了。

大家之所以默默嚥下這口老血，另有一個緣故，就是大皇子直接將鄭盧二人攆出朝堂，越過章、程、耿、駱四人，提攜汪尚書，委實犯了官場大忌。鄭老尚書盧尚書都是積年老臣啊，整個朝廷有多少官員是他們的門生故吏、親朋故舊，咱們先時為什麼支持大皇子，內閣先前為什麼站在大皇子這一邊，是因為按朝廷規矩法度，藩王無承襲帝位的資格，秦鳳儀便是元嫡皇子，他既為藩王，也被排除在皇位之外了，所以，咱們才看好你大皇子，你雖是繼室之子，但除了鎮南王，你也是嫡子，還占了長子之位，故而咱們才支持你。

支持你，就是支持規矩法度。

原本大皇子哪怕什麼都不做，只要聽內閣這些老狐狸的主意，完全就是將內閣推到了鎮南王的對立面，還怕內閣不盡心嗎？

他倒好，內閣守著規矩法度地擁護於他，他把內閣的規矩法度置之不理，直接提攜了汪尚書為內閣首輔。

於是，大皇子成了最不守規矩法度之人。

其實，鎮南王寫那封信，上面的事大家並沒有真的就信了。就是提及鄭盧二位閣相，大家也多是認為，鎮南王行的是離間之計。

結果，大皇子就中計了。

鄭盧兩個與鎮南王關係不深的尚且被罷官閒置，何況他們？如今又有印鑒又有簽名又有血手印的，更是一百張嘴也說不清了啊！

江南官場本就與鎮南王聯繫緊密。

何況，這亂糟糟的世道，真是寧可殺錯，不可放過。

鑒於大皇子的心眼與心胸，大家就默許了鎮南王造的那些個印鑒簽名血手印了，反正如果哪天鎮南王倒灶，咱們再去喊冤也不遲。

都到這個地步了，誰還要臉啊？

然而，更令這些藩王大員們心驚膽戰的事發生了，他們剛剛得知，北蠻以北疆軍劫掠北蠻邊境為由，大舉犯邊，顯然想從這亂局中分一杯羹。

秦鳳儀這邊沒有半點磨咕，他也不是大皇子那種認為打仗就是上嘴皮一碰下嘴皮的事。他一面給大行皇帝出殯發喪，一面開始調集糧草。多年征戰，此次仍是他親自帶兵，將鳳凰城交給趙長史和章尚書、方悅留守，他兒子大陽鎮守鳳凰城，另外，秦鳳儀沒令嚴大將軍出征，秦鳳儀握著嚴大將軍的手道：「我知大將軍為難，但大皇子謀害大行皇帝，又辱我生母名節，我為父為母，必有一戰。如今，我將鳳凰城上下，我的妻兒老小，均託付給大將軍。」

秦鳳儀讓嚴大將軍守城，而且，守城兵馬就是小嚴將軍麾下的三千人。另則大軍，除各地守城之軍，均隨秦鳳儀出征。

秦鳳儀十日之內便率大軍過了長江，據守關要之隘。

這是秦鳳儀的精明之處，長江為天險，倘不先拿下江南一應要員，光長江就夠他打的。

秦鳳儀過了長江，卻忽然沒有動靜了。

倒不是秦鳳儀怕了，他知道現下朝廷定在心急火燎地應對北疆戰事。秦鳳儀還對天下大員發去了一封明文，上面寫明白了：你們不要怕，今有外敵相犯，本王斷不會在此時發兵京城，北蠻是我們大景朝的仇人，朝廷只管應付北蠻，本王不會做親者痛，仇者快之事。反正，那明文上寫的要多高風亮節有多高風亮節，其實翻譯過來就是：你們先打，打完本王再撿個漏。

當然，你們也可以不打，反正北蠻過了北疆關就是京城，與本王也沒什麼關係。

秦鳳儀這無恥的東西，大皇子氣得半死，一邊與秦鳳儀罵戰，說北蠻兵就是秦鳳儀勾結而來的，一邊還是得調集兵械糧草支援北疆戰事。

秦鳳儀沒這麼忙，秦鳳儀也很關心北疆戰事，與傅長史道：「這委實是巧了些，讓他們查查，北疆必是有事，不然待咱們與大皇子拚個兩敗俱傷，他們再犯邊，豈不大撿便宜？」

傅長史應是，又道：「這是天意屬意殿下，倘北疆兵馬調回京城，再北上就難了。」

阿花族長始終認為：「殿下此時提兵北上，亦是好時機。」

秦鳳儀嘆道：「不行啊，我與大皇子之爭，說來只是朝廷內部之事，可北蠻乃邦國之仇。當年先帝就隕身北蠻之手，若在北蠻兵犯北疆時提兵北上，便會有人疑心我與北蠻勾結，共謀京城。寧可失此戰機，也不可失去人心。況此一戰，京城再想調北疆兵回朝，難矣。」

秦鳳儀與阿花族長道：「兄弟鬩於牆外禦其侮，就是這個道理了。」

阿花族長這些年也受了不少漢文化熏陶，想一想，也有些明白親王殿下的意思了。這就好比一家人，兄弟正在打架，倘有別家人打進來，兄弟還是先要聯手打那外家人的。秦鳳儀雖未與大皇子聯手以抗北蠻，卻也不好此時對京城雪上添霜。

哪怕大皇子還在與秦鳳儀口水戰不止，但秦鳳儀止兵江淮，仍是令京城人稍稍放下心。無奈京城的局勢仍極是緊張，工部現成的兵械自然可以先供北疆，只是糧草是大事。說來，景安帝死得真不是時候，正逢七月，八月便是秋收，可景安帝出事，朝廷上下都忙著景安帝身後事，其間更有大皇子與鎮南王二龍相爭，以致於秦鳳儀揮兵北上，內閣換相，哪裡還顧得上收秋糧。所以，正趕上收糧稅的時候，朝廷的糧稅還沒收上來。再者，糧稅一向南方是大頭，兩湖豐腴，天下皆知。如今江南半壁叛變，糧食都供了秦鳳儀，京城糧草緊張。

更讓大皇子驚懼的是，北疆傳來戰報，平郡王世子戰死，北疆兵馬退守玉門關。

大皇子六神無主。

新任的汪首輔也慌了神，還是平郡王道：「請殿下允老臣出征。」

這個時候，也唯有讓平郡王出征了。

大皇子私下問外公：「西南逆匪，當如何？」

平郡王道：「直隸有兵十萬，京城尚有精兵十萬。西南兵馬，哪怕收嚴大將軍麾下十萬禁衛軍，能隨鎮南王出征的，不會超過十五萬，殿下可在泉城與西南一決生死。」

「一決生死？」

「對。」平郡王征戰多年，哪怕如今七十好幾，仍不乏一流的戰略眼光，「鎮南王停兵淮北，其兵勢已不比先時。兵勢之事，一而再，再而衰，三而竭。只要阻西南兵於泉城，西南氣候溫暖，今已八月，西南兵不耐嚴寒，待到冬日，必然退去。此一退，朝廷緩過這口氣，殿下便可徐徐圖之了。」

平郡王又道：「姓汪的，小人矣。殿下若聽老臣之言，當請回鄭相主持京城事務。」

大皇子難免為汪尚書辯解一句，平郡王心下一嘆，未再多言，躬身退下。

只是，平郡王未料到，他這話卻是傳入汪尚書之耳，頗為汪尚書忌恨，而後，在北疆糧草供應上，汪尚書多有拖延。秦鳳儀知曉此事，還是晉商銀號帶來的消息，因為北疆軍想通過晉商銀號買些糧草。晉商銀號不敢做這個主，跑來問秦鳳儀。

秦鳳儀皺眉，「朝廷何至於到此地步？」此方知曉汪尚書做的好事。

便是秦鳳儀一向不喜平家，聞此事都不禁道：「真小人也！」

既然平家要買糧草，秦鳳儀隱約也明白平家的意思，平家又不是不曉得他與晉商銀號關係密切。於是，秦鳳儀也不準備再在淮北等下去了，還是讓晉商銀號去給北疆籌措糧草。

傅長史欲言又止，秦鳳儀嘆道：「不惜平家，也惜北疆軍。」當下命軍隊揮師泉城。

大皇子也做了萬全的準備，令十五萬大軍據守泉城，顯然要與秦鳳儀一決勝負的。

這一戰，雖則朝廷兵馬據守城之利，但又不是除了泉城就去不了京城，秦鳳儀根本沒打算硬扛哪城，他的目標一直是京城。秦鳳儀留下八萬人圍了泉城，然後率餘下七萬兵馬繞過泉城，直取直隸。至於直隸，做總督的是前江浙吳總督，因在江浙幹得不錯，轉為直隸總督。吳總督的孫子就在秦鳳儀手下，秦鳳儀想叫開直隸府的大門再容易不過。

秦鳳儀攜此聲勢，殺入了京城。

要說京城還有守軍五萬，只要認真守城，秦鳳儀想攻下京城，斷非難事，奈何京中四皇子和五皇子正義凜然地就為他們的皇兄鎮南王殿下打開了京城的大門，在京宗室官員更是紛紛出城迎接鎮南王殿下。

秦鳳儀在入城前不禁感慨：「得人心者得天下，失人心者失天下，古人誠不欺我。」

景安三十三年，時鎮南王景鳳儀以「誅逆」之名率大軍直取京城，史稱西南之變。

景安三十四年，鎮南王景鳳儀以「誅逆」之功，以安文皇帝元嫡皇子承繼帝位，史稱鳳元之治。

一個新的時代來臨了。

（正文完）

番外篇

之一：新朝新氣象

大皇子從未想到，潰敗來得如此之快。

當汪尚書跌跌撞撞至宮中，滿臉是淚地撲跪於地時，大皇子有一瞬間的恍惚，以致於他又問了一遍：「你說什麼？」

汪尚書以頭觸地，聲聲泣血，「殿下，叛軍進城了！」

大皇子一時不能信，驚問：「城中不是有五萬禁衛軍守城？」

汪尚書泣道：「是四殿下、五殿下為叛軍開了城門！」

大皇子想要起身說什麼，忽而心口一陣劇痛，竟眼前一黑，吐出一口血來。殿中內侍頓時嚇得亂成一團。這口血吐了出來，大皇子反是覺得心下清明更勝從前，耳邊皆是汪尚書與內侍們哭泣之聲，大皇子擺擺手，輕聲道：「我無礙，你們先退下吧。」

汪尚書膝行上前，抱住大皇子雙膝，「殿下，殿下……」

大皇子俯身拍拍他的肩背，溫聲道：「去吧。」

汪尚書雙目緩緩滾出兩行血淚。

大皇子遣退了汪尚書與諸內侍，他想靜一靜，但城破的消息顯然傳得如此之快，一時，殿外淨是驚慌失措的腳步聲，妻妾們哭將進來，大皇子卻是一概不想見不想聞，此時，卻又不能不見，不能不聞。

小郡主滿臉淚痕，哽咽道：「外面所傳，是真嗎？」

大皇子頷首。

小郡主上前，握住丈夫的手，柔聲道：「我知道，你盡力了。」為妻子兒女，都盡力了。你想保住我們，想保住我們的家，雖則失敗了，這也不怪你。

大皇子望向妻子美豔又憔悴的面孔，眼神溫柔，「這一世，對不住了。」

小郡主正色道：「既是夫妻，自當榮辱與共。殿下保重，我這就去了。」說畢起身，鄭重行一禮。大皇子起身還半禮，小郡主轉身離去。

大皇子望向妻子離去的背影，伸手似要挽留，張張嘴，終是什麼都沒說。

大皇子便在此地坐著，靜默如同一尊雕像。

大皇子不知道秦鳳儀是什麼時間進來的，只覺得室外光線大亮，刺得雙目生疼，險些落下淚來。一個逆光的身形走近，直待近前，大皇子方看清楚，原來是秦鳳儀。

多年不見，對方還是那張美貌驚人的面孔。

大皇子沒有半點驚訝，他道：「你來了。」

「我來了。」秦鳳儀屏退諸人，拉一把椅子，坐在大皇子對面。

秦鳳儀過來，自然是有來的緣故，大皇子卻是輕聲道：「我的宮殿離東宮最近，我一直以為東宮唾手可得，後來漸漸年長才明白，東宮看似最近，卻也最遠。」

「父皇對我說了無數次，這個家以後還要由我來當……」大皇子譏誚地笑笑，「我以為他只對我說過，沒想到他到了南夷，也對你說了這話，不知他是不是所有皇子都說了一遍？」

秦鳳儀道：「就算他對所有皇子都說過這種屁話，你也不該對他下手。」

「我不對他下手，難道等他將皇位傳給你嗎？」大皇子聲音不由提高。

「那不過是試探。你也動腦子想一想，他如今不過知天命之年，憑他的身體，再坐十年皇位都不成問題。我並沒有應承儲位之事，那不過是他不放心西南，試探於我。他的話，我一個字都不信。」

「你不信，所以你勝了。我信了，所以我敗了。」

「我勝，是因為我得人心；你敗，是因為你失人心。」

「你勝，是因為諸皇子裡，唯你最早封藩，得以獨掌西南。」

秦鳳儀覺得萬分好笑，實不知，原來當初他封藩南夷落在大皇子眼裡卻是占了天大的便宜。秦鳳儀冷冷地道：「你一樣可以要他將你封藩出去，可你說了嗎？做了嗎？你以為他偏心於我，你怎麼忘了，他南巡時是把京城交給了你！你身居京城之利，都不能得到帝位，難道都是別人的錯？不比別人，就是他當年，先帝隕身陝甘，他不過庶出皇子，母族不顯，雖則手段令人不恥，照樣登上帝位！你與他相比都差得遠，何況是我？」

秦鳳儀並沒有多少話想與大皇子說，都說人之將死，其言也善，如今看來，這話對大皇子是不準的。到這時候，還說這樣的話，難怪居皇長子之尊，占京師之便，都是這般了局。

秦鳳儀直接道：「憑你，不可能對御駕下手，我想知道你是通過哪方勢力襲擊御駕？」

「你是不是還想知道當初在永寧大街刺殺你的刺客，究竟由何而來？」大皇子好整以暇地看向秦鳳儀，「只是，我憑什麼告訴你？」

「憑我可以給你一條生路。」

「我不要生路，」大皇子道：「我要我兒女的生路。」

「可以。」秦鳳儀很痛快地應了。

大皇子望著秦鳳儀，「是先太子晉王殘黨。」

「你怎麼與這等人勾結？」雖則秦鳳儀也分析過這種可能，只是，秦鳳儀未料到，大皇子真能與這些人勾結。

大皇子笑笑，「人只看當不當用罷了。」

「他們若當用，當年便不會敗得那樣慘。」秦鳳儀真想給他腦袋上來一下，都說藝高人膽大，不想這種沒本事的膽子也不小。秦鳳儀問出大皇子手裡的名單後，起身離開，再無半刻停留。他以前不相信世間有報應一說，如今看到大皇子，秦鳳儀信了。

秦鳳儀雖則不會放過大皇子，但他當真沒有殺大皇子家孩子的心思，畢竟大人是大人，孩子是孩子。何況，聽說裴太后已是將所有皇孫都接到慈恩宮去。秦鳳儀沒理會這個，先命人按大皇子的名單抓捕了數人之後，秦鳳儀就去了愉親王府，自此便在愉親王府住下了。

愉親王一直稱病在家，此時見秦鳳儀入城，心下雖是喜悅，可一想到景安帝死得猝不及防，以致於二龍相爭。秦鳳儀最終勝出，大皇子也做了許多錯事，可不知怎地，愉親王卻是想到了先帝時的事，不由落下淚來。愉親王強撐著精神道：「你來了就好。眼下北面打仗，京裡又是亂作一團，沒個主事的人不成啊！」

秦鳳儀道：「我來京城，只為把話說個明白，更不能讓人辱及我母親，並非為了帝位。眼下我這大老遠來了，不能沒個落腳的地方，我就還在叔祖這裡歇了。」

愉親王瞠目結舌，「在我這裡？」

「是啊，以前回京不也是在叔祖這裡嗎？」秦鳳儀一副理所當然的模樣，愉親王倒也不好說不叫他住。愉親王道：「這京中之事，你可得有個主意啊！」

皇家的事讓人傷心，可愉親王畢竟是老牌親王，很是關心江山社稷。

「我有什麼主意？我沒主意。我的兵又不擾民，我封藩在南夷，京中的事也不歸我管，我這歇一歇就回去了。」秦鳳儀說完，就跟愉親王要了間屋子歇著去了。

愉親王……

大家都等著秦鳳儀的動靜，然後，秦鳳儀沒動靜了。

聽說內閣汪首輔已回家找了條褲腰帶吊在了房樑上，眼下內閣也是群龍無首啊，大家沒法，商量了一回，汪尚書那貨沒人看得上，何況，現在已歸了西。其實內閣該是去秦鳳儀那邊問一問的，偏生內閣諸人自矜身分，不肯過去。他們這還沒商量出個所以然，宮裡太后宣他們進宮，不為別個，大皇子與大皇子妃自盡，平皇后也一塊去了，這事得有個章程。

皇家接二連三死人，先是景安帝崩逝，接著就是平皇后、大皇子、大皇子妃這母子媳三個，裴太后越發蒼老。她一個婦道人家，要是有秦鳳儀這殺才，裴太后自己也能辦了這事，可秦鳳儀手握重兵在京中駐紮，裴太后對著大皇子那是遊刃有餘，對著秦鳳儀，她老人家就格外慎重了，故而不肯出半點差錯，逼著內閣拿主意。

內閣中鄭盧二人一去，汪自盡，排位就輪到了刑部章尚書，章尚書還有長子章顏是南夷總督，秦鳳儀的心腹，所以，章家在秦鳳儀這裡自然是地位不同。只是，章尚書也不好做這個主的。章尚書試探地同裴太后道：「如今千頭萬緒，臣等畢竟是臣子，朝中還得有個監國之人。臣看鎮南王忠心耿耿，又是陛下元嫡皇子，身分再尊貴不過，不若暫請鎮南王監國？」

裴太后道：「理當如此。」如今除了讓秦鳳儀監國，也沒別個法子了。

內閣現擬了監國的旨意，呈給裴太后看，裴太后便是再不喜秦鳳儀，此時也唯有取出鳳璽，在懿旨上蓋了大印。章尚書與內閣諸人親自去傳旨，裴太后與他們道：「大郎的事究竟如何，哀家一個婦道人家不管國政，可這幾個皇孫，你們問一問鎮南王，到底是個什麼意思，不然哀家睡不踏實。」

章尚書連忙應了，道：「太后娘娘放心，鎮南王兵馬雖在城中，卻無一擾民之事，鎮南王乃仁善之人。」雖則這樣說，章尚書其實心裡也沒譜，但身為內閣重臣，且深受大行皇帝大恩，不論如何，大皇子已然自盡，幾位皇孫能保還是要保一保的。

其他幾位內閣大員亦是此意，待幾人到愉親王府送太后懿旨時，秦鳳儀道：「行啦，我可不做什麼監國。我無非就是要把大行皇帝的死因查個明白，把我母親的名聲說個分明罷了。別個事，與我何干？」

章尚書道：「大行皇帝之死，便是臣等亦要查個分明的。還有柳娘娘名節清白，這更是人盡皆知的。只是，眼下朝廷得有親王監國啊！」

「那也別找我。」秦鳳儀一副「事不關己，高高掛起」的模樣，簡直是噎死內閣幾人。

程尚書突然道：「既如此，我們就按親王例給大殿下下葬了。」

秦鳳儀眉毛刷地豎了起來，明顯要急眼，程尚書卻是老神在在的，「我等臣下，焉敢議皇子身後事，無非就是有例按例罷了。」

秦鳳儀立刻道：「不成！以庶人禮！就是平氏，她敢說她對大皇子之事一無所知？她也要以庶人禮下葬！」

程尚書對章尚書使了個眼色，幾位內閣大員心有靈犀，齊聲道：「遵殿下諭。」管秦鳳儀接不接監國的事，反正有事就來找他，他難道能不管？

要論不要臉，內閣絕對是其間高手，章尚書又委婉地說了幾位皇孫的事，秦鳳儀道：「孩子們年紀小，哪裡曉得這些個？以前怎麼著，現下依舊怎麼著吧。跟太后娘娘說，少叫你們帶這些陰陽怪氣的話，我要是想對孩子們下手，當初早帶兵去慈恩宮了。她也少試探我，我既不會對孩子下手，也不會對她如何，叫她好生待著吧，但裴家的事，她最好別插手。」

秦鳳儀把從裴家抓的人與宮裡抓的人，還有平琳等人都交給了刑部，令三司同審。

秦鳳儀道：「內閣擬一道詔書，讓泉城的禁衛軍退居直隸，東西大營各歸其位。」

章尚書等人忙應了，章尚書提醒道：「北疆那裡，殿下得有個章程。」

「我寫一封信，打發人給平郡王送去便是。」

人有沒有本事，其實並不難判斷。

秦鳳儀甫到京城，不要說內閣，便是裴太后，雖則秦鳳儀說的那些話內閣沒好原封不動地轉述，但裴太后猜也能猜到秦鳳儀說不出什麼好話來。不過，裴太后不得不承認，秦鳳儀一到京城，原本躁動不安的京城，瞬間便安定了下來。

秦鳳儀在京城住下，他既住在愉親王府，愉親王府就成了議事堂。其實內閣眾人是很希望秦鳳儀去宮裡的，哪怕暫時不登基，監國也可以住嘛。再者，秦鳳儀現下，他若死乞白賴地想要登基，別人也攔不住，只是那樣就不大符合士大夫的審美了。好在，秦鳳儀壓根兒沒提登基的事，這令士大夫們稍稍鬆了口氣，畢竟大行皇帝的靈柩還在南夷，怎麼也要迎大行皇帝靈柩入皇陵，再給柳娘娘正名之後，如此水到渠成，聖君登基，方稱完美。

士大夫們有自己的一套小算盤。

秦鳳儀完全沒理會他們這些個，京裡局勢安穩後，他就去了景川侯府。他岳父出事，老太太的身子骨兒就不大結實了。秦鳳儀瞧老太太去了，他這一去，把侯府門房嚇得不輕，畢竟，現下親王殿下身分不同啊。雖則現下還是親王，但消息略靈通的都曉得，帝位已是親王殿下囊中之物。

秦鳳儀看一眼門外掛著的兩個白燈籠，還有侯府匾額上的白綢花，心裡有些不大舒服，擺擺手，「別一驚一乍的。」

秦鳳儀根本沒叫人大擺排場，門房們請過安，門房小管事道：「小的去裡頭通傳一聲，免得失了禮數。」

秦鳳儀知道侯府自有規矩，也沒攔這小管事，只是吩咐一句：「莫要驚擾老太太。」

小管事應聲，小跑進去通傳。

李欽和李鋒迎出來時，秦鳳儀已到了內門，兄弟二人就要行禮，秦鳳儀扶住他們，「何須如此？聽說老太太病了，現下如何了？」

其實病的不止老太太，景川侯夫人也是傷心過度病倒了。兄妹先前都遠在南夷，朝中又是大皇子當政，可想而知府中情形。好在，景川侯夫人與平皇后是嫡親姊妹，但父親驟然過世，一家子的重擔就在李欽肩上，李欽容色難掩憔悴，透出與以往大不同的沉靜來。

李欽道：「大哥回京後，祖母就好多了。」

秦鳳儀年少時與後丈母娘景川侯夫人很不對眼，不過，他與小舅子和小姨子們關係都不差，何況，連襟桓衡還是在南夷為武將，秦鳳儀如今心胸自不是當年可比，便又問了一句：「丈母娘呢？」

李欽道：「自從知道父親的事，母親一直臥病在床。」

秦鳳儀心說，後丈母娘也就這樣了，遇事還不如老太太。

秦鳳儀去了老太太的院子，李老夫人髮若白雪，臉頰塌瘦，倚著榻，見到秦鳳儀時，眼中透出微微的喜悅，忍不住道：「先前我很不放心你與阿鏡，如今總算來京城了。」

「讓祖母擔憂了。」秦鳳儀在老太太的床畔坐下，打發了侍女，方與老太太道：「我就是知道你們都記掛著岳父大人，怕你們急出病來，才急著過來。你們都不用擔心啦，岳父大人根本沒事。」

李老夫人原是倚著引枕的，一聽這話，猛地坐直了身子，顧不得動得急了，眼前發黑，情急之下握住秦鳳儀的手，直接喊了秦鳳儀的名字：「阿鳳，真的？」

「自然是真的。」秦鳳儀見兩個小舅子的眼珠子也似要掉出來一般，與他二人道：「你倆也坐下聽一聽，一會兒說給後丈母娘聽，別讓她想不開了。」

秦鳳儀繼續說：「我親自驗的。我與岳父大人一起洗過澡，岳父大人什麼樣，我比誰都清楚。雖然很像，但根本不是岳父大人。」

李老夫人一時激動得不得了，忽然又道：「此事誰都不可說出去！」又叮囑了兩個孫子一句，忙與秦鳳儀道：「這話再不可與人說！」

「我就只跟祖母說了。」秦鳳儀道：「所以，您老只管安心養身子吧，我猜想著，指不定什麼時候，岳父就回來了。」

李老夫人不解，「既是無事，那阿鎮與陛下為何不回京？」

秦鳳儀道：「這誰曉得啊？不知道他們怎麼想的，不過，我想著或者是有什麼緣故吧，不然也不能叫大皇子在京城胡作非為啊！」

李老夫人又是擔憂兒子，不由問秦鳳儀：「現下可有他們的下落？」

「沒。」秦鳳儀道：「我要是知道他們在哪兒，還能叫大皇子在京城稱王稱霸？我就是想不通這個，要是叫什麼逆賊劫了，早該開出條件來讓咱們贖人了。可要說死了，裡頭的屍身根本不對，而且，就陛下那人，拿江山當他命根子，他也不能看著江山亂成這樣。」

李老夫人也皺眉思量，卻一樣陷入秦鳳儀說的邏輯怪圈中。

李老夫人道：「你說的在理。」

「所以我說，您老別自個兒傷心了，他們一準兒沒死。這要是死了，也得見著屍首。」秦鳳儀道：「當初我就說，我一點感應都沒有。祖母，您肯定也曉得，這親人間是不一樣的，都能有感應。不要說親人了，就是我時常用的東西用慣了的，都能生出感應來。我小時候有一塊常戴的玉丟了，丫鬟們怎麼找都找不到，我就說她們不用急，我覺得玉沒丟，果然沒幾天我在家裡荷花池裡釣魚，釣上一條大鯉魚，廚下殺魚時就發現了玉，可不就是我丟了的那塊。原來玉是叫魚吃到肚子裡去了。東西尚且如此，何況親人？我早就感覺他們沒事。」

秦鳳儀說得信誓旦旦，李老夫人聽得也不由信了幾分，況且秦鳳儀說他親自驗過的。李老夫人也是盼著兒子安好，她這輩子經的事多了，「此事雖極要緊，卻是不好聲張，不然怕是要有小人暗地裡下手的。你也不要漏了口風，著心腹之人暗地裡尋找才好。」

秦鳳儀點頭，「我也是這樣想的，我就擔心祖母您上了年紀，怕您急出病來，我趕忙過來跟祖母您說一聲，我連大舅兄都沒說呢！」

李老夫人心中很是熨貼，深覺孫女有福，嫁了這麼好的孫女婿。

李老夫人道：「你要是不忙，今天就在家裡用飯。」

「我現下正閒著。」秦鳳儀便留在侯府與老夫人還有兩個小舅子吃了回飯，說了許多媳婦兒女的話，又說準備打發人回去接媳婦他們過來京城。

秦鳳儀道：「我想著，待把陛下找回來，我就還回南夷去。只是如今我在京城，媳婦他們不在，我這心裡沒個著落，得趕緊把媳婦她們接來才是。」

李老夫人笑，「你與阿鏡自成親以來再未分離過，大陽大美他們都是正依賴父母的年紀，一家子，自然是要在一處的。」

「就是就是。」秦鳳儀很認同李老夫人這個說法，「還有大嫂子壽哥兒他們，都一塊接京裡來，咱們也好團聚。」

秦鳳儀吃過午飯，李老夫人畢竟身上還不大好，喝過湯藥便睡下了。秦鳳儀與兩個小舅子去書房說話，無非就是寬慰兩人。其實現下也不用寬慰，秦鳳儀道：「你倆也知道那事了，便寬一寬心。我正想著著人南下接你們大姊姊去，你們倆也去一人，權當出去散散心。」

李欽道：「我留家裡，讓阿鋒去吧。」

現下知道死的不是親爹，李鋒也就不急著接他爹的靈柩回京了，就是不放心家裡，「我這一走，家裡就剩大哥和二哥二嫂了。祖母、母親都病著，這如何顧得過來？」

李欽笑，「大姊夫和大哥都在京城，你還擔心什麼？」

李鋒一想也是，李欽又叮囑他一句：「你去迎父親的靈柩，必要做出個孝子模樣才好，別叫人瞧出什麼。」

「二哥放心，這我曉得的。」李鋒先時還真是傷心得不得了，如今知道父親無事，身心一派輕鬆。

姊夫和小舅子正在說話，外頭有小廝過來傳話，說是景川侯夫人知道秦鳳儀過來，打發侍女來問可有空相見。李欽與那小廝道：「你去與丫鬟說，大姊夫公務繁忙，已是回了。」

小廝去傳話，李欽說：「自父親出事，外祖家屢有事端，母親的精神就不比從前了。」

見李欽提及平家，秦鳳儀道：「平郡王府的事，平郡王是不相干的，只是平琳罪責難脫，你多寬慰丈母娘吧。想一想現下岳父下落全無，我就恨不得把平琳剁成八段。」

李欽一驚，「難不成，父親之事與四舅有關？」

「你以為呢？」秦鳳儀面色冷寒，「他要是當岳父是妹夫，怎會下此狠手？再者，不考慮岳父生死，也該為自己的親妹妹想一想才是，你們可都是他嫡親的外甥。」

李欽一向脾氣不大好，皆因家遇變故，性子方多了些沉靜，如今聽聞他爹遇險竟有他四舅的事，當下氣得臉色鐵青。舅舅再親，也親不過親爹啊！

李鋒更是牙齒咬得咯咯響，倘不是平琳早下大獄，這兄弟倆能去平郡王府找平琳拚命。兄弟倆也不擔心外家了，李欽還咬牙切齒地跟大姊夫道：「一旦查實，定不能輕饒！」

李鋒雖則沒說，但眼神裡透露出來的，也是這個意思了。

安撫好兩個小舅子，秦鳳儀方告辭回了愉親王府。

秦鳳儀與李老夫人說眼下事情不多，但其實事情還真不老少。首先，內閣定員七名，如今只稀稀拉拉僅剩下四個，而且，禮部兵部工部，三部尚書出缺，要補進大員還是怎地，便是內閣也不敢做這個主，只得過來請示秦鳳儀。

秦鳳儀道：「鄭老尚書和盧老頭兒不是挺好的，叫他們繼續出來拉磨。正是用人的時候，他們倒清閒了，世上能有這樣的好事？」

章尚書心說，看來鎮南王殿下果然早就與鄭相盧相有交情啊！

章尚書道：「臣等這就擬詔書。」

秦鳳儀讓章尚書去辦了，沒想到詔書到了鄭盧二人府上，兩人還說身子骨老邁，不支國事，既已卸了一身重擔，從此便頤養天年了。

秦鳳儀對付這兩人很有法子，讓章尚書傳話：「是不是要讓我師父去請他們，他們才肯出山啊？」鎮南王殿下的師父，眾所周知便是現下方家的老祖宗，官場的老前輩，內閣的老相爺，方閣老是也。秦鳳儀把這位官場老神仙搬了出來，鄭盧二人當下也不好再擺什麼不支國事的譜兒了，皆出山各歸各位，各司各職。

兩人雖鬧了回小彆扭，也知國朝正是用人之際，鎮南王又是誠心請他倆出來，他倆也就繼續為國朝效力了。何況，他二人為內閣重臣，眼下京城這個局勢，沒有不擔心的。

秦鳳儀還私下同鄭老尚書說了景安帝與景川侯之事，秦鳳儀道：「平琳、閔氏等一干人必要審問明白，我總覺得這事有蹊蹺。陛下雖則人品不咋地，腦子很過得去啊，他比我還聰明呢，能叫這等小人害了？那兩具屍身，我怎麼看都不對。」

鄭老尚書精神一振，連忙問：「殿下當真能確定那屍身並非陛下與景川侯？」

「那是自然。」秦鳳儀一向是很自信的。

鄭老尚書到底老辣，他肅容道：「請殿下恕老臣冒昧，三皇子和嚴大將軍亦是陛下親近之人，他們並未看出不妥，不知殿下是如何看出不妥來的？」

要說親兒子，三皇子可是陛下的親兒子。

秦鳳儀不願意說，含糊道：「我自有法子。」

「還請殿下明示。」鄭老尚書不問個明白是絕不甘休的。在他囉嗦了半日後，秦鳳儀委實受不了這聒噪，方勉勉強強地說了，「我與陛下還有我岳父都曾一起沐浴過，單獨看那兩具屍身是看不出來。可我與你說，陛下的龍小弟修長，尺寸是這樣的……我岳父的雖是沒那麼長，但很飽滿，尺寸是這樣的……可這兩具屍身正好相反。我見到屍身時，雖已過了幾日，單獨看是看不出什麼，但一對比就很明顯了。這怎麼可能呢？我與你說，這等破綻，除了我啊，世上沒第二個人能知道，三皇子和嚴大將軍焉能知曉？」

鄭老尚書……鄭老尚書都不曉得要以什麼表情面對鎮南王殿下了。
是啊，世上同時見過龍小弟與景小弟的，也就殿下一人了。
秦鳳儀在景川侯府說岳父大人還活著的事，都沒跟大舅兄說過。不過，他告訴了李老夫人和兩個小舅子，轉眼大舅兄就知道了。
大舅兄正給秦鳳儀做牛做馬呢，按理，李釗正值父孝，怎麼也該守孝的。先時秦鳳儀忙著北征倒罷了，如今京城進來了，局勢也穩定下來了，秦鳳儀就把大舅兄安排到工部了，領工部尚書一銜，很是任人唯親，完全沒提讓大舅兄守孝之事。
李釗聽說他爹還沒死的事，簡直一刻都按捺不住，連忙過來問秦鳳儀。要知道，李釗也是看過他爹的屍身的，身為親兒子，他自認不會認錯。只是，待秦鳳儀說出自己的懷疑，李釗也不確定了，秦鳳儀則是一臉篤定，「我不會看錯的，你想想岳父的尺寸是不是不對？」
李釗身為親兒子，竟然叫秦鳳儀這個他爹的半子給問住了，不曉得是不是惱羞成怒，忍不住道：「誰似你一般厚臉皮，那麼大了還跟長輩一起沐浴？」
誰有這種厚臉皮啊？他小時候也沒跟他爹一起洗過澡啊！
話說，我都沒跟我爹洗過澡，你這個做女婿的，哪來這麼大的臉啊？
李釗氣死了。
「那可怎麼啦？我還幫岳父擦過背呢！」秦鳳儀一副理所當然又得理不饒人的模樣，「要不是我細緻，今兒個咱們就被騙啦！」
有沒有被騙的，李釗倒不在乎，李釗馬上想到一件要緊事，「倘是咱們弄錯了，叫陛下曉得大皇子之事，怕是不喜？

「有什麼不喜的？誰叫他不出來的？別人要對我下手，難道我伸長脖子等人砍？」秦鳳儀道：「再說，大皇子又不是我殺的，他自己非要死，誰攔得住？」

自從兵入京城，哪怕景安帝還活著，秦鳳儀就完全不在意景安帝的態度了。秦鳳儀權掌西南這些年，只認一個真理，那就是，誰掌握軍隊，誰就掌握了大勢。便是如今景安帝突然蹦出來，秦鳳儀不信他會拿大皇子之事問罪自己，景安帝可不是這樣的人。

李釗靜下心想一想，怎麼想都覺得大皇子這事不能怪到秦鳳儀頭上。秦鳳儀入京也未入宮，大皇子的兒女們都好好地養在宮裡呢，這已是仁至義盡。

這般想著，李釗便也安下心來，奈何李釗心裡總有個大不敬的想頭，若陛下安好，那自家妹夫這皇帝……

唉，妹夫真是個實誠人啊！若擱別人，這會兒既來了京城，怕早忙不迭登基了，就自己的妹夫，眼下不說登基，還急著找爹呢。

想想，雖則秦鳳儀與陛下不睦，但心腸當真是極好的。

非但李釗有此想，便是鄭老尚書這樣修練成精的老狐狸，心中亦是覺得，別看鎮南王殿下瞧著不似個正派人，其實心地當真不錯。

當然，會這樣想的絕不包括裴太后。

裴太后簡直是愁死了，秦鳳儀帶大軍入城，入就入吧，好歹這也是老景家的子孫，她老太后的孫子，無奈秦鳳儀是真的與她不對盤。原本秦鳳儀入了城，裴太后想著，怎麼著秦鳳儀都會住宮裡的。身為一個老牌政客，裴太后自然有能與秦鳳儀緩和關係的手段，結果世間竟真的有此神人，秦鳳儀以監國親王的身分，硬是能住到親王府去。

裴太后氣得沒法，成天宣愉王妃入宮說話訴苦，說自己的不容易。愉王妃能說什麼，唯勸裴太后寬心罷了。主要是，秦鳳儀平日裡瞧著好說話，可有時又非常不好說話。便是愉王妃，也只能敲邊鼓地同秦鳳儀轉達一下裴太后對他的關心，再多的也不好多說了。

如果秦鳳儀與裴太后關係冷淡到影響朝局就不好了，愉親王就說過秦鳳儀：「哪怕做做樣子，對慈恩宮也不好太過冷淡。」

秦鳳儀來京這些日子，從未登過慈恩宮大門，這令慈恩宮臉上非常難看，進而影響到秦鳳儀的風評。

非但愉親王這樣說，便是鄭老尚書，也委婉勸過秦鳳儀。

鄭老尚書道：「長輩終歸是長輩，陛下不在京城，就得殿下代陛下盡孝了。」

秦鳳儀聽這話直翻白眼，一向豁達的傅長史也很盡職盡責地提醒了一回秦鳳儀，連盧尚書都想直言進諫了，可秦鳳儀要是強起來，那真是天王老子也沒辦法的。

不得不說，鄭老尚書為人十分忠厚，這位老尚書明白，縱是將陛下找回來，下一任的帝位也非鎮南王莫屬了。再加上秦鳳儀一來京城就又把他召回內閣任首輔，鄭老尚書很知秦鳳儀的情，不想秦鳳儀因為與慈恩宮的關係為人詬病，為此，這位老尚書還找了自己的前任方閣老提起此事，想請方閣老勸一勸鎮南王殿下。畢竟，這不是什麼大事，在鄭老尚書看來，哪怕就去慈恩宮喝杯茶呢，外頭人見了也得說是鎮南王與慈恩宮祖孫融洽，結果，秦鳳儀就能強到對慈恩宮不聞不問，不理不睬。

尤其在皇帝陛下生死未明之時，這可不大好。

秦鳳儀待方閣老向來特別，這次來京也是早早去方家拜訪過的。

方閣老聽了鄭老尚書的話，沉吟半晌道：「待王妃來京就好辦了。」

勸秦鳳儀去親近慈恩宮，那是別想了，正因為了解秦鳳儀，如方閣老也只能想到這等曲線救國的方式了：等李王妃來京。

鄭老尚書一想，這話倒也在理。

不得不承認，秦鳳儀娶了個十分不錯的王妃，一想到李王妃的賢德，就是宮裡的裴太后也多了幾分心安，反正她以後打交道的也是李鏡，對於李鏡，彼此總是有幾分香火情的。

遠在鳳凰城的李鏡並不曉得自己如此受到期待，自從接到丈夫率兵進入京城的消息，李鏡就開始收拾行李了。不過，鳳凰城是一大家子的基業，在丈夫未能登頂之前，李鏡也要悉數安排好，方好帶著兒女們進京的。

大陽經歷過祖父的喪儀，還有父親和大伯之間的戰爭，如今也是大孩子了。這回要帶著弟弟妹妹與母親一起來京城，大陽就忙前忙後，很有些小男子漢的作派。

用大陽的話說：「爹不在家，我就是家裡的男人啦！」

這話聽得雙胞胎很不認同，咱們也不是女的呀！

不過，爹不在家，也只好聽大哥的了。

雙胞胎只有在很小的時候去過京城，早不記得京城什麼樣了，還跟大哥打聽來著。

大陽道：「京城很氣派，不過，沒有咱們鳳凰城嶄新。咱們這裡冬天都不大冷的，京城的冬天會下雪，你們沒見過下雪吧？」

雙胞胎齊齊搖頭，拉長小奶音：「沒有。」

「咱們這回到京城就得冬天了，你們能見著了。」大陽說得有鼻子有眼，其實，他也沒有見過下雪。

說到京城的雪，便是大美都很期待。於是，一家子做了很多大毛衣裳小毛衣裳的，就等著到了京城下雪穿。結果，到京城的那一日，碧空如洗，晴空萬里。雖然也冷得都穿上了毛衣裳，但連個雪渣渣都沒見到，把大陽幾個遺憾壞了。

雙胞胎還不停四下張望地問大哥：「雪呢？怎麼沒有雪啊？」

大陽被他們煩得不得了，「我又不是老天爺，哪裡曉得哪天下雪？」

大陽雖不是老天爺，但今時今日，他爹在京城的地位與老天爺也差不離了。

李鏡和大公主帶著鳳凰城的諸多女眷來京，第一個好處自然是夫妻團聚，第二個好處就是李鏡的到來，全方位緩和了秦鳳儀與宮裡的關係。自裴太后到裴貴妃，都對李鏡的到來表達了熱烈的歡迎，尤其裴貴妃，拉著李鏡的手道：「小六多虧了你們照顧。」

李鏡笑，「這次來京，一路上多虧了六殿下。」

三皇子並沒有與他們一起來京城，而是在收到秦鳳儀的信後留在了封地豫章，所以，沿途多是六皇子帶著大陽打理沿途外務，特別是現下大家都知道秦鳳儀把大皇子幹掉了，一路上那些個地方官，巴結萬分啊。

這些個官場往來，李鏡是沒有辦法教導大陽的，好在六皇子一向八面玲瓏，對大陽頗多指點。而且，六皇子小時候就與秦鳳儀、李鏡的關係很不錯，是故，李鏡見到裴貴妃時，對六皇子亦不吝誇讚。

裴貴妃笑，「都是應當的，小六如今也大了，鎮南王不能親去接你們，大陽還小，他既是做弟弟的，又是做叔叔的，跑跑腿還不是應當？」

因著李鏡帶著孩子們剛到京城就來慈恩宮請安，裴太后自然要設宴。宴席之後，打發孩子們去玩，裴太后方與李鏡說起私房話來。

說到秦鳳儀的冷淡，裴太后嘆道：「我這把年紀了，也不盼著他能想通了，只是，他住在愉親王府也不合規矩。宮裡這麼多的屋子，哪裡就不能住了？便是不愛跟哀家見面，不過來就是了，到底應該住宮裡的，一則是咱們皇家的氣派，二則他理政也方便不是？愉親王府到底窄巴了些。」

對於住在宮外的事，李鏡倒是支持丈夫的。

李鏡笑道：「祖母自然是為了我們好。相公那個人，別看平日裡說起話來像是個伶俐的，有許多時候，他是個體貼人的，偏生不曉得怎麼說。像祖母說的，在宮裡，一則咱們祖孫親密，二則理政也方便，可相公畢竟是封藩的藩王，不同於宮裡的皇子們各有宮院。倘是因監國便住進宮裡，反是不合規矩，叫勢利小人看在眼裡，得說相公放肆了。往日裡藩王進京，也都是住在宮外，正因相公守規矩，他才不肯住進宮來。再者，他那人其實是不好意思，父皇生死未明，後宮多是母妃們，以往父皇在時他過來倒沒什麼，今父皇在外，他畢竟是成年皇子，又是監國的身分，方不敢輕來後宮的。如今我來了京城，只要皇祖母不嫌我聒噪，我每日都來向皇祖母請安。」

裴太后聽李鏡說到「生死未明」四字就驚呆了，顧不得其他，連忙問李鏡到底是怎麼回事。李鏡也是才知道不久。要知道，世間是沒有祕密的，尤其是祕密在秦鳳儀這個大嘴巴星人嘴裡的時候。秦鳳儀能告訴李老太太與兩個小舅子，還特意叮囑不要再告訴其他人了，然後第二天大舅兄就曉得了。而李欽南下接姊姊外甥進京的，憑李鏡的精明，自然能看出弟弟身上的破綻，都不用逼問，李欽就悄悄跟大姊姊說了，說完後，還特意加上一句所有大嘴巴星人都會說的話：「大姊姊，妳可不要與外人說啊！」

大姊姊倒是沒有同外人說，大姊姊只是來京城後先追問了秦鳳儀此事，秦鳳儀將其間蹊蹺細細與妻子解釋了一通，如今李鏡也是將信將疑了。

李鏡為人細緻多謀，她思量過後，就在進宮時私下透露給裴太后知曉。

李鏡將細節處一說，裴太后當時的神色，李鏡回頭與丈夫道：「真是天下父母心，我第一次見太后娘娘喜極而泣。」

秦鳳儀聽聞此事，頗是不以為然，撇撇嘴道：「不一定就全是歡喜，我就不信她沒懷疑過大皇子。瞧瞧她在大皇子主政時做的那些個事，可不似有半點要為陛下尋一個公道的。」

李鏡嘆道：「行啦，得過且過吧，太后娘娘也這般年紀了。」

秦鳳儀一挑眉，「老而不死謂之賊，妳下次進宮問一問她，當初為何派刺客殺我？我就說當初怎麼好不好的天降神雷劈了慈恩宮呢，原來就是她幹的。」

「什麼？」李鏡也驚了，「是太后娘娘？」

「不是她是誰，裴煥都招了！」

秦鳳儀真是氣死了，他早就說裴太后那老虔婆不像好人，當年就不知幹過多少欺負他娘的事，只是秦鳳儀再也沒想到，這老虔婆那麼早就著人刺殺過他。

秦鳳儀是個多疑的，他與媳婦道：「那會兒我可還不知道自己的身世，還是探花而已，妳說，老虔婆是不是早曉得我的身世，想弄死我啊？」秦鳳儀十分懷疑，最後還來了一句：「幸虧我沒住宮裡去，不然她還不指使人給我下藥，毒死我啊！」

「這你想多了，太后娘娘那會兒定不曉得你的身世。」李鏡道：「不說別個，要是一早知曉你的身世，太后娘娘縱使有些想法，也不能自己動手。這裡頭，定有什麼誤會。」

「什麼誤會啊？」秦鳳儀不愛聽這話，「妳明兒個進宮去幫我問問，有什麼誤會讓她派了七個刺客來殺我？」

李鏡笑，「我不去，這樣的壞人我可不當，你去問吧，反正你早與太后不睦，你唱黑臉，我唱白臉。」

「我去就我去！」

秦鳳儀說到做到，說去就去。

秦鳳儀自認為攜正義真理去的，結果他真是見識到了老牌政客的臉皮。裴太后聽秦鳳儀提及當年刺殺之事，面上沒有半點吃驚、愧悔之類的情緒，只是淡然反問：「你死了嗎？」

秦鳳儀氣死了，「妳是不是特希望我死一死啊？」

「說這些氣話做什麼？」裴太后道：「雖則你我關係平平，咱們終是有血緣關係的。就是不知道彼此間的血緣時，你也是探花，以後的棟樑，不然當初如何會有裴國公湊巧救你？」

秦鳳儀冷笑，他為免牽連，裴家只拿了裴煥一支下獄，如今看來，這些人是拿他當猴耍的。裴太后雖則年邁，腦子轉得一點也不慢，裴太后道：「你莫多心，刺殺你的事，裴國公或者是聞了什麼風聲，才及時過去的。他對這件事知道多少，我也不大清楚。」

秦鳳儀根本不信這鬼話，不客氣道：「哎喲，他是妳親兄長，他會不清楚？」

「鳳儀啊，你還是太年輕。」裴太后表情淡淡的，「沒有什麼關係是永恆的，像裴國公，他雖是我的兄長，當年皇帝登基時，他亦是出過大力氣的，但皇帝與哀家也報答了他。自從公爵穩固，他已無須再介入那些陰私之事。裴家這一代，唯裴煥頗有雄心。」

秦鳳儀忍不住道：「看來，妳早就與晉王殘黨有關係啊！」

裴太后嘆道：「鳳儀，你如果以黨爭來分辨朝臣，這就太狹隘了。皇帝當年登基，朝中人員，不說誰人，方閣老先前也曾與先太子親近，如今的鄭相、盧尚書、商尚書，都是自先帝朝過來的，他們一樣曾與先太子、晉厲王相識。大臣嘛，當用則用，其他勢力也是一樣。」

秦鳳儀聽她這口吻就來氣，「哎喲，聽妳說得這麼雲淡風輕，當初想必也知道大皇子對陛下下手之事吧？我忖度一下，妳倆不會是一夥的吧？」刺了裴太后一下。

這要是別個親娘，聽到孫子懷疑她害了兒子，那不得氣暈，裴太后完全沒有半點惱怒，她冷然道：「兒子做皇帝，我是太后。孫子做皇帝，人家有自己親娘，我會害自己兒子？」

秦鳳儀問：「但妳不可能沒有懷疑過吧？妳就沒想過給陛下報仇？」

裴太后道：「懷疑有什麼用，皇帝去得突然，大皇子監國在先，你一向與我不睦，我就是要給皇帝尋一個公道，也得先在這亂局中站穩腳跟。」

這話翻譯過來就是，老娘得先保住自己再說其他！

秦鳳儀真被裴太后這無恥且直接的態度噎著了，秦鳳儀氣極，「這麼說，妳還有理了？」妳個老虔婆！秦鳳儀諷刺道：「陛下這些年是怎麼待妳的？妳還不是因他才享了這些年的福！他不明不白地死了，真難為您老還活得這麼冷靜這麼睿智！」

裴太后輕嘆，「宮裡都是這樣的人。」說著，她一雙蒼老的眼睛望向秦鳳儀，「你不是這樣的人，所以，皇帝才這樣喜歡你吧。」

秦鳳儀一副馬上要吐的模樣，他真懷疑裴太后是不是眼神有問題，秦鳳儀道：「別說這些個沒用的，妳要不老實，就是他還活著，如今也是天高皇帝遠，可別怪我對妳不客氣了！當初妳既不知我身世，更犯不著派那麼些刺客殺我吧？」

裴太后道：「那不過是場戲罷了，真殺你，你還能逃得掉？那會兒正趕上宗室改制，你得罪了大把宗室，他們卻不肯在宗室改制上讓步。我著人做出刺殺你的模樣，無非就是想給宗室施壓。畢竟，那時你遇刺，九成九的人得懷疑是宗室暗中下的手。他們再不同意宗室改制之事，朝廷便可就你遇刺之事發難宗室，削一削他們的勢力，改制之事便容易了，並不是真要把你殺了。」

秦鳳儀到底不是笨蛋，相反的，他思維相當敏銳，他立刻就想到了當時的情形，還真與這老虔婆說的有些像。秦鳳儀問：「這麼說，陛下也是知道的？」

裴太后道：「皇帝並不知曉，他那時已經很喜歡你了，當初哀家提議，他並不同意，說你是正經科舉出身的文官，捨不得你，還擔心你有危險，讓平嵐多留心，事後他方曉得的。你一定很奇怪這事為什麼查來查去沒了消息，便因如此。」

秦鳳儀心說，天雷怎麼沒劈死這老虔婆啊！

秦鳳儀懷疑道：「當初我在宮宴飲酒，那兩個壞我名聲的宮人，不會也是妳安排的吧？」

裴太后搖頭，「那時我已知你的身世，焉會行此事？」

秦鳳儀再問，裴太后卻是不知了。裴太后道：「我不過為皇帝掌後宮罷了，你們宮宴是在前朝太寧宮宴飲。當初發生那事，我也很震驚。」

秦鳳儀回家同媳婦念叨當初他被兩個宮人汙衊之事，「老虔婆說不是她幹的，妳說，她這是糊弄我呢，還是說真不是她幹的？」

李鏡道：「這不好說。」

秦鳳儀琢磨一回，只可能是三個人，一是裴太后，二是平皇后一系，三是裴貴妃。

這事尚未琢磨出個結果，就有內閣過來請教他冬至祭天的事，還有年下祭祖啥的。

秦鳳儀道：「陛下未在京城，就免了吧。」

鄭老尚書連忙問：「萬萬不可，正因陛下不在京城，此事更不可免。」

禮部盧尚書亦道：「陛下不在京城，可以殿下與諸皇子代為祭祀。」

秦鳳儀心說，就等著你們這話啦。於是，秦鳳儀假惺惺地做出個無論怎麼推辭都推辭不掉的模樣，答應了代為祭天與祭祖之事。

不過，這臨天祭天時又發生了矛盾。

要知道，秦鳳儀是個女兒奴，他有四個兒子，卻就一個閨女，拿這閨女寶貝得不得了。當然，兒子們他也很寶貝啦，但是秦鳳儀一向認為，女兒要更嬌寵些才好，所以，秦鳳儀對閨女向來是有求必應的。

秦鳳儀這閨女也很奇特，要說大美，其實不是個驕縱的性子，不過，她也很有些她爹的小拗脾氣，像先時他爹在鳳凰城祭天啥的，大美從小就要跟去的。先時鳳凰城的官員也不大樂意，不過，鳳凰城基本上是秦鳳儀的一言堂，他說啥是啥。他說要帶閨女，旁人也無法。於是，大美一直是跟他爹一道去的，反正有他哥大陽參加的場合，就得有大美啦。

這回他爹要在京城祭天，大美早就提前問了：「爹，我聽說京城人祭天盛大得不得了，我能不能跟著一起去，長長見識？」

他爹根本沒多想，一口就應了，想著不就是祭天，寶貝閨女想見識就見識唄。

然後，在禮部擬祭天名單時，秦鳳儀就命加上他閨女大美。當然，因為小孩子都很愛湊熱鬧，哥哥姊姊都去，雙胞胎小五郎自然也要去的，秦鳳儀就把他家孩子都加入隨行名單之上了。大陽和雙胞胎都是皇孫，尤其大陽還是正經冊封的世子，跟著參加祭天沒什麼，但大美不成，這是個丫頭啊！不要說郡主，便是公主也沒有跟著祭天的理啊！

於是，禮部不同意，說不合規矩。

秦鳳儀不愛聽這話，對禮部道：「你們懂個啥的規矩？我們皇室是跟老天爺一家子的。陛下人稱天子，便是老天爺的兒子，我就是老天爺的孫子，我們大美就是老天爺的重孫女，重孫女跟著祭一祭做老天爺的曾祖父，怎麼就不成啦？這是我們自家事，你們就知道老天爺不答應啊？嘿，我告訴你們，我們祖宗早就答應啦！」

秦鳳儀把禮部氣得不輕，大美消息非常靈通，得知禮部不讓她跟著參加祭天的事，大美心眼兒頗多，私下跟她爹道：「爹，我聽說新官上任三把火。您這剛來京城，這朝中的大臣可不似咱們南夷的官員一樣，都是爹您提拔安排的。他們仗著官位高，難免就要拿捏您呢，您可不能認輸，不然他們知道您好說話，以後還不得事事他們說了算。但有您不如他們的意，他們就得跟您較勁兒了。」

秦鳳儀直樂，「哎喲，閨女，妳還知道新官上任三把火啦？」

大美昂著與她爹肖似，只是五官線條更比她爹柔和的小臉蛋，道：「我當然知道啦。爹您一定要挺住，千萬不能退縮。要是有什麼不好辦的事，只管跟我商量，我給爹想主意。」

秦鳳儀老懷大慰，深覺閨女貼心。

於是，更不肯讓步了。

原本內閣還覺得鎮南王英明果斷，尤其如今北疆打仗，陛下行蹤不明，朝中有鎮南王坐鎮，那真是樣樣安穩。

如今內閣得給這句評語加個前提了，那就是，鎮南王沒犯病時。

為著大美能不能參加祭天之事，禮部盧尚書看秦鳳儀冥頑不靈，一副昏頭做派，險些又要辭官，還是鄭老尚書勸住了他。秦鳳儀除了想叫閨女參加祭天之事外，政務上頗是清明，而且，對內閣一向信重。特別是有先前大皇子執政時的對比，更是仁厚穩妥，便是以鄭老尚書的老辣眼光來看，秦鳳儀因有就藩十年治理南夷的底子，對於政務民生極其了解，手段更是剛柔並濟，底下人根本糊弄不了他。再者，秦鳳儀入城以來，約束兵士，安駐宮外，這京城內外，與當初陛下在時也不差什麼的。郡主要跟著祭天，雖有違禮法，可能做到內閣首輔的，又有哪個是拘泥之人呢？儘管鄭老尚書也是激烈反對，其實心下並未將此視為要緊大事，更何至於要辭尚書之位呢？

鄭老尚書勸住盧尚書便因，雖事關禮法，這也不過是小節。誰還沒些自己的性情啊，鎮南王就這麼一個女兒，自然疼寵些。

鄭老尚書見勸不過，也沒跟秦鳳儀硬扛，他找了新晉的工部尚書李釗說了這事。

李釗一聽就發愁，「老相爺有所不知，殿下這些年在鳳凰城祭天，郡主都是跟著的。」

鄭老尚書問：「不知這是有什麼緣故？」

李釗也不能說他外甥女就是要去，然後他妹夫寵愛閨女，就帶閨女去了。

李釗道：「南夷那邊的風俗，老相爺也知，南夷為百族混居之地，尤其土族山民，極重母親姊妹，他們那裡但凡有祭祀之事，皆男女一同視之。還有一族中，因無男子，爵位便傳給女子的，南夷本地漢人亦不似京城這裡風俗。郡主自小在南夷長大，又是孩子心性，有這樣的熱鬧事，便一同跟著去了。如今來了京城，倘不叫她去，她是要傷心的。再者，在南夷祭天也不只郡主一個女子，嚴郡主先前未封郡主時便有戰功在身，正經南夷武官，她亦是與我們一道隨駕殿下祭天的。」

所以，儘管李釗也是接受儒家教育，但在女子祭天一事上，他早就習慣女子參加。

鄭老尚書頷首，「原來如此。」

鄭老尚書又道：「咱們京城與南夷風俗到底不同，李尚書當初該勸一勸殿下的，雖是要漢夷融合，還要是夷人知道咱們漢人的禮儀教化的好。」這不是把咱家郡主同化成夷人了嗎？

李釗一笑，「其實處慣了，就覺得夷人漢人都差不離，他們亦是一心嚮往咱們漢人的。在南夷時，因地方窮困偏僻，女子多是與男子一樣耕作，故而，女子多潑辣些。郡主年紀小，可懂什麼，小孩子家也就這兩年的興頭，興許過兩年，讓她去她還不去。」

鄭老尚書心說，可看不出郡主過兩年會不去的樣子。

不過，想想郡主自小在那荒僻之地長大，不大通京城禮數也是有的。鄭老尚書就想讓李釗勸一勸鎮南王殿下，李釗道：「我豈是沒勸過，只是，殿下那個性子，老相爺也知曉，哪裡是個能勸得動的，順毛捋還罷了。他最疼郡主，又不是什麼大事，何不令殿下順心，這也大過年的了。」

於是，鄭老尚書反是叫李釗給勸了一回。

歸根結底，鄭老尚書未將此事視為大事，但能勸還是要勸一勸的。鄭老尚書就想著，鎮南王是個出名的懼內，王妃一向明理，鎮南王這裡走不通，不如去跟王妃說一說此事。

王妃倒是很通情理，不過，王妃早叫她閨女給買通了，大美為了收買她娘，趕了好幾天工給她娘打了個絡子，早說好了，叫她娘偏著她。非但把她娘收買好了，大美還去宮裡把裴太后一起收買了，大美跟裴太后說起此事時就說：「說不準那些個老大人在我爹那裡講不通，就來祖母這裡聒噪呢。祖母，您可得偏著我說啊！」

裴太后除了跟秦鳳儀處不好關係，其他秦鳳儀家的幾個重孫重孫女，裴太后都很喜歡。裴太后就問大美：「那祭天有什麼好的，大冷的天兒，京城可不似南夷暖和，咱們在屋裡烤火多好，何必去受那個凍？」

大美挑眉道：「我倒不是非一定得去，我就是看不慣那些個男人們一副『這是男人的事，女人不能參與』的模樣！越是不叫我參加，我就越想參加，非得給他們瞧瞧不可！」

裴太后一陣笑，「妳這不是賭氣嗎？」

「主要是我覺得沒什麼大不了啊，就是祭天罷了，憑什麼女孩子就不能參加啊？嚴姑姑在南夷不也一樣同男人那般上陣殺敵？我還見過許多女子採桑養蠶學習技藝一樣養家的。祭天又不是女孩子幹不了的事，而且，誰規定女孩子不能參加了，還不是那些男人規定的，又不是老天爺規定的。」大美道：「朝中這些男人，都沒有我爹的心胸。」

裴太后摸摸大美的頭，道：「妳這性子將來不知要吃多少苦頭。男尊女卑，豈是一朝一夕能改的？」

大美道：「我也沒想改這世道啊，只是別人那樣成，到我這裡就不成？」

別看裴太后是個再圓滑不過的性子，卻很喜歡大美，故而，此事傳到裴太后耳邊時，裴太后便說了一句：「郡主要去就去嘛，有什麼大事？郡主也是皇室中人。」

連裴太后都這樣說，而且，祭天並不關乎國朝大政，盧尚書也不能真去辭官。甭看大皇子當政時他辭了官，秦鳳儀一接手朝政立刻把他請了回來，倘因此事辭官，秦鳳儀大概不會去請他了。盧尚書一點也不迂腐地想，他還是想多為國朝效力幾年的。

幾個土人族長山民將領，聽到這樣的事不能理解，他們還勸秦鳳儀：「要是這些京城的官老爺不叫郡主參加祭天，不如殿下還帶咱們回鳳凰城吧。在鳳凰城，郡主都能一起祭天。」

於是，堂堂內閣大員，竟然叫些四六不懂的土人山民給鬧個沒臉。

於是，郡主參加祭天之事就這樣定下來了。

然後，順理成章的，祭祖的時候，大美要去，他爹也帶她去了。不過，祭祖之後，秦鳳儀割下祭肉只給大陽一人吃，並未給其他孩子們吃。這也是鄭老尚書強烈要求的，世子地位不同，請殿下區別待之。

大陽很有吃祭肉的經驗，早悄悄備了椒鹽灑在祭肉上。

大美心說，涼颼颼的大肥肉，她還不稀罕吃呢！

大陽並沒有覺得他妹參加祭天祭祖的事有什麼大不了，他妹一直都有參加的。

到臘八，裴太后讓李鏡進宮來，與她一道在慈恩宮前煮了臘八粥，分賜諸宗室親貴、朝中重臣。之後，裴太后就是與李鏡商量過年的事了。

裴太后道：「鎮南王謹慎，為避嫌，一直不肯住進宮來。只是，這過年宮裡都有宮宴，後宮的宮宴便是咱們娘兒倆主持。前朝總得有個主事的，二郎一向老實，不是這塊材料，四郎五郎六郎年紀又小，哀家想著，誰都不如鎮南王妥當，前朝的宮宴就交給他吧。」

李鏡自不會推卻，笑道：「我們聽祖母的。」

裴太后頷首，又說：「還有一事。先時你們剛來京城，孩子們鬆散幾日沒什麼，如今眼瞅就要過年了，待過了年，總不好再耽擱了功課。我聽說，幾個孩子的功課都不錯。」

裴太后頗是懇切，「妳與鎮南王都是細緻人，孩子們的功課自然是安排好的。鎮南王的性子，我若與他說，他犯了拗脾氣，反是要多想。我就與妳說吧，是不是要讓孩子們到宮裡念書？一則皇孫皇孫女們都在宮裡讀書，二則孩子們在一處也親熱，三則既是來了京裡，大陽雖說早有伴讀，妳與鎮南王商量著，是不是再斟酌著給大陽添幾個也是無妨的。」

李鏡連忙道：「祖母說的很是，我也正想著年後孩子們念書的事，只是，大陽身邊的伴讀已是親王世子的例了，依朝廷法度，不好再添。」

裴太后知道秦鳳儀和李鏡一向謹慎，她也不過是賣個好，表示一下對大陽的看重罷了，見李鏡半點不肯逾矩，笑得慈和，「好，你們商量吧。」

婦人們商量的無非就是過年吃吃喝喝的事，秦鳳儀則要與內閣商議年下對北疆與西南的賞賜，畢竟，這一年過得亂七八糟，戰火不斷，將士們都辛苦，朝廷自然不能沒有賞賜。

西南倒好說，這是秦鳳儀的嫡系，眼瞅著秦鳳儀再進一步，西南系的好處顯而易見。讓秦鳳儀有些糾結的是平家與北疆戰場，一到冬天，北疆氣候嚴寒，與北蠻的仗是停了的，只是，丟了的陽關還沒收回來，平郡王祖孫依舊在北疆駐兵，防範北蠻。

秦鳳儀與平家不大對盤，都與妻子道：「年下妳去平郡王府走一趟吧，安一安平郡王妃的心。平琳那事，我是不能輕饒的，但老郡王、平嵐，還有珍舅舅的人品，我是曉得的。」

李鏡思量一回，道：「我單獨去不大好，我回一趟娘家，請太太與我一道去。」

「很是。」秦鳳儀拊掌笑道：「有後丈母娘這層關係，事情就更好說了。」

李鏡瞋他一眼，「都什麼歲數了，還成天後丈母娘後丈母娘的。」

「說慣了。」秦鳳儀道：「問一問那老虔婆宮裡對平郡王府的賞賜，較之往年，不必厚，也不必薄，還如以前一般就好。」

李鏡點頭，「我曉得了。」

李鏡的主意很不錯，其中就體現在，李鏡回娘家說起去平郡王府時，景川侯夫人的眼淚都掉下來了。

自景川侯出事，景川侯夫人老了許多，眼尾細紋深深鐫刻，便是脂粉亦掩飾不能。

景川侯夫人拭淚道：「我一想到阿琳那個狼心狗肺的東西，就恨不得一口咬死他。他心裡何嘗有我這個姊姊半分？如今侯爺生死未卜，若侯爺有個好歹，我也不想活了。」

景川侯夫人不是個聰明人，但這人有個好處，很識得出嫁從夫的本分，完全沒有時下一些糊塗女子偏頗娘家的意思。景川侯夫人自從知道丈夫有可能還活著的消息後，病便好了許多，只是沒再回娘家。她一想到四哥平琳就想殺人，現下便是回了娘家也沒好話。

李鏡勸她道：「事已至此，平琳已下了刑部大獄，與他有關連的人也都抓起來了。父親遇險，卻是與外祖母等人無關的。如今外公這把年紀還在北疆打仗，聽聞外祖母身體也不大結實，我想著，太太這年下也還沒回王府呢，不如我陪太太一道去，與外祖母說說話，也叫外祖母和幾位舅媽安心。」

景川侯夫人雖是恨極了平琳，平郡王府到底是自己的娘家，想到父母都是將將八十的人了，尤其老父身在北疆，過年也是不能回來的，景川侯夫人心中一軟，握住李鏡的手點頭，很是感激李鏡。她畢竟出身郡王府，嫁入侯府，不是什麼都不懂的婦人，李鏡能親自過去平郡王府，這便是一種政治表態，起碼現下府裡的人應該不會受平琳之案牽連了。

有景川侯夫人同行，李鏡的平郡王府之行非常順遂。平郡王府的人也不傻，便是平郡王妃，現下也是隻字不提平琳，只當沒這個兒子。

並非不疼這個兒子，平郡王妃生有五子，平琳在父母身邊的時間最長，但除了平琳，她還有四個兒子，她得為那四個兒子考慮。故而，平郡王府上下都是當作沒有平琳這個人，闔家支持朝廷的審判，如果平琳有問題，依著國法該如何就如何，一副大公無私的模樣。

李鏡也沒說平琳的事，她就是關心了一回平郡王妃的身體，說了些家常話便告辭了。然後，第二天，朝廷賞賜了與往年無二的年禮。不得不說，李鏡過來一趟，年節賞賜與往年相同，已足以讓平郡王府安心。

平郡王府的確安心了，秦鳳儀心下可是不怎麼痛快，他當真是不喜歡平家，一想到當年若不是平家覬覦后位，他娘不至於要冒險離宮，如果他娘不是離宮後擔驚受怕，也不會那麼早過世。一想到這個，秦鳳儀就厭惡平家得緊。但他想想平嵐三番兩次救過自己，就是平嵐為人，也不能說討人厭。把平家全殺了，秦鳳儀還真有些幹不出這樣的事。何況，平家人駐北疆多年，秦鳳儀就是有想把平家殺完的心，自當下局勢而言，一時半刻也下不了手。

秦鳳儀與妻子說：「我好像越來越跟那討厭鬼一樣了。」

討厭鬼是秦鳳儀給景安帝取的新名詞。

李鏡撫平丈夫微蹙的眉心，寬慰他道：「小時候會覺得人非好即壞，待到大了就知道，世間百態，純善純惡的反是最少的。」

「是啊。」秦鳳儀一哂，「我可算知道這些個豪門為何兩頭下注了。妳瞅瞅，平家、裴家皆是如此。要是大皇子勝了，裴家裴煥那一脈必然要奪了嫡系的爵位。如平家，平琳得勢，他這一支必然要興起。要是咱們勝了，裴家便交出裴煥一支，平家交出平琳一夥，其他人倒還乾乾淨淨的。而且，裴國公當年還從刺客那裡救過我一回，平嵐更是好幾回施援手，我要是把他們弄死了，道義上就說不過去。」最後，總結一句：「這些豪門們可真精啊！」

李鏡道：「他們這不過是小道，說到底，揣摩的皇家的勝負，其實他們的生死榮辱都在咱們手裡。裴家有裴煥之事，便是裴國公教子不利。平琳也是一般，削爵去職，端看你株不株連了。這急什麼？腳踏兩條船可從來不是好做的，眼下還是北疆戰事要緊。」

「是啊。」

眼下，是先把這個年過了要緊。

有秦鳳儀在，上上下下的都過了個肥年，尤其朝中百官甚至覺得，秦鳳儀主政令他們心生安穩，雖然大家都擔心音訊全無的皇帝陛下，但秦鳳儀當朝，無疑是定海神針般的存在。

非但朝中百官有此想，北疆將士亦是如此。

比起先時北疆軍斷糧一事，秦鳳儀入京之後，北疆糧草馬匹軍械樣樣充足，正是因後勤保證，北疆軍才能牢牢守住玉門關，未讓北蠻軍隊再前進分毫。

但對於平家，眼下家族的危機還不僅僅在於北疆戰事，朝廷賞賜送到北疆時，平嵐騎馬外出巡視，並不在軍中，是平郡王帶領營中諸將領接的的賞賜。朝廷賞賜頗豐，晚上祖孫倆守著熱鍋子吃酒時，平郡王屏退了侍從，飲下一盞烈酒道：「鎮南王仁慈啊！」

公允地說，平嵐認為，相對於大皇子，秦鳳儀更具明君之相，但平家與秦鳳儀不是尋常淵源，尤其他四叔平琳還做出這種事謀刺御駕的大逆不道之事來，再加上三十年前平皇后與柳王妃的后位之爭，也夠平家喝一壺的了。

平嵐為祖父斟酒，道：「我只是擔心麾下將士。」

北疆這些將士大多是平家提攜起來或是與平家有淵源的，平嵐並不是將眼光只拘泥於自家的性子，一旦平家勢頹，最先受到影響的必然是北疆這些將士。不論是自軍功，還是別個方面，都會有巨大的影響。

平郡王道：「短期內不會的。」

平嵐也明白，鎮南王妃親自去了平郡王府，朝廷給平郡王府的賞賜也與往年無二，給北疆軍的年下賞賜依舊豐厚，種種都說明，鎮南王眼下並沒有要處置平家的意思。

平郡王道：「世間沒有永遠昌盛的家族，有起必然有落。我這一世最後悔之事便是讓你姑母嫁給皇子為側室，後來又讓寶兒嫁給大殿下。阿嵐，這個爛攤子以後就要交給你了。」

平嵐面容冷肅，短短半年內，平嵐先失父，後失妹，也許以後還會面臨更嚴酷的政治處境。平嵐道：「我現在還需要祖父的指導。」

平郡王蒼老的面容露出一抹笑，「放心放心，祖父會壽終正寢的。」

不論心情是什麼滋味，既是過年，必然要過得熱熱鬧鬧。

平家如此，秦鳳儀亦是如此。

景安帝不曉得身在何方，外臣宮宴便是秦鳳儀主持，秦鳳儀致開場辭。

秦鳳儀在鳳凰城做慣了老大，在京城皇宮主持個宮宴也沒什麼難度，特別是秦鳳儀那相貌，那一身玄色升龍服，真真是把人比襯得好風華。秦鳳儀空出丹陛上的主位，他是在主位一旁另設了一把椅子，於諸王群臣之上，皇位之下。

秦鳳儀長身玉立，眼神緩慢掃過殿中群臣，不急不徐道：「第一盞酒敬在外巡視的陛下，第二盞酒敬北疆與蠻人相抗的將士，第三盞酒願我們大景朝國泰民安，盛世太平。」

秦鳳儀這三盞酒過，底下險些有人直接喊出「萬歲」來。

大家咬咬牙，慶幸沒一時昏頭喊錯，心下都覺得玄乎，想著鎮南王殿下並不似幾位皇子生就在宮裡的龍子鳳孫。秦鳳儀一向隨和，可他站在丹陛上說話，硬是無人敢放肆說笑。而當秦鳳儀提及行蹤全無的皇帝陛下，還有北疆戰事時，群臣情緒難免低落。

待飲過酒，秦鳳儀一笑，「行了，我料得陛下今年必會歸來，北疆戰事亦有大勝之期。今日新年，咱們闔當同樂，他年再憶今朝，你們便知本王鐵口神斷了。」

秦鳳儀親自暖場，宗室百官中更不乏千伶百俐之人，一時間，大家說說笑笑，氣氛大為好轉。甚至不少人認為鎮南王殿下是不是有什麼小道消息啥的。

宮宴後還真有人與秦鳳儀打聽，尤其是景安帝的安危。

六皇子便私下問過秦鳳儀，秦鳳儀道：「若陛下有個好歹，我必能有所感應。我心中每念及陛下，皆是一片安寧，可知陛下平安。」

六皇子心說，原來阿鳳哥全憑感覺說話啊！

六皇子回宮後，自己焚香沐浴齋戒三日，也想感應一下他爹，結果啥都感應不到。六皇子心下還尋思著，莫不是阿鳳哥是真龍天子的命格，與咱們凡人不同。要不，同樣是他爹的兒子，怎麼只有阿鳳哥感應得到，他就感應不到呢？

新年過後，初八開印，政務照常進行。

北疆的戰事也在開春後重啟了，有秦鳳儀的後勤支援，還有平郡王親自坐陣北疆軍，捷報時有傳來，頗能振奮人心，不少朝中官員都覺得，鎮南王殿下果然是金口玉言啊，這話說的就是準。

結果，就在北疆軍形勢一片大好，要反攻北蠻時，北蠻那裡叫停了戰事，因為北蠻遣使送了信給平郡王，言說景安帝在他們手裡，若不能割陝甘之地給北蠻，那麼景安帝的安危，他們便不能保證了。

此事關係重大，便是平郡王都不敢擅專，親自命心腹八百里加急送到了京中。

裴太后聽聞此事，直接就厥了過去。

內閣、皇子、宗室紛紛求到秦鳳儀跟前。

不管是厥過去的裴太后，還是人心惶惶的朝中百官，秦鳳儀的第一反應是：先查驗北蠻送來的信物的真假。

秦鳳儀的話：「急什麼，他們若有陛下在手，還打什麼仗，直接拿出陛下威脅朝廷便是。如今我軍氣勢正強，他們便說陛下在他們手裡。你們可真是……難不成，北蠻說什麼就是什麼？明兒個你們也給北蠻軍送封信，我還說北蠻王在我手裡呢。」

秦鳳儀把內閣宗室皇子們安撫住，自己在家跟媳婦碎碎念：「妳說，那個討厭鬼是不是真叫北蠻給抓住了啊？氣死我了，他們也不知滾哪兒去了，真是寧可他在哪兒藏著呢！這要是落在北蠻手裡，可如何是好啊？是贖他還是不贖啊？」

在外鎮定無比、王霸之氣全開的鎮南王殿下，在家簡直愁得不行，愁得頭髮一把一把地掉。李鏡最憐惜的就是秦鳳儀這張臉，生怕他脫髮脫成個禿子，連忙命廚下給丈夫燉上首烏湯生髮，與他道：「得做好最壞的準備了。」

秦鳳儀俊秀的眉心擰成個小疙瘩，捉著媳婦的手道：「我就是為這個才愁啊，萬一，萬一那討厭鬼真是叫北蠻捉去，這可如何是好啊？難不成，真要以陝甘之地贖他？」

李鏡擰眉半晌，深深地看了丈夫一眼，但正沉浸在「景安帝下落之謎」中的秦鳳儀卻沒有留意妻子這個眼神，他……他一門心思都在擔心景安帝的下落上了。

按秦鳳儀的性情，看著景安帝死了，他也有些不自在，但若以陝甘之地拱手相送來換景安帝平安歸來，秦鳳儀真是寧可……雖則這想頭有些不合乎普世道德準則，但秦鳳儀最隱祕的內心深處，即便是他媳婦，他也不會訴說的內心深處：身為王者，為外族所俘，為顧全尊嚴，唯一死矣。

當然，世間不是沒有臥薪嚐膽的勾踐，可是，依秦鳳儀這性情，他不是這樣的人。

若是他，他寧可一死了之。

對於景安帝，他亦作此想。

此時此刻，夫妻二人為了掩飾內心深處的心思，卻是陷入了共同的沉默。

北蠻送到平郡王處的是一封蓋有景安帝私印的親筆信件，內閣諸人皆博學之輩，也俱認得景安帝的筆跡。為了驗此件真假，還在翰林中選了幾位熟悉御筆的知識淵博的翰林。

最終的鑒定結果很不好。

裴太后大約是丈夫死在陝甘，今兒子又陷北蠻之手，老太太也上了年紀，撐不住便病倒了。李鏡去慈恩宮探病侍疾，裴太后見了李鏡就嘮叨景安帝。

李鏡安慰道：「皇祖母只管安心，陛下定能平平安安歸來的。」

幾位皇子也很擔憂景安帝的安危，景川侯府更不必提，景安帝在北蠻，那麼，景川侯又在哪裡呢？

秦鳳儀懷疑的是，北蠻人面貌與漢人大不相同，他們如何就能把景安帝自江西弄到北蠻去呢？而且，北蠻人如果沒有朝廷的許可，不能私自在大景朝停留。何況，如果是在江西有北蠻人，他沒有不知道的理。

單憑一封信，就要求大景朝讓出陝甘之地，這也太過兒戲了。而且，景安帝的性情，秦鳳儀相對還是了解的，景安帝不是那等苟且之人，只看他承繼江山以來，心心念念，籌備十年就為了收回先帝失去的陝甘之地，便知景安帝性情了。

這樣的景安帝，如何能屈從地寫下這樣的一封信呢？

秦鳳儀越想越覺得，這事必有蹊蹺。

秦鳳儀正想跟媳婦說一下這蹊蹺，傅浩求見。傅長史是他心腹中的心腹，秦鳳儀便先見了傅長史，何況此事還要與傅長史商議。秦鳳儀道：「你來得正好，過來幫我參詳一二。」

然後，秦鳳儀就把這些蹊蹺說了。

傅長史認真聽過，秦鳳儀問：「你覺得，這事是不是不對？」

「殿下說的有理。」傅長史只是說了這一句，之後道：「只是，眼下還有要事，請殿下必要有個心理準備。」

「什麼事？」什麼事能有比景安帝的安危更重要？

傅長史面色平靜，但眼眸深處仍洩露出一絲悸動。

傅長史壓低了嗓音，「請殿下做好登基的準備。」

秦鳳儀嚇一跳，險些從椅中跳起來，「你說什麼？」意識到不妥，他也壓低了聲音，皺眉道：「現下陛下安危不明，怎麼能提這事？你閉緊嘴，提都不要再提！」

「我只是來給殿下提個醒。」傅長史篤定，「想來不久內閣就會同殿下提及此事了。」

秦鳳儀一雙大大的桃花眼瞪得溜圓，「不許胡說，陛下生死未明，誰會提這個？」

「正因陛下生死未明，帝位不能再空懸了。」傅長史輕聲道：「只有新帝登基，陛下的交換價值方能大為下降。由此，陛下的安危也可以得到保全。」

「這怎麼可能？這樣一來，由當朝陛下變為太上皇，肯定就不值錢了啊！」秦鳳儀精通商事，不用算也曉得，一個皇帝，一個太上皇，自然是前者身分價值更高。

秦鳳儀道：「一旦不值錢，人家還不是願意怎麼對他就怎麼對他了？」

傅長史道：「價值變低才更容易把太上皇贖回來，如果太上皇真在北蠻人之手的話。」

秦鳳儀眼睛一亮，「你也說了，也有可能陛下根本不在北蠻。」

「不管在不在，朝廷不能再受此威脅了。」傅長史道。秦鳳儀必須登基的理由便在此，朝廷不能任由一國之君被人威脅，當然，如果是退位的前一國之君的話，威脅就威脅好了，反正也不值什麼了。

秦鳳儀搖頭，「這是你所想。我與你說，內閣裡除了我大舅兄，都是陛下的心腹。」

傅長史微微一笑，「臣也只是給殿下提個醒罷了。」

「絕不可能，你想多啦！」秦鳳儀很自通地道。

傅長史便不再言。

然後，第二日秦鳳儀與他媳婦說陛下是不是真的在北蠻時，內閣以鄭相為首的七人，齊刷刷來了王府。秦鳳儀聽聞侍女回稟，見內閣來得如此齊整，秦鳳儀與媳婦道：「定是來商量陛下之事的，我出去瞧瞧。」

李鏡笑道：「去吧。」

秦鳳儀在書房見的內閣七人，這七人進了書房，二話不說，齊齊行了大禮，把秦鳳儀嚇一跳。因為縱是上朝，大家也只消一拜便罷了，跪禮很少見。

秦鳳儀連忙道：「這是做什麼？快起來。你們放心，我定會想法子把陛下救回來的。」

幾人此次過來，意卻不在景安帝之事上，幾人齊聲道：「今社稷不穩，請殿下為天下計，登基為帝！」

這句話對秦鳳儀的衝擊，簡直到了靈魂的層次。

秦鳳儀失眠了一宿，第二天頂著兩個大黑眼圈跟媳婦嘟囔：「這怎麼可能啊？鄭相他們，可都是陛下的心腹啊！」

李鏡昨天就聽丈夫念叨了大半宿，一早上還是這話，簡直被他嘮叨得耳鳴，煩死個人。

李鏡道：「行啦，眼下難道真叫我朝皇帝在他國做客？鄭相他們，先是國朝忠臣！」說著緩了緩，多了幾分溫柔，「再者，就是陛下沒在北蠻，哪怕陛下平安還朝，也必會大權旁落，儲君之位，非你莫屬。鄭相他們沒有一個是笨的，除了為天下蒼生考慮，也會向未來的帝王表現出自己的善意，何況，現下的形勢，先請新帝登基是最好的選擇。」

秦鳳儀畢竟做藩王多年，並不真就傻了，其實在昨日傅長史提及登基一事時，秦鳳儀便明白了這其間的道理。只是……

秦鳳儀仍忍不住道：「最好的選擇，不是先想辦法救出陛下嗎？」

「先不說陛下是不是真的在北蠻人手裡，倘是太平年間，慢慢等著陛下的下落不遲，可眼下正值戰事，國朝不能再這樣震盪下去。天無二日，國無二主，國一日無主，百官先不能心安。早在陛下行蹤未明時，就註定了必有這一日。」李鏡望入丈夫的眼眸，「你要實在擔心陛下，就想一想母親當年受的那些苦吧！」

秦鳳儀險些叫媳婦噎死……

真是，知夫莫若妻，他只要一想到他親娘，就覺得，景安帝就是真在北蠻人手裡，那也是他活該，是報應。

秦鳳儀揉揉胸口，算是被他媳婦說服了。他一下子叫內閣這些人鬧得，靈魂受到嚴重衝擊，一時間不曉得要如何是好了。

秦鳳儀問媳婦：「這可怎麼辦啊？」

「什麼怎麼辦？」

「登基啊！真要做皇帝啊？」別看秦鳳儀跟景安帝不對盤，秦鳳儀這些年在南夷，不是沒幹過那些坑蒙拐騙沒節操的事，但面對這至尊之位，秦鳳儀的野心反而不大，並沒有什麼迫切之意。

李鏡鎮定無比，幫丈夫捋清思路，「什麼都不用幹。內閣再過來，你也只管推辭。便是登基，也要做足了三辭三讓的氣派。你要想的是，登基之後，北疆局勢的發展。還有，陛下的事，要怎樣一個了局。」

李鏡上前為他整一整衣襟，再用熟雞蛋滾一滾黑眼圈，將人打扮得端端秀秀的，「且淡定些，不要亂了方寸，一個皇位而已。」不早是我們囊中之物了嗎？

一般來說，每個帝王在位時都會有每個帝王的名言，譬如，始皇帝的：「朕為始皇帝。後世以計數，二世三世至於萬世，傳之無窮。」譬如，漢高祖的：「大風起兮雲飛揚……」又譬如，漢武的：「犯我大漢天威者，雖遠必誅！」再譬如，東穆太祖皇帝的：「為帝當為鳳武帝。」再再譬如鳳武皇帝，那啥，這位皇帝名言太多，不再贅述。

很久以後，秦鳳儀也有了自己的名言，秦鳳儀的名言是：沒有媳婦，就沒有我啊！

這要是不知道的，得以為這不是在歌頌媳婦，而是在歌頌老娘。

好吧，暫不提以後。眼下，當下，秦鳳儀算是見識到了內閣強悍的戰鬥力。因為就如他媳婦所說，他什麼都不用幹，內閣便以閃電般的速度，接連說服了病榻上的裴太后、在京的諸宗室、皇子……其間，內閣不忘聯名上了一本：訴元嫡皇后書。

上表朝廷，給景安帝的元配柳皇后正名。

……

皇袍加身是什麼樣的感覺？

可惜，這個世間沒有一個姓趙的皇帝，不然此時此刻，秦鳳儀便有了一位知音。

他簡直驚呆了。

不論內閣還是百官，在秦鳳儀眼裡，其實一直都有些效率低下的問題，只要做事，必然要先吵上一架或者幾架云云。如今不同了，統一意見的內閣效率高到嚇人，如他媳婦所說，秦鳳儀什麼事都不必做，內閣就把百官、太后、皇子、宗室都搞定了。

當然，內閣如此高效的前提，與秦鳳儀如今的威望也有著莫大相關。

在景安帝生死未明的當下，擁重兵、占大義，在京城主持政務的秦鳳儀，事實上也只較天下至尊之位差一個名分了。

所以，沒人會不識趣反對，便是裴太后也只是含淚說：「哀家要皇帝平平安安回來。」以鄭相為首的內閣齊聲道：「太后放心，陛下定能平安歸來。」

然後，裴太后道：「空口白牙，哀家不信。」

於是，鄭相發一毒誓，毒誓內容基本上也就相當於，如果景安帝不能平安，鄭相全家死光光之類的。

總之，毒得很。

內閣周全到，連秦鳳儀三辭三讓的事都慮得周詳，並且，給柳王妃進行了浩大的追封。真的，不必秦鳳儀說一個字，百官聯名請求追封陛下元后柳皇后，給柳皇后的諡亦是美諡——孝烈皇后。

隨著朝中百官請求鎮南王登基，外面各督撫大員、外任將領、藩王、宗室，連帶北疆一干將士，反正只要是夠格上本的都上本，請求鎮南王臨危受命，登基為帝。

這一切也不過半個月之內，悉數搞定。

連內務司都諂媚得獻上龍袍，秦鳳儀還奇怪地問道：「這樣的滿繡龍袍，還鑲金綴玉的，半個月就好了？」

李鏡笑，「這你就不懂行了，約莫是陛下沒上過身的新龍袍改的。要是從頭繡，最少也得小半年才得這一件。」

秦鳳儀聽這話倒沒介意這龍袍是景安帝的衣裳改小的，一想到景安帝可能遭了大難，秦鳳儀對景安帝的討厭也沒以前那樣深了。

李鏡服侍著秦鳳儀穿上，把秦鳳儀壓得，秦鳳儀道：「虧得我近年來沒少鍛練，這衣裳得有二十幾斤，比一套鎧甲不輕了。」

「萬里江山在肩，自然有分量。」李鏡望著丈夫，眼神是流露出滿滿的欣慰。

秦鳳儀展開雙臂抱住妻子，夫妻二人相擁片刻，李鏡給他細細查了這龍袍的尺寸，又請了秦老爺和秦太太過來一起看，秦太太更是欣慰得眼睛裡冒出小淚花，秦老爺不停點頭，

「阿鳳生得好，穿啥都好看，好看好看！」秦老爺比秦太太更是激動，一想到秦鳳儀馬上就是皇帝了，秦老爺就有說不出的高興，總算不負娘娘所託，阿鳳這樣的出眾。

秦太太道：「以後不能叫阿鳳，得叫陛下了。」

秦鳳儀連忙道：「可別，娘，怪彆扭的。」

李鏡掐了掐丈夫的腰，「腰這裡有些寬了。」

秦太太很心疼，「來京城要忙的事更多，阿鳳清減了。中午加個八珍湯，好生補補。」

李鏡召來內務司總管，讓給龍袍改腰圍，內務司總管連忙應承，保證明日就能改好。

秦鳳儀登基的速度極快，禮部內務司共同聯手，欽天監一算就算出個上上大吉的日子，就在本月，五日之後，最適宜登基不過。還有要準備的便是皇帝的御書房、太寧宮偏殿，與皇后的居所鳳儀宮了。前兩者都好說，秦鳳儀沒令人動裡頭的擺設，如景安帝在時一般。平氏卻是死得不大光彩，裴太后身子不好，依舊是撐著命內務府調派出人手重新布置鳳儀宮。重新大修是來不及了，但平氏先時所用悉數點清，封入內庫。另外要如何佈置，裴太后令大公主去問了李鏡的意思。李鏡也沒客氣，原本她與平氏就不是一個品味，自有自己的喜好。

李鏡令心腹侍女去瞧著佈置鳳儀宮，大公主另有事與李鏡商量，大公主道：「這鳳儀宮的名兒可如何是好？」按理，帝王名諱自當避諱。秦鳳儀這名字，正合了正宮名。

李鏡想到這事也不由笑了，「相公的名字，兩字皆是常用字，就是民間也常說龍鳳呈祥、龍飛鳳舞什麼的，不過，鳳儀宮這名字也的確不大好再用，不然以後宮人怎麼提呢？就改為中宮吧。」

大公主笑道：「妳這更簡單，其實聽說這些年也鮮有人提鳳儀宮的宮名，一般不是說皇后娘娘宮裡，便是中宮了。」

李鏡點頭，大公主道：「陛下此番登基，後宮諸太妃、太嬪們也要移宮了。還有，幾位皇子連帶著諸多皇孫都住宮裡呢，妳心裡頭可得有個數才好。」

「皆按舊例吧。」李鏡道：「先前父皇捨不得諸皇子，一直留他們在宮裡承歡膝下，如今也都大了，我看，幾位年長的皇子也都快娶媳婦的年歲了，相公與我說是可擇址建王府了。太妃太嬪們，年滿五十五的，可由各自的皇子接出宮奉養，得享天倫。」

大公主笑，「皇子公主、太妃太嬪們聽到這信兒，不知要如何高興呢。」

兩人說些秦鳳儀登基之事，大公主最後方私下問：「太后娘娘如今病著，心裡只是不放心大皇子家的幾個。」

李鏡心說，當初也沒看出裴太后對平氏姑侄如何滿意，對大皇子家的幾位皇孫倒真是上心。不過，將心比心，李鏡亦是有兒子的人，以後自然也有孫子孫女的。

李鏡暗自一嘆，道：「如今他們年紀尚小，便依規矩，還是在宮裡住著吧。一則有太后娘娘的看顧，二則到底年紀小，這世間人哪個不勢利呢？其實大皇子之事與孩子們不相干，可大皇子的罪名到底也影響了孩子們。待到成年，再賜爵出宮不遲，以後領個差使，安安生生過日子，未嘗不是福氣。」

「是啊。」大公主想到大皇子那一家子，既是堵心，又不禁有幾多感慨。

李鏡心知大公主說此事必然是裴太后的緣故，晚上與丈夫提了一句。

秦鳳儀道：「老老實實的，日子不會差。別個，端看他們自身造化吧。」又道：「待咱們搬到宮裡，多留心永哥兒。唉，那孩子沒什麼不好，以往見他，也覺得是個心思周正的，只是，他那個胎記，怕是會被有心人利用。」

李鏡道：「放心吧，這事有我呢。」

秦鳳儀點點頭，抱著媳婦蹭了蹭。

小五郎大叫：「爹，您擠著我啦！」

「哎喲，沒看到五郎啊，你怎麼也在床上？」秦鳳儀連忙將快擠扁的小兒子從媳婦的被窩裡拎出來。

小五郎嘟著嘴，「我一直在啊，爹您沒看到我！」

「都說了睡覺不要把頭也鑽被子裡去，你本來就小，頭也蓋被子裡去，哪看得到啊？」

秦鳳儀瞇著眼睛仔細看一看五兒子的小臉，擔憂道：「這可怎麼辦，鼻樑好像壓扁了？」

「真的？」小五郎嚇一跳，立刻要光屁股跳下床找鏡子看鼻子有沒有被壓扁。秦鳳儀連忙把五兒子撈回被窩暖著，哄他道：「沒扁沒扁，爹逗你玩呢！」

小五郎是個執拗性子，寧信自己眼，不信他爹嘴，最終還是鬧騰著要來個小靶鏡看了一回自己的小臉，發現鼻子沒扁，此方安心繼續睡覺。不過，第二天以「聽到他爹的祕密」為名，敲詐了他爹二十兩銀子。若是他爹不給，小五郎便歪著個臉斜著個眼，一副欠扁模樣威脅他爹：「那我見著阿永堂兄，就不曉得會不會禿嚕嘴啦！」

有這樣的熊兒子，秦鳳儀對於做皇帝的事才算提起了一絲精神。

秦鳳儀對媳婦道：「看著咱們小五這倒楣孩子，也得打起精神來呀！」

「誰是倒楣孩子啦？」李鏡不愛聽這話，她覺得自家小五郎特別可愛，特別招人疼，怎麼看怎麼招人稀罕。

禮部內務司欽天監準備著登基事宜，秦鳳儀已經開始巡視在京的諸營人馬，同時令工部再一次徵調糧草，並下嚴令，自蜀地、陝甘，全方位切斷與北疆的貿易。但有私自與北疆貿易者，一經查實，闔族抄家。

秦鳳儀一系列的動作令內閣擔憂，鄭相還在秦鳳儀面前旁敲側擊過，秦鳳儀擺擺手，「行了，有話直說，怎麼倒鬼鬼祟祟的？」

鄭相便直說了：「老臣看殿下巡視兵馬，可是要有出征之意？」

儘管秦鳳儀登基在即，儘管秦鳳儀登基之事由內閣主導，多少人現下都對秦鳳儀改了稱呼，唯鄭相，秦鳳儀一日不曾登基，他仍稱秦鳳儀為「殿下」，而非「陛下」。

「對。」秦鳳儀並不否認，這事原也是要與鄭相商量的，「待登基之後，我便親率大軍去北疆，平叛北蠻，迎回陛下。」

鄭相並未急著反對，只是神色間難免有濃濃的擔憂。鄭相道：「如今北蠻人說陛下身陷北蠻，到底如何，還需確認。不提先帝當年慘痛之事，陛下萬金之軀，皆因南巡方身陷險境。殿下初初登基，朝局未穩，此時率軍親征，老臣委實不大放心。」

鄭相神色懇切，言語間亦是真摯關懷。

秦鳳儀道：「鄭相的意思，我都明白。鄭相的擔憂，我也理解。鄭相放心，在西南時，我亦曾親率大軍出戰，對戰事有些經驗。此次去北疆，一則為確定陛下安危，二則便是北疆局勢，自去歲至今，已有半年之久，這場戰事不好再拖了。平郡王是沙場宿將，有他在，北疆還是能穩得住的。可平家眼下的情形，鄭相心裡也清楚。平家憂懼大皇子與平皇后之事，還有平琳之罪，便是平郡王，也謹慎得過了頭。」

秦鳳儀沉聲道：「這場戰事，早該結束的。」

話至此時，鄭相也沒有再勸之語，只是，鄭相再次行了大禮，沉聲道：「請陛下出征前，冊世子為東宮。」

秦鳳儀當真是瞠目結舌了，「你……你這老頭兒，不會是做好我回不來的準備了吧？」

鄭相嘆道：「殿下如此想我，可見老臣擁立殿下之事，影響了殿下對老臣的觀感啊！」

「殿下，陛下對我有莫大恩情，老臣縱是百死也難報一二，但老臣是朝廷的首輔，老臣與殿下也相識多年，老臣想與殿下說幾句心裡話。」鄭相蒼老的雙眸中透出一絲悲哀，「帝王開創江山，但任何時候，若帝王遇險，從未有以江山交換帝王的先例，這是事實。老臣不想說什麼花言巧語為自己分辯，老臣對陛下之愧，怕是以後九泉之下也還不清了。朝中有老臣這樣鐵石心腸的首輔，還請殿下北征時必要珍重己身，平安歸來。」

鄭相說著，一個頭深深磕了下去，額頭觸地，砸出沉悶聲響。

秦鳳儀扶起鄭相，「看你，明明是你對我鐵石心腸，你這麼一磕，便顯得我沒理啦！」

秦鳳儀還要再說點兒啥，結果，見青紫著額頭的老首輔已是淚流滿面。秦鳳儀嚇一跳，連忙勸道：「誒，你……你可別這樣。這也不值當啊，咱們就隨口說說……哎呀，我都還沒北征，你哭啥啊？」手忙腳亂地幫老首輔擦眼淚。

鄭相狠狠地抽了鼻子一下，哽咽中包含著莫大辛酸，泫然欲泣地道：「給你們老景家做首輔，實在太不容易了！」

一個想做千古名臣的首輔，卻在任上丟了皇帝，這叫後世史學大家怎麼寫他啊？如今秦鳳儀還沒登基就想著北征了，如果秦鳳儀再出事……一想到自己生前身後名，鄭相就恨不得大哭一場。

他這首輔做得實在太憋屈啦！以前方閣老剛剛告老，鄭相剛剛升為內閣首輔，鄭相的理想是在自己告老後寫一本書，書名就叫《我做首輔這些年》。現在鄭相悲哀地發現，他就是寫書也只能寫《總是丟皇帝怎麼辦》這種丟人現眼的書了。

一念及此，鄭相便忍不住淚盈於睫，為理想一哭。

……

秦鳳儀登基那一日，萬里無雲，豔陽高照，當真是極好的兆頭，接著登基後的第二日，秦鳳儀就冊了他媳婦為皇后，第三天便是冊東宮了，反正大陽早就是世子，大陽又是他爹的嫡長子，這東宮的位置，順理成章得沒有人提出半點異議。

甚至許多人去東宮向大陽太子行禮時，心下都不禁想，倘當初太上皇能提早定下儲君之位，怕沒有這些年的二龍相爭了。

是的，秦鳳儀做了皇帝，媳婦做了皇后，兒子也冊了太子，那麼，不知道是不是在北蠻人手裡的景安帝，便理所當然升格為了太上皇。那啥，慈恩宮也升格為了太皇太后。

不過，大陽雖冊了東宮，東宮卻是積年未用，難免破敗，定是要修繕後才能用的。不論內務司還是工部，對於修繕東宮一事，特別的積極，尤其內務司，更是一早就上了修繕東宮的摺子。只是，眼下卻是不急的，大陽年紀尚小，秦鳳儀和李鏡都沒有令兒子這麼早就自己獨居東宮的意思，大陽又是自小在爹娘身邊長大的，他也願意待年紀再大些再搬到東宮去。何況，秦鳳儀把兒子冊了太子後，將景安帝奉為太上皇，便張羅著北征之事了。

秦鳳儀親自率兵北征，將士們頗為積極，尤其是隨秦鳳儀來京城的西南將士，他們跟著親王殿下，不，跟著陛下打仗，陛下從不令將士們吃虧的。就是這回北上來京，雖沒啥戰利品，當然，仗也沒打起來，但殿下升級成了陛下，他們以後的好處豈不更多啦。

再者，西南這些將士們其實很有心眼兒，他們在京也有大半年的光陰了，瞧出來了，京裡人心眼兒多，有學問的也多，他們生怕這些個比他們更有心眼兒更有學問的把自己給比下去，故而對秦鳳儀越發忠心。秦鳳儀一說北征，西南諸將紛紛請命。

京城禁衛軍將領更是靈光得很，半點不落於西南將領之後。他們不似內閣文官如何擔心新陛下北征是不是會有風險啥的，做將領的，最好的升遷途徑便是戰事升遷了。況且，新陛下善戰，天下皆知。

於是，一時間，朝中武將皆是精神振奮，響應號召，恨不得立刻就跟著新陛下去北疆，踏平北蠻，迎回太上皇。雖則秦鳳儀一直沒承認景安帝就在北蠻手裡，不過許多朝臣覺得，這事兒八九不離十了。

然而，秦鳳儀要北征，光有武將也不成，亦要有文官配置，鄭相把自己的長子塞進了隨行團隊，千萬交代長子服侍好陛下，更是撂下狠話，倘陛下有個好歹，你也不要回來了。

鄭家大郎很愁苦地表示，他倒是一片忠心，只是他與陛下當真不是很熟。

看到長子這模樣，鄭老尚書就是一肚子火，想自己一輩子千伶百俐，也不曉得如何生了這麼個實誠的長子。不是很熟怕啥，為啥塞你進北征團隊，就是讓你去熟一熟的好不好？

鄭相都把長子塞進北征團隊了，可想而知對這次北征會如何盡心了。

便是盧尚書近來對秦鳳儀很有些意見的，見秦鳳儀一門心思要北征，盧尚書精心挑選了禮部口才好又精細能幹且年輕的官員，推薦給了秦鳳儀。因為，在盧尚書看來，如果確定了太上皇就在那些北蠻畜牲的手裡，必然要進行兩國談判，好迎回太上皇的。

還有，秦鳳儀登基後的第一次北征，必要有帝王的排場才是，盧尚書細稟了準備的帝王儀仗。秦鳳儀直接道：「那些笨重的御駕便免了，備一輛結實實用的車子隨行便是。我在路上騎馬，尋常用不到車的。我這一走，朝中事就都託賴你們了。」

幾人起身應是，鄭相道：「陛下放心，太子年長，且老臣看太子聰穎，極是出眾。」

秦鳳儀擺擺手，笑道：「大陽才幾歲，還是個孩子呢，你們也別總誇他，小孩子誇多了就容易浮躁。你們議事時，讓大陽跟著聽一聽便罷了，他有什麼不明白的，你們給他講一講。他年紀小，國家大事給他拿主意，他怕是也拿不了什麼主意，還是得靠你們。」

秦鳳儀這話說得平實，內閣幾個雖則連連謙遜，心裡卻很覺欣慰。別個不說，秦鳳儀雖則性子叫人操心，但對於朝臣一向尊重，即便與他們有些個彆扭，也是對事不對人。如今陛下北征，對他們更是種種信賴，很是令內閣諸人心下溫暖，覺得身為國朝重臣，總算為朝廷為江山也為百姓選了這樣一位仁慈睿智的君主，不枉這一世為臣了。

結果，內閣正欣慰著，秦鳳儀端起茶盞啜口茶，又說了：「尋常大事有你們，我再放心不過。倘是有你們不能決斷的，只管找皇后拿主意便是。」

內閣幾人心下就有些個……反正有些個……不好言明的滋味兒。當然，他們也不能說不叫皇后管事，只是盧尚書難免說一句：「朝中有太子，何須皇后娘娘操勞？後宮還有太皇太后需要侍奉，若再有朝中之事煩擾皇后娘娘，這也太對不住娘娘了。」

「是啊是啊！」內閣幾個紛紛附和：「太皇太后她老人家身邊可不能離了人，還有後宮諸事皆要皇后娘娘操心。」

「行啦，看你們一個個小心眼兒的。」秦鳳儀原就與裴太后不對盤，心說，那老虔婆有什麼要緊的，且活著呢。秦鳳儀轉而一副得意樣兒，與內閣諸人道：「我就知道，一說讓你們有大事問皇后，你們定是不樂意。我與你們說吧，要是換了第二個女子，也沒有這樣的本事的。我媳婦豈是尋常婦人可比？以前在西南，我出征或是出巡，都是媳婦管事。誒，你們可能得說，西南不過一隅之地，今整個皇廷大事，怕皇后幹不了是不是？這就是你們多慮了，皇后還沒幹呢，就說皇后幹不了？行啦，你們一個個的都是內閣相輔，人家都說，宰相肚子能撐船，如何就容不下女子理事呢？皇后的才幹更勝於我，太子外有爾等輔佐，內有皇后教導，我才放心去北征。再說，太皇太后身邊有大長公主、長公主、太妃太嬪一大群，哪裡就缺人侍疾使喚了？那些宮務也沒什麼可忙的，我也沒別個嬪妃，皇后有此才幹，不用豈不浪費？你們跟皇后打打交道就曉得朕這個媳婦娶得有多好了。」巴啦巴啦誇了一通媳婦。

內閣幾人聽著，除了李釗，個個都在想，懼內懼到皇帝陛下這地步的，真是稀罕。反正不管秦鳳儀如何誇自己媳婦，內閣幾位老相輔是認了皇帝就是個怕媳婦的貨。

秦鳳儀不管他們有何想法，總之，他把這事定下來了。

秦鳳儀回宮就跟妻子說了，李鏡問丈夫：「內閣同意了？」

「他們有什麼不同意的？」秦鳳儀道：「瞧著不大樂意，可這江山是咱們家的，也不能事事都聽他們的，這事自然是我說了算。這回不帶大舅兄了，他在朝中，妳也有個幫手。」

李鏡笑道：「還是以你北征為要。你每次都帶著大哥的，軍需上的事他也比你清楚。要我說，你這次更要帶著大哥。我在宮裡又不用跟內閣的相臣吵架，他們都是朝中重臣，個個都是我的幫手，何須將人擺到對立面去？再者，有爹娘在京裡幫我，如程尚書、駱掌院，這些都是與咱們早有淵源的。京裡還有方閣老，文臣這裡你只管放心便是，我心下有數呢。只要你北征順遂，我這裡能有什麼不順的？你就帶上大哥吧。」

秦鳳儀握住妻子的手，「好吧。」

待孩子們中午放學回宮吃飯，秦鳳儀難免又叮囑了大陽幾句，讓大陽看好家。大陽自信滿滿，「爹，您儘管放心，我可是看家小能手。」他爹以前打仗，也都是他看家的。大陽還大包大攬道：「弟弟妹妹們也只管交給我，我也把他們看得好好的。」

「好兒子！」秦鳳儀摸摸兒子的頭，誇了兒子好幾句。

大陽認真道：「爹，要是皇祖父在北蠻，您可得把皇祖父接回來啊！」

「放心。」秦鳳儀面不改色，帶著妻子兒女坐下用膳，「你皇祖父不一定在不在呢，他可不是能被人擒俘的性情。」

大美攪攪碗裡的桂圓粥，道：「我也這麼想，皇祖父那麼要面子的人，又不軟弱，怎麼可能被敵國擒獲？」

大陽手裡捏著個小包子，道：「話雖這樣說，可不怕一萬，就怕萬一。事關皇祖父，半點險都不能冒。」

「說不得北蠻就是抓著咱們這種想法，才編出這事威脅咱們，擾亂軍心。」大美道。

「所以說北蠻可恨。」大陽一想到與北蠻的國仇家恨，便不由氣鼓鼓的，手下用力，包子也捏扁了，「爹，什麼時候您打仗能帶上我啊？我的武功騎術都很好了，把家讓給大美和娘看著不行嗎？」

秦鳳儀笑，「等你再大些吧。」

「得大到什麼時候啊？」

「起碼得十五歲以後。」

大陽雖是不大樂意，也知道這事可商量的餘地小，只得悶悶應了。

秦鳳儀把裡裡外外的事都安排好，李鏡問丈夫：「要不要去辭一辭太皇太后？」

秦鳳儀沉默片刻，終是道：「罷了。太皇太后身子不大好，我便不去擾她了。」

李鏡想勸些什麼終是沒勸，只是細細地為丈夫理好衣甲，孩子們也都早早到了，見父親一身玄袍軟甲，英姿颯颯，便是大美都不禁道：「這衣裳也就配我爹穿。」

秦鳳儀一樂，讚道：「還是我閨女有眼光啊！」

雙胞胎齊聲道：「大姊是馬屁精！大姊是馬屁精！」

大美看著雙胞胎就發愁，道：「人家都說，七八歲狗都嫌，你倆還沒七八歲呢，就這麼討人嫌了，以後可怎麼是好啊？」

雙胞胎見大美說他們狗都嫌，那叫一個不樂意，嚷嚷著又跟爹娘告了大姊一狀。

大美心說，等爹走了，我非好生收拾這兩個皮癢貨不可！

小五郎瞅瞅大姊，瞅瞅三哥四哥，識趣地拉著父親的袍角，奶聲奶氣說著甜言蜜語。

家裡這般熱鬧溫馨，秦鳳儀好玄沒說不北征了，咱們一家子過日子多好啊。不過，現下做了皇帝，再不能任性，不然別人得怎麼想他？還有景安帝的事，總得過去確認一下。

遠在北疆的平郡王祖孫也收到了陛下親征的文書，平郡王長聲一嘆，交代給孫子，「準備接駕事宜吧。」

平嵐卻是有些不解，「陛下為何在此時親征？便是為了太上皇的安危，派出使團正式去北蠻不是更穩妥嗎？」

平嵐話說得委婉，用了「穩妥」二字，其實平嵐想的是，秦鳳儀既已登基，事關親爹安危性命，派出使團，不論最終是個什麼結果，總有使團背鍋。可秦鳳儀親至，這其間的分寸就很難把握了。倘太上皇當真在北蠻，若有個好歹，秦鳳儀難免背上些不好的名聲。

「陛下親自過來，自然是無須使團了。」平郡王道：「要加緊訓練，戰事不遠矣。」

平嵐倒抽一口冷氣，他已明白祖父話中之義，莫不是秦鳳儀根本沒想著與北蠻商談？一想到這種可能，饒是平嵐也是震驚不已。

秦鳳儀雖一向與景安帝不睦，但這些年景安帝可沒有半點虧待南夷之處。

再者，那可是親爹啊！

其實平嵐委實多慮了，秦鳳儀便是登基，也不能突然變成怪獸。

十萬大軍浩浩蕩蕩開去了北疆，北疆的氣候比京城還要稍微冷上一些，京城的五萬禁衛軍倒沒什麼，畢竟京城四季分明，冬天也暖和不到哪兒去。秦鳳儀令馮將軍注意五萬西南軍的身體狀況，雖有去歲在京城過冬的經歷，但西南軍多是西南當地人，更習慣的是西南溫潤溫暖的氣候。

馮將軍道：「陛下放心，每天晚上的湯水裡，我都命人放些禦寒的藥材。再者，都是年輕力壯的小夥子，去歲在京裡過了年，也沒什麼事。」

秦鳳儀點點頭，又問了嚴大將軍禁衛軍的情況。嚴大將軍帶兵經驗豐富，更勝馮將軍，許多時候還會提醒馮將軍一二。便是馮將軍都覺得，這是位極有風範的前輩，不愧是嚴郡主與小嚴將軍的父親。

事實上，這是馮將軍善因得善果了。馮將軍說是西南第一將不為過，他為人心胸寬闊，對麾下將士都很照顧。小嚴將軍自然與父親提及過馮將軍，故而，與馮將軍共事時，嚴大將軍也頗是願意與馮將軍來往。觀其人品行事，踏實可靠，更是看好這位軍中新貴。

秦鳳儀行軍頗快，就像他與內閣諸人說的，他是騎馬的。陛下都騎馬了，文官自然也沒有車坐，幸而此次隨行文官皆是年輕人，年紀最長的便是鄭相家的長子鄭少卿了。好在鄭少卿身子骨不差，亦會騎馬，除了近來騎馬騎得有些羅圈腿，行軍也能跟得上。如此，二十日後，秦鳳儀便率大軍到了北疆。平郡王率北疆諸將出城二十里迎接御駕，完全沒有想像中盛大的帝王執仗，而是法度森嚴的十萬京城禁衛軍與西南軍。

秦鳳儀坐在馬上，平郡王率眾將拜見，秦鳳儀輕身下馬，那姿勢有說不出的俐落漂亮，一看便知熟諳馬術。

秦鳳儀親手扶起平郡王，道：「眾將平身。」

秦鳳儀又笑道：「京城此時已是仲春了，不想北疆猶有積雪未融。這麼大冷的天，委實辛苦你們了。」

平郡王道：「陛下親臨戰事，尚不說辛苦。都是臣等無能，令陛下憂心戰事至此。」

「咱們邊走邊說。」秦鳳儀令大家上馬，一道同行。

一路上，秦鳳儀問了平郡王北疆戰事。平郡王沙場征戰了大半輩子，其戰事見識，便是嚴大將軍亦多有不如，更不必說馮將軍了。當然，這並不是說馮將軍打仗就不及平郡王了，只是，北疆局勢，尋常人當真是難以企及。

秦鳳儀認真聽著，時不時問上一兩句。

平郡王道：「我軍現下兵強馬壯，北蠻內部據聞老王不大康健，眼下要奪回陽關不難。」餘下的話，平郡王卻是不好說了。奪回陽關不難，難的是太上皇的安危。平郡王與景安帝既有君臣之義，又有翁婿之情。說來，景安帝對平家當真不薄，平郡王這天下第一異姓王便是景安帝封的，及至平皇后母子，景安帝也盡心看待了。倘不是有秦鳳儀這麼個橫空出世的傢伙異軍突起，後頭的事當真不好說。

不過，現下不用想景安帝了，一朝天子一朝臣，這個道理，平郡王比任何人都清楚。待回到中軍帳，諸將領正式參拜，秦鳳儀已對北疆將領有所了解，不過，名不對臉，還是由平郡王介紹著。秦鳳儀一一見過，對於一些將領的事蹟，他還能說上幾句，很令這些將領激動，沒想到皇帝陛下都知道咱們啊！

秦鳳儀道：「朕此次前來玉門關，就是要看著你們奪回陽關，將北蠻人驅逐至草原深處，再不敢輕犯我朝疆域。」

鼓舞了將領們一回，秦鳳儀便令他們各歸各位了，因為秦鳳儀說，明天要巡視北疆軍。各將領行禮後，連忙去自己營中準備皇帝陛下巡視之事。

打發了諸將，秦鳳儀令嚴大將軍、馮將軍自去安置兵馬，獨留下平郡王平嵐說話。平家還有兩個兒子在北疆為將，秦鳳儀卻是未留他們。將諸人遣散，秦鳳儀方問及景安帝行蹤一事，平郡王道：「北蠻使臣送了太上皇所書信件，臣要求派出使臣親去北蠻向太上皇請安。北蠻使臣屢次拒絕，言臣只是北疆主將，非陛下所派使臣。這些北蠻野人，委實令人惱。」

秦鳳儀問：「那北蠻使臣還在營中嗎？」

「在的。」

秦鳳儀並未多說北蠻使臣之事，轉而問及北疆軍人數戰力。

平郡王道：「現有八萬五千餘人，除去後勤傷殘諸人，健卒七萬，皆可征戰。」

秦鳳儀點點頭，「明日我們巡視三軍後，商量一下出戰事宜。」

平郡王領命。

之後，秦鳳儀便打發祖孫二人下去休息了。

秦鳳儀這一路過來，雖不是風餐露宿，也難免辛苦，在內侍的服侍下，除去甲衣，換了常服，在榻上歇了。

第二日巡視三軍時，秦鳳儀見北疆軍衣甲雖有些新舊不同，但都齊整，兵器亦皆齊全，而且因北疆頗多戰事，這些北疆軍頗是彪悍，不遜西南軍，更是遠勝禁衛軍。禁衛軍跟他們一比，真是少爺兵了。

秦鳳儀很滿意北疆軍的狀態，笑讚道：「不愧我大景朝第一強兵。」

平郡王謙遜地道：「殿下著實過譽了。西南軍善戰之名，天下皆知。禁衛軍拱衛京畿，更是無人能及。」

秦鳳儀笑，「此二者，皆無北疆兵百戰之勢。」

看過三軍儀容，秦鳳儀又令以百人為隊，彼此較量。說來，禁衛軍裝備，那是天下第一的好，當然，現下比不上西南軍。主要是，秦鳳儀在西南時私造兵器，他還有個兵器製作的天才柳舅舅，如今柳舅舅新的鑄造方子，西南的軍刀天下一流。但禁衛軍的裝備也絕對不差，起碼比常有戰事的北疆軍要好。不過，三者較量下來，就如秦鳳儀所言，北疆軍第一，西南軍第二，禁衛軍排了個第三。

秦鳳儀道：「論兵械，西南軍為首，而且，西南軍多為三十五歲以下健卒。論衣甲，禁衛軍第一，禁衛軍多在京城，禁衛軍的衣甲便是朝廷的顏面。你二者不及北疆軍，並非領兵之才就不如北疆將領們了，也不是兵士不如北疆軍，蓋因京師少戰事。西南近幾年來戰事也少了，不如北疆時有戰事磨練，故而，論驍勇，北疆為首。」

秦鳳儀賞賜了北疆諸將，連帶著今日出戰的士卒皆有賞賜。

一時間，三軍齊呼萬歲，聲震九霄。

秦鳳儀對北疆軍的欣賞很是安撫了北疆將領的心，能做到將領一職的，基本上傻子就不多。大皇子自盡，以庶人禮葬，整個北疆軍集團都擔心受大皇子之事影響，今秦鳳儀親至，厚待北疆軍，諸將領安心不少。

便是平家於北疆一脈都安然許多。

秦鳳儀也尋了平郡王祖孫私下說了大皇子與平琳一事。

秦鳳儀道：「大皇子為人，老郡王也是知曉的。他太心急了，陛下，不，太上皇南巡時，不過試探我的話傳到他耳中，他便以為太上皇有傳位之意，進而受小人利用，鑄成大錯。皇后娘娘難道不知大皇子所為之事？他們行此悖逆之事，唉，他們自盡後是解脫了，叫孩子們怎麼辦？朕以庶人禮安葬他們，就是為了保住幾個孩子。我呀，興許是自幼在民間長大的緣故，總是覺得大人事是大人事無關孩子們。他實在是想太多了，如果我真有意帝位，當初我到京城不會說破太上皇猶在人世之事。」

對於這一點，平郡王祖孫亦是心服口服。秦鳳儀行事，最令人敬服的便是有一股光明正大之氣。大皇子為了登基，都能對親爹出手，可秦鳳儀到了京城，先是點破景安帝猶在人世之事，倘不是北蠻橫插一槓，秦鳳儀今年都不一定登基。反過來講，如果秦鳳儀當真對帝位急不可待，他根本不會說景安帝尚在人世。

平郡王低聲道：「陛下心性光明，天意所鍾。」

「唉……」秦鳳儀輕聲一嘆，「朕知道，大皇子與平琳之事，讓你們越發謹慎小心，朝中也有人上書說些挑撥之言，可朕相信，平琳是平琳，老郡王是老郡王。也有人提及朕的母親當年離宮之事。朕當年初聞母親之事，很是傷痛，連岳父與方閣老都受了朕的遷怒。你們平家更不必說，那時在我眼裡，也就阿嵐還是個好人。可後來我慢慢就想明白了，說到底，是太上皇負了我的母親，與他人何干？便是老郡王的性情，咱們相識並非一日，我對你還是了解的。我與太上皇做父子這些年，我雖難以釋懷當年母親之事，可太上皇的眼光我是信任的。就如同柳家有我母親那樣的烈性之人，也有恭伯那樣提不起來的。也如同平家有老郡王、阿嵐這樣的人，也難免有害群之馬。我不能說我忘了母親之事，但我也記得當年是老郡王與太上皇收復了先帝時失去的陝甘之地。我更不會忘懷，北疆之戰，忠勇公戰死沙場的壯烈。這江山，流過平家子弟的血。」

秦鳳儀說到動情處，自己紅了眼圈，平郡王潸然淚下，平嵐更悄悄拭去眼角的一滴淚。

人的魅力是一種很奇怪的特性。

怎麼說呢，便是平郡王以大皇子親外公的身分來看秦鳳儀，都覺得秦鳳儀遠勝大皇子多矣。不說別個，就是兩人對待帝位時的態度，便是天差地別。

不同於大皇子於帝位的急不可待，風範全無，秦鳳儀便是居於帝位，也沒有半點驕狂之態。這位年輕俊美的帝王，仁厚、睿智，已經顯現出了明君身上最顯著的特性。

秦鳳儀這樣真心相待，平家感激涕零。

其實秦鳳儀依舊不怎麼喜歡平家，可怎麼說呢？平家有不好的地方，自也有出眾之處。像對平嵐，雖則二人以往囿於文武之別，一直來往不多，但彼此之間是互為欣賞的。就是對平郡王這位一輩子征戰沙場的老郡王，當年平家自然有其政治野心，可說到底，是景安帝母了心繫帝位，與平家聯手，后位不過是兩相聯手的政治果實之一罷了。

如今非要論出個是非對錯，已是難了。

況且，平郡王有傾向大皇子之意，這是人之常情。景安帝出事，大皇子以長子之位，居京師之利，平郡王自然更希望自己的外孫登上大位。不過，看後來平郡王乾脆俐落地跑到北疆來，就曉得這位老郡王的政治嗅覺何其靈敏了。一見大皇子不是那塊料，立刻跑路。

人無完人。

將將八十的人了，髮鬚皆白，一頭白毛還在北疆披甲上陣，秦鳳儀也不是什麼心若鐵石之人，只要平家還能用，還可用，還當用，只要他們安分忠誠，秦鳳儀便容得下他們。

當日晚宴，君臣同樂，說不出的熱鬧。

秦鳳儀一口氣作了十首小酸詩，不同於文人對於秦鳳儀詩詞在肚子裡的挑剔，這些武將多是不大懂什麼詩啊韻啊的，只要是皇帝陛下作的，就都叫好，還爭著誇皇帝陛下有學問。這可不是瞎誇奉承什麼的，天下人都知道，皇帝陛下當年中過探花的。

除了作詩唱和，還有諸如擊鼓舞劍之類，大家點起篝火，炙烤著肥羊，熱鬧至極。秦鳳儀興致上來，還拔劍與將士同舞。他這劍術是跟岳家學的，每天早上都會練一練，權當是健身，故而，這些年下來，劍術也頗是不錯，尤其秦鳳儀在西南曾率兵出戰，他對於軍隊一向重視，所以，秦鳳儀的劍術，雖非絕頂劍法，但也不是尋常花拳繡腿可比。若是懂行的來看，劍招之間，還頗有些悍勇之氣。

秦鳳儀作詩時，諸將聽懂聽不懂的，只能拍手稱好。待到秦鳳儀與他們執劍而樂時，將士們歡呼的聲音震得文官們耳膜生疼。

幸而此次跟來的文官多是年輕人，而且，官銜最高的就是李釗了。李釗是秦鳳儀的大舅兄，知道秦鳳儀素有些人來瘋，勸是勸不住的。李釗只是坐著與同僚飲酒，有禮部官員委婉地表示皇帝陛下心情可真好啊的時候，李釗便道：「在南夷時，陛下便時常君臣同樂。」

秦鳳儀在南夷時，因南夷土人山民善舞，行宴興處，還一起跳舞呢。

這不，阿花族長等人也下場手舞足蹈地舞動起來。

武將們玩得那叫一個熱鬧，李釗笑道：「你們只管同樂去。」

文官們看尚書大人發話，也就不矜持著了，有些年輕的官員還學著阿花族長等人跳起土人的舞蹈來。幾位上了年紀的實在不成，只好坐著吃酒。文官性情多拘束，如平郡王這把年紀都去跳了兩下，一面拭汗一面與李釗道：「阿釗怎不同樂？」

李釗笑，「我實在跳不來。」

待秦鳳儀跳累了，坐下歇著吃酒時還笑話了大舅兄一回，「別看李尚書念書是把好手，舞蹈就不成啦。我們在南夷時行樂舞蹈，李尚書先時說不會，我還以為他是裝的，不想，他當真是不會。我親自教他都學不會，學了半個時辰後，走路同手同腳了。」

秦鳳儀邊說邊樂，李釗連忙遮臉，諸將大笑。文官們委婉些，不好笑得那樣大聲，但也都目露笑意。李釗只得道：「我敬陛下一杯。」

「是不是嫌我說你糗事，過來堵我的嘴啦？」秦鳳儀睐著一雙大桃花眼打趣。

「不敢不敢，臣敬的是陛下無與倫比的舞蹈。」

秦鳳儀笑飲一盞，大家心說，怪道李尚書官升得這麼順溜啊，太會說話了，舞蹈就舞蹈唄，還要加個「無與倫比」。這無處不在的馬屁，咱們可得學著些。

秦鳳儀本就是個熱鬧人，有文武同樂，他興致更高。

至於北疆武將們，原本對於皇帝陛下的到來是戰戰兢兢的，待皇帝陛下親至，知道皇帝陛下非但看重他們北疆軍不說，待他們這些將領亦是極好的。受到了皇帝陛下的重視，感到了皇帝陛下的親民，這個時候，大家更是爭著與陛下同樂，敬陛下酒，拍陛下馬屁。

大家正高興，就見一個嘰哩呱啦的聲音忽而平地響起，原本君臣同樂正是熱鬧，但那一嗓子著實太過響亮，叫人想忽視都難。秦鳳儀已是微醺，望向聲音來源，問：「什麼人？」剛那一連串的話他有些聽不懂，應該是北蠻話。

平郡王臉色微變，上前回稟：「應是北蠻使臣，臣這就令人打發了他。」

「朕也沒請他來宴飲，這樣不請自到，想是迫不及待了。」秦鳳儀放下手中酒盞，「讓他上前來說話。」

秦鳳儀這一生中見過的傻瓜無數，但傻到北蠻使臣這種程度的，便是在秦鳳儀的人生中都不多見。以致於秦鳳儀日後為子孫講古時經常提及這個人，一般來說，秦鳳儀開頭的第一句就是：那個傻逼啊……

好吧，其實在秦鳳儀第一次見到這個傻逼時，就已經有些曉得這是一個怎樣的傻貨了。因為這傻東西高挺著胸膛，腦袋揚得那叫一個高昂，反正秦鳳儀目之所及，先看到了兩隻長著黑鼻毛的大鼻孔。這位北夷使臣頗是倨傲，站到秦鳳儀面前只是微微躬身，而後便是嘰哩呱啦一通說。

秦鳳儀一句北蠻語都不懂，不過，他裝出一副懂了的模樣，微微頷首，然後，呱哩拉哇也是一串叫人聽不懂的話。

非但在座諸人聽不懂，連北蠻使臣也懵了：漢話不是這樣的啊！

北蠻使臣繼續說北蠻語，秦鳳儀又換了一種語言，終於把北蠻使臣說急了，北蠻使臣一下子就把漢話說出來了，指著秦鳳儀問：「你說的都是什麼話，聽也聽不懂！你就一點都不關心你父親皇帝陛下的生死嗎？」

「原來你懂漢語啊，朕還以為你不懂漢話呢！」秦鳳儀淡淡地瞟了一眼那使臣粗壯的手指，問馮將軍：「馮卿，上一個用手指著朕的人，現下在哪兒呢？」

馮將軍起身道：「回陛下，臣把他剁八瓣後，令人扔到西江餵魚了。」

馮將軍軍刀一揮，那北蠻使臣甭看生得牛高馬大，卻是個靈活的人，手指機智地往回一縮，避開了馮將軍的軍刀。可馮將軍在軍多年，武功亦非常人能比，只見馮將軍腕子一折，軍刀繼而轉向，對著那北蠻使者就是啪啪兩下。那刀鞘雖未鑲金嵌玉，馮將軍手勁卻大，兩下子就把這高壯的使臣抽了個趔趄，使臣登時兩頰紫漲，唇角流血，甚至忍不住嗆了一聲，吐出兩顆牙來。

北蠻使臣一副張狂的模樣過來，原是想藉著大景朝新皇帝擔心老皇帝的時候，給新皇帝來個下馬威。他早打聽說漢人重孝道，新皇帝若是說不擔心老皇帝安危，那就是不孝，結果他這下馬威只施展了一半，就叫秦鳳儀給了他一個下馬威，他頓時惱怒，目眥欲裂，雙眸中彷彿要噴出烈火，大嘴一張，就要再說些什麼。正當此時，只聽錚一聲，馮將軍長刀出鞘，秦鳳儀眸若寒星，高深莫測，那使臣想說的話就這麼嚥回了肚子裡，機智地換了一句：「我身為北蠻使臣，皇帝陛下焉何對我如此無禮，令你手下臣子攻擊於我？我抗議！」

「抗議駁回。」秦鳳儀有些失望，還想再叫馮將軍揍這蠻子兩下子呢，「虧得你是北蠻使臣，你要是我朝人，早叫我軍將士剁成八瓣了！」

秦鳳儀不欲與這等人多言，「有話快說，有屁快放！」

北蠻使臣一副倍受侮辱的模樣，有心想回兩句橫話，卻是被馮將軍剛剛那兩下子抽得不敢放肆。他說不出根由，但有種直覺，倘他再次無禮，這位皇帝陛下是不吝於再令人教訓他的。北蠻使臣只得忍住「被侮辱」道：「我就是想來問問，皇帝陛下不擔心您的父親嗎？」一面說，眼神中透出一絲絲惡意的嘲笑。

秦鳳儀十指交握隨適地放在案上，「太上皇有閒章三十幾枚，丟一兩塊真的不稀奇。至於太上皇的字跡，只要有心，能模仿的人也絕不在少數。不要說太上皇不在你們北蠻了，就是在，朕也毫不擔心。朕此次親臨北疆，帶來大軍五十萬餘。朕有雄兵百萬，億兆子民，朕的父皇在你們北蠻做客，朕擔心什麼？你們敢碰他一根汗毛？回去告訴你們的王，朕明日就會發兵北蠻，若太上皇少了一根頭髮，朕就踏平你們王庭，殺盡北蠻部落，一個不留！」

「滾！」秦鳳儀陡然暴喝一聲，牛高馬大的北蠻使臣竟為秦鳳儀氣勢所懾，禁不住打了個寒噤，平郡王立刻命人將北蠻使臣一夥人趕出玉門關。

北蠻使臣沒想到，這位新皇帝當真是半點不顧老皇帝安危，難不成新皇帝一登基，老皇帝就掉價掉到沒人理啦？還有，這大晚上的，夜裡會結冰的啊！

北蠻使臣還在想著如何度過北疆的寒夜，秦鳳儀已是撐案而起，對諸將道：「軟弱與哀求永遠不能取得尊嚴！太上皇究竟在不在北蠻，朕會讓北蠻王親自到朕跟前謝罪說清楚！不必擔心太上皇的安危，你們以為按兵不動，北蠻人就會善待太上皇嗎？朕告訴你們，如果太上皇真的在北蠻，能保住他平安的唯一方式就是殺得北蠻人丟盔卸甲，血流成河！殺得他們瑟瑟發抖，跪地求饒！」

「今日宴會到此為止，明日整兵，三日後出征北蠻，用我們的強兵利刃迎回太上皇！」

馮將軍帶頭喊：「太上皇萬歲！陛下萬歲！」

一時，呼喊聲四起。

秦鳳儀望向遠處繁星滿天的夜空，心下暗道，你不在北蠻最好，如果你在，咱們的舊帳從此便一筆勾消了吧。

這次，是我對不住你。

我顧不得你了。

……

這一仗，打得轟轟烈烈。

秦鳳儀連親爹的安危也不考慮，必然要將北蠻拿下的。一個月後，便奪取了陽關。之後秦鳳儀令將士先行休整，五日後諸將出陽關。

如秦鳳儀與那北蠻使臣所言的，打到北蠻王庭之語。雖則大軍未至王庭，但三個月後，王師便已在王庭外。

北蠻遣使求和，秦鳳儀此方問及景安帝安危。

此刻，北蠻終於見識到大景朝這位新任帝王的鐵血氣派。

那些對秦鳳儀不與北蠻談判，直接出兵北蠻的文臣，方對秦鳳儀心服口服。

打到你家門口，看你服不服！

現下北蠻非但服，北蠻簡直是愁死了。先時誰出的那餿主意啊，非得造假來要脅大景朝廷，有鼻子有眼地造謠說景安帝在咱們手裡。現下人家打上門兒來要爹，怎麼辦？

北蠻使臣說，你爹不在我們這兒啊！

奈何秦鳳儀不信。

合著你們口空白牙的，你們說在就在，你們說不在就不在，天底下有這樣的道理？

秦鳳儀心說，這些傢伙可真夠笨的，他不過是礙著萬一之可能打聽一下景安帝。若景安帝在你們之手，我還有些掛礙，今知他不在你等之手，我還有什麼可猶豫的呢？

於是，戰火繼續。

至六月末，秦鳳儀帶著劫掠在手的北蠻兩位王子、三位部落親王回朝，大勝而歸。

在北疆戰事膠著大半年的情勢下，皇帝陛下御駕親征便大破北蠻王庭，可見皇帝陛下當真是戰神轉世啊。

尤其是劫掠北蠻王庭，頗有收穫，今大勝還朝，當真是各種馬屁如潮。秦鳳儀還一道把平郡王帶回了京城，這麼一把年紀了，若還叫老郡王在北疆，秦鳳儀心裡怪不忍的，便把老頭兒帶回來了。

秦鳳儀的話：「辛苦差使叫阿嵐幹就行了，老郡王隨朕回京吧，郡王妃很記掛你。」

待秦鳳儀還朝之日，以鄭相為首的百官奉太子出城相迎二十里。大陽見著他爹，極是歡喜，他不僅帶著百官，連弟妹們也帶來了，還有一道讀書的壽哥兒、阿泰、大妞姊等人。

大陽行完禮便湊到他爹跟前，滿眼孺慕，「我們可想爹您了，爹，您還好吧，沒受傷吧？我聽說北疆可冷可冷了。」大陽去歲在京城過的年，見識過的京城冬日的大雪，聽說北疆的冬天比京城更冷，更難熬。雖則他爹過去時已是仲春時節，大陽仍是很擔憂父親。

秦鳳儀摸摸長子的頭，極是欣慰，「我沒事，很好。你們在家可好？你娘可好？」

大陽道：「都好，娘也很好，正在家裡等著爹。」

大陽一邊說，弟妹們一邊點頭，大美還道：「爹，您瘦了。」

雙胞胎也說：「曬黑了。」

小五郎很實誠，「不如以前俊了。」

秦鳳儀的玻璃心險些碎一地，心下很有些懊惱怎麼忘了回程時用幾個美白方子敷臉，媳婦可是最愛他的美貌呢。

李釗這位大舅兄看懂了皇帝陛下眼中的鬱悶，溫聲道：「陛下風采，更勝往昔。」

秦鳳儀此方稍稍回血，給了大舅兄一個讚賞的眼神。

大舅兄還以微笑，因為知曉景安帝並不在北蠻王庭，李釗推斷，他爹肯定是與景安帝在一處的。反正不論是在哪裡，只要未陷敵手便好。

故而，李釗心情亦是極佳。

秦鳳儀挨個與孩子們說過話後，看向鄭相，笑道：「京裡辛苦鄭相了。」

鄭相道：「陛下凱旋而歸，臣等職責所在，並不辛苦。」

秦鳳儀一一見過內閣諸臣，君臣相見，自是有說不出的喜悅。

秦鳳儀率百官回宮，大軍還京，朱雀大街上更是人山人海的喧囂熱鬧。諸位武將與有榮焉，秦鳳儀帶著孩子們坐在御輦之上，御輦窗簾掀開，雙胞胎與小五郎正是愛熱鬧的年紀，高興地透過車窗同街道兩旁出來迎接大軍的百姓們揮手打招呼，還聽到有百姓說：「哎喲，那是太子殿下吧？」

小五郎便高興地與他爹道：「爹，人家在說我鍋呢！」

他哥正端端正正坐在自己的座位上，極是有範兒，很是不同於以往的活潑好動。

秦鳳儀覺得奇怪，「咋這麼斯文了？」

大陽糾正他爹道：「爹，我本來就很穩重的。」

小五郎道：「鄭相給我鍋講學問講的，要我們坐如鐘站如松，端方有禮。」

「鄭相說的有道理。」大陽說著，將個小胸脯挺得更高了。

秦鳳儀說五兒子：「先別說你大哥，你怎麼官話也說不好了，大哥不是大鍋。」

大美笑道：「翰林裡一位蜀中籍的翰林在給我們講經學，蘇翰林說話就是這樣，大哥叫大鍋，他們那裡還管爹叫老漢兒。」大美還學著蘇翰林的口音說一回，自己也笑了起來。

待一家子回到宮裡，秦鳳儀讓閨女先帶著孩子們回後宮向媳婦報信，然後他帶著大陽去與百官說話。主要是，先表揚了留守人員的工作，再表揚了武將們的軍功，之後便令大家各回各家休息，武官都有三日假

打發走了百官，秦鳳儀帶著長子去了後宮。

李鏡自然也是深盼丈夫的，夫妻相見過，自有一番話說，只是，一群孩子圍攏著，也只好話些家常了。倒是大陽忍不住問：「爹，祖父如何了？」

秦鳳儀心說，他兒子就是實誠心軟的好孩子。

其實李鏡也正好想問，李鏡接了宮人奉上的荔枝飲，道：「太上皇無礙吧？」

「能有什麼事，我就說不大可能在北蠻。」秦鳳儀呷一口，清涼甘甜，解暑散熱。秦鳳儀喝了一盞荔枝飲，去了些暑氣方道：「根本是子虛烏有，都是北蠻人編的。甭看那些蠻子生得五大三粗，瞧著不似精細人，心眼兒委實不少。陛下那方印章倒是真的，他們那裡有幾個咱們這裡逃去的人，其中一個還是汪家人。汪家以前畢竟是尚書府第，有些御筆存留倒不為奇。就是這主意，也是汪家人投奔到北蠻王庭時為了展現自己的本領獻給北蠻王的。」

「當真是沒有內賊引不來外鬼，這樣的人，比北蠻人更加可惡。」

「誰說不是。」

李鏡仍有些不解，道：「只是，好端端的，怎麼北蠻王突然要用計了？北蠻兵馬也一向

以彪悍著稱於世。」

「咱們趕上了好時候，北蠻王病重，底下王子與諸部落汗王各自擁兵，北蠻的內部不大穩，不然此次戰事焉能如此順利？」秦鳳儀道：「算是撿了個便宜。」

大陽問：「爹，這回把北蠻王打死沒？」

「據說北蠻王逃命的時候，已是出氣多進氣少了。」

孩子們聞此消息，都很高興。

李鏡道：「大美過去跟妳曾祖母說一聲，別叫她老人家記掛。」

大美領她娘的命過去向曾祖母裴太后送信去了。

裴太后知道兒子不在北蠻，一顆石頭老心終於落了地，連帶著裴貴太妃等人，雖則現下已是太字輩的妃嬪了，也是盼著景安帝平安的。

待百官曉得太上皇並不在北蠻時，亦是放下許多心事。

秦鳳儀藉北疆之戰在朝中樹立起了絕對威信，而且，軍功封賞之後，大皇子案的相關涉案人士也進行了宣判。裴家裴煥這一支，成年男女皆處死，未成年的發配流放。平家平琳這支亦然，另則族中有涉案人員，因事關謀逆，故而，這些人亦多是從嚴處置。裴平兩家，雖則裴煥、平琳之事與各自的爹不相干，但裴國公與平郡王未免有教子不嚴之過。

故而，裴國公降爵至伯爵位。平郡王府除王爵，降為公爵。

大皇子一案，未曾株連，這樣的處置，已是秦鳳儀厚道至極。再者，平家雖除王爵，仍有公爵在身，且此次北疆之戰，平郡王二子一孫戰功卓著，平嵐已積功至伯爵位。另則，因平郡王嫡長子忠勇公戰死沙場，秦鳳儀大方地把平國公世子一爵也給了平嵐，還允他的伯爵為流爵，以後可另傳予子孫。

這對於平家已是恩賞。

平國公親自進宮謝了回賞，秦鳳儀笑道：「此次北疆大捷，多是老國公調度有功。」

平國公謙道：「實乃陛下用兵如神。」

秦鳳儀微微一笑，心下卻是有數，他於北疆地理形勢只是泛泛了解，論北疆用兵經驗，遠不及平國公。要說秦鳳儀最正確的決策，就是對平國公的信任了，正因為秦鳳儀採用了平國公的出戰計策，再加上秦鳳儀趕上了北蠻王病重的時候，才有此北疆大捷。

秦鳳儀認為平國公此言為謙遜之語，平國公卻是實打實說的是真心話。北疆之戰，秦鳳儀幾乎通盤用的是平國公制定的軍略軍策，所以有人瞧著，好似此戰仍是平國公的戰功，但平國公十分明白，倘沒有秦鳳儀親到北疆，礙於北蠻人拿出景安帝的信物相威脅，一日沒有景安帝十成十不在北蠻人手裡的確定，他們一日不敢放開手腳對北蠻用兵。何況，秦鳳儀的到來安定了北疆軍心。君王能對正確的決策加以信任，這便是君王最大的好處了。

其實秦鳳儀安的不僅是北疆軍心，還有平家之心。如今，雖則是降了爵，平郡王倒感覺較以往越發安適了。

有此北疆大捷，秦鳳儀的帝王生涯開展得極為順遂，似乎連上蒼都格外偏心這位俊美的藩王，秦鳳儀登基以來，大景朝都跟著順風順水，風調雨順起來。

唯一讓人掛念之事便是：太上皇究竟在不在人世？

人們這麼關心太上皇，倒不是有什麼別個想頭。主要是，如果太上皇還在，咋依舊是找不見呢？如果太上皇不在了，那麼，咱們得準備給太上皇破土發喪準備謚號啊！

不僅是朝臣們記掛著太上皇，景安帝一直沒有音訊，秦鳳儀都有點懷疑自己的感知了，私下同媳婦道：「難不成是我感應錯了？不大可能啊！而且，我可不只是有感應，明明是有實實在在證據的。」

李鏡先時不好打擊丈夫，如今太上皇的事都快過兩年了，丈夫的帝位穩若磐石，李鏡便把心中的疑惑說了，道：「你那證據到底準不準啊？畢竟，你見著太上皇時，太上皇已經故去好幾天了，身體多少總有些變化，何況是那個部位。」

「我能連這個都不知？當時我尋了個死囚照樣炮製了一遍，然後測量了尺寸變化。我不可能弄錯的，我的感應一向超級準的。」

秦鳳儀一定要這樣說，李鏡只好道：「那便再等等吧。」

秦鳳儀再一次見到景安帝是在第二年的八月了，八月初一是景安帝的生辰，秦鳳儀以往對景安帝各種不待見，但自北疆一戰，秦鳳儀當時完全奔著即使景安帝在北蠻也不管此人死活的打算的，那時，秦鳳儀覺得兩相算是扯平了。

故而，景安帝壽辰的日子，秦鳳儀帶著大陽去天祈寺給景安帝燒香。

大陽正是少年，燒過香，默默地為祖父的平安禱告了一回，就由知客僧引著，去寺裡賞玩風景了。秦鳳儀有些累，去禪房小憩，正睡夢中，隱隱聽到有人喚他。朦朧裡，秦鳳儀睜開眼，便見一片白霧裡，隱隱約約有個熟悉的身形緩步而來。

秦鳳儀嚇得當即坐了起來，不敢置信地道：「我的媽呀！你怎麼來了？難不成真出事了？過來給我托夢？」

秦鳳儀以為見了鬼。

這委實怪不得秦鳳儀，看那慘白的面孔，看那虛幻的白煙，看那若隱若現的身形……倘不是秦鳳儀還有些膽量，換第二個人非嚇癱了不可。秦鳳儀倒還挺得住，反正景安帝不是外人，便是做了鬼，也不會對他如何。

景安帝聽到秦鳳儀的話，依舊面無表情，頂著慘白的臉道：「朕來看看你。」

「你是不是不放心江山社稷啊？」秦鳳儀過去兩步，景安帝後退兩步，輕聲道：「今陰陽兩隔，你身上天子之氣，離得過近，朕受不住此純陽之氣，怕會煙消雲散。」

秦鳳儀不敢再上前，景安帝看他赤腳站在床畔，又擔心地上冷，怕凍著兒子，「鳳儀，你回床上坐著吧，朕這樣與你說說話便好。」

秦鳳儀便又回床邊坐著，問景安帝道：「你是不是在地下錢不夠花了？」他一直以為景安帝沒死，所以，這些日子，除了先前在南夷作作戲，委實沒給景安帝燒過紙錢。秦鳳儀是真沒想到景安帝死了，不然說什麼也不能叫景安帝在地下窮困著。

景安帝木著臉不說話，秦鳳儀就絮絮叨叨說開了：「江山社稷不用記掛著了，都挺好的。雖然你留下了個爛攤子，可我幫著整治好了。我一直以為你沒事呢，你怎麼真出事了啊？到底叫誰害了啊？不會真的就叫大皇子害的吧？他能害了你？快跟我說說到底是哪個下的手，我好給你報仇去！」

秦鳳儀雖則一直與景安帝不睦，但如果景安帝這麼枉死，秦鳳儀也不會坐視。

景安帝的聲音虛虛實實傳來：「朕一直想你。」

秦鳳儀心裡也很有些傷感，景安帝這人，在世時，秦鳳儀對他是沒有半點兒好感，但知道景安帝去了，秦鳳儀又很不好受。秦鳳儀道：「我以為你還活著，沒想到你真的出了事。如今雖說陰陽相隔的，你要是想我，就來看看我吧。我也怪想你的，大陽也總念叨你。」

對著景安帝的「鬼魂」，秦鳳儀難得心軟了。

秦鳳儀又問：「到底叫誰害了，快點跟我說一說，我去幫你報仇！」

景安帝道：「朕以為你還怨著朕呢！」

秦鳳儀彆彆扭扭地道：「人死百事消。你都往那頭去了，我怎麼還會記著那些事？再說，當初北蠻用你來威脅朝廷，我也沒顧得上你是不是真在北蠻便出兵了，你不會就死在北蠻吧？」秦鳳儀說著，臉有些泛白。

景安帝搖搖頭，「朕就是不放心你……」

「我挺好的。」秦鳳儀道：「你這好不容易來一趟，多待一會兒，等一下大陽就回來了。他可想你了，你也見一見大陽。」

「朕就是不放心你……」

「我挺好的。」

「朕就是不放心你……」

「我挺好的啊！」秦鳳儀想著，這陰陽兩隔，人就變笨還是怎地？景安帝這說話就很不如以往明白了，不過，秦鳳儀想著，景安帝大概往陽間來一趟不容易，而且，到了地下還這麼牽掛自己，秦鳳儀心裡還是有些小感動的，秦鳳儀問：「你不放心我什麼啊？」

「朕想聽你叫聲爹。」

秦鳳儀……

秦鳳儀不說話，景安帝就慘白著臉，直勾勾盯著秦鳳儀。秦鳳儀叫景安帝看得有些不自在，景安帝繼續嘟囔：「朕就是不放心你……」

秦鳳儀有些張不開嘴，「這也從來沒叫過，怎麼叫得出口啊？」

景安帝很機靈，「你以前就對景川叫過爹，不也叫得順嘴？他那不過是岳父，你都能叫出來。朕這親爹，反是叫不出來了？」說著這話，便是一直與景川侯君臣相宜，景安帝也禁不住有些微微的醋意。

秦鳳儀嘴巴蠕動兩下，實在叫不出來。

秦鳳儀乾脆道：「行啦，心裡知道就行了唄。難不成，還要大叫大嚷不成？」

「不用大叫大嚷，朕耳朵又不聾。」

秦鳳儀原也沒懷疑，他當真是以為景安帝從地府來了陽世，可這麼說著說著的，秦鳳儀就覺得不對勁了。主要是，景安帝臉雖則白，那白煙也飄得悠悠蕩蕩的挺有氣氛，但是，陽光正好，秦鳳儀也不瞎，他定下神來，見著白煙籠罩的景安帝竟然拖出條影子出來。

秦鳳儀一尋思，不對啊，都說鬼是沒影子的。秦鳳儀一生疑，光著腳就跳下了床，向上一竄，便撲到了景安帝身上。秦鳳儀突然行動，景安帝委實沒料到，被秦鳳儀撲了個結實。

秦鳳儀兩手往景安帝臉上一摸，居然是熱的。

秦鳳儀便是個傻子，也知道被景安帝耍了，何況秦鳳儀不傻。秦鳳儀氣極，這要是換第二個人，秦鳳儀非動手不可。以前秦鳳儀也跟景安帝揮過拳頭，但自北疆之戰後，秦鳳儀就有些揮不下去了。可不出了這口氣，秦鳳儀非憋死不可，他氣得臉都青了，低頭便往景安帝臉上啃了一口。

景安帝大叫：「哎喲，臭小子！」

秦鳳儀這一口咬了個結實，景安帝拉都拉不開，被秦鳳儀在臉上咬出兩排大牙印，景安帝才算把秦鳳儀從身上拎了起來。

景安帝臉上直抽，一邊擦著臉，一邊道：「看你這激動得，難不成不高興朕回來？」

秦鳳儀呸了一口，哼一聲，別開頭去。

景安帝拉著秦鳳儀坐在床畔，認真道：「朕是真的不放心你，才回來看看你。」

「看我做什麼，只管繼續裝死唄！」秦鳳儀冷哼。

這叫什麼人啊，一國之君竟然裝鬼？

景安帝嘆道：「朕委實沒料到他會真的對朕下手，朕當時幾番兇險……」

秦鳳儀才不信這鬼話，秦鳳儀道：「江西有三皇子，有嚴大將軍帶的十萬禁衛軍，你找哪一個不能平安？」

景安帝沉默片刻，方輕聲道：「這話朕只與你說。朕當時不能確定究竟是誰下的手？朕畢竟在江西，身在禁衛之中仍是遇襲。除了你岳父，朕無一人可信。」

秦鳳儀瞥景安帝一眼，「這麼說，你連我也不信了？」

南夷就挨著江西，景安帝再信不過別人，到南夷來總能保得平安。

「最不信的，便是你。」景安帝此話一說，秦鳳儀險些翻臉。景安帝握住秦鳳儀的手，溫聲道：「鳳儀，當初讓你就藩南夷，既有保全你之意，也有要看一看你才幹的意思。你若是不能治理南夷，封藩在那裡，因南夷荒僻，想必後繼之君也不會多做計較。你若是能將南夷治理好，這便是你的根基。後來，你收復山蠻，打下交趾之地，奪雲貴土司之權，這裡頭有你的治世才幹，也有朕的縱容。」

「當然，這裡頭有朕的私心，也有朕的公心。」頓一頓，景安帝繼續道：「天下兵馬，為首者便是北疆十萬強兵，其次為京師禁衛軍，但禁衛軍鮮少戰事，儘管強兵利甲，朕卻是心知，論戰力，禁衛軍遠不如北疆兵。朕是盼著西南能出一支強兵的，一支能與北疆兵抗衡的強兵。你以為你令柳憲私煉軍械的事，朕不知道嗎？朕早便知，不過當作不知罷了。」

「你一直認為，朕當年在交趾說的話是試探你。」景安帝望向秦鳳儀，眼中既有欣慰也有些說不清的黯然，「朕的確是在試探你，卻不是試探儲君之位，朕是試探你有沒有可能與朕和解。你沒有絲毫猶豫便回絕了朕，鳳儀啊，你回絕的並不是儲位，你是在告訴朕，你不打算以和平的方式登上帝位，可是？」

秦鳳儀自不會承認，秦鳳儀硬邦邦道：「也就你把皇位當成命根子，不怕告訴你，我還真沒放眼裡。我與你說，我就是率兵來了京城，當時大家都說你死了，我就認定你沒死。我當時也沒有去登基做皇帝，是後來北蠻那事兒，我才登基的。」

「可你與朕說，你不為儲君，但你權掌西南半壁，你外有海貿，北有與天竺等國源源不斷的貿易往來，西南之地賦稅占國稅泰半。你告訴朕，你不為儲，以後朕傳位給誰？哪位皇帝能容下你這樣權掌半壁江山的藩王？」

秦鳳儀畢竟早已不是當初懵懵懂懂的少年，竟叫景安帝問了個正著。秦鳳儀沒的話答，只得翻白眼道：「隨他們容不容得下！難不成，為著他們痛快，我就得活到泥裡去不成？」

「是啊，你能不想，你隨他們怎麼辦？反正你是實權藩王，你兵強馬壯，你帶兵還有點本事。你不怕是因為你比他們都強。」景安帝道：「但是，朕身為一國之君，不能不想。朕可以削你的藩，可以限你的權，甚至可以在你回京陛見時將你扣在京師……為後繼之君掃平障礙。」景安帝一雙眼睛望入秦鳳儀眼睛深處，溫聲道：「你是朕一手教導出來的，朕看著你一步步走到今日。有你這樣出眾的兒子，朕多麼得意，怎麼捨得折掉你的羽翼……朕捨不得。」

秦鳳儀感覺怪怪的，有些熱，又有些酸。

「你又不肯與朕和解，不肯接下儲位。你成長得這樣快，又長得這樣好。」景安帝似是感慨，又似是欣慰地一嘆，「朕與你說過，自朕登基之日起，朕這一生便只有兩件事，一件是將江山治理好，無愧祖宗。另一件便是，為咱們大景朝的江山尋一位有為的繼位之君。這話並不是假話。你不慕帝位，這很好。你以為朕就把帝位視為身家性命嗎？朕生在皇家，朕當年為著帝位，也做過許多有違良心之事，但在江山已有了合適的儲君人選，朕並不貪戀這天下至尊權柄。朕所希望的一直是，江山能有更好的歸屬。朕所期冀的一直都是，這江山，這天下，能被比朕更出眾的人所掌。」

「鳳儀，你從來不以朕這個父親為傲，甚至在心底鄙棄朕的為人。」景安帝眼中閃過一抹流光，似淚光，待秦鳳儀細看時，景安帝又恢復了往昔的平靜，景安帝認真道：「但朕以有你這樣出眾的兒子為傲。你很好，你沒有成為朕，你這一生光明磊落，你是註定要成為超越朕的一代帝王。你真的很好，鳳儀，朕很欣慰。」

「鳳儀啊，朕這一生最成功的事業並不是成為帝王，而是有你這樣優秀出眾的兒子。」

「朕將終生以你為傲。」

秦鳳儀向來以有景安帝這樣的生父為羞恥，卻不得不說，兩人之間還真有些血脈相傳的意思。起碼這口才上，秦鳳儀與景安帝完全是一脈相承。

要是擱十年前，景安帝這話還當真能感動了秦鳳儀，便是如今，秦鳳儀聽著，心裡也不是沒感觸。不過，秦鳳儀到底不再是以往與景安帝親密無間的少年探花，好在他也沒再跟景安帝翻臉，秦鳳儀道：「說這個做什麼？你與我實說，這些年到底到哪兒去了？」

景安帝先洗去了臉上的藥，照了照鏡子，方道：「真是一嘴狗牙。」

秦鳳儀翻個白眼，「再廢話還咬你。」

景安帝縱是巧舌如簧，也受不了秦鳳儀這個張嘴咬人的毛病。

秦鳳儀問：「誒，那個，你是平安了，我岳父呢？」

景安帝往外努努嘴，秦鳳儀嗖地便出去了，就見景川侯站在一株碩果纍纍的石榴樹下，與景川侯相對峙的便是秦鳳儀的近身侍衛。

秦鳳儀歡呼一聲就撲了過去，景川侯眼角眉梢暈染出層層笑意，伸手接住秦鳳儀，拍拍秦鳳儀已經能為家人遮風擋雨的脊背，笑道：「都做皇帝了，怎麼還這樣不穩重？」

秦鳳儀狠狠地抱了抱岳父，笑嘻嘻地道：「就是做了神仙，我也還是我啊！岳父，哎喲，岳父，您可回來了，可是把我想死了！」又抱不夠地再抱了一回岳父。

秦鳳儀跟岳父肉麻了一回，方拉著景川侯進屋裡去了。

景安帝看秦鳳儀對景川侯那親熱勁兒，笑道：「景川還沒回家，先讓你岳父回家吧。」

「這可急什麼？」秦鳳儀說這二人，「你們一走好幾年，要是想家還不早點回來？」

秦鳳儀殷勤得不得了，問：「岳父喝茶嗎？累不累啊？早來了，怎麼不進來啊？」給岳父遞茶遞點心的，種種殷勤姿態，簡直是把景安帝氣個仰倒。

景安帝心說，老子過來這半日了，也沒見你給老子遞茶遞點心。

景安帝心裡鬱悶得要命，還要故作風度翩翩，醋兮兮地隱忍。

景川侯大概是許久不見女婿，一向冷峻的臉上多了幾分笑意，「好了，你就坐下吧，咱們好生說說話。」

秦鳳儀就要隨便撿把椅子坐，景川侯硬是把他壓到床畔與景安帝同坐，自己在下首的椅中坐了，就聽秦鳳儀問：「岳父，您這幾年到底去哪兒了？」

「常聽你說起海外風光，我隨陛下去海外走了走。」

秦鳳儀大叫一聲，嚇得外頭侍衛都跑進來了。秦鳳儀擺擺手，令侍衛退下。秦鳳儀瞪圓了一雙桃花眼，捂著胸口直呼，「天啊，你們去海外了？我說怎麼哪兒都找不到你們！」

秦鳳儀連忙又問：「都去哪裡了？」

景川侯微笑，「遠至歐羅巴，還有一些地界，地方是極好的，只是都蠻荒了些。」

秦鳳儀羨慕得兩眼放光，「哎喲哎喲，那你們去了不少地方啊！」

景川侯繼續微笑，秦鳳儀已是羨慕極了，還時不時拿小眼神瞥景安帝一眼，想著，若不是景安帝人品靠不住，他真是寧可把江山還給景安帝，然後帶著媳婦孩子跟岳父一道出海。不過，鑒於景安帝的人品，秦鳳儀還真不能把皇位還給他了。

於是，只能先在腦子裡過把癮，秦鳳儀連聲催促：「岳父，您趕緊與我說說。」

景川侯道：「這要說起來，豈是三言兩語能說完的？我們此次回京是要住些日子的，來日方長，何必急於這一時半刻？」

秦鳳儀一想，倒也是這個理，又忙令人把大陽叫回來，見一回祖父和外祖父。

大陽與景安帝感情好，祖孫見面，親近得很，大陽還激動得飆出了小淚花，「我爹一直說祖父您沒事，我也信祖父您肯定沒事的。」

景川侯行禮，大陽連忙扶住外祖父，大家坐下說話。大陽不愧是他爹的親兒子，父子倆說的話都差不離，無非就是這些年祖父去哪兒了，當初是誰害的祖父云云。大陽還很會給他爹刷好感，道：「我爹也一直記掛著祖父，今天是祖父的壽辰，祖父一直沒消息，我爹特意帶著我過來給祖父燒平安香。」

秦鳳儀死不承認，「哪裡哪裡，我就是今兒閒了，隨便帶你出來逛逛。」

景安帝笑，「我知你爹的孝心。」見孫子長高不少，而且人品俊秀，英氣勃發，景安帝越看越是喜歡，尤其孫子與自己關係好啊。先時沒享受的噓寒問暖，端茶遞果的待遇，在孫子這裡都享受到了。大陽見祖父穿戴不及往昔，雖則衣料也不差，卻是不能與宮裡的相比，大陽就很心疼祖父吃的苦。

大家在天祈寺裡敘了回寒溫，便起駕回宮了。

景安帝問了些裴太后的事，秦鳳儀從不與裴太后相見，亦不去裴太后宮中，他哪裡知道裴太后好壞，只是道：「挺好的。」大陽卻是每天都要過去的，主要是，一則這是曾祖孫的親緣，二則裴太后與秦鳳儀關係尋常，自然會對大陽幾個曾孫曾孫女的尤其親密。秦鳳儀有一樣好處，他雖不待見裴太后，卻從來不會與孩子們說裴太后的不是，也不會阻止孩子們與裴太后相見。故而，大陽對曾祖母很清楚，大陽道：「曾祖母身體都好，就是記掛著祖父。今兒一早還念叨祖父了呢，說她宮裡備下壽麵，等我回去一起吃。」

景安帝點頭，又問幾個皇子。

「二伯王、四王叔、五王叔、六王叔都就藩了，七皇叔、八皇叔未成親，也已經建了皇子府，住在京裡。」大陽道：「這回雖然見不著幾位叔王伯王，不過，好幾位堂兄堂弟都在宮裡念書，我們都在一處的。」

大陽這實誠孩子，巴啦巴啦就全都與景安帝說了。大陽就在景安帝身邊，還挑著簾子跟景安帝說京城的變化，「祖父，朱雀大街特別穩當了，是不是？」

景安帝笑道：「新修過了吧？」

大陽點頭，「是翻修的，現在可好走了，坐車一點都不顛。」

大陽與他祖父絮叨著，秦鳳儀則是同他岳父說話，秦鳳儀嘰嘰喳喳，「自從我當了皇帝，這京城也跟著舊貌換新顏呢！怎麼樣，不能不服吧？哈哈哈哈哈，這就是本事！」說著還得瑟地抖了抖腿。

景安帝、大陽……

大陽實在是沒想到他爹是這樣的人，這樣說，多叫祖父沒面子啊！

秦鳳儀還得意地表示：「修路只是小意思啦！」左右瞥景安和帝景川侯一眼，「外頭日子不大好過吧，哎喲，瞧這穿得也忒破爛了！在海上都吃啥啊，我聽說海上可是連青菜都沒得吃，受苦了吧？想念我們大景朝繁榮富庶的生活了吧？哈哈哈哈哈，後悔也晚啦！」

景安帝、大陽、景川侯……

秦鳳儀十分善解人意，「真不好意思，我說岳父啊，您說您這回來，爵位都給大舅兄了，您這也做不成國公了，以後只好做個太國公啦！」

秦鳳儀一向善待自己人，像大舅兄李釗，先時景安帝當政時，連個侯爵世子也沒撈著，這回秦鳳儀做了皇帝，直接給大舅兄提了公爵。而且，景川侯不見蹤影，秦鳳儀便把爵位給大舅兄襲了。

秦鳳儀還跟景安帝道：「景先生也是太上皇了啊！」

景先生……

秦鳳儀指著車外車水馬龍的熱鬧景象道：「景先生當年沒這麼熱鬧吧？沒這麼繁華吧？沒這麼，哼哼，英明吧？」

於是，秦先生臭顯擺一回。做了太上皇的景先生被他這臭顯擺得生不如死，真懷疑秦鳳儀是不是早上出門時吃錯了藥。

待得回宮，秦鳳儀直接把人送到慈恩宮外，讓大陽陪著景安帝進去，他自己去了中宮。

景安帝母子相見時的激動歡喜自不必贅敘，秦鳳儀歡歡喜喜地到中宮跟岳父說話去了。李鏡見著親爹，自是萬分喜悅，秦鳳儀笑嘻嘻地道：「我就說岳父沒事吧！」

「你說的都對。」李鏡問：「父親這些年去了哪裡？當年究竟是怎麼回事？」

景川侯剛想說，秦鳳儀已搶了話道：「岳父可瀟灑啦，他同陛下去了海外。哎呀，我原想著待以後大陽登基後帶妳去的，沒想到他們兩個老頭兒搶先咱們一步。」

李鏡繼續問：「父親當年怎麼同陛下去了海外？」

景川侯要說，秦鳳儀便將手一攤，作無奈狀，「這話我問好幾遍了，他們都不跟我說。」說著，也眨著兩隻大眼睛盯著岳父。

景川侯好笑，「這有什麼不跟你說的，你一會兒一個問題，都叫人來不及說。」

秦鳳儀便催促：「快說快說！」

景川侯道：「當年我與陛下被人追殺，我本是想去南夷尋你，陰錯陽差上了出海的大船，索性就走了一遭。」

秦鳳儀斂了臉上的笑，問：「是誰追殺你們？在南夷之事，我竟然一無所覺！」

景川侯道：「這與你不相干，是在江西時候了。你們不是外人，想是也查到了大皇子背後的勢力。陛下原想著，再無論如何，大皇子不至於動手。大皇子當年所為，很是傷了陛下的心，陛下索性撂開手去。」

秦鳳儀翻白眼，涼涼道：「那怪誰啊，大皇子還不是他一手教導出來的。」

景川侯嘆道：「你如今也是做父親的人了，當知手心手背都是肉。阿鳳，父親待兒女，固然有些偏愛，有些不甚滿意，可說來都是自己的兒女。你待陛下，該客氣些。」

「我哪裡不客氣了，還不是你們裝鬼嚇我！」他可是占理的。

景川侯失笑，「原是想與你開個玩笑，不想你還當真了。」

「誰能不當真啊？你們拍拍屁股走得痛快，哪裡知道我有多擔心！」秦鳳儀道：「先前北蠻還說你們被他們俘虜了，叫朝廷拿陝甘之地去換，我們這剛打完仗才一年多的時間。」

景川侯眉眼帶笑，「與北蠻戰事，我與陛下聽說了。依你的才智，當知我和陛下的性情，即使真受俘於北蠻，如何能忍辱偷生，更不會讓你用國朝疆域換我們平安。」

秦鳳儀道：「說得輕巧，您只知天下父母心，哪知天下兒女心，我可擔心你們啦！」

景川侯情不自禁地撫上秦鳳儀的臉頰，這明明是女婿，可有時景川侯就是覺得，這就是他的孩子。秦鳳儀在岳父掌心蹭蹭撒嬌，景川侯不禁一樂。

景川侯這一回京，秦鳳儀心裡歡喜得，恨不能當下便張羅宴會慶賀。

不過，景川侯多年未回京，秦鳳儀雖很想留岳父在宮裡長住，也曉得要先讓岳父回家，畢竟李老夫人等人定也盼著岳父回家。故而，秦鳳儀只是與岳父說了些思念之情，就放岳父回家去團圓了。

秦鳳儀沒讓岳父一個人回去，大舅兄李釗就在工部，工部衙門便在皇城旁邊，叫人不過是令內侍跑個腿的事兒，何況是這樣的大喜事。內侍跑工部一說景川侯回京了，李釗還以為聽錯了，待再細問了一回，原來真是親爹回來啦！李釗提著袍襬便趕去了中宮。

父子相見，那啥，除了彼此都有些激動外，礙於性情原因，特別寡淡，一點都都不符合秦鳳儀的審美。秦鳳儀還道：「大舅兄，你這麼擔心岳父，怎麼見著岳父大人就沒話了？」又對岳父道：「岳父，您就不想大舅兄啊，他可擔心可擔心你啦！」

父子倆叫秦鳳儀這麼一攪和，越發沒了激動之意，心情都平和了下來。李釗上前與父親見過大禮，敘過寒溫，便請父親回家去見祖母和太太了，兩人亦是很記掛著景川侯。

秦鳳儀不忘叮囑一句：「岳父您回家好生休息，我明兒個過去看你。」

景川侯道：「明日我進宮便是。」

秦鳳儀起身送岳父出宮，李釗道：「陛下、娘娘留步。」

秦鳳儀瞇著大大的桃花眼，對大舅兄道：「你再囉嗦，我就一直送岳父到家門口。」

李釗簡直是拿秦鳳儀沒法，尤其是看他爹與秦鳳儀那手把手的親近勁兒，李釗都有種到底誰是他爹親兒子的錯覺。

待送走了岳父大人，秦鳳儀直跟媳婦念叨：「真捨不得岳父回家……」念叨得李鏡腦袋嗡嗡嗡。李鏡好笑，「明日就見著了。」又問秦鳳儀：「你不去太后宮裡與陛下說說話？」

「有大陽呢！」秦鳳儀才不會去裴太后那裡。

裴太后見著自己親兒子，說了些母子間的思念後，私下說起話來。裴太后很實誠，裴太后道：「孩子們都是極孝順我的，皇后每天早晚過來問安，我這裡什麼都好。」

裴太后有些鬱悶的就是秦鳳儀對她的冷淡，裴太后嘆道：「皇帝就是這個性子，這也是人不能強求的，有皇后和孩子們，我每天見著便高興。」

秦鳳儀的性情，不要說裴太后，就是景安帝也沒法子的。

景安帝道：「待他什麼時候想通了，便也好了。」

裴太后也是無法。

景安帝既是回宮，自然要調和一下祖孫關係。

秦鳳儀對景安帝的態度較以往是好轉許多，但對於景安帝請他去慈恩宮吃飯的事，秦鳳儀沒給景安帝面子。秦鳳儀把妻子兒女都派去了，就自己沒去，他往岳家去了。

李鏡勸他半日，秦鳳儀仍是強著一根筋，李鏡到慈恩宮時氣都沒消，忍下一口氣，無奈地道：「強頭病又犯了，任人怎麼勸都不聽，出宮去了。」

景安帝被秦鳳儀鬧得，秦鳳儀性子沒啥變化，倒是景安帝的性子柔軟不少。景安帝也就是看著兒媳婦、孫子、孫女都懂事，對秦鳳儀便也聽之任之了。

秦鳳儀高高興興地去了岳家，景川公府的門房倒也認得皇帝陛下，畢竟，且不說皇帝陛下頗有些微服串門的習慣，先前皇帝陛下還不是皇帝陛下的那些年，可是沒少過來。只是，以往是歡迎姑爺，如今每每皇帝陛下過來，景川公府的門房都要受一回驚嚇。

秦鳳儀自己高興，完全不覺得驚嚇了門房，他問：「岳父大人在家吧？」

門房撲通跪下磕了頭，恭恭敬敬回道：「老公爺在家。」

秦鳳儀抬腿便進去了。

李釗升爵之後，秦鳳儀原想另賜新府第，李釗因是朝中重臣，又是外戚之家，很低調，婉拒了秦鳳儀另賜的宅子，只是將侯府規制改為了公府，仍是住在原府邸。故而，秦鳳儀對於岳家依舊是熟門熟路。景川侯正在李老夫人屋裡說話，聽聞秦鳳儀到了，景川侯頗無語，還說：「陛下有事只管宣召，如何親臨？」

景川侯夫人倒是滿臉帶笑，顯然對於皇帝陛下對於自家的親近很是自得，「先時我與母親也是這樣說呢，奈何陛下就愛微服。陛下說，都不是外人，他也愛到民間來走一走。」

景川侯見媳婦數年如一日的實誠，心下亦覺好笑，這麼說著，一家人起身出去相迎。秦鳳儀正當年輕，腿腳俐落，一家子剛到內門，秦鳳儀已經到了。李家上下要見禮，秦鳳儀扶住李老夫人，擺擺手道：「祖母莫要客套，我過來瞧瞧岳父，這幾年可叫我想壞了。」

秦鳳儀笑嘻嘻地看著景川侯，景川侯無奈，「陛下萬金之軀，白龍微服，到底不妥。」

「有什麼不妥的，我常出來呢！」秦鳳儀道：「我還常去我爹那裡！」

這爹說是自然是忠義公秦淮秦公爺。

景川侯不好在這些人跟前說秦鳳儀，畢竟女婿好意過來，何況秦鳳儀是皇帝……只是，景安帝這麼大老遠的回京，秦鳳儀合該多在景安帝身邊孝順才好。

秦鳳儀心情大好，便無人肯掃他的興致。

景川侯夫人有些奇怪，道：「皇后娘娘如何沒一道過來？」

「她去慈恩宮啦。」秦鳳儀道：「我過來瞧岳父。」

景川侯夫人倒是很直咧咧地把丈夫想說的話說出來了，勸道：「太上皇剛回京，陛下有空也該多在太上皇跟前孝順才好。」
秦鳳儀道：「有大陽他們呢。」
秦鳳儀又與景川侯道：「昨兒個我就想聽岳父說你們這些年海上的經歷了，快與我說說，可是饞死我了。」
景川侯對秦鳳儀這性子亦是發愁。
秦鳳儀與大陽委實是血親父子，因為大陽此時也在景安帝身畔眼巴巴地問：「祖父，在海上坐大船什麼感覺，快與我說說。」
景安帝笑道：「你還沒坐過大船啊？」
大陽道：「大船倒是坐過，不過沒跑那麼遠。」
景安帝便與孫子說起種種海上風情。
秦鳳儀聽景川侯說海外諸事，一連數日，沉醉不已。
大陽聽他祖父說起海外風情，亦頗是嚮往。
大陽還與他爹說：「爹，您不跟我一起聽啊，祖父說得可有意思啦！」
秦鳳儀咂摸下嘴，「我聽你外祖父說還不是一樣？」
大陽道：「我看祖父很想跟爹您親近些。」
秦鳳儀便道：「這是大人的事，小孩子不要管。」
大陽道：「祖父說還要出海，現在你總不與祖父在一處，到時祖父一走好幾年，你就是想也見不著啦！」

「好了好了，我心中有數。」

秦鳳儀鬼精鬼精的，自然曉得岳父不是平白與他說海外諸事的。

秦鳳儀晚上與妻子商議：「妳覺得出兵海外如何？」

李鏡問：「出兵總得有個對象，也要有個由頭。」

「由頭不用愁，只要想，還怕沒有由頭嗎？」秦鳳儀道：「對象嘛，便是岳父與太上皇所去的海外諸地。聽岳父說，頗有肥沃之地，只是地處蠻荒，那裡的土人未曾教化。」

李鏡問：「總得有什麼好處？」

「這樣的地界，尤其是臨海之地，不說別個，便是我朝船隻出海，做中轉港總是好的。再者，肥美之地，做什麼不好？最次也能遣些人過去種田，再者，倘有銅鐵金銀礦藏，於朝亦是大利。」秦鳳儀隨便一想，就是一堆的好處。當然，弊端亦好，秦鳳儀本身並不是好戰份子，尤其海外作戰，朝廷並無經驗。

李鏡蹙眉思量片刻，「這般用兵，將兵何出？」

秦鳳儀道：「我看，岳父大人可為帥。」

李鏡道：「父親已是五十幾歲的人了。」

「才五十三，岳父身子骨比我還好。」秦鳳儀道。

「馮將軍亦是善戰之人。」

秦鳳儀悄與妻子道：「妳不曉得，我看岳父的意思是很想親掌大軍的。妳的顧慮我明白，岳父畢竟是太上皇的心腹，不過，我跟岳父這些年，再了解岳父不過。岳父待我跟親兒子一般的，這妳放心，岳父哪裡有不偏著咱們的。」

頓一頓，秦鳳儀又道：「太上皇與岳父都年輕，不給他們找些事情，閒置多可惜啊！」

李鏡：合著是把太上皇和她爹當長工使了。

秦鳳儀有了主意，待景安帝親近不少，還時不時過去向景安帝問個安，下盤棋什麼的。

秦鳳儀這些年棋藝大有長進，原以為贏景安帝沒問題了，沒想到景安帝也沒閒著，亦十分難纏。秦鳳儀想贏景安帝十分不易，不過現在秦鳳儀也不會動不動就叫景安帝斬了大龍，多是輸個一目半目的，卻是更令秦鳳儀扼腕。景安帝倒是心情大好，尤其看秦鳳儀輸棋時那麼一副不大甘心的模樣，都能佐酒了。

父子倆下著棋，秦鳳儀原是想景安帝開口說海外諸事的，結果景安帝硬是不言，直把秦鳳儀憋得夠嗆。秦鳳儀只得起個頭兒：「我聽我岳父說了，你們遊覽海外諸邦的事委實精彩，怪道都不願意回來了。」

景安帝笑笑，「要是早兩年回來，怕你不願。」

「我有什麼不願的？」

「總得你坐穩了帝位，不然提前回京，你還不得多心。」

「你慣常多心，才會覺得多心。」秦鳳儀可是死都不會承認的。

景安帝只是一笑，並不就此多言。秦鳳儀要提海外征戰之事，自然要與景安帝緩和下關係，秦鳳儀先行示好，道：「我剛還與工部商量，在太寧宮以東擇址，給你建永壽宮。你要是願意住太寧宮也成，反正我是住中宮的。」

景安帝並非奢侈之人，「我才回來幾日，何須勞民傷財？」

「哪裡是勞民傷財呢？」秦鳳儀道：「做兒子的給父親建處宮苑而已。」

景安帝意有所指，「兒子是有，就是沒叫過爹。」

秦鳳儀面上有些不自在，「叫不叫的，不也都是。」

「你覺得一樣，我卻是覺得不一樣。」

秦鳳儀摩挲著溫潤玉石，半晌方道：「我不願意做那些一樣的，我只願做不一樣的。」

景安帝望向秦鳳儀，忽然伸手撫住秦鳳儀的髮絲，輕聲一嘆，「是我沒能成為你理想中的父親。」秦鳳儀這樣的赤誠心性，他要求的也是一心一意為他著想的父母吧？很抱歉，秦鳳儀有那樣的母親，他卻不是那樣的父親。

秦鳳儀卻是一笑，釋然道：「不過，你是皇帝，我才能做皇帝。」

「做皇帝的感覺如何？」景安帝更是個活絡人，見秦鳳儀另擇話題，也不再提前事。

秦鳳儀道：「要操的心很多。雖則握天下之權，也不好濫用。」

「戰戰兢兢，如履薄冰。」景安帝道。

「也沒這麼誇張。」

景安帝微微一笑，朕當年登基便是這般。他望向秦鳳儀秀致至極的眉眼，忽而釋然了。叫不叫那聲父親又有何妨，他們終是至親父子。萬里江山在他的手裡得到了安寧與太平，並且即將在他兒子的手中更加繁榮昌盛。

他終是將這江山交到了一位比他更優秀更出眾的帝王之手。

我不需要你叫我父親，我只需要你比我更出眾便好。

景安帝笑，「來談一下海外拓展疆域的事情吧。」

景安帝主動談合作，秦鳳儀微微訝異，挑高眉毛。

景安帝笑，「要不，咱們還繼續下棋。」

秦鳳儀便曉得自己的心思已被景安帝看破，他倒也沒什麼羞惱，依景安帝多年眼力，看透他的心思也沒什麼稀奇的。秦鳳儀落下一子，道：「早先我便派船隊出過海，只是海外未曾有戰事，倘是拓展疆域，兵將器械都要新作準備。另則，還得先行對於那些地域進行考察，看一看那些地方的長期收益。」

景安帝點頭，「此事不必急，下次我們出海，你把人員配置好，總得有個先期準備。」

秦鳳儀道：「這會兒天冷了，待明年再出海不遲。」

景安帝未曾反對。

秦鳳儀為景安帝的歸來大辦歡宴，文武百官、京師豪門皆在宴請之列。

同時，秦鳳儀命內務司匠作坊開始準備為太上皇修建永壽宮的圖紙。另則，秦鳳儀與內閣商議派出海外使團，以及海外駐兵之事。內閣鄭相已將八十高齡，原本秦鳳儀北征還朝，鄭相就準備上摺子致仕了。秦鳳儀出言相留，鄭相也有些不放心朝中之事，便繼續當差。今見到太上皇平安還朝，鄭相於願足矣，在給太上皇請安後，就準備致仕了。

秦鳳儀想了想，與鄭相道：「老首輔這把年紀，按理，朕不當再令老首輔操勞。只是，眼下我朝海貿越發繁茂，朕聽聞，海船在外，所遇諸邦，有些和平的國度，過去是好的。有些個國度十分凶惡，還有我朝商船在海外遭劫搶遇難之事。雖則不是朝廷的大船，但這些遇害的百姓亦是我朝百姓。朕聽聞這些事，心下十分不好過。朕想著，明年派大船出海，與諸邦建交，鄭相以為如何？」

鄭相是國柱大臣，見識自非尋常，鄭相道：「如今便有海外小邦仰慕我朝風華過來朝拜，陛下所言兇惡之國，想來也不會來我朝朝拜。這些小國自是可惡，只是，海外戰事，花費自是不少，今朝中較先時寬裕許多，但各地用錢的地方也多，不說別個，就是修建官道，鼓勵耕讀，還有各地偶有的大小災害，再加上近來物價都有上漲，今年又要為太上皇建永壽宮，戶部銀錢怕也沒有多少富餘。陛下說的戰事，程尚書那裡不一定有這筆銀錢。」

秦鳳儀道：「叫程尚書過來，咱們商議一二便是。」

程尚書一聽說秦鳳儀要海外打仗，當下臉就綠了，「戶部雖則秋天有些賦稅入手，但各項銀子皆有了去處。別個不說，城牆就有好幾處要修的。另外，京師禁衛軍、北疆軍都要換最新的軍刀，工部成天催銀子，這一筆還不知哪裡尋去。臣正想請陛下內庫支援一二。」

程尚書知道秦鳳儀是個富戶，還時常與秦鳳儀打秋風。

秦鳳儀以往最發愁程尚書從他這裡要銀子，說來，程尚書相當狡猾，這傢伙曉得他內庫有銀子，每每總有一兩件十分要緊不能耽擱然後戶部銀錢不足的事務，必要讓秦鳳儀內庫出血的。如今秦鳳儀又瞧上了征戰海外，這銀子，程尚書見不到收益前是說啥都不能出的。這不同於北疆戰事，北蠻與大景朝是血仇，打北疆，程尚書怎麼省著挪著也會給朝廷供應銀錢，如海外征戰，這於朝廷有什麼好處啊？

秦鳳儀見程尚書一副吝嗇嘴臉，微微笑道：「老程啊，就是來找你商量啊！這銀子呢，不是憑白叫戶部出的，就算借戶部的，有借有還，還算上利息，如何？」

程尚書眉心一跳，他雖在戶部管錢糧，但要論生錢的本事，還是遠不及秦鳳儀的。程尚書道：「今年的銀錢委實不大寬裕，還有，那什麼有借有還，不知陛下是何意？」

秦鳳儀笑，「你們是文人，就不曉得這打仗的妙處了。」

鄭相、程尚書聞此言，皆微微皺眉。秦鳳儀連忙道：「你們是知道我的，我絕不是什麼濫殺之人，就是先時交趾先進攻上思在先，我雖一怒之下討伐交趾王，但除了交趾王室，我對交趾平民秋毫無犯。以前交趾百姓過的是什麼日子，平民百姓連棉都穿不上，有身麻葛就是日子好過的了，如今交趾又是怎樣的景象。雖不敢與京城比，但那裡的百姓能吃飽穿暖。那海外之地，國家都能做出殺人越貨之事，可見當朝國君品性了。」

「咱們打仗，除了為了正義，自然也得考慮下收入支出，是不是？」秦鳳儀道：「這要花銀子投入兵力，咱們戶部的銀子都是民脂民膏，這每一分銀子，自然都要花用到於百姓有益之地。不然，不說老程你看得緊，就是朕，心下也覺得過意不去啊！」

鄭相和程尚書互視一眼，二人都是多年老臣，心下曉得皇帝陛下不是平白嘀咕這一通。程尚書先問：「不知陛下所言的，這海戰投入諸多兵力，能得回些什麼？」

秦鳳儀道：「中轉港，以及不遜於兩湖的膏腴之地，當然，鐵、銅、金、銀等礦藏等要考察後才能知道。」

便是以鄭相、程尚書之老練，都不禁喉頭上下聳動，然後咕唧一聲，吞嚥了一口口水。

鄭相忍不住道：「還得陛下細述。」

秦鳳儀道：「眼下只是先準備幾船人待明年出海，以海貿之名考察諸地。」

只要有利益可得，鄭相、程尚書自然不會反對，尤其程尚書還說：「陛下要用多少銀子？百萬以內，戶部還是能湊出來的。」

秦鳳儀笑，「咱們先商議一下出海人選。」

如今要有海事戰爭準備，秦鳳儀需要鄭相這樣老成持重之臣在內閣壓著，因為一旦鄭相致仕，內閣自然要陷入首輔之爭。而在此時，秦鳳儀並不願意看到首輔之爭，首輔之爭必然會影響接下來的海事戰爭。

便是鄭相自己，對於接下來的局勢亦有幾分審慎。何況，事後鄭相也被宣召到了秦鳳儀的御書房，君臣私下很有一番交談。秦鳳儀的志向何止於海戰的向外拓展，便是國內，秦鳳儀也有些計畫。這些事都與鄭相談了談，一直把鄭相談得，完全沒了致仕的意思。

志向並不是君主的專利，如鄭相這一門心思做千古名臣的，先時有支持大皇子之事，秦鳳儀都肯這樣剖心以待，委以重任，鄭相怎能不肝腦塗地？

就這樣，鄭相便為老景家兢兢業業的如老黃牛般效力了一輩子。

當然，此乃後話，暫可不提。

秦鳳儀接下來就準備出海的兵將了。兵將也不難準備，秦鳳儀一直有練水兵，何況他在南夷就開始海貿的人，自然有一批熟悉船事的兵將。秦鳳儀這裡只是被趙傅二人私下諫了一回，主要是，秦鳳儀是個光明正大的性子，但這支海兵倘為太上皇、景川侯所掌，皇帝陛下也要多留些心眼才是。有些話二人沒明說，景川侯是不必擔心的，這是皇帝陛下的岳父，但太上皇可不只是皇帝陛下一人的父親。

趙傅二人自是好意，只是，疑人不用，用人不疑。

何況，景安帝精明似鬼，要是有所防備，景安帝不會沒有察覺，何必枉做小人。

秦鳳儀非但極是光明正大地只與景安帝說了出海之事，這支海兵的主將亦是點了岳父大人，除了商貿部分，其餘都由此二人做主。之外，秦鳳儀唯有一事與景安帝相商，秦鳳儀輕咳一聲，面上帶著滿滿的驕傲，問景安帝：「您孫子還不錯吧？」

這要是秦鳳儀自誇，景安帝非打擊他一二不可，不過，這說的是孫子，景安帝忍不住翹了翹唇角，頷首道：「不錯，大陽尤其出眾。」

「明年出海，帶上大陽如何？」

這次是秦鳳儀把景安帝驚著了，景安帝簡直是驚訝到震驚，他再未想到，秦鳳儀竟然要讓大陽隨他出海。秦鳳儀道：「大陽也有十三了，我想著讓他跟您出海開闊眼界，也能長些見識。您可不要太嬌慣他，我在南夷外出巡視都會帶上大陽，讓他見見民情民生。如今再讓他明白，除我中土之外，海外還有更廣闊的國度。人的眼界寬了，心胸自然更寬。」

景安帝抑制住心頭的激動，問：「你放心？」他與秦鳳儀關係雖有和緩，卻並非尋常父子的親密無間。

「有何不放心的？」秦鳳儀認真道：「大陽以後要是繼我之位的，他漸漸長大，能隨心隨意的日子越來越少了。趁著這千斤重擔未擔在肩的時間，讓他隨您出去看看吧。」

秦鳳儀輕聲道：「大皇子，很傷您的心吧？」

「其實您一直都有用心教他，雖然您一直猶豫是不是要將皇位真的傳給他，但您盡了教導之責。」秦鳳儀道：「您教導的方法沒問題，只是，有許多時候，是天性天資所限。他走到那樣的結局，您已盡力。」

「這次，真正教導出一代帝王吧。」

秦鳳儀非但把大陽交給景安帝教導，還把趙傅二人打包給了大陽做先生隨行。這兩人不是不放心景安帝嗎？那你們隨行吧。如此，秦鳳儀也就沒什麼不放心的了。

以稚子最純稚之心，對帝王最老辣之心。

當大陽能不僅以孫子看待祖父的眼光，而以更公允的政客的眼光來看待景安帝時，大陽也便具備了一代帝王的才幹了吧。

這便是秦鳳儀的帝王術。

於是，在朝廷的船隊再一次揚帆啟航時，王朝最為輝煌的一段歷史開啟了。

之二：魔王叔與小胖子

秦鳳儀是個話嘮，而且，此話嘮屬性，在成為父親後就表現為極愛同兒女們講述自己與妻子的愛情故事，以及種種「憶苦思甜」的感慨。憶苦，顧名思義，就是回憶當年種種被岳父大人為難的事件了。

很多時候，秦鳳儀一直認為當年在侯府外的小巷裡與岳父大人的錯肩而過，他還對岳父大人叫了聲「哥」，便是翁婿二人的第一次見面了。當然，岳父大人亦是如此認為。直到有一天，忠義公秦老爺聽到兒子又談到此事，秦老爺笑，「那哪裡是第一次見面，說來，阿鳳很早就與親家公見過。」

秦鳳儀道：「怎麼可能啊？爹，以前我怎麼可能與岳父大人見過？如果見過，我是絕對不會忘記岳父大人的。」

秦老爺道：「你是很長時間沒有忘啊！」

「究竟什麼時候？」

秦老爺微微一笑，露出一抹回憶的神色。

彼時，秦老爺已經由竹竿似的侍衛，吃成了一個圓潤潤的揚州富商。有一天，秦老爺出門，見景川侯騎馬經過揚州街頭，秦老爺當下三魂去了六魄，回家都是驚魂未定，悄悄跟媳婦嘀咕了一回。秦太太也是嚇了一跳，問丈夫：「沒看錯吧？」

「這怎麼能錯？李鎮還是以前那樣，倒是較以前更添氣派了。」

秦太太道：「那你出門可得注意，別叫他把你認出來。」

「他哪裡會認得我？就是以前在京，我們也沒咋見過的。」主要是身分太過懸殊，秦老爺秦太太是柳王妃陪嫁的人，幫著柳王妃管理陪嫁事務，與景川侯鮮少有交集。秦老爺道：「放心吧，當初阿鳳少時，我抱著阿鳳與他錯身而過，他都沒認出來呢。」

秦太太連忙道：「小心無大錯，這幾天你可千萬別帶著阿鳳出門了。」

「我曉得。」

秦老爺曉得是曉得，但秦鳳儀五歲時，成天屁股上像長了彈簧一般，在家悶不住，非要他爹帶他出去趕市集。秦老爺這慣孩子的爹，禁不住寶貝兒子的央求，想著景川侯位高權重的，再如何也不會去集市。寶貝兒子都央他小半日了，眼瞅再不帶出去逛就要翻臉打滾了，秦老爺便懷著一顆僥倖的小心臟，扛著寶貝兒子去街上逛了。

因為秦老爺身材圓潤，走得就不是很快，很是不能滿足小鳳儀的速度要求，小鳳儀強烈要求自己下地走。秦老爺心疼兒子不同意，小鳳儀便奶聲奶氣地花言巧語起來，「我是怕爹駝著我會累啊！爹，您放我下來吧，我一準兒好好走！我跟爹手牽著手，絕對不會鬆開！」

秦老爺被寶貝兒子這幾句軟話哄得心裡暖烘烘的，跟泡在溫泉水似的，越發是要駝著兒子，不肯叫兒子的小腳下地受累，還道：「阿鳳這麼懂事，爹不累！」

小鳳儀見這招竟然不管用，立刻扭扭屁股換一招，「爹，我要尿尿啦！」

這下子不能不放兒子下來了，然後小鳳儀在街上憋出泡尿後，就再不肯叫他爹駝了。父子倆手牽手走路，路上小鳳儀這個想要，那個也想要。只要是兒子看上的，秦老爺一律給兒子買下來，交給身旁大僕拎著。集市上人多，秦老爺買糖人的功夫，小鳳儀便不見了。

秦老爺險些急瘋。

小鳳儀原本牽著他爹的手，不知何時，一抬頭就換了人。

小鳳儀好動，愛往外跑，爹娘就他這麼一個寶貝疙瘩，有時為了嚇唬兒子，不叫兒子總往外頭玩，就用人販子的故事嚇唬過兒子。小鳳儀望著眼前這個兩撇狗油鬍的中年男子，小小的腦袋裡想著，這完全不是自己爹啊！

中年男子拉住小鳳儀的手，陰陰一笑，眼中帶出幾分陰狠恐嚇，「乖兒子，叫爹！」

小鳳儀別看年紀小，也不大懂事，卻很有些靈敏的第六感，極識時務，張嘴奶聲奶氣地喊了聲：「爹……」

狗油鬍一看，心下大樂，想著這孩子年紀小，有點傻，還不記人。於是，伸手將小鳳儀抱了起來，看他乖，也沒用迷藥，便抱著小鳳儀出了集市，往荒僻處走。也不知怎這般巧，小鳳儀被抱出集市，正好遇著鮮衣怒馬的景川侯一行人。

小鳳儀尖叫：「救命！人販子拐小孩兒啦……」

待狗油鬍捂小鳳儀嘴的時候，景川侯如雷電般的眼神掃過，狗油鬍捂著小鳳儀的嘴巴就要跑。小鳳儀鼻子嘴巴被人捂嚴，險些憋死，兩條小腿不停踢打，嘴裡還發出「唔唔」聲響。這便是個瞎子也瞧也不對了，狗油鬍陪笑，「自家孩子，正鬧性子……」

景川侯已是一馬鞭揮過去，直接揭了狗油鬍半張面皮，小鳳儀嚇得哇一聲大嚎起來。

侍衛已是上前，捆住狗油鬍，解救小鳳儀。小鳳儀卻是哭得慘，相對於狗油鬍這個人販子，面前這個穿漂亮衣裳長得俊俊的大叔更可怕。

小鳳儀那嗓門，參考長大後的皇帝陛下的嗓門就好了，專職喊「上朝」的殿前官都不如皇帝陛下的嗓門亮堂。小時候的皇帝陛下的嗓門完全不比日後遜色，小鳳儀嚎了一路，嚎得侍衛長都懷疑那狗油鬍是這孩子親爹了。待到了侯爵閣下暫居的別館，侍衛長問哭得花臉小貓一般的小鳳儀：「那人是你爹嗎？」

「不是啦，他是人販子！」小鳳儀哭得慘兮兮，「我爹叫秦淮，家住瓊花街玉樹巷，從南往北數東邊第三戶就是我家啦！大叔你把我送給我爹吧，大魔王好可怕！」

侍衛長以為這孩子叫人販子嚇到了，哄他道：「一會兒就打發人給你家送信。魔王已叫我家侯爺捉住了，別怕啊！」

小鳳儀抽抽噎噎，小胖手指著景川侯，「魔王還在啊，大叔快把他抓起來！」

侍衛長：難不成這小孩兒都能瞧出我們侯爺的可怕了？

魔王景川侯只是皺眉看了眼這花臉貓的胖小子，此時的景川侯再也料不到，過十三年，他便會重得魔王之名。

小鳳儀受了驚嚇，抽泣了好半天，才由侍女洗過臉，又吃了碗蛋羹，之後小鳳儀吃得飽飽，兩眼發昏，頭一歪便呼呼睡過去了。

小鳳儀睡了半日，再醒來已是傍晚。

他聞到了飯菜香，跳下床走到門口，見到魔王大叔正在吃飯，邊上有好幾個侍女姊姊服侍。小鳳儀家裡也是有丫鬟，只是小鳳儀雖然不會說，心裡卻是覺得魔王大叔怪氣派的。

小鳳儀肚子咕咕響了兩聲，景川侯看他一眼，侍女過來俯下身笑問：「小公子醒了？」小鳳儀點點頭，揚著小胖脖子往桌上瞅，奶聲奶氣地說：「姊姊，我餓了。」

侍女笑，「奴婢帶小公子回房用膳吧。」

小鳳儀搖頭，兩隻大大的桃花眼瞅著魔王大叔，「我想跟魔王大叔一起吃。」

侍女很為難，景川侯看這小胖子一眼，不得不說，小鳳儀的花貓臉洗乾淨還是很有看頭的。嬰兒肥的臉龐，大大的桃花眼，高高的鼻樑，粉粉的嘴巴，便是見慣出眾孩童的景川侯也得說，這小胖子長得很不錯，就是肥了點。因為小鳳儀長得順眼，景川侯對他微微頷首。

小鳳儀高興地顛顛兒過去，習慣性扒住人家大腿，然後手腳並用，刷刷兩下就爬景川侯懷裡坐下了。景川侯有一瞬間的僵硬，隨即很快適應，因為小胖子開始點菜了，指著一盤圓圓的菜問：「那是獅子頭嗎？可真小，我要吃。」

景川侯只好給他夾一個，板著臉與他道：「這不是獅子頭，是焦炸小丸子。」

小胖子兩隻小肉爪捉著個小丸子認認真真吃起來，兩腮一鼓一鼓的，香甜又討喜。景川侯向來鮮少要侍女服侍，他還給這小胖子添了碗豆腐湯，小胖子鳳儀道：「叔，我還想吃裡面的魚肉，你拆魚頭給我吃一點魚肉吧。」

景川侯道：「不成，裡頭有刺。」

「叔，我一準兒小心，絕對細細嚼，不會讓魚刺卡著。」小胖子信誓旦旦，景川侯便讓侍女幫小胖子拆魚頭。小胖子特別健談，他現在也不怕魔王了，覺得魔王有求必應，還怪和氣的。小胖子還跟景川侯介紹：「叔，我們揚州的鰱魚頭也特別好吃，可香可香了，您吃過不？趕明兒我讓我爹請您吃飯吧！」

「先吃你的飯吧。」

小胖子能長這麼胖乎乎的模樣，飯量很是不錯，不過，並不暴飲暴食，待吃飽便主動不再吃了。景川侯讓侍女幫小胖子洗手，自己另行去臥房尋了冊書卷消遣。不一時，小胖子便躡手躡腳溜了進去。

小胖子甭看年紀不大，卻是個話嘮，肥屁股坐在景川侯腿上，一副裝得很懂的樣子，「叔，您這書不賴啊！」

「你看得懂？」

「不懂。」小胖子一本正經地道：「不過，我覺得叔您很有內涵，所以，推斷您看的書肯定很不錯。」

景川侯硬被這記馬屁拍樂了，「你這麼能說會道，當初怎麼被人販子拐走的？」

「不知道，我原本拉著我爹的手，再一抬頭，就是人販子拉著我了。他長得好醜，還要我對他叫爹。我爹說人販子會打小孩兒，我就叫了。」

「那你怎麼對我喊救命啊？」

「叔您穿得好看，一看就不是人販子啊！」小胖子搖頭晃腦，「您比我爹穿得還好看，我爹說，人販子沒錢才要拐小孩兒去賣。您比我爹有錢，肯定不會賣小孩兒。」

「那你就不擔心我不救你，待以後挨人販子的揍啊？」

「您救我了啊！」小胖子得意地眨眨那雙大桃花眼。

景川侯想著，這小胖子雖然年紀小，人還真不笨。

小孩子人生兩件事，吃了睡，睡了吃。小胖子跟魔王叔說著話，不一會兒就往魔王叔身上一靠，打起呼來。

景川侯伸手指戳戳小胖子的臉，小胖子吧嗒兩下嘴，繼續呼呼。景川侯也是做了父親的人，家中兒女都很懂事，便把小胖子放平到榻上蓋了小毯子睡了。不過，想一想小胖子臉蛋的觸感，景川侯見小胖子開襠褲露出的肥屁股，偷偷捏了兩把，手感很是不錯。

小鳳儀正在魔王叔這裡睡覺，他爹就哭哭啼啼找來了。小鳳儀一見他爹就歡呼一聲，掀開毯子跳下榻，兩條小胖腿千伶百俐飛奔過去，一下子撲到了爹懷裡，啾啾啾親了爹滿臉，甜甜地叫著：「爹，您可來啦，我好想您好想您好想您好想您！」

秦老爺用狂飆的眼淚給兒子洗了回臉，又哭哭啼啼地跟景川侯磕頭道謝。景川侯看這秦老爺哭成這樣，再想想頭晌小胖子那小花貓臉兒，心想，真不愧是父子，雖說長得不大像，這性子倒是十成十的一樣。

秦家父子親香了一回，秦老爺又向景川侯磕頭道謝。

景川侯擺擺手，只是道：「以後把孩子看好了。」

秦老爺連連稱是，見景川侯沒別個吩咐，便又磕了個頭，抱著寶貝兒子離去。

秦老爺回家，問了兒子一回。小鳳儀雖則年紀小，記事卻是極清的，奶聲奶氣地說了一遍。秦老爺秦太太直念佛，待哄睡了兒子，秦太太道：「真是險之又險，非但是咱阿鳳逢凶化吉，就是你，在侯爺面前都沒被認出來，看來這揚州城咱們長住幾年也無妨的。」

秦老爺摸摸小鳳儀睡熟的小圓臉，點頭道：「是啊！」

之三：阿淮哥與小團妹

恩愛的夫妻都有自己的愛情故事，秦鳳儀與他的小鏡子如此，秦老爺秦太太亦是如此。

彼時，秦淮還是個侍郎府竹竿般的侍衛，而秦太太還是柳家大姑娘身邊的貼身侍女。柳姑娘身邊四位大丫鬟，三個瓜子臉，唯這一個是圓圓的臉，正巧這位姑娘小名兒叫阿團。

秦淮偶有一次，見到扶著大姑娘上車的阿團姑娘，登時驚為天人，一顆「芳心」就此落在了阿團姑娘那裡。

秦淮遂與交好的侍衛打聽那位圓臉姑娘來，一打聽，頓覺難度不小，朋友道：「你眼光可真不差，阿團姑娘是咱家大姑娘奶嬤嬤家的閨女，大姑娘待她像親妹妹。」

另一侍衛偷笑，「雖則阿圓姑娘得大姑娘重視，不過，臉太圓，也著實豐潤了些。」

秦淮心眼兒多，笑道：「可不是，要不叫阿團，瞧著就像咱們過年吃的湯糰，這姑娘平日裡肯定吃的多。」

大家說笑一回，秦淮想娶到阿團姑娘卻是不易，無他，阿團姑娘是大姑娘身邊的紅人，而且母親還是大姑娘的奶嬤嬤，母女二人都深得大姑娘信任不說，家裡父親也是府裡有頭有臉的管事。秦淮則只是府中的普通侍衛，爹娘早早過世，他是跟著叔叔家長大，家無恆產，自己本身還有命硬之嫌。這樣的秦淮，想娶到大姑娘身邊的紅人阿團姑娘，其難度完全不遜於許多年後他兒子秦鳳儀肖想侯府嫡女李鏡。

所以說，雖則秦淮與秦鳳儀沒有血緣關係，但兩人還當真有些父子緣法。

其實兩個人非但在婚姻上相似，連帶著偶爾發昏出昏招這一點上，也有些相似之處。譬如，秦淮為了避免阿團姑娘被與他一樣有著卓越眼光的人相走，他便出了個大大的昏招，他……他到處說阿團姑娘的壞話，說阿團姑娘飯量大，吃的多，一頓要吃半頭豬。

一面說阿團姑娘的壞話，秦淮還藉一切能為阿團姑娘與阿團姑娘的娘沈嬤嬤跑腿的機會為沈嬤嬤與阿團姑娘跑腿。雖則這種時候並不多，但只要有，秦淮都是把事情辦得既快又好，也不似別個小子滑頭要好處。便是每次給的銀子有些富餘，秦淮也都會如數把剩下的銀子交回去。沈嬤嬤辦事何其老練，給銀子讓秦淮辦事，從來只有多的，多的便是給秦淮的跑腿費。秦淮收了跑腿費也只是攢著，打聽出阿團姑娘喜歡吃京城福瑞樓的醬肉後，偷偷買醬肉送給阿團姑娘。阿團姑娘圓圓的眼睛瞅著醬肉吧嗒下嘴，很實在地表示：「我娘說我太胖了，叫我少吃肉。」

秦淮連忙道：「哪裡胖了，一點兒都不胖。妳是天生的小圓臉，圓圓的才顯著有福氣。那種尖尖瘦瘦的，才不好看。」

阿團姑娘有點心動，秦淮道：「這醬肉是剛煮出來的，要是擱久了，味兒就不好了。這樣吧，也不用都不吃，少吃些就是。我這麼遠買來，妳嘗一口，我也就沒白跑一趟。」

阿團姑娘兩隻水靈靈的杏核眼瞅著醬肉火燒，覺得秦侍衛哥說的有理，便接過醬肉火燒咬了一口，之後把兩個醬肉火燒全都嘗了。嘗過後，阿團妹怪不好意思的，「這福瑞樓的醬肉就是這樣，吃過一口還想吃，吃過一口還想吃。」

侍衛哥笑瞇了眼，「明兒我還給妳買。」

「不成不成，要不是有我們姑娘交代下來的事，我不能總往二門來的。」阿團妹道。

侍衛哥問：「那下回姑娘有什麼要差遣的，妳打發人去尋我。」

阿團妹點頭。

從此只要大姑娘有什麼要使人出門的事，多是秦淮跑腿，每次事辦完了，回稟的時候，秦淮便會給阿團妹帶福瑞樓的醬肉、廣德樓的烤鴨、天祥齋的糖葫蘆……總之，京城的老字號，只要是能捎帶的，秦淮給阿團妹買遍了。

兩人之間，自然也有那麼些若有若無的意思。

直待阿團妹聽到府中下人裡關於她每餐能吃半頭豬的謠言，尤其這謠言還是秦淮哥散播出去的，簡直是把阿團妹氣壞了。特意找了個空閒，把秦淮叫了來罵了一頓，阿團妹氣得圓鼓鼓的兩腮通紅，圓溜溜的杏眼更是彷彿要噴出火來，小小的粉嘴噘得老高，罵秦淮：「原把你當個好人，原來只是面上好，背地裡說人壞話，你這樣的人最壞了！」

秦淮還不知什麼事，問其究竟，方曉得阿團妹說的是啥。秦淮不好意思，等阿團妹罵他一頓出了口惡氣，回身要走時，他拉住姑娘的小胖手，低聲道：「那啥，我還有話說。」

阿團妹拍開他的手，拿白眼翻他，「還有什麼話？明兒我就把你說我壞話的事告訴我哥，叫我哥揍你！」

「我……我那麼說是有原因的，妳知道不？」

「什麼原因？還是要笑話人！」

「不是不是，我怎麼會笑話妳？」秦淮兩隻耳朵紅通通，輕聲道：「我是喜歡妳。我沒爹沒娘，只是剛攢錢置了處小宅子，我怕有人先我相中妳，把妳娶走，我才說妳壞話的。我一點兒不覺得妳能吃，我也喜歡妳圓潤潤的，特招人疼，我、我就是特喜歡妳。」

秦淮話還沒說完，阿團姑娘臉都紅成個蘋果樣兒，輕啐一口，「不正經！」撒腿跑了。

秦淮覺得他可能是娶不到阿團姑娘了，因為大姑娘院兒裡再有事情吩咐，出來的都是別個姑娘，他的小團妹再沒出現過。一想到可能娶不到小團妹，秦淮就無精打采的，出租宅子的事務也不上心了。

殊不知，現下小團妹也是心驚肉跳的，按理，竟有侍衛對她無理，她應該告訴她娘、她爹和她哥，或者是她家姑娘，可一想到秦淮說的那些喜歡她的話，小團妹就兩頰發燙。

誰都不是傻瓜，哪怕小團妹有些天真，可也有些感覺秦侍衛哥對她特別好，總給她買好吃的。而且，不似別人嫌她胖。雖則秦侍衛哥說的那些個「她一頭能吃半頭豬」的話也叫人生氣，但想想也是有原因的。一念及此，小團妹就有些捨不得去告狀了。

小團妹魂不守舍好幾天，結果叫自家姑娘看出來了，柳姑娘無事時還悄悄問她：「妳這麼一副粉面含春的模樣，是不是相中誰了？」

小團妹嚇一跳，繼而臉色慘白，想著自己是姑娘身邊的貼心侍女，怎麼能想別個男人？

柳姑娘看阿團嚇得不輕，連忙道：「別害怕，我就私下問問。」

阿團眼睛裡溢出兩滴淚，不曉得要怎麼說，還是柳姑娘徐徐問她，她才小聲說了，柳姑娘問：「就是時常給妳買吃的的那個秦侍衛？」

阿團點點小腦袋。

柳姑娘道：「那個秦侍衛為人倒是不差，聽三弟說，也知道過日子，這些年自己的月例還有得的賞銀，從不亂花亂用，除了給妳買吃的，今年還置了個百兩的小宅子。」

阿團低著小腦袋，耳朵卻是豎得高高的。

聽自家姑娘說完，阿團絞著衣角問自家姑娘：「姑娘怎麼都曉得啊？」

柳姑娘笑，「咱們時常打發他出去買東西做事，自然要打聽一下人品。」

阿團小聲問：「那姑娘覺得，他……他為人如何？」

柳姑娘一笑，「人品靠得住，是知道過日子的，只是家中無父無母，未免單薄了些。」

阿團小小聲地道：「家裡單薄也怪不得阿淮哥。姑娘不是說，看人首要看人品。」

柳姑娘打趣，「妳這是看上他了？」

阿團臉又紅成一片。

阿團姑娘看上秦淮哥也不成啊，阿團姑娘的爹娘兄嫂都不願意，你秦小子啥人啊，不就是個府裡的尋常侍衛，一個月不過二兩月銀。咱家姑娘可是大姑娘身邊的一等大丫頭，月例也是二兩，而且平日裡只用服侍大姑娘，重活一點都不用做，還有小丫鬟使喚。這樣姑娘身邊的大丫頭，尤其接著傳來了自家大姑娘被賜婚皇子的消息，大姑娘以後就是皇子妃，像阿團這樣的大丫鬟隨著主人也只有更出息的。

就是嫁人，也得是府裡大管事家的孩子方才配得，倘是外嫁，尋個財主亦是不難，哪裡能嫁這麼個尋常侍衛啊。

阿團姑娘一家子不樂意這親事，還說秦淮名兒取得不好，不像好人。

秦淮真不愧是秦鳳儀他爹，雖則自己秦淮這個名兒是不好改的，秦淮沒有自爆自棄，曉得小團妹對他的心意後，他但凡有空便到老丈人、大舅兄那裡獻殷勤，還一有機會就給小團妹買好吃的，把小團妹養得水靈靈、白嫩嫩的。

俗話說，只要功夫深，愚公可移山。

秦淮這樣的心誠，沈家也不是要賣閨女的人家，只是誰家不願意閨女嫁個好人家？可自家姑娘就是相中這秦家小子了，大姑娘似乎也看這秦小子不錯，還說讓秦小子幫著管陪嫁產業。也不曉得這秦小子走了什麼運道，得了大姑娘的青眼，秦淮既得了好差使，又是給既將做皇子妃的大姑娘當差，沈家人一合計，就自家閨女這一臉福相，估計就是做了姑娘的陪嫁，也不是做通房的材料。何況，沈家雖然想閨女嫁得好，還當真沒有讓閨女去給未來的皇子姑爺做小的意思。

如此，看秦淮心誠，沈嬤嬤又私下問了一回自家姑娘的意思。

柳姑娘笑，「這幾年，咱們有什麼外頭的事，多是使喚秦淮，我看他為人實誠，也不乏機靈。先前我莊子上有一件事，打發他去了，辦得也不錯。倘是小團嫁他，以後他們夫妻正好幫我管著外頭的陪嫁。」

聽姑娘這般說，沈嬤嬤也悄聲道：「這幾年我冷眼瞧著，秦小子倒是個穩重的。」都是柳府的下人，認識不只一日，打交道也不只一日。既是主僕二人瞧著秦淮都不錯，可見這人的確有可取之處，何況小團又挺中意他。

於是，二人的親事就這樣定下來啦。

而接下來的發展，也驗證了阿團姑娘的眼光。

阿淮哥與小團妹親事既定，小團妹便不能做自家姑娘的陪嫁侍女了。

小團妹捨不得自家姑娘，一想到從此就要離開姑娘，心裡就悶悶的，連阿淮哥買給她的好吃的都覺得沒滋味了，一時間竟消瘦不少。柳姑娘還以為她婚前擔憂呢，安慰她道：「我看秦侍衛是個實誠人，妳擔心什麼呀？」

小團妹哭唧唧的，「人家不是擔心阿淮哥，人家是捨不得姑娘！」

柳姑娘幫她擦眼淚，「女孩子長大都要嫁人的啊，何況咱們又不是從此就不見面了。你們隨我嫁過去的，要我說，還是與我住在王府才方便。」

小團妹連連點頭，「我一輩子都不要和姑娘分開。」

小團妹親事定下，不再做自家姑娘的陪嫁侍女，夫妻倆都做了柳王妃的陪嫁人。

小團妹也在自家姑娘出嫁前，先嫁給了無父無母的阿淮哥。雖然阿淮哥無父無母，但嫁人後小團妹就發現，這可真是自在，沒公婆要服侍，阿淮哥的叔嬸除了有些貪財勢利眼，到底不是正經公婆，小團妹娘家在侍郎府有體面不說，自己又是王妃的得意大丫鬟，秦家叔嬸真不敢得罪她。不然，小團妹可是很會告狀的，所以，兩人成親後，府裡分了夫妻房，兩人就熱熱鬧鬧地在府裡過起日子了。待柳王妃嫁進皇子府，夫妻二人也一塊隨著柳王妃住到了王府去。至於阿淮哥自己置的小宅院，被一向會理財過日子的阿淮哥找了牙行租賃了出去，每月租金就有二兩，阿淮哥把自己這些攢的銀錢，還有收的房租都給小團妹攢著，留待以後兩人過日子。

王府的日子波瀾不興，秦淮幫著管理柳王妃的陪嫁產業，小團妹就在王妃的主院尋了個小差使慢慢學著做，唯一讓沈嬤嬤憂心的便是自家閨女成親一年都沒身孕了。柳王妃素有些弱疾，大婚後與八皇子倒也恩愛，只是一直不見有孕。太醫過來給王妃把脈時，柳王妃還喚了小團妹一起診一診。

小團妹也有些著急，想著自己比自家姑娘成親還要早些。小團妹一向沒什麼心事的人，她有心事便與阿淮哥說了。阿淮哥無父無母，倒是很看得開，「孩子都是命裡註定的，倘是命中多子，必然有子。倘命裡沒有，不必強求。我聽說京城郊外七里槐村的一戶財主，本是個無子的命，那家男人死活求子，納了十二房姨太太，生個了兒子，結果孩子長到六歲，喝水時嗆死了。又過繼了兄弟家的兒子，結果連過繼了三個孩子皆夭折了去。後來乾脆過繼了個長大的族侄，這族侄都十八了，前腳過繼，後腳就騎馬跌了馬。尋常人跌馬的不是沒有，有些運道好的，不過摔個屁墩兒，厲害些的摔折胳膊腿，就是他家這族侄，一過繼，自馬上掉下來便跌斷了脖子。這戶人家就是註定了無子，何須強求呢？妳也不必急。」

小團妹聽得倒是寬慰小少，「我是不急，姑娘可是王妃，不知道殿下急不急？」

秦淮想了想，道：「我聽說京城靈雲寺的送子觀音是極靈的，要不，妳勸姑娘出去逛逛，也拜拜菩薩，散散心。」

小團妹覺得這主意不錯。主要是，小團妹自己也很喜歡去廟裡逛。何況，她家姑娘雖做了皇子妃，人是極尊貴的，只是除了管理皇子府內闈事務，就是與別家的皇子妃們各種宴會交際，在小團妹看來，這也是極耗神的。

小團妹先私下跟自己娘商議了此事，她娘覺得這法子倒也不錯，不過，沈嬤嬤道：「我聽說皇家人都是去天祈寺的，那是皇家寺院。」

小團妹道：「我聽阿淮哥說，靈雲寺的送子觀音靈。」

沈嬤嬤便與柳王妃商議。柳王妃雖身子不如何結實，倒是個喜歡出門的，一聽便應了。尋了個無事的日子，打前打發人靈雲寺訂下香房，便帶著下人侍衛去了靈雲寺上香。

靈雲寺在京城倒也有些名聲，卻正如沈嬤嬤所說，皇族一般多去天祈寺。靈雲寺亦是積年古寺，寺中蒼松翠柏，極有一種古樸風韻，柳王妃愛這裡的清雅，很是遊覽了一番。小團妹還找到送子觀音那裡，與自家姑娘一道拜了拜。

小團妹見上有籤筒，與自家姑娘道：「姑娘，咱們搖個籤吧。」

柳王妃笑，「搖這個做什麼？倘是好籤，自然添些興致，倘是搖個下下籤，多掃興。」

小團妹很想搖，柳王妃看她盯著籤筒，一副嚮往又好奇的模樣，「妳搖一個吧。」

小團妹想了想，道：「我先搖一個，看看準不準。」

小團妹便取了籤筒，在菩薩面前許下願來，閉眼搖出一支籤來，拿起來遞給自家姑娘。柳王妃替她看了，笑道：「哎喲，是支上上籤！」

小團妹喜得眼睛一亮，主僕二人一道看去，籤上四句籤文：斜風細雨江南春，白頭鴛鴦恩愛深；忠義令名傳千古，鳳皇來儀報深恩。註釋：少平順，偶坎坷，遇事皆能化險為夷，福壽雙全。

小團妹道：「前兩句還能明白，後兩句什麼意思啊？」

柳王妃一見「鳳皇」二字便心下一動，自來龍鳳皆是皇族象徵，何況鳳皇二字。柳王妃不動聲色，「總是好籤，只是越是好籤越是不好說出去，不然可就不靈了。」

小團妹連忙道：「姑娘放心，我一準兒不往外說。」因得個上上籤，小團妹整個人都喜孜孜的。她得個好籤，覺得這靈雲寺不愧是阿淮哥介紹的寺廟，果然是極靈的，遂鼓動起自家姑娘道：「姑娘，妳也抽一籤吧，我看這籤是挺靈的。妳看，我一抽就是上上籤。」

柳王妃點頭，也搖了個籤。小團妹撿起來，心下一喜，「姑娘，是個上籤。」

柳王妃接過，覺得這籤較小團搖出的那支厚重了些，兩指一錯，分開來，卻是兩支籤黏在了一起。小團「咦」了一聲，湊過頭看，「姑娘搖出了兩支。」看下面一支，亦是上籤。小團笑道：「兩支都是上籤，可見姑娘運勢正旺。」

柳王妃一笑，先看上面一支，四行籤文，細看卻是一首唐詩：庭前芍藥妖無格，池上芙蕖淨少情。唯有牡丹真國色，花開時節動京城。便是小團這不大懂詩的人，瞧了這詩都覺得是極好的。籤文註釋為：得此籤者，生而貴重，後大貴天下。

小團連連念佛，笑道：「果真是極準的。」

柳王妃再看後一支四行籤文：君生二意相決絕，梧桐枝頭鳳來儀；九天閶闔開宮殿，萬國衣冠拜冕旒。這支籤亦為上籤，只是看打頭一句，便是從漢司馬相如之妻卓文君詩「聞君有二意，故來相決絕」化來。這又涉及一段文史典故，相傳文君與相如私奔，相如顯達於漢武帝，欲移情他人，文君作此詩。不過，據說後來相如見此詩，念及當日與文君情意，後二人百年好合。

柳王妃一時也解不透，就聽小團兩眼放光道：「姑娘，看這註釋，說姑娘必得貴子呢！」柳王妃回神，見籤文註釋：得此籤者，必得麒麟子，夫貴子顯，是為上籤。

小團見自家姑娘得兩上籤，很是高興，「夫貴子顯，可不就說的姑娘嗎？」

柳王妃見這籤頭，也覺得起碼是個好籤，亦是喜悅，「咱們擲著玩兒便罷了，可不要出去說，不然倒叫人笑話了。」

「姑娘放心吧，姑娘的事我什麼時候擱外頭說過，我誰都不說。」小團別看性子天真，嘴巴是真的很緊，人也可靠。

因為主僕二人皆擲了好籤，柳王妃自然給靈雲寺添了筆不薄的香油錢，小團也放了些私房到功德箱，好讓菩薩神佛保佑她家姑娘平安順利，趕緊能生下麒麟子才好。她自個兒倒不是很急，反正她抽了上上籤，籤文都說她有大福，福壽雙全。

小團回家，晚上還跟丈夫說了自己抽到上上籤的事。

秦淮笑，「我就說不必急吧，咱們的福在後頭呢！」

小團也笑，「姑娘一下子搖出了兩個上籤。」

秦淮道：「可見咱們姑娘也是極好的運道。」

「那是！」小團本來想跟阿淮哥說一說姑娘抽的籤，不過，想到姑娘不許她亂說，她就憋住了沒有說，只把自己搖到的那支籤給阿淮哥看了。阿淮哥也識得字，這籤文也簡單，只是，阿淮哥不解道：「咱們在京城好端端的，怎麼說江南春啊？咱們又不會去江南。」

「這誰曉得，反正是好籤。」小團指了籤文註釋道：「看到沒，說咱們就是偶有坎坷，也能化險為夷，平平順順的，後頭還有大福，福壽雙全。」

秦淮也高興媳婦抽到上上籤，「果然是極好的籤。」

覺得媳婦抽到好籤的不只是秦淮，八皇子景昊亦覺得自家王妃擲出兩支上籤是吉兆。

景昊今年不過十七，剛剛成年，在朝中工部學著當差。他成親早，現下一門心思學著做事，倒並不急著生兒子。但誰不喜歡上籤啊，尤其是王妃去廟裡逛了一日，景昊總得問一問行程可還順利，柳王妃笑，「不過去廟裡看看風景，哪有什麼不順遂的？」

景昊笑，「都說靈雲寺的香火靈驗，王妃可許了什麼願沒？」

柳王妃道：「許了，保佑殿下平安順遂。」

景昊道：「我聽說大哥立太子前曾於天祈寺搖了一支籤。」

「太子殿下搖了支什麼籤？」

「這就不曉得了，大哥沒說。」事實上，大家對此籤都有所猜測，因為立太子的吉日是欽天監一早就算好的，原本立太子前一天還風和日麗，結果立太子當天卻是無端一場暴雨，很有些不吉利。

柳王妃想了想，道：「我也搖了兩支籤，倒都是上籤。」

景昊正是想到他太子大哥立太子種種不吉利的時候，聞此言忙道：「靈雲寺也是京城有名的寺院了，王妃求了什麼籤，給我瞅瞅。」

柳王妃便自妝盒裡取了出來，遞予丈夫。景昊先看了第一支籤，笑道：「以牡丹喻王妃，倒也相宜。」柳王妃雖身體有些弱，但不是弱不禁風的相貌，王妃美貌非凡，幾近耀眼。

柳王妃嗔丈夫一眼，景昊再去看第二支籤，先說頭一句「君生二意相決絕」，「咱們結髮夫妻，是要白頭到老的，這句不準。」再往下看，景昊大喜，屏退了侍女，與妻子道：「梧桐枝頭鳳來儀，這話有些意思，妳小字阿梧，這必是說妳的。看這下頭兩句『九天閶闔開宮殿，萬國衣冠拜冕旒』，這是唐時王維的詩，說的是大明宮上朝的詩，定是預兆著我朝繁榮昌盛，萬國來朝的意思。」

柳王妃笑，「我看也是這個意思。」

景昊深覺妻子抽的籤不賴，尤其這兩句「九天閶闔開宮殿，萬國衣冠拜冕旒」，簡直是再吉利不過，為什麼這籤文叫妻子搖出來，不是叫別人搖出來呢？再看籤文註解，得麒麟子，夫貴子顯，景昊更覺別有深義。

其實景昊在諸皇子中排行第八，他爹攏共也就九個兒子，他是倒第二，母族雖然是國公府，卻是不得皇父青眼。不過，他爹給他安排的親事不錯，王妃柳氏並非豪門出身，卻是正經清流，其父工部柳侍郎，乃六部最年輕的三品侍郎，深得皇父信任。再者，岳父人品佳，官聲極好，便是景昊初初當差，在工部也多得岳父指點。

何況，妻子柳氏相貌品性沒得說，今又求得如此好籤，景昊對妻子越發滿意，夫妻又是一夜恩愛不提，景昊尋思著什麼時候也去靈雲寺搖個籤才是。

即使的很多年以後，已經升級為秦太太秦夫人的小團妹，依舊不理解皇室中人的想法。她一直不明白，明明與自家姑娘恩愛的殿下，如何就突然對另一個女人彈《鳳求凰》呢？

《鳳求凰》的事，並不是小團妹從自家姑娘那裡聽說的，她是自阿淮哥那裡聽說的。小團妹一時間都沒明白過來，她不解道：「殿下為啥要跟平家大姑娘彈《鳳求凰》啊？人家平家大姑娘還怎麼嫁人？」

這不是調戲人家大姑娘嗎？說完這句話，小團妹才反應過來，瞪圓了一雙杏眼，驚得張大一雙圓嘟嘟的嘴巴，「難不成，殿下要娶平家大姑娘，那咱們姑娘怎麼辦啊？」

阿淮哥這幾年多經歷練，原本只是柳王妃一處陪嫁鋪面的小管事，如今已是管著柳王妃大半私房產業，不然也不能消息靈通，連《鳳求凰》的事也曉得了。要知道，小團妹可是在王妃院裡當差，還不曉得呢。

小團妹嚇一跳，阿淮哥安慰她道：「王妃到底是陛下親賜的正室，憑誰過門，也越不過王妃去。只是，王妃心下如何能好過，妳留些神，多勸著王妃些。」

小團妹很為自家姑娘難受了一回，「殿下怎麼說變就變啊，不是跟姑娘好得很嗎？」

秦淮嘆道：「殿下與姑娘都成親三年了，尚無子嗣，說不得，便是為了這個。」

小團妹道：「去年我隨姑娘到靈雲寺燒香，那籤上說姑娘會有貴子，而且是麒麟子。」

秦淮輕聲道：「籤文這東西，信也便信了，倘是不信，誰有法子？」

小團妹覺得自己看錯了皇子殿下，原本覺得皇子殿下與自家姑娘是郎才女貌，天造地設的一對，如今看來，皇子殿下是配不上自家姑娘的。小團妹傷心了一回，忽然想起什麼，遂板著臉問：「咱們成親也快三年了，我也沒生小娃娃，阿淮哥你是不是也想學殿下納小？」

秦淮連忙道：「我是什麼樣的人，團妹妳還不曉得嗎？當初成親時就說好，咱們兩人一心一意過日子。再說，咱們家又沒王位等著繼承，我不急生孩子。」

小團妹嘆道：「當初要曉得皇子殿下是這樣的人品，姑娘還不如就嫁個尋常人，像咱們這樣一心一意地過日子。」

秦淮也是為自家王妃擔憂，無他，那位讓皇子殿下彈《鳳求凰》的平家大姑娘，並非尋常出身，乃是當朝平國公嫡長女。這樣的出身，便是給八皇子做正室都足夠了，倘為側室，難保不奪了柳王妃的鋒頭。而秦淮夫妻都是柳王妃的陪嫁人，何況，柳王妃對二人有恩，並不將他們等同尋常下人看待。

夫妻倆說了一回皇子殿下要納小的事，小團妹第二天一大早就去了柳王妃那裡，柳王妃已經命人收拾院落了。小團妹說：「好端端的，收拾院子做什麼？」

柳王妃道：「殿下要納側，自然得準備院落。」

小團妹一聽這話，險些滴下淚來，很為自家姑娘委屈。

小團妹拉著自家姑娘的手道：「姑娘，妳是不是很難過？難過便哭一哭吧。」

柳王妃嘆，「我進門三年無子，原就該為殿下張羅側室的。」

小團妹很是難受。

柳王妃倒比小團妹還好些，倒是沈嬤嬤私下與王妃道：「縱是給殿下納側，也不必平家大姑娘，咱們府裡的丫鬟身分低些，京城有的是尋常人家的閨女，姑娘也太實在了。」

柳王妃道：「我一直無子，殿下納側就是為了生子，倘出身太低也不好。」

沈嬤嬤憂心忡忡地道：「姑娘別嫌我這老婆子說話難聽，平大姑娘這樣的出身，為側室委實高了些。六皇子妃與她是堂姊妹，出身還遜她一等。」更令沈嬤嬤憂心的是，能讓公府嫡女心甘情願為側，八皇子到底是個什麼意思呢？

柳王妃道：「不論她什麼出身，側室就是側室。」

平側妃進門的那一日，小團還跟著府裡的丫鬟婆子去平側妃的院子裡瞅了一回，待回去柳王妃那裡，小團道：「相貌人品跟姑娘沒得比。」

柳王妃一笑，拍拍小團的手，「已是不早了，妳也回去歇了吧。」

這倒不是小團偏頗著自家姑娘，平側妃自然也是個美人，但平側妃的美跟自家姑娘完全不是一個檔次啊。最讓小團不服的是，這麼個樣樣不如自家姑娘的側室，卻是把皇子殿下迷得七葷八素。平側妃得寵之事，闔府皆知，尤其平側妃最愛銀紅，成天穿著銀紅的裙子出來招搖。銀紅最近大紅，一般懂禮的側室都會避開銀紅，櫻桃紅、胭脂紅，一樣是紅啊。

小團因著平側妃進門，很是長了些宅鬥經驗，尤其平側妃就夠討厭了，六皇子妃平氏簡直是比平側妃更討厭的存在，還拿平側妃的事刺激柳王妃。

六皇子妃笑，「我這妹妹在家嬌生慣養，以後就得八弟妹多照顧她了。」

柳王妃微微一笑，「這是自然。」

六皇子妃自己就生了四個兒子，在諸皇子妃裡，出了名的多子。

六皇子妃又勸柳王妃：「好生將養身子，妳興許是開懷晚。」

柳王妃依舊笑，「都說平氏女多子，不然我們殿下也不會特意求了平氏進門。以後府裡不論側妃還是侍妾，生的兒女一樣都是我的兒女。」

六皇子妃好玄沒噎著，說得好像她們平氏女就會生孩子似的。只是，國公府把這個堂妹送到八皇子這裡為側，委實讓旁支出身的六皇子妃臉上不大好看，故而，一有機會就要給柳王妃添個堵的。

平側妃也果然不負景昊之望，入府兩個月便診出身孕。

平側妃既然有孕，自然不能再服侍景昊，景昊去的最多的地方仍是柳王妃那裡，平側妃當機立斷為自己身邊的一位侍女開了臉，然後，不知是不是平家就有這多子的風水，那侍女也很快診出身孕來。

柳太太過府看望閨女，難免說上一句半句，私下勸閨女一回：「平妃是正經側妃的位分，生子生女都是平妃自己養育。她的陪嫁侍女有孕，以後也是依附平妃過活。妳這裡，便是妳的侍女，也好過他人不是？」

柳王妃想了想，「總要問一問她們的意思。」

柳太太便讓柳王妃自己斟酌了。

但較之接下來陛下北巡之事，這些女眷之間的爭鋒，又是多麼微不足道的小事。

憑誰都未料到陛下會在陝甘出事，整個朝廷，高官重臣去之十之七八，連帶著先帝、太子、晉王以及二皇子、三皇子、四皇子、五皇子，以及諸多皇孫皆葬身陝甘。同時出事的，還有柳王妃的父親與長兄。柳王妃聞知此事便厥了過去，景昊在柳王妃這裡安慰半日妻子，還要去朝中跟著商議大行皇帝的後事，以及眼瞅著蠻人就要打進京師了，現下朝廷亂成一鍋粥，到底如何，得有個主意啊！

柳王妃經父兄之喪後身子便不大好了，景昊多去平氏之處，但也沒少過來柳王妃這裡，到底是結髮夫妻，許多事景昊還是願意跟髮妻商議的。提起眼下朝局，景昊很是有些煩惱之處，景昊道：「眼下父皇與幾位皇兄葬身陝甘，朝中最年長的便是六皇兄，他防我防得緊。平國公曾去北疆打過仗，對北蠻亦是熟知，我薦平國公掌軍，六皇子非要推自己的岳父。」

柳王妃輕輕咳了幾聲，景昊將藥茶遞給柳王妃，柳王妃啜一口，問：「現下如何？」

「內閣就剩下方相、李相二人，他二人都年輕，一時也沒了主意。」景昊眉心緊鎖，「妳這身子不大好，不該跟妳說這些費神之事的。」

柳王妃道：「我休養幾日也就無事了，只是，眼下這時局，殿下不能沒個準備。」

景昊抿了抿唇，沒說話。

柳王妃與他夫妻多年，知他對六皇子已極是不滿，不然也不能這樣直接說出來。柳王妃繼續道：「朝廷的事，再如何也只是自家的事。殿下要留心的是北蠻，殿下啊，倘北蠻真的打到了京城來，再說句不吉利的話，城破國亡，還有什麼可爭的呢？」

「我所憂慮著就在於此。」景昊低聲道：「便是六哥與我爭，爭的不過是祖宗基業，可這前提，現在得先保住祖宗基業才行啊！」

「所以，殿下不能再猶豫了。」柳王妃靠著引枕，長髮披散在肩頭，燈光下，臉色略有蒼白，她道：「殿下得盡快拿個主意才是。」

景昊起身，在臥室內轉了幾圈，而後又坐下，與妻子道：「妳說，這事能成嗎？」

「眼下朝中六皇子與殿下最為年長，朝中百官已去大半，就是現下朝中，連李相方相都六神無主，可知百官何其惶恐。這個時候，只要有一人快刀斬亂麻，必可迅速穩定局勢，掌控京師。」柳王妃聲雖不高，卻帶著一種安定人心的篤定。

景昊目光微沉，顯然已是有了主意。

主子們的事，如阿淮哥小團妹這樣的下人，是不大曉得的。小團妹只覺得跟做夢似的，先是聽聞六皇子壞了事，家裡都完了。儘管小團妹一向不喜歡六皇子妃，但聽說六皇子府都不剩什麼人了，小團妹仍是嚇得不輕。

接著，景昊便被百官舉薦立為太子。

做了太子，景昊並未去東宮，仍在皇子府理事，小團妹只聽聞每天來府中的重臣不斷，宮裡八皇子的生母裴賢妃娘娘往府裡賞賜了好幾回，只是，這賞賜簡直能氣死個人。倒不是裴娘娘賞賜的東西不好，就是不好，小團妹也不會眼皮子淺的說什麼，但是裴娘娘妳每每往府裡賞東西，總是叫平側妃與我家姑娘齊平比肩是什麼意思呢？更令人心寒的是，沒幾日平側妃產下了長子。

而這一次，裴娘娘賞賜的東西，竟然是一匹鳳凰錦。

在晉地與蠻人的戰爭持續了一年，蠻人終於退兵，景昊登基之事也提上了日程。

小團妹急的是，殿下都要做皇帝了，她家姑娘怎麼還是皇子妃的位分啊，殿下難道不該在做太子的時候，封她家姑娘為太子妃嗎？

太子妃的事還沒影兒，她家姑娘又想去天祈寺禮佛。

小團心下很替自家姑娘著急太子妃的事，這禮佛的時候，小團還想著要不要勸勸自家姑娘啥的，結果她……她沒想到，姑娘竟是要自天祈寺離開京師。小團嚇傻了，問阿淮哥：「這是為啥啊？」還有，這樣要緊的事，為什麼姑娘不是先跟她商量，而是先與阿淮哥商量？

秦淮悄與妻子道：「現下外頭的形勢對娘娘極不利，平公府勢大，平側妃又生下長子，朝中已有立平側妃為太子妃的話。倘事真到那一步，咱們姑娘要如何自處？」

「如何自處？」小團六神無主地重複了一回丈夫的話。

秦淮輕聲道：「不是出家，便是降正為庶，降嫡為側，姑娘焉能受這等侮辱？」

小團都不曉得要說什麼好了，但丈夫和姑娘都定了的事，小團最是嘴緊不過。她一句話不往外說，還悄悄幫著準備出走的東西。想要悄無聲息離開天祈寺並不容易，還是有姑娘身邊原來的陪嫁侍女，現下做了景昊庶妃的袁氏幫忙，柳王妃方能平安離開天祈寺。

柳王妃走時對袁氏道：「我這一去，殿下定會問罪於妳，妳只管實說便是。與他說，我並不怨他，亦不怪他，我此番離開，對外可稱病逝。願他一展胸中抱負，不負天下。」

柳王妃留了封書信，便帶著秦淮小團夫妻去了。

接下來的京城的事，小團便不大曉得了，他們離開天祈寺，原想一路南下，只是到了山東，柳王妃不大舒服，請了大夫來一診，三人皆是驚了一跳，因為柳王妃診出了身孕。

柳王妃身體一直不大好，尤其是父兄過世之後，更添了些症候。如今診出身孕，柳王妃嘆道：「真是天意。」想到當年靈雲寺那支籤，卻也不算不準。只是，她腹中有子，更是不能再回京城了，無他，想來景昊已冊平氏為后，她此時回去，便是能再入宮闈，後宮也不能有兩位皇后，何況她不能讓自己的兒子成為庶子，更不能讓兒子成為別人的眼中釘肉中刺。

既已出宮，便讓這個孩子在民間長大吧。

懷孕與生產讓柳王妃的身體遭受了極大的負擔，饒是請了最高明的大夫為柳王妃調理，又請了當地最好的穩婆為柳王妃接生，柳王妃仍是九死一生，生下兒子便一日日虛弱了去。原想給孩子請個奶娘，又擔心被人瞧出什麼，秦淮便在外買了兩頭剛生產完的母羊，每天擠羊奶，小團把羊奶再煮一遍，待晾得溫了，方餵給小寶寶吃。小寶寶的身體也不很結實，只是相貌眉眼較之父母更加出眾。柳王妃精神好時，看著兒子也是極開心的，待兒子滿月時，還給兒子取了個小名兒，叫平兒，意寓平平安安。

柳王妃是在小寶寶百歲宴後過世的，去得極安祥，先時該叮囑給秦淮小團的都叮囑過。柳王妃是極明白的人，她道：「以後不必對孩子提起我，你們便是他的父母，不必讓他認祖歸宗，皇室已無他的位置，讓他在民間平平安安長大吧。若有萬一，那把劍名為鳳樓，為歷代中宮所掌，可證阿平的身世。」

柳王妃雙眸中滿是對這人世間的留戀，輕聲道：「靈雲寺的籤，當真是極準的……」

柳王妃去後，小團都沒能好生哭一場，無他，景川侯帶的追兵到了，不為別個，就是為了尋柳王妃而來。

說來令人唏噓，柳家自柳侍郎與長子一去，也漸次敗落了。若景昊欲尋柳王妃，不可能事隔大半年方著景川侯南下尋人，景昊此舉，主要是因一個夢而起。

當初柳王妃自天祈寺出走，要說景昊無動於衷也不可能，但景昊心下未嘗沒有鬆口氣的感覺，宣布柳王妃過身的消息，登基之後，順利立平氏為后。面對著艱難的朝局，景昊的帝王生涯開展得並不容易。或者，他與髮妻也曾有過那一段恩愛歲月；或者，對於髮妻的離開，他不是不愧疚。只是，再如何的恩愛與愧疚，在萬里江山面前也有些微不足道了。

景昊並非那等「妳既是我的女人，生死皆要由我做主」之人，他看到柳王妃留下的信，便知柳王妃不會再回來了。沒著人去查找，只是為了讓柳王妃平安地活在民間。

好也罷，歹也罷。

對於柳氏，這也是一條路。

景昊如此想。

只是，剛過新年，出了正月，景昊就做了一夢，夢到漫天神火中，一隻鳳凰浴火而出，一聲鳳鳴之後，那隻鳳鳥直上九霄，五彩輝煌，耀眼至極。

要只是夢到一日，景昊這日理萬機的也就忘了，奇異的是，連續三天，皆是此夢。

景昊召來天祈寺的高僧問夢，高僧沉吟半晌，道：「鳳凰為混沌初開時，應天地而生的神鳥，陛下此夢，不是應在一位皇子身上，便是應在一位皇女身上。」

景昊一想，宮中有呂昭儀有孕，難不成是應在呂昭儀腹中之子？

景昊有些心神不寧，去慈恩宮途經御花園時，忽有陣陣馨香入鼻，景昊道：「好香。」

馬公公道：「陛下，是牡丹園的牡丹開了。」

「這才二月，牡丹就開了？」

「是，今年的牡丹花開得早些。」

柳王妃素喜牡丹，景昊心下一動，卻是未再去慈恩宮，而是轉身回了自己的寢宮，令馬公公尋出柳王妃所遺的兩支籤文，第一支是四句唐詩：庭前芍藥妖無格，池上芙蕖淨少情。

唯有牡丹真國色，花開時節動京城。籤文註釋為：得此籤者，生而貴重，後大貴天下。

「大貴天下。」景昊輕輕念了這句註釋。柳王妃嫁他，雖是皇子妃之尊，也稱不上大貴天下，何況，柳王妃離宮，景昊未冊柳王妃為后，更是稱不上大貴天下。

景昊再看第二支籤：君生二意相決絕，梧桐枝頭鳳來儀；九天閶闔開宮殿，萬國衣冠拜冕旒。籤文註釋：得此籤者，必得麒麟子，夫貴子顯，是為上籤。

當時景昊見此籤時，還說首句籤文不準，如今看來，何其準也。景昊噓下心中對柳王妃的愧疚，再看籤文註釋：「得此籤者，必得麒麟子，夫貴子顯，是為上籤。」

景昊暗自忖度，柳王妃離宮時未見有孕，倒是袁氏生下一女，可這麒麟子應到哪呢？

景昊參詳不透，他素來有些手段，柳王妃離宮時只帶了一對夫妻，餘下諸多貼身侍女並未帶走，景昊著人一問，便問了出來，也不是別人說的，是沈嬤嬤說的，沈嬤嬤道：「王妃走時，有兩月未曾換洗。」

景昊當時心中「咯噔」一下，沉了臉斥沈嬤嬤：「那妳還敢叫她離宮？」

沈嬤嬤甭看是對著一國之君，因景昊很是有負柳王妃，沈嬤嬤態度也不大好，「倘是王妃肯告訴我這老婆子，我如何能叫她這麼走了？」

景昊一噎，他到底不是遷怒之人，早已查出柳王妃離宮之事與沈嬤嬤無關，景昊與沈嬤嬤道：「想她平安，這話再不可與第二個人說。」

沈嬤嬤道：「倘不是陛下過問，老奴誰也沒說過。」

景昊算著日子，覺得那鳳凰就是應在了柳王妃身上，柳王妃定是給他生了個兒子。

媳婦在外沒啥，景昊卻是很記掛著鳳凰兒子。一國之君迷信起來也是可以的，遂派出景川侯外出尋找柳王妃母子。

因為要找鳳凰兒子，景安帝派出的還是心腹重臣景川侯。景川侯也不負景安帝所託，主要是景安帝說了柳王妃有身孕之事，景川侯想著，柳王妃的身子骨，再加上初有身孕，應不會走得太遠，往西往北氣候乾燥嚴寒，柳王妃一行最大的可能便是南下，於是，景川侯多在冀魯一帶打聽。別說，還真給景川侯打聽著了。只是，景川侯到的時候，秦淮小團夫婦已帶著小平兒與柳王妃的骨灰離開魯地，一路南下往江淮而去。

景川侯把當初給柳王妃診脈的大夫、接生的產婆以及柳王妃過世的消息都帶回了京城。若柳王妃還在，尋人是好尋的，無他，柳王妃的身體，即使遠行，也不會走得太快，但柳王妃已經過身，秦氏夫妻帶著皇嗣到底去了哪裡，當真是泥牛入海，不好查起，尤其此事還不能大張旗鼓地查。故而，景川侯便先回京城向景安帝回稟了在魯地查到的事情。

景安帝聽聞柳王妃已經過世，默然半晌，方道：「孩子如何？」

景川侯道：「王妃於二月初三產下一子，王妃過身後，秦家夫妻帶著皇子離開了魯地。他們的下落，怕要細細尋起了。」

景安帝道：「是個皇子啊……」

「是。」景川侯當差細緻，道：「聽聞小皇子背生一點胭脂痣。」

景安帝道：「秦家夫妻裡，那個秦淮原是侍郎府的侍衛，父母早逝，跟著叔嬸長大，與叔嬸不大親近。秦淮的媳婦是王妃奶娘沈嬤嬤之女，伴著王妃長大。他們或有一日會與沈秦兩家聯繫，這兩家人，盯好了他們。」

景川侯連忙應是，景安帝道：「王妃過世，他們定會遠離京師，慢慢查吧。」

景川侯見景安帝氣色不大好，道：「秦氏夫婦必是王妃心腹中人，便是一時間尋不到小皇子，還請陛下寬心，小皇子有他們服侍，當能平安。」

在景川侯看來，雖則立場不同，但秦氏夫婦現下定是忠僕無疑的。只是，小皇子那樣的身分，卻不適宜由他們撫養長大的。何況，人心這樣的東西，是最說不好的。

景安帝微微頷首，景川侯便退下了。

秦家夫婦一路南下，他們早有準備好的身分文書，因有小平兒要看顧，走得並不快。嬰兒的生長速度是令人吃驚的，小平兒越發白嫩可愛招人疼，而且，這不是秦家夫婦的一家之見，就小平兒的相貌，那真是，除非是瞎子，不然再沒人能挑出半點不好來的。只是，這孩子總是病，令秦家夫婦憂心。大夫看了不少，小平兒食量較同齡的小孩子一點不少，個子長得也快，就是時不時要病一病。秦淮就尋思著，是不是孩子命裡有什麼妨礙，待到金陵，特意尋了一位城中有名的大仙給孩子看相。

大仙看了面相，又問了八字，給小平兒摸了摸骨。

大仙兒掐指一算，嚇一跳，問秦淮夫婦：「這位小公子當真是你二人親子？」

秦淮給問得尷尬，小團也以為自己暴露了，不過，她仗著膽子道：「不是我家的，難道是你家的？」雖然小主子是皇子，但皇帝陛下不是好人，小團覺得自己與阿淮哥最忠心不過，肯定能把小殿下養得好好的。

大仙擺擺手，「夫人勿怪。老朽觀你二人都是極有後福的面相，但你二人面相雖貴，卻仍遠不及這位小公子，龍章鳳姿，貴不可言啊！」

秦淮嚇一跳，想著這大仙還當真有些門道，秦淮連忙恭敬請教：「還得請先生幫忙看看，我家阿平，平日裡吃奶也香，先生你也說他是貴命，如何總是要病？唉，不瞞先生，哪個月都要喝兩碗湯藥。」

大仙問：「小公子單名一個平字嗎？」

「是，寓意平平安安。」

大仙搖頭，「不妥不妥，平字太平，與命格不符，故而要病。」與秦淮道：「當另給小公子取一壓得住的名字。」

秦淮問：「取何名為好？」

大仙遞給秦淮一隻籤筒，令他搖了一支籤，自己卻是未看，只是遞給秦淮，道：「都在這籤裡了。」便雙目微閉，令他一家人離去。

秦淮帶著小團妹和阿平小朋友離開了大仙居所，待回到租住的客棧，秦淮才與小團妹看了那籤文。上面並無字，而是畫了一隻鳳鳥，秦淮道：「莫不是要阿平改名兒叫鳳鳥？」

「鳳鳥是什麼名字啊？叫也是叫鳳哥兒，鳳凰，阿鳳。」

夫妻倆因著那大仙說小殿下是個貴不可言的命相，生怕洩露身分，不敢在金陵多待，商量一番後準備去揚州。剛結帳要走人，就見客棧將一病重的讀書人自下等房中扔了出來，秦淮因著剛去給兒子看過大仙，向來也是信因果之人，見客棧夥計行事粗魯，不由道：「出門在外，誰還沒個波折，這般將他放在門外，便是死路一條了。」
因著秦家夫婦住的是上房，掌櫃耐著性子解釋：「秦老爺不曉得，這位程公子在咱們這裡已是病了月餘，並未收他房錢，只是他這病總是不好，咱們是做生意的地方。如今他這般，委實是不敢再收留了。」
秦淮知客棧有客棧的難處，便給了夥計一塊銀子，「出去幫忙雇輛車去，把這位公子放到車上，我自有安排。」
夥計收了銀子，入手便知足有五錢，當下喜不自禁叫車去了。
秦淮想著，畢竟是一條人命，他手裡不少銀錢，便拿出幾十兩銀子，連帶著這位重病的公子，一併送往了金陵城有名的醫館。把銀子託付給醫館的大夫，令將這位公子醫治好，秦淮便帶著妻兒離去了。
秦淮道：「只當給咱們阿鳳積德了。」
小團道：「是該如此。」
待到了揚州，一家人安頓下來，有一日，小團收拾東西，尋到了當年同自家姑娘去靈雲寺搖出的籤文，小團看了回籤文，想到自家姑娘的種種，忍不住又抱著阿鳳哭了一場。待看這籤文時，小團與丈夫道：「當時我搖到這籤，你還說，咱們原是在京城的，如何會來南面。如今看來，可不就應了這籤，咱們果然是要來南方安家的。」
秦淮再看這籤文，念道：「鳳皇來儀，鳳皇來儀，說不得便是說的咱們阿鳳。」
「就是這樣，除了咱們阿鳳，誰還配得起這四字？」小團心下一動，「大名兒一個鳳字，不能盡善，我聽說宮裡皇后娘娘所居中宮叫鳳儀宮。那姓平的，先前不過做小，她也配鳳儀宮之位。咱們阿鳳，不如大名便叫鳳儀吧。鳳皇來儀，正配咱們兒子。」

秦淮想到平側妃，亦是厭惡得很，遂點頭道：「是這個理。」

夫妻倆把兒子的大名兒定下來，不知是不是那大仙委實鐵口直斷，法力不凡，自此小鳳儀果然身康體健，一年也不打一個噴嚏。

小鳳儀漸漸長大，少時便展露遠超同齡孩子的天資，譬如，整條巷子的同齡小朋友，沒一個打架能打過小鳳儀的，而且，十個月會走之後，兩個月內，小鳳儀便把走路這項技能練習得無比熟悉，因為自從會走路後，家裡簡直是沒有他走不到的地方，連庭院中的大樟樹，他娘一個不留神，小鳳儀便爬了上去，簡直把他娘嚇個半死。

待這小子會說話後，更是花言巧語無師自通，見著胖子誇有福，見著瘦子誇苗條，見著大嬸叫姊姊，見著姊姊叫美人，這種都是最低級的甜言蜜語了。小鳳儀讓人喜歡的是，這是個貼心的孩子，像他爹每天白天出去鋪子裡打理生意，待他爹晚上回家，小鳳儀就會顛兒顛兒跑過去，給他爹捏胳膊捏腿，把他爹感動得一塌糊塗，然後小鳳儀有什麼想要的想買的，這個時候提出來，那真是，他便是要天上月亮，他爹都會給他架梯子去摘。

他娘更是如此，與四鄰來往起來，有這麼個漂亮兒子，簡直是震驚了街坊鄰里，秦太太回家就跟丈夫顯擺，「都說再沒見過咱家阿鳳這樣俊俏的孩子。」而後，小鳳儀紅遍了揚州城的婚配界，主要是這孩子生得特別好，時下揚州人成親，有用童子滾床的習俗，說是用童子滾床，兒子來得快。小鳳儀第一次參加滾床的差使後，他滾床的那對新婚夫婦，三個月後便診出身孕來，把那家人喜得，還給小鳳儀做了身新衣裳送他穿。

要說頭一回還是湊巧，接連三回由小鳳儀滾床的新婚夫婦，都是成親三月便診出身孕。

從此，小鳳儀就紅啦。

想請他做滾床童子也不容易，倒不是秦太太難說話，主要是小鳳儀不好說話。他是爹娘的獨生子，模樣生得好，嘴巴生得巧，貼心時是真貼心，要是拗起小脾氣來，簡直是爹娘都拗他不過。而且，小鳳儀天生得氣派，滾床童子什麼的，他一個月只肯做一回，多一回也不肯勞累，而且請他做滾床童子的人家，還得合他眼緣，送他禮物啥的，總之，種種刁頑，已依稀可見日後頑童苗頭。

讓秦老爺心驚膽戰的是，有一回他抱著兒子出門玩，竟然見著景川侯騎馬經過，當下把秦老爺嚇得不輕，想掉頭就跑。不過，秦老爺到底非常人，他要是抱著兒子跑路，可就真得引起景川侯察覺了。秦老爺按捺住驚惶的心情，故作坦誠地在街邊與景川侯錯身而過。如今秦老爺也不是原來的模樣了，因著養兒子，小鳳儀半夜會餓，秦家夫婦哪裡捨得寶貝兒子挨餓啊，故而，總會令廚下晚上備著吃食。小鳳儀是個熱鬧脾氣，他不喜歡一個人吃東西，他要爹娘陪他一起吃，於是，小鳳儀越長越高，秦老爺夫妻則是往橫向發展，現下，夫妻兩個都是圓潤潤的一臉福相。

所以，景川侯當真沒留意街邊的胖子，正當秦老爺心下慶幸自己相貌路人甲，並未令景川侯起疑時，騎脖子上的寶貝兒子突然說話了。小鳳儀自從能清晰地表達意見開始，出門向來不要人抱，都要騎他爹脖子上，覺得騎得高，看得遠，如今亦是如此。

秦老爺就聽小鳳儀滿帶著好奇的童聲響起，小鳳儀指著騎著高頭大馬的景川侯道：「爹，那位大叔好高好俊好威風啊！」

他爹當下冷汗就下來了，景川侯仍未留意秦老爺，覺得這人圓圓胖胖，一副財主樣，沒啥好看的，倒是多看了那胖子脖子上騎著的小孩兒一眼。

景川侯心下暗讚：怪道江南人傑地靈，這孩子生得可真好，鍾靈毓秀四字再恰當不過。

秦老爺嚇得好玄沒跪下，不過，秦老爺現下已經展示出後日的影帝風采，他嘴一撇，露出個哭兮兮的模樣，委屈地問兒子：「在兒子心裡，爹不是最高最俊最威風的嗎？」

小鳳儀的注意力立刻被他爹拉回來，小鳳儀多機靈的人，人家大叔再高再俊再威風也是外人，當然沒有他爹親啦，小鳳儀當即嘴甜甜道：「雖然那個大叔好高好俊好威風，但是比起爹您來，還是差一大截啊！」

秦老爺最受不住他兒子的甜言蜜語，立刻樂不顛兒將兒子從脖頸處頂到了頭頂。小鳳儀拍手叫好，父子倆歡歡喜喜回家去了。

聽到小鳳儀變嘴的景川侯表示：這小孩兒長得不錯，沒想到竟是個馬屁精！

父子倆嘻嘻哈哈遠去，一則因秦老爺較之先前的竹竿樣委實變化巨大，想想吧，一竹竿變麻團，叫誰誰認得出來啊？至於小鳳儀，只看若干年後他上京趕考，連他親爹都認他不出來，就可見小鳳儀這相貌，根本沒有半點體現父系基因的地方。

所以，景川侯只當這父子倆是印象稍微深些的路人甲，也是人之常情。

秦老爺晚上把寶貝兒子哄睡，與妻子說起今日之險，秦太太也是嚇得胸口一跳，雙手合十一直念佛，與丈夫商議道：「要不，咱們還是搬杭州去吧，我聽說杭州也是好地方。」

秦老爺到底歷練豐富，而且這一路南下，剛在揚州安頓下來，若突然搬家，反是令人起疑。秦老爺道：「不急，咱們與景川侯也並不相熟，今日錯肩而過他也沒有認出我來。這幾天少讓阿鳳出門，再等等看吧。」

秦太太想想丈夫說的倒也有理。

而事後的發展，也如秦老爺所料，景川侯自揚州府失望而歸。

此次下揚州，景川侯自是奉了景安帝之命。

要說景安帝，如今宮裡已有三位皇子，又不是缺兒子的，之所以再派景川侯尋人，主要是景安帝出宮微服，由景川侯相隨，景安帝也不知想起什麼了，君臣二人便往靈雲寺去了一趟，景安帝還擲一籤，籤文有四句：大鵬一日同風起，扶搖直上九萬里。假令風歇時下來，猶能簸卻滄溟水。

這籤文景安帝只給景川侯看了一眼，景安帝道：「再找一找吧。」

景川侯便知道，這是景安帝問的柳王妃所出皇子。

景川侯這幾年也沒斷了調查秦氏夫婦的行蹤，這對夫婦去的地方委實不少，為人亦是狡猾，很多時候都令景川侯撲了空。景川侯親至揚州，也沒能找回小皇子。當然，景川侯也沒長前後眼，更不曉得那駝在胖子肩上，巧言令色長得很是不錯的小胖子，便是自己要尋找的流落在外的小皇子殿下。

因著小皇子出生就流落在外，景安帝對這個兒子不能說沒有感情，血緣天性，景安帝也不願意自己骨肉流落在外。不過，人海中尋找一人，無異於大海撈針了，景川侯無功而返，景安帝也未多加責怪。

景川侯解救被拐兒童小鳳儀時，小鳳儀已經五歲，這是景川侯第二次來揚州，覺得這巧言令色嘴巴甜的小子有些眼熟，不過，小鳳儀很快被圓潤潤的胖子爹接走，景川侯便未曾多想，第二次錯過小鳳儀。

這次將兒子自景川侯的眼皮底下接回家，秦淮覺得，再有一次，他非心臟病不可。秦淮決定提前送兒子上學，每天上學，兒子就不會總想出門逛了。小鳳儀是個聰明的孩子，秦淮小團都認得字，但再深的文化就沒有了。為了教導兒子，小團還自學了唐詩三百首，小鳳儀每天一首詩，背得比他娘都熟。

兒子這麼聰明，夫妻倆是絕不可能浪費兒子的天資，夫妻二人決定要花重金把兒子培養好。秦淮考察遍了揚州城的私塾，最終選了一位駱秀才的蒙學，小團不甚滿意，「就只秀才功名，能教得了咱們阿鳳嗎？」在小團看來，能教自家阿鳳的先生，最次也得是個舉人。

秦老爺擺擺手，「妳可別這麼說，我把蒙學看遍了，別個蒙學，我送的見面禮，先生們都笑納了，獨這位駱先生不同，禮沒收，還說要是阿鳳想去念書，得先考試，考過才能入學。要是考不過，人家先生還不收。」

「這可真夠譜兒大的。」小團問：「那都考什麼，你打聽沒？」

秦老爺道：「就是些三百千的東西，咱阿鳳都會的。」

小團自豪道：「咱阿鳳還會背好幾百首唐詩。」說到兒子，小團便信心滿滿。

秦老爺道：「明兒我帶著阿鳳去考試。」

小團道：「我也一道去，給咱阿鳳加油。」

因著明天考試，夫妻倆當天晚上還帶著兒子拜了回祖宗，求祖宗保佑兒子能考試順遂，順利升學。然後，第二天下午，一家三口便信心滿滿地去了。待到了駱先生的學堂，發現與他們一道等著考試的還有一戶姓方的人家。

方家是揚州大族，聽說他家族長還在朝中為高官，當然，留在揚州的多是方家旁支，但有一位在京為高官的族長，已足以令這些留在揚州的族人自傲。不過，秦淮與小團也自信得很，主要是，自家兒子一看就比方家孩子出眾。看自家兒子那圓圓的小臉，大大的桃花眼，高高的鼻樑，以及那渾身上下就帶著的活潑招人疼，相對比下，小團覺得，方家孩子自相貌到才學，哪裡都比不上自家兒子。

當然，這是秦家夫婦的感想。

方家大奶奶卻是被小鳳儀煩得夠嗆，方家大奶奶對於秦淮小團夫妻倒沒什麼意見，覺得雖是商賈之家，為人倒也謙遜懂禮。只是，這家孩子怎麼這樣啊？人家小方灝端正著身子正背論語，小鳳儀就湊過去，拿著個金鑲玉的九連環顯擺，問：「你會不會玩這個？」

小方灝瞅一眼，搖頭，沒玩過。小鳳儀便揚起一張小胖臉，「你過來，我教你。」

小方灝過去，小鳳儀教給小方灝玩九連環，小方灝開始玩，不熟練，小鳳儀就道：「笨，不是這樣，是這樣！」要不就是：「你腦袋長來做什麼的，擺設嗎？」不然便是：「笨死了笨死了，不給你玩了！」方太太聽得已大是不悅，比方太太先行爆發的是小方灝，小方灝叫小鳳儀說急了，叫一聲便撲了過去，給了小鳳儀一下子。小鳳儀早便是整條巷子同齡孩子裡的小霸王，與年齡相仿的小方灝幹仗，小鳳儀一點兒不怵，不待父母把這兩孩子分開，小鳳儀刷刷兩爪子，撓了小方灝個滿臉花。

於是，兩人尚未考試，便先幹了一架。

方太太見兒子臉被小鳳儀撓花了，頓時急眼，說小團：「妳家小子怎地這般沒規矩！」

小團不甘示弱，「妳家孩子也打我家阿鳳了！」摸摸自家兒子的小臉兒，「疼不疼？」

小鳳儀耀武揚威地對著小方灝晃拳頭，「他再敢打我，我還揍他！」

小團得意，深覺兒子威武，方太太則氣個半死。

倒是秦老爺與方老爺，彼此笑咪咪地說起話來。方老爺只是有個秀才功名，秦老爺在揚州經商，現在有家不大不小的生絲鋪子，說到彼此的孩子，秦老爺誇人家小方灝：「文靜。」方老爺誇小鳳儀：「活潑。」完全不見兩家女人都恨不得挽袖子親自下場幹一架了。

好在，年輕的駱秀才結束了一天的教學，過來考校新學生了。

駱秀才見小方灝臉半花，就知道小孩子打架了，問：「為何打架啊？」

方太太雖生氣，也沒有告小鳳儀的狀，小團更是道：「先生莫怪，孩子間短不了的。」

小鳳儀已是機靈地摟住小方灝的脖子，做出一副哥倆好的模樣，「先生，我們和好啦！」結果小鳳儀覺得和好了，小方灝可沒有這樣認為，小方灝剛吃了虧，叫小鳳儀撓了兩爪子，這會兒小鳳儀過來摟他肩，小方灝拽過小鳳儀的手，嗷的就是一口。小鳳儀叫小方灝咬得，臉都白了，小鳳儀一拳揍到小方灝的鼻子上，小方灝當天哭啞了嗓子。

小鳳儀氣得捂著被小方灝咬出血的手說他：「你還有臉哭？你看你把我咬得也流血啦！」小鳳儀跟他爹娘道：「不考啦，先回去裹傷，明兒再來考！」

小方灝當天一直哭到晚上吃飯，吃過飯繼續哭，哭到睡覺。

方太太也是生氣，與丈夫道：「再沒見過這般野孩子。」

方老爺道：「行啦，小孩子間還短了打架？咱阿灝把人家咬得手上也流血了，你看人秦家孩子，一滴淚都沒掉，阿灝這也太嬌氣了。」

方太太氣道：「他先前還撓了咱們兩爪子，你是沒看見，還是瞎了！」

方老爺倒是沒瞎，他根本沒覺得小孩子打架是什麼大事，方太太獨自生了半宿氣。

孩子間的事就是這樣神奇，第二天再去考試，二人雙雙入了駱先生的學堂，沒三兩天，小方灝就邀請小鳳儀去自家玩了。看著來自家玩耍的小鳳儀，方太太是怎麼看怎麼不順眼。小鳳儀也不喜歡方太太，秦家是開生絲行的，方家則是幹綢緞莊，小鳳儀時常批評小方灝的衣裳不好看，到方家時就批評方太太家的衣裳顏色醜。

小鳳儀指手畫腳，「阿灝才多大，就給他穿這種鹹菜綠，難看死了，再沒有春天穿這種顏色，都是老太太們在穿，這是不是妳家賣不了的下腳料給阿灝穿的啊？」

方太太氣壞了，「誰說是下腳料啊？都是鋪子裡的好料子！」

小鳳儀才不信，他吊著一雙大桃花眼道：「一準兒是妳庫裡積壓賣不出去的料子，我也看方大叔穿了，一個比一個難看。」

方太太氣個半死，「沒見過你這麼刁鑽的孩子！」

「妳沒見過，那是妳頭髮忒長的緣故。」小鳳儀翻個大白眼，「妳明兒個給阿灝換了這衣裳，他穿這衣裳，跟先生的書僮似的！」

方太太叫討厭孩子小鳳儀批評了一回審美，當天晚上還跟自家兒子說：「不要跟秦家小子玩，他那麼討厭，在學裡一準兒沒朋友。」

「學裡的同窗，阿鳳都認識。」小方灝道：「娘，明天我不要穿綠袍子了。」穿衣裳不好看總是被阿鳳笑。

「綠的怎麼啦，特文氣！」

方老爺輕咳一聲，「孩兒他娘，也給我換一身吧，這顏色是有些老氣。」

方太太氣煞。

小鳳儀自從入學始，倒不成天想著出去逛了，學堂對於他還是個稀罕地，他很好奇，因為學堂裡小夥伴多，他很願意去學堂，就是小鳳儀嬌慣長大，早上向來懶起床。不過，自從開始念書，就得每天早起，用小鳳儀的話說：「簡直生不如死啊！」

小鳳儀想賴床，又怕學裡的駱先生，因為小鳳儀一入學，很快就榮升了班裡挨駱先生揍最多的小學生。甭看小鳳儀慣會花言巧語，駱先生根本不吃他這一套，只要是小鳳儀遲到，如果還想花言巧語的欺騙先生，必要多打一記手板。小鳳儀的巧舌如簧在駱先生這裡根本無效，自從入學念書，時常因為遵守課堂紀律，完不成先生留的課業，上學遲到，以及欺負先生家的小閨女挨揍。小鳳儀回家都跟他爹娘告狀，還慫恿爹娘：「爹，您拿銀子去外頭雇人，悄悄揍姓駱的一頓，也不要打重，他今天又打我兩下子，您雇人打他四下，給我出氣！」

小團見自家兒子每天挨揍，也很是心疼，先安慰了寶貝兒子，私下讓丈夫去跟駱先生溝通一二。小團道：「明兒我先置份禮，你去跟姓駱的說一說，小孩子就是教，也沒有每天揍的道理。咱家可是就阿鳳一個兒子，不是給他打著玩的，一個先生把書教好才是他的本分。」

秦老爺道：「駱先生雖是嚴厲，也是好心。妳看咱阿鳳，現下早上每天早早起床念書，也不賴床了，那大字寫得也齊整。」

小團瞪眼，「那也不能總是打啊！」

「是是是，明天我就去。」秦老爺連忙應了，小團此方滿意，與丈夫商量起明天給駱先生置辦的禮物來。

第二天，夫妻倆一道去接兒子放學，小團帶著兒子先回家，秦老爺過去同駱先生說話，秦老爺奉上禮物，誠心誠意地向駱先生作揖，道：「阿鳳淘氣，令先生費心了。」

駱先生道：「今天阿鳳就放狠話，說你晚上就來替他報仇了。」

秦老爺：兒子，你這嘴也忒不嚴實啦！

「那孩子就是有點兒淘氣，待大些就懂事了。」秦老爺很是懇切地道：「蒙先生教導，我家阿鳳懂事多了。」

駱先生道：「原我想著，秦老爺若是過來問罪，正好也讓小鳳儀回家。這孩子，便是我這些年，也未過見過如此頑童。」

秦老爺連忙道：「那不能，孩子因年紀小，方有些不懂事。待得大些，便能好了。」又說起自家兒子，「鳳儀那孩子，就是貪玩了些，只要能定心定性，倒也不笨。」

駱先生之所以還沒辭退頑童，便是此間緣故，小鳳儀委實天資出眾，說不算笨是謙虛。駱先生一向教導嚴格，每天除了上課，還有課後作業，像小鳳儀，回家從來不做作業，都是早早去學裡補作業，該背的功課，檢查不到從來不急，待檢查到了，說過目不忘都不為過。

秦老爺託付了駱先生一回，一般時候，除非三節兩壽，駱先生不會接受家長的禮物，此次卻是例外。主要是，帶秦家這一個小鳳儀，費駱先生十份精力不止。

秦老爺與駱先生說了無數好話，千萬懇求駱先生幫著管束兒子，就這樣，小鳳儀還把駱先生折磨得打算提前參加秋闈試，待秋闈試後，駱先生便解散學堂班，準備去京裡春闈。

小鳳儀聽說以後都不必去駱先生那裡念書了，很是高興，想著他爹果然威武，這就把姓駱的學堂給關了。小鳳儀更是每天吃得好，睡得香。不過，聽說駱先生就要離開揚州城，小鳳儀又有些捨不得，他從箱子裡把自己珍藏的金元寶取了兩錠，尋個漂亮精緻的漆紅匣子裝了，叫著他爹一道過去看駱先生。

駱先生見到他，問：「你來做什麼呀？」

小鳳儀是很討厭駱先生的，他也不說是來送駱先生的，他裝作一副大人模樣，背著手，斜著頭，道：「我聽說師娘要走了，我過來看看師娘，再看看囡囡妹。」完全不提過來送駱先生的話。

駱先生叫小鳳儀噎了一下子。

秦老爺笑咪咪地道：「阿鳳聽說先生要去京城，很捨不得先生。」

小鳳儀哼唧兩聲，想著他爹也忒實誠，怎麼把實話說出來啦？

駱先生看小鳳儀一眼，「我以為鳳儀得放鞭炮慶賀，以後不必再與我念書了呢！」

小鳳儀認真道：「鞭炮得等過年才能放，虧先生還是舉人，這都不知道？還能考進士，我看你很危險啦！」然後，他就一副討人嫌的刁模樣，背著小胖手進了駱先生家，跑去找桂花師娘說話了。因著駱太太善做桂花糕，小鳳儀就喚師娘叫桂花師娘，小鳳儀道：「師娘，我聽說京城遠得很，您別去了，您到我家去住吧，讓先生一個人去唄。等他中了進士做了大官，您再過去。要是中不了進士，他肯定還得灰頭土臉地回來繼續教書。」

駱太太有時都不曉得小鳳儀嘴巴怎地這樣巧，駱太太摸摸他的頭，笑道：「待我們走了，阿鳳你可得好生念書，以後也像你先生一樣到京城考進士才好。」

小鳳儀大大的桃花眼斜斜瞟了自家先生一眼，一副驕傲得了不得的模樣，「我考就不考進士，我考就考狀元。」

駱先生道：「人不大，口氣不小。」

小囡囡牽著阿鳳哥的衣角，奶聲奶氣說：「阿鳳哥，我聽爹說，狀元可難考了。」

「怕什麼？就是考不中狀元，我也能考個探花。」小鳳儀自信滿滿，「探花全看臉，只要長得俊，一準兒能做探花！」

小囡囡瞅了阿鳳哥兩眼，「那阿鳳哥肯定就沒問題了。」阿鳳哥是長得很好看啊！

駱太太聽著兩個小兒女的話，頗有些忍俊不禁。駱先生原想教導秦鳳儀幾句，見他與自己媳婦聊的熱鬧，而且秦鳳儀雖則天資是駱先生都罕見的，但與秦鳳儀天資半點不遜於他的頑劣，駱先生這短短二十幾年的生命中，都未見過這般頑劣的頑童。

駱先生請了秦老爺過去書房說話，駱先生道：「鳳儀這性子，管得好以後定能光耀門楣，倘是不能管教，他這樣的天資就太可惜了。」

秦老爺亦稱是，秦老爺發愁的是，他雖心疼孩子，但不是不講理的人，駱先生這樣的嚴厲，都不能讓兒子踏實學習，何況其他先生了。今日秦老爺特意過來，就是想請教駱先生，看揚州城還有沒有合適的先生，好繼續讓兒子念書。駱先生道：「揚州城好先生不少，只是，阿鳳這性子您得多管一管，讓他肯用功學習才是。」

「我也沒少管。」秦老爺道：「我時常說他。」

駱先生道：「他那張嘴比你都巧，說有什麼用？」

「唉，我就是發愁這個，現下阿鳳還小，不過是孩子的驕縱，我真擔心他以後長大沒本事叫人欺負。」秦老爺憂心忡忡。

要駱先生說，這有什麼可愁的，秦鳳儀一看就是吃硬不吃軟的貨，不聽話，很好，揍也揍他個聽話！

只是，看秦老爺那一臉憂心兒子的模樣，也不是個能下狠手教導的。

不得不說，駱先生當真是看透了秦老爺的本質，秦老爺做生意是很凶猛啦，這不過五六年，他的生絲行便在揚州城數一數二，而且，如今家境豐盈，秦老爺都開始插手鹽課生意，但對待家人，秦老爺完全是另外一顆豆腐老心。不止小鳳儀身世的緣故，秦老爺捨不得打，就是自秦老爺本心講，他也並不盼著小鳳儀以後認祖歸宗做皇子王爺。秦老爺與妻子這些年沒有子嗣，秦老爺是真把小鳳儀當自己骨肉的。對兒子越發寶貝，更捨不得嚴厲管教。

待駱先生走後，秦老爺給寶貝兒子轉了學，結果如駱先生所言，簡直是沒一家私塾能管得了小鳳儀這樣的頑童。在沒有駱先生這樣的嚴師的教導下，小鳳儀愛上了關撲及臭美。

現在小鳳儀的愛好是每天出門關撲。

另外，就是聽方太太拍他馬屁。

小鳳儀因為貌美，如今是揚州城的風雲人物，但凡他穿過的衣裳，他用過的料子，無不暢銷揚州城內外。方太太家做綢緞莊的生意，每天哭著喊著送小鳳儀新衣穿。有貴重料子，白家人捨不得做衣衫，都要送給小鳳儀做衣裳的料子，直把小方灝氣得要命，私下對小鳳儀又是白眼又是不屑。小鳳儀才不理他，惹急了小鳳儀，兩人還要幹一架。這個時候，方太太都會讓兒子讓一讓小鳳儀。

小方灝氣哭，大哭著問他娘：「別人的娘都偏自己孩子，娘，您怎麼偏外人？」

方太太倒很實在，給兒子擦乾眼淚道：「娘這不是為了咱家的生意嗎？娘心裡最疼的，還是我家阿灝啊！」

小方灝更傷心了，跟他爹道：「我娘掉錢眼裡出不來啦！」

他爹笑咪咪地道：「要不，聖人怎麼說，唯女子與小人難養也。」

小方灝深覺聖人這話說的太對啦，他氣哼哼道地道：「我娘是女子，臭阿鳳是小人！」

方老爺哈哈大笑，深覺兒子活學活用，很是聰明。

之四：龍闕

秦鳳儀的紈絝生涯直到十六歲，十六歲時，秦鳳儀得到上蒼的點撥，遇見了李鏡，從此便在岳父的鞭策下一路奮發，自十里繁華的揚州城一路奮發到了京城。同時，秦鳳儀超絕的運勢發揮了重要作用，這小子運勢之強，便是他岳父景川侯每每都覺得不可思議，尤其是春闈時竟得了景安帝青眼，雖則官職不高，卻是正經陛下近臣。

當然，景川侯很快為秦鳳儀的超強運勢找到了解釋。

因為翁婿倆第一次同浴時，景川侯就發現了秦鳳儀後背的胭脂痣。當時景川侯的感覺，怎麼說呢，一時間，景川侯直接震驚到險些魂飛魄散，好半天才被秦鳳儀的歌聲引回心神。秦鳳儀一面擦擦，一面高歌，那調子就甭提了，說鬼哭狼嚎完全不誇張。秦鳳儀還要叫岳父給他擦背，景川侯幫他擦背，漫不經心地問：「你這背上還有塊胭脂痣啊？」

「是啊，我剛生下來是鳳凰胎啦！」秦鳳儀臭美又得意，湊過去半個漂亮得驚人的臉龐，問：「岳父，您榮幸不？」

「榮幸什麼？」景川侯隨口道。

「給我擦背唄。」秦鳳儀臭美兮兮，「我長這麼好，可不是什麼人都能給我擦背的！」

景川侯險些把擦澡巾摔秦鳳儀臉上，不過想到這小子可能是皇子，方強忍了。景川侯到底非凡人，哪怕直覺秦鳳儀有可能就是景安帝遺落在外的皇子，他也一副淡然臉，只是細細觀察秦鳳儀的相貌。要說哪裡與景安帝相似，景川侯摸著良心說，也就是鼻樑有些相仿，與同景安帝有八成相似的大皇子相比，秦鳳儀與景安帝的相似度勉強得可憐。

景川侯怎麼見了秦同儀的胭脂痣就懷疑秦鳳儀的身世，並不是有什麼確實的證據，要說景川侯一時的心疑，只能歸結於那一瞬間的強烈的直覺了。

其實這真不怪景川侯認不出來，就是皇帝陛下怕也……想到先時秦鳳儀曾與皇帝陛下共浴溫湯，景川侯心下的古怪感覺更甚。如果皇帝陛下對秦鳳儀的身世有所懷疑，卻未讓他去調查，那麼，只能說明，皇帝陛下疑了李家。

景川侯眼神一凜，單論相貌，實在是看不出秦鳳儀與皇帝陛下能有血緣關係來。就是秦鳳儀背後的胭脂痣，世間有胭脂痣的，相信也不只秦鳳儀一個，而且，秦鳳儀的年紀，比小皇子也要小一歲，生辰亦是對不上。這倒並不難理解，秦家撫育皇嗣，為小皇子的安危計，給小皇子改一改出身年月也是人之常情。想到這小子現下是自己的女婿，景川侯就頭疼，擱誰誰不懷疑李家啊，怎麼皇子流落在外就恰好娶了你李家閨女啊？這些年，一直是你在追查小皇子下落，這事兒叫誰都得懷疑李家，何況皇帝陛下。

只是，現下已是生米煮成熟飯，他閨女嫁都嫁了，悔之無用。何況，景川侯也沒什麼要悔的，他的確很得意這個女婿，並非因秦鳳儀可能有另一重身分，完全是喜歡秦鳳儀的品性，與翁婿間的投緣。秦鳳儀即使有些跳脫，但性子純良，做事用心。景川侯甚至在內心深處不由自主將女婿與大皇子比較了一下，得出的結論，景川侯沒與人說過，心下卻是覺得自家女婿更勝一籌的。

如今，這個女婿帶來的麻煩卻是不少。

首先第一件事，就是要確定秦家夫婦的身分。

人都在京城，便不難查了。

儘管秦家夫婦相貌較之二十年前有不小的變化，但還不至於讓家人認不出來。查明白秦家夫婦的身分，景川侯按兵不動，先到景安帝那裡回稟此事。景安帝完全一副波瀾不驚的模樣，道：「此事朕已知曉，你也只作未知便好。」

景川侯便明白景安帝已是查過了，他沒再多問一句，直接領旨。

景安帝笑笑，緩和君臣間的氣氛，「說來，咱們君臣還當真有些兒女緣分。」

景川侯連忙道：「若知阿鳳身世，臣絕不能以女妻之。」

景安帝擺擺手，「這話就生分了，當初大皇子大婚時，我看阿鏡就不錯，只是看你們似無此意，此方罷了。阿鳳性情單純，秦家夫婦這些年照顧他也算盡心，只是，他這性子，倘知曉他生母之事，一時間怕是不能平靜，容易為小人所趁。倒不若就現下這般，待他大些，再告知他身世不遲。」

景川侯亦稱是。

景川侯嘆道：「真真就在臣眼皮底下這些年，臣竟沒能認出來。」

景安帝倒很通情理，「他這相貌並不像朕，也不大像柳氏。說來，比我二人都要出眾。」景安帝相信景川侯先時是不知曉秦鳳儀身世的，因為秦鳳儀想娶李氏女，種種艱難困苦，半城人都聽說過的。景安帝一向消息靈通，自然也曉得。倘景川侯知曉秦鳳儀身世，絕不會如此。還有方閣老，多少年沒回老家，致仕後突然想回老家，然後就遇到秦鳳儀，還親自指點學識，不然，秦鳳儀也不能春闈考到京城來。

景安帝讓人細細查了，方閣老應該不會知曉景安帝有皇子流落民間之事，而且，依方閣老的性子，此舉委實風險太大。如果這一切的一切都不是人為刻意的風險投資，那麼只能說是天意的巧合了。

正好趕上群臣催立太子的時機，景安帝得知了秦鳳儀的身世，可想而知景安帝心緒之激蕩，絕不似他面上所表現的那般平靜。感情上論，自然是從小看著長大的大皇子感情更深，但大皇子母族過於強勢顯赫也是真的。景安帝與秦鳳儀則很有些一見如故的投緣，再者，秦鳳儀性子親膩，尤其是對景安帝的種種嚮往崇拜，景安帝待他卻是比群臣擁立的大皇子更加隨意親近幾分。

要只是這些，景安帝不見得對秦鳳儀另眼相待。

景安帝重視秦鳳儀的原因只有一個：那就是，秦鳳儀展現出的天分絕不在讀書上。景安帝給他的差使，不論難易，秦鳳儀都能辦得又快又好，當然，秦鳳儀不大喜歡給人打下手，他喜歡自己做頭兒，愛自己拿主意，這從他與大皇子兩次共同當差都不愉快就能看出來。

皇帝心中的天秤逐漸傾斜並不算什麼稀罕事。

景安帝這樣的明白人，大皇子與秦鳳儀之間孰優，景安帝心下一清二楚。

景安帝現下發愁的並不是沒有出眾子嗣，而是該如何令秦鳳儀得知身世後還能不怨恨於他。秦鳳儀那樣愛恨分明的性子，景安帝每每想到都要頭疼。

景川侯的意見是，這事拖到秦鳳儀三十歲以後再說。景川侯的意見很有道理，人的性情最激烈的時候便是年輕的時候，而且，秦鳳儀的性情不是尋常的激烈。只是，事情的發展總是不能盡如人意。在大皇子生下有著青龍胎記的皇嫡長孫時，轉年秦鳳儀也生了一個。

秦鳳儀的身世再瞞不住，如果秦鳳儀年長幾歲，他當時應不會那般激烈決絕。當然，秦鳳儀的性情一向難以正常人來推測。秦鳳儀倘是以政客的手段，用生母當年的委屈來進行交換，這也便不是秦鳳儀了。

當李鏡提出一家人去南夷時，景安帝權衡後很快答應。他能給秦鳳儀一些庇護，但再多的也沒有了，從今以後，天高海闊，皆隨秦鳳儀而去吧。

給他一塊蠻荒之地。

對於別個人，無異於流放之地。

但對於秦鳳儀，這樣的艱難之地反而在更大的程度上激發了秦鳳儀過人的天資，他那無以倫比的天資以無比耀眼的方式將蠻荒之地的南夷建設成了朝廷首屈一指的西南重鎮。

當秦鳳儀慢慢開始接觸到權勢的核心，生母的不平帶給他極為迅速的成長，他年輕、俊美、強勢，手握西南半壁，他麾下有著國朝最年輕最優秀的新一代的軍政臣子。當西南這顆明珠的光芒無法再遮掩的時候，連景安帝似乎都感受到了一絲光陰逝去的倉促。似乎，也只得一瞬，他便由當年那個於皇位汲汲營營的庶出皇子，便到了如今年過半百的帝王。

五十歲這個年紀對於健康的帝王，並不算一個老邁的年紀。

然而，相對於蓬勃俊美的秦鳳儀，景安帝怎能不感慨上蒼的偏愛。上蒼將一切的美好都賜予了他的兒子，包括比他更出眾的帝王資質。他於帝位，需要付出良心的代價，如今他的兒子卻不必如此。不是因為如今的政治局勢比他當年更容易，而是他的兒子比他當年更為出眾。他的兒子眼下就按皇子次序坐在皇子席中，這個孩子的光芒，不再來自於他的出身、他的血統、他的光芒，是因為，他是他自己。

他坐在那裡，世人便已黯淡。

那一刻，景安帝忽就釋然了。

不論我們是疏離，還是親密，不論我是卑鄙，還是高尚，以後的以後，在無數歲月裡，在史學家的如刀史筆下，當人們提起這個孩子時，必然會提到他。他已為這個江山，找到了最好的繼承人。

景安帝五十大壽的那一日，宮宴後，景安帝留了秦鳳儀在書房說話。

雖然近年父子倆的感情不是沒有和緩，但這種和緩也只是相較於秦鳳儀當年與景安帝決裂時的和緩了。秦鳳儀對景安帝恪守君臣本分，再多的便沒有了。秦鳳儀以為景安帝是有什麼政務交代，沒想到景安帝到了書房先是除了頭上的十二旒天子冠，換下那一身繡金綴玉的龍袍，洗漱後著一身家常錦袍，方與秦鳳儀說話。秦鳳儀素無耐性，已是等得有些不耐煩。

景安帝取出一把樸實無華的寶刀遞給秦鳳儀。秦鳳儀是認得這柄寶刀的，這是景安帝的佩刀，說來，做為帝王的佩刀，有些簡樸了。秦鳳儀喜歡的是綴滿寶石閃閃發光的那種寶刀，不過，以前不知道彼此關係時，秦鳳儀拍過景安帝的馬屁，極是讚美過這把寶刀。如今見景安帝遞過來，秦鳳儀接過，錚一聲出鞘，看得出已有些年頭，但仍可見刀刃鋒銳。

秦鳳儀現下頗有見識了，不禁讚了句：「好刀。」

景安帝道：「此刀乃太祖佩刀，刀名龍闕。」

秦鳳儀道：「好端端的刀，怎麼叫個宮殿名？」

景安帝一笑，看他仍不知此間緣故，也不多言，便打發秦鳳儀去了。

秦鳳儀回府後，李鏡問了：「陛下留你在宮裡說什麼呢？」

秦鳳儀道：「沒什麼，就給我看了把舊刀，說叫什麼龍闕。」

李鏡心下一跳，懷疑耳朵聽錯了，問：「那刀叫什麼？」

「龍闕。」

秦鳳儀不曉得龍闕的來歷，李鏡對皇家典故卻是一清二楚，李鏡與秦鳳儀道：「太祖皇帝當年迎娶貞元皇后，曾以鳳樓劍為聘。從此，但凡繼位之君，必持寶刀龍闕。而鳳樓劍，則為歷代中宮所掌。」

秦鳳儀此時方曉得，原來那把舊刀有如此來歷。

秦鳳儀道：「刀是好刀，就是名字怪怪的。」

李鏡笑道：「當年太祖皇帝敗於前朝鎮國公之手，失晉中之地，逃到陝地時，因為條件簡陋，太祖皇帝也只得住在窯洞中，文忠公沈潛深覺傷感，太祖皇帝便手持此刀，曾言，朕在之所，便為龍闕，便為此刀命名龍闕。」

秦鳳儀聽了一回典故，問媳婦：「那妳說，陛下是什麼意思？」給他看歷代帝王佩刀，這個舉動，也就比景安帝請秦鳳儀去瞧瞧他的玉璽稍稍委婉那麼一些罷了。

李鏡一時也不大明白景安帝的用意，這種給你欣賞我玉璽的事兒，較之尋常人的無數解讀，李鏡道：「未登上大位前，什麼都是虛的。」給你看玉璽，又不是把玉璽給你。何況，就是把玉璽給你，你還不是皇帝呢，誰敢接啊？

秦鳳儀對於景安帝也一向不大信任，直待幾年後，秦鳳儀率軍進京，大皇子身死，秦鳳儀在御書房見到放到書案上的一個紅木匣子，打開來，一柄微舊的寶刀靜靜擱在匣中，秦鳳儀突然覺得，或者，至少那一日，景安帝是真心的。

之五：親戚

說來，秦鳳儀這性子，那真是半點不肯委屈身邊人，近到小廝如攬月辰星，再如李釗方悅，以及章顏范正等一干南夷重臣，在秦鳳儀登基後，加官賜爵不消說，如傅趙二位長史，還叫秦鳳儀打包教導東宮，這又是何等的榮耀。

再如秦老爺秦太太，二者更是升格為舉朝皆知的忠義之人，秦鳳儀登基後，第一件事是把他媳婦冊了皇后，大陽冊了東宮，第三件事便是給他爹他娘賜爵賜誥命。說話，秦老爺當年也曾買過個五品同知的官職，不算無官無職的人。不過，現下賜爵自然與先時買的個五品銜不同。秦鳳儀想了三天，給他爹想了個爵位名兒，公爵，忠義公。

要說秦鳳儀準備賜爵的人家當真不少，像秦鳳儀的岳家李家，李釗於秦鳳儀一則是郎舅之親，二則是這些年於南夷，李釗也有大功。要知道，或者有許多人先先後後到南夷做些政治投資，但李釗當年因著要來南夷，世子爵位叫朝廷扣了多少年。還有方悅，當年也是大好政治前途，然後，到了南夷，雖則隨著秦鳳儀權掌西南諸地，李釗方悅等人也是跟著步步高升，可當初到南夷時，南夷還一窮二白呢。

如今秦鳳儀做了皇帝，自然不肯虧待大夥兒。

不過，如秦鳳儀要給方閣老賜爵之事，朝臣就不大同意，方閣老雖給秦鳳儀做過先生，但帝師是帝師，往年也沒有帝師賜爵的道理。倒是秦鳳儀給秦老爺秦太太賜爵賜誥命的事，卻是無一人反對。

無他，秦家夫婦這些年是如何戰戰兢兢將秦鳳儀養大，便是以忠義二字嘉之都不為過。哪怕當年秦老爺被人譏笑鹽商出身之事，現下京城人提及秦老爺，哪個不是極盡讚美之詞？

當真是極為忠義的夫妻二人。

秦老爺卻是覺得，實在有些過譽了。

秦鳳儀跟他爹道：「別跟我推辭啊，不然以後爹娘你們進宮，要被人小瞧的。」

秦老爺私下同兒子道：「爵位倒是沒啥，反正我們是跟著阿鳳你過日子。就是這爵位，傳一代便可。」

「這是為何？」秦鳳儀有些不解。他爹娘雖則只有他一個，他現在是皇帝啦，以後也不涉及爵位啥的。秦老爺意有所指是指秦家人，說來，秦氏夫妻當年隨柳王妃離宮，這些年秦沈兩家都受到朝廷的監視。當然，他們也沒受什麼大委屈，景安帝還恩賞了他們各自差使，就是等著秦氏夫妻有朝一日與家人聯繫，自投羅網啥的。結果，秦氏夫婦硬是能忍得住，當光棍夫妻，這些年從未同京裡親戚聯繫過。及至後來，縱是秦家夫妻大搖大擺跟著兒子來京赴考，那當真是老虎眼皮子下過日子。秦氏夫妻還是能逃過是景川侯的眼睛，雖則後來景安帝景川侯君臣都知曉了秦鳳儀的身世，但這對君臣按兵不動，秦氏夫婦也能只作平常過日子。待秦鳳儀的身世曝光，秦沈兩家的親戚方找上門來認親。秦老爺與兩家人都說了，秦鳳儀這身世，吉凶不好說，他們夫妻是要跟著秦鳳儀一輩子的，至於親戚，讓他們斟酌著些。

於是，秦老爺叔叔一家立刻與秦老爺只作淡淡來往。沈家倒是仍有往來，待秦氏夫妻與秦鳳儀下南夷時，沈家還打發了個兒子跟著去了南夷。這位沈氏子也經了不少歷練，如今被秦鳳儀留在南夷為知府。

今秦鳳儀登基，論功行賞，秦老爺得賜公爵，秦太太便是公爵夫人。雖則忠義公是民爵，但秦鳳儀當秦老爺是親爹，把內務司交給秦老爺掌管，可想而知對於秦老爺的信重。便是大陽大美幾個孫輩，也一直將秦老爺秦太太視為祖父母的。端看秦太太哪天有空不進宮，便是皇帝陛下哪天閒了，還與許遛達過去看看爹娘。

忠義公府的顯赫，可想而知。

要知道，以往不知秦鳳儀身世時，大家都以為秦鳳儀是秦氏夫妻的兒子，如今秦鳳儀的身世無人不知，秦鳳儀再如何將秦氏夫妻視為爹娘，說到底，夫妻二人是沒有子嗣的。

秦鳳儀之所以給老爹賜個公爵，一則是老爹出門走動有身分上的便宜，二則倒不是想老爹過繼兒子，他覺得他爹有他，難道不是有兒子？秦鳳儀是覺得，他爹娘養他這些年，京裡親戚也許多年沒來往，待以後他爹看哪個親戚家順眼，給個爵位，算是給親戚們的補償了。

如今他爹說這爵位只傳一代，秦鳳儀倒不很明白了。秦老爺道：「阿鳳你自是好心，只是這爵位也是人掙的。他們有出息，以後自然能掙得爵位，倘是沒那個本事，給他們爵位又有何益處，倒不若老老實實過日子，也是福氣。」

秦鳳儀想想，倒也是這個理。

秦鳳儀道：「我就是覺得，這兩家在京這些年也不容易。」

秦老爺笑，「有什麼不容易的？以往都是賣身為奴，後來皆做了良民，也各有事情做。生活雖尋常，也順遂。」

既然他爹這般說，秦鳳儀便也應了。秦沈兩家於他不過陌生人，對沈家，秦鳳儀還有些情分，主要是沈家有一子，挺早就跟著去了南夷，雖則人有些笨啦，不過也不是不能調教。有秦鳳儀給機會，他爹簡直是手把手帶著，現下也做到了知府位。至於秦家嘛，他爹的親爹死得早，他爹自小被叔叔家養大，本就差著一層，而且，秦家也沒提前政治投資啥的，現下自然也沒什麼收益。

故而，秦鳳儀對秦家的印象還真是一般。

秦鳳儀應下爵位之事，私下還問了他娘一回。秦太太不似丈夫，有啥事不跟兒子直說，秦鳳儀這一問，秦太太立刻就說了，秦太太道：「你爹跟他叔叔家關係一般啦，你祖父母去得早。我嫁給你爹的時候，你爹除了當差後攢的銀子置的個小院兒，幾十兩私房辦了我們的親事，就什麼都沒了。你祖父母留下的家私，一個子兒沒見。當時，我只是懶得與他們計較罷了。後來我跟你爹陪著娘娘離開京城，我跟你爹攢的家業，我娘家急著找我們，哪裡有心思過問這個。待過了幾年，就更不好問了，還不是便宜了他們。要是我們一直不回來便罷，我們回來這些年，都沒見他們提過一句半句。倒是前幾天過去跟我說這個，田地鋪子還有我當時的嫁妝早不曉得哪裡去了，反正是各種理由折換了東西，如今要折了銀子給我。這要是當初真心裡有你爹，就是再有難處，哪裡能不留下一兩樣念想。你從小到大的東西，尿布我都存著呢。」秦太太說著很是得意了一回，又道：「當年阿鳳你小時候的衣裳，因你生得好，人也聰明，有許多親近的朋友也來討，我頂多給他們個一件半件的，好的都沒給人。哪裡像他家這樣，當初知道我們在京城時，他家也來過。不過，那會兒咱們不是急著往南夷去嗎？生怕以後受了我們連累，再不往來了。這不是你給你爹賜了爵位，他家便立刻上趕著與咱家來往起來了，還總是叫他家的孫子過來，說些不著邊際的話，叫跟著你爹學做事。那是學做事嗎？都看好官職差使了。不要說內務司這樣的要緊地方，便是別個衙門也沒有這樣亂來的，我就沒見過這麼臉皮厚的。算啦，你看在我跟你爹的面子上，能不照顧沈秦兩家嗎？要是他們再想爵位什麼的，心也實在是大了。」

秦鳳儀道：「我爹這樣的人品，怎麼他叔那樣兒啊？」

秦太太道：「這有什麼稀奇，一樣米養百樣人。不要說秦家，就是沈家也是，有成器的提攜一二還罷了，倘是尋常的，便讓他們過尋常日子吧。」

秦鳳儀根本也沒拿這兩家太當回事，在秦鳳儀看來，他才是他爹娘的親人。略抬舉這兩家，無非是讓他爹娘熱鬧些罷了，「哎，看他們自身吧。」

秦鳳儀還問：「娘，現下府裡熱鬧不？」

秦太太笑，「熱鬧得很，我出門，多少人拍我馬屁，奉承我。」

秦鳳儀美滋滋的，「要是遇著以前得罪過您的，可別輕易饒了她們。」

秦太太笑道：「那哪能啊，我都要擺出大派頭的。」

秦鳳儀道：「做皇帝的好處也就這麼點兒了。」

「那可不能這麼說，要是做臣子，得聽人吩咐，你這做皇帝，就是吩咐人的了。」秦太太還是很高興兒子做皇帝的，「再說，這皇位本來就該是阿鳳你的。」

秦鳳儀笑問他娘：「娘，我娘是個什麼樣的人？」

秦太太早就想跟兒子說了，秦鳳儀這一問，秦太太道：「娘娘長得好，人更好。阿鳳你這相貌，就像娘娘多一些，不過，你比娘娘生得更好。娘娘極聰明，我小時候跟娘娘一道念書，我還沒把字認全，娘娘便都記住了。我小時候能識字，都是娘娘教的，還有記帳的本事，也是娘娘教的。我常說，世上再沒有娘娘這樣好的人了。」

柳太后在秦太太心裡，自然是天下第一好，而且，秦太太是伴著柳太后長大的，對於柳太后的事知道得再清楚不過，這跟秦鳳儀一叨叨，就叨叨了一個下午，晚上秦鳳儀又把他爹召到宮來，一家子一塊用過晚飯，秦鳳儀乾脆留爹娘在宮裡歇了，反正，除了內宮，宮裡能住人的宮室多的是。

待秦太太再回公府，秦家人再來囉嗦什麼差使啊過繼之類的事，秦太太只有一句：「你們的意思，我都跟阿鳳說了。」

秦嬸嬸一喜，湊近了問：「侄媳婦，陛下如何說的？」

秦太太笑，「陛下說，不論爵位，還是差使，都叫妳死心吧！」

秦嬸嬸好玄一口氣沒上來，直接噎死過去。

之六：舅舅

秦太太一招便解決了婆家親戚，秦嬸嬸被秦太太噎得回了家，跟家裡老頭子一說，非但沒得到老頭子的體諒，反是挨了兩記老拳，被老頭子打倒在地。秦二叔倒不是氣她沒把事兒辦好，而是，過繼啊差使啊啥的，現在啥都不比秦淮夫婦重要。這對侄子侄媳婦的，可是皇帝陛下的養父母，皇帝陛下把他們當親爹娘一般看待，只要侄子侄媳婦與他們親近，什麼樣的好處沒有呢？

結果，這蠢老娘們兒，竟把事情搞砸了。

秦二叔簡直氣個半死，第二日弄了一車禮物，過去跟侄子說好話。秦老爺卻是不在家，倒不是成心避著自家二叔，只是秦老爺如今掌內務司，這可不是閒差，秦老爺每天早上要上朝，然後去衙門當差，待晚上方能回家。何況，秦二叔又沒說要過來，自然撲了空。

要說秦太太原是在家的，結果，一早上被柳舅媽請了去。

話說，秦鳳儀給爹娘賜爵後，自然也不能忘了柳三舅。柳家為柳太后娘家，秦鳳儀正經舅家，就憑外戚之家便可賜爵，何況，柳三舅於兵器鍛造之事頗是精通，幫了秦鳳儀大忙。

待將柳三舅從南夷召回，秦鳳儀並沒有讓舅舅在工部任職，而是在鄭老尚書卸任兵部尚書之位後，讓柳三舅轉任了兵部尚書銜。鄭老尚書因其年邁，在北征之戰大勝之後便想辭了相位，致仕回鄉的。秦鳳儀一時間還真是捨不得鄭相，很是懇切地挽留了鄭相一回。鄭相卻是堅辭了兵部尚書之職，他眼下既為內閣首輔，還要忙著兵部的差使，也著實有些忙不過來。秦鳳儀很沒客氣，把兵部尚書之位給了柳三舅。

柳三舅的爵位，並不是外戚常用的承恩公一爵，而是另賜的柳國公一爵。

說到柳家這爵位，也夠京城人看回笑話的。

秦鳳儀不只一個舅舅，他有三個舅舅，大舅當年隨柳侍郎陪先帝去陝甘，結果，與先帝一眾人死在了陝甘。二舅就是前恭侯，後降爵為恭伯。三舅是舉家陪著秦鳳儀到南夷去的，如今這柳國公一爵，也是賜給了三舅。

柳三舅很覺得受之有愧，他本就不是諳於政治之人，他覺得他就是給外甥私地裡主持了鍛造兵械一事，也兼職改良了軍刀。柳國公認為，這不是應當的嗎？他做舅舅的，本就該幫著外甥。若是因這點小事便賜爵，還有些個，那啥，他的功勳還夠不上公爵。而且，柳三舅想著，他大哥家還有侄子在呢。說到他大哥一家，柳三舅當年舉家隨秦鳳儀南下，他大哥家年長的侄子也跟著去了好幾個。柳三舅就覺得，他這支畢竟不是長房，琢磨著，是不是這柳國公一爵該賜給長房侄子柳宏。

柳三舅雖則於政治上不大成熟，可為人也不是沒有心眼，他私下同秦鳳儀談及此事，柳三舅道：「我當初幫你，還不是應當應分的？這爵位原是因你母親而賜。這外戚之爵從來都是要賜給長房的，大郎他們幾個對我這個做三叔的一向敬重，我又怎能占了他的爵位呢？這爵位還是給大郎吧。」大郎，說的便是長兄的嫡長子柳宏。

秦鳳儀當初給柳三舅賜爵時，李鏡就說過這事，李鏡道：「外戚之爵素來是給長房的，沒聽說過長房尚在，因陛下的偏愛便要給三房的。如此一來，豈不是要挑撥長房以及三房不和？」

今見柳三舅特意過來說這話，秦鳳儀笑，「這事我早曉得，賜爵旨意上也說了，是賞舅舅在南夷諸功以及軍械上的改制之功。至於長房的承恩公爵，待賞功之後，方是外戚賜爵。」

柳三舅此方放心了，又謙遜了一回，秦鳳儀笑，「舅舅覺得幫我是應當應分，我做了皇帝依功賜爵，又有什麼不對呢？」

「哪裡是不對，我是擔心你太過優容柳家，反是叫人多嘴，說你偏頗外家了。」

秦鳳儀道：「倘我在位時尚不優容柳家，以後人當如何待柳家？」

柳三舅想了想，便不再推辭，覺得這個外甥當真是像極了姊姊，都是極為聰慧之人。

柳三舅不忘與自己的大侄柳宏說了承恩公一爵之事，柳宏還有些奇怪呢，想著三舅如何消息這般靈通了。柳宏道：「三叔如何得知？」

柳三舅道：「今兒陛下給我賜爵，你也曉得了，原我想著既是外戚之爵，我又不是長房，不該得此爵。我進宮與陛下說起此事，陛下說的。」

柳宏實不知當說什麼好了，心下很是感激這個小叔，因叔侄感情好，何況，外戚之爵，柳宏這受正統儒家教育的，也並不如何放在心上。他道：「便是外戚爵位，三叔是我長輩，也當是三叔的。」

柳三舅正色道：「宏哥兒斷不可這般說，你是咱家長房嫡子，你祖父、父親去得早，咱們柳家寒門出身，底蘊略不及那些世宦豪門，但一族之長的擔子，還是要你擔起來。縱咱家一時富貴，可一個家族傳承，豈是一時一世之事？宏哥兒，我不大會說那些個文謅謅的話，可我覺得，咱們柳家的路還長著，你這個族長可得給咱們把好舵。」

柳三舅委實把柳宏大侄子說得心下熱呼呼，要不說，秦鳳儀讓柳三舅做兵部尚書，當真看的並不只是二人的甥舅之親。柳三舅或者不是那等滿腹詩書的才子，也不是八面玲瓏的政客，可柳三舅有容人雅量，有胸懷寬闊，這一點，比滿腹詩書、比八面玲瓏更加重要。

柳家叔侄都得了公爵，一時傳為京城美談。

要說別個人得爵，興許還有人嫉妒，但柳家這兩位公爵位，卻鮮少有人說三道四，實在是柳王妃當年的委屈與不公，略消息靈通的都曉得。如今，秦鳳儀做了皇帝，要補償母族一二，只要不是太過分，大家便睜隻眼閉隻眼了。

在別個人看來，柳家叔侄皆得公爵，已是皇帝陛下恩深，但對一人而言，什麼皇帝陛下恩深啊，皇帝陛下的恩寵根本不夠深好不好？

這人也不是別人，正是皇帝陛下他二舅前恭侯，今恭伯。

原本秦鳳儀坐了江山，恭伯還有些擔心，畢竟他與秦鳳儀關係不大融洽，先時恭伯長子還曾請過地痞無賴想弄死秦鳳儀。當然，那些先前舊事發生時，恭伯還不曉得秦鳳儀原是柳王妃之子，自己的親外甥。及至後來，秦鳳儀身世大白天下，恭伯還曾想與這個皇子外甥親近一二，結果正趕上秦鳳儀心情不佳，恭伯上趕著現眼，叫秦鳳儀發作一回，嚇得不輕。其間，恭伯還曾投靠過大皇子……

當然，在恭伯看來，那也都是些不得已的舊事了。

如今，皇帝心胸寬廣，加恩柳氏長房三房，皇帝這樣仁慈，當不會忘了柳家二房。

如此，恭伯就在家裡等著升爵了，依恭伯推斷，長房三房都得了公爵，他肯定也是公爵啦。只是，他尋思著，能不能改一改他這封號，恭侯恭伯的倒沒啥，要是恭公，聽著倒像公公一般，不大順耳。

當真是有其主必有其僕，恭伯這般發夢，他家管事也不是什麼正常人，竟然先打聽好了工匠，畢竟現下他家伯爺是伯爵的封號，府邸便是伯爵的規制。待以後升了公爵，府裡當然得是公爵的規制了。於是，管事先備好工匠，準備屆時他家伯爺升爵，便要給府裡改規制。不過，他這點眼力落在恭伯眼裡委實有些不夠看，恭伯瞥管事一眼，眼皮都沒抬一下，只是嘴裡吐出兩個字：「多餘。」

的確是多餘啊，因為恭伯早打聽了，他家大侄子與他家三弟得了爵位後，兩家也都得了御賜的府邸，寬敞又氣派。按恭伯的推斷，皇帝陛下這樣的大方，肯定也會再賜他爵位的時候，一併賜他公爵府的。

總之，在恭伯看來，皇帝陛下肯定得一碗水端平才是。

結果，恭伯一直盼到望眼欲穿，直待皇帝陛下賞完功臣賞近親，賞完近親賞近臣，到連宮裡的宮人內侍都因皇帝北征大勝多發了一個月的月銀，恭伯都沒等來他的公爵爵位。

直待等涼了心，恭伯才確定，皇帝陛下是真的沒有給他賜爵的意思。

恭伯何等樣的失望，那樣的失望之情，就彷彿一顆熱炭團的心掉進冰窟。在冰窟裡冷靜片刻，恭伯立刻有了主意。恭伯的為人，如何能甘心看到長房三房皆得公爵，獨他二房差人一頭啊？明明都是皇帝陛下的親舅舅，長房柳宏還不是皇帝陛下他舅，明明只是皇帝的表兄，較之他這做舅舅的差了並非一層。如今連柳宏都得了公爵位，他這皇帝陛下的親二舅還原地踏步呢！這叫誰能忍？便是叔能忍，嬸也不能忍。嬸能忍，恭伯這位皇帝的親二舅也不能忍。

那啥，是不是皇帝陛下忘了他這位親二舅啊？

好在恭伯沒蠢到直接進宮跟皇帝要爵位，這位皇帝一向會恐嚇人，恭伯還真有些怕這位皇帝的。恭伯想了想，抬腳去找了他三弟。到他三弟跟前便是一通哭，拉著三弟的手就嚎開了，說的還都是「當年事」，恭伯泣道：「當年太上皇要賜咱家爵以示慈悲，大郎不接，三弟你不接，我若是再不接，置君恩於何地？豈不是要惹太上皇不悅？我難道是愛那爵位之人？我還不是為整個家？爵位在，柳家便在！我都是為了咱們柳家，才做了這個惡人啊！」

反正用恭伯的話說，他當初接恭侯一爵，完全是為家族做的犧牲，他非但無過，反是有功。好吧，他也不是表這個功，但族中人不能這樣誤解他，皇帝陛下不能這樣誤解他。他可是皇帝的親二舅，他嫡嫡親的姊姊可是皇帝陛下的親娘啊！

這話倘叫不知底裡的人聽了，怕真能信了恭伯這一套。柳舅媽卻是半字不信，無他，她一家在京這些年，也沒見恭侯府照應他們半點。柳三舅在朝不得志，倒是與長房的幾個侄子來往的更多些。

如今不過柳三舅得了爵位，做了尚書，恭伯便貼了上來說這樣的話，柳三舅又不傻，只是給恭伯纏得難以脫身，又不想應恭伯的事，柳舅媽見恭伯歪纏不清，直接對丈夫道：「陛下賜了爵位，老爺如今也是尚書大人，一部的事要老爺打理，國之大事再不能耽擱。這些個家事，便交給我吧。」

柳三舅很是信賴妻子在這方面的本領，很放心地把在自家嚎哭的二哥交給了妻子招待，柳三舅便去衙門當差了。

柳舅媽倒沒怎麼著恭伯，這畢竟是二伯，柳舅媽還把恭伯給安撫住了。柳舅媽答應幫著去宮裡問問，恭伯的爵位到底是怎麼回事。柳舅媽沒有直接去跟李皇后提及二伯爵位之事，柳舅媽為人精明，秦鳳儀賜官賜爵已是仁義之至。

柳舅媽想了想，把秦太太請了來，當然，現下秦太太也是夫人一級的人物了。柳舅媽秦太太前些年在南夷頗有交情，柳舅媽曉得秦太太也有個扯後腿的婆家二叔，柳舅媽說起柳二舅的事，柳舅媽道：「自己族裡的事自己曉得，陛下念及娘娘的恩情，對柳家頗是顧念，我們卻是要知恩感恩，一則管束好子侄，寧可他們老實著，也不能給家裡惹事，不然，娘娘臉上不好看，也帶累了陛下。二則，這也是為家族長遠考慮。」

秦太太頗有同感，連連點頭，「可不就是這個理。」

柳舅媽便把自己那一件為難的事隱諱地同秦太太說了，想問問秦太太的意思。柳舅媽道：「我有心快刀斷亂麻，又擔心以後人們說起來，怕是要不好聽了。」

秦太太道：「既是亂麻，斬了又如何？那些碎嘴小人，何足掛齒？何況，倒可借這亂麻立一立規矩。」

柳舅媽略一思量，何嘗不是這個理。

如今恭伯非要在皇帝陛下那裡得些好處方罷手，柳舅媽卻不肯遂他的願，皇帝陛下即便恩深，但該賞的都賞了，皇帝已酬柳家，柳家斷不能貪得無厭。柳舅媽還真不是為了自己，她如今已是公爵誥命，又是皇帝的親舅媽，她這後半世的富貴已是可以預見，柳舅媽如今是要為子孫後代積福。

她根本不會讓柳二舅鬧到御前，她要直接斷了恭伯的野心。

柳舅媽不似秦太太這般，直接跟秦鳳儀去說恭伯之事。柳舅媽是私下找的李皇后李鏡，隱諱道：「著實不像個樣子了。」

李鏡哪裡不曉得恭伯為人，她早就看恭伯不順眼，先前這人的長子還買凶殺過秦鳳儀。彼時礙於權勢不足，只是把恭伯長子流放。如今秦鳳儀做了皇帝，李鏡也是皇后了。李鏡可不是那等寬宏大量不翻舊帳的性子，李鏡道：「自陛下登基就忙北征的事，一時顧不得其他。眼下剛把功臣賞了，先前沒顧得上這些。要說這朝中，也著實該整飭了。」

秦鳳儀就李鏡這一位皇后，後宮裡半個妃嬪皆無，可想而知李鏡這枕頭風的威力。何況秦鳳儀原也看恭伯不大順眼，秦鳳儀就奇怪了，與妻子道：「妳說說，三舅的人品便不說了，一向正直，最見不得不平之事。就是柳宏，這些年細看也是個穩當人。同是一樣的柳姓人，如何有恭伯這樣的東西？」

李鏡道：「這有什麼稀奇，長在同一株稻穗的稻米都有優劣不同，何況兄弟？」

秦鳳儀又道：「說來恭侯的爵位也奇，既是大舅舅有兒子，便是恭侯一爵不能落在三舅頭上，如何落到了二房？」

李鏡出身侯府，於京城這些公門侯府事知之甚深，道：「我聽人說承恩公舉止行事都肖似先前死在陝甘的大舅舅，先前太上皇登基欲賜柳家爵位時，這恭侯一爵原是要賜給柳家大房的，可這個爵位算怎麼回事？是賞功還是賞能、賞恩？要說賞功賞能，柳家也沒什麼可擔侯爵之位的功績，若是賞恩，母后並未被追封為后？話不說清楚，只是賜個侯爵，柳家讀書人家也不是人人都羨慕侯爵之位。柳宏當年年紀並不大，仍舊上書堅辭了爵位。他堅辭不要，二房願意接，太上皇便將爵位賞了柳家二房，便是如今的恭伯了。」

秦鳳儀真是對恭伯一家無語了，原本因著秦鳳儀賜柳家兩公爵位，內閣已有些微意見，覺得秦鳳儀恩賞過重，知道恭伯一家的「事蹟」後，秦鳳儀直接就奪了恭伯的爵位，理由便是「無功之爵，不可輕授」。

恭伯，不，前恭伯，現柳二舅極想借皇帝陛下更進一步，結果公爵未到手，反是失了伯爵。然後，失伯爵位的柳二舅還未回過神，緊跟著，秦鳳儀褫奪了他身上的差使。於是，柳二舅由朝廷命官再降一步，直接降為了尋常百姓。

柳二舅終於不去弟弟家嚎喪了，因為柳二舅受不住打擊，兩眼往上一翻，厥了過去。

之七：方閣老

方閣老很早就致仕養老，當然，這個「很早」是相對於方閣老以後的生命長度而言。原本內閣相輔致仕，年齡最高上限便是七十五歲，在七十五歲那年，方閣老照照鏡子，髮鬚皆白，的確也到了致仕年紀，方閣老便致仕了。

景安帝三次挽留，看方閣老致仕的決心很大，便允了方閣老致仕的摺子。

從此方閣老辭別了自己工作了四十幾年的朝廷，開始了致仕生涯。

別人的致仕生涯多是養鳥養花，聽戲玩樂，但方閣老是別人嗎？這位是國朝首輔致仕，自然不能與那等凡人同。方閣老致仕後覺得身子骨兒還成，他沒養花也沒養鳥，更沒有聽戲玩樂，虛度人生，空耗歲月，方閣老把自己致仕後的精力悉數放到了長孫方悅身上。

方悅，自方悅的名字便可見方閣老在長孫出生時的歡喜。

實在是，方閣老是個有志向的。當年年輕時，方閣老便許下心願，一日不能在科舉上有所成就，一日不娶妻。結果，方閣老秀才、舉人考得都順利，唯春闈，一蹉跎便是十二年。這十二年，方閣老由一個春風得意的年輕舉人，成為了穩重中帶了一絲陰鬱的中年人，不過春闈讓這絲陰鬱一掃而空。畢竟，三十二歲並不是一個很大的年紀，尤其對於春闈而言。何況，方閣老在春闈中還不是尋常的斬獲，他是當年的狀元郎。

方閣老身為狀元郎，相貌清俊，出身亦佳，被七八家爭搶後，結了一門相宜的親事，之後成親生子時，方閣老已經三十五歲。及至方大老爺成親生子，方閣老已經五十三歲，方閣老見到長孫，心下大喜，為長孫取名一個悅字。

方悅較之父祖，資質更加出眾，方閣老對這個長孫一向冀望頗深。如今致仕回家，方閣老準備親自教導孫子科舉。要知道，方閣老當年狀元出身，到兒子這裡，方大老爺勉強得了個二甲，在二甲中排行靠後，當年都沒能考進翰林院做庶起士。方閣老自己在仕途上算是頗有成就，兒子這裡，四個兒子，只有兩個進士，在官場上的前途，如今看來，怕是難有方閣老的成就。方閣老便將一腔心願都放到了長孫方悅這裡。為了讓孫子安心念書，也是為了孫子的仕途安排，方閣老想了想，決定帶孫子回鄉念書，準備秋闈。

此時回鄉，倒不全為了孫子秋闈，主要是京城發生一件大事，宮裡決定給大皇子議親，選皇子妃。大皇子是中宮嫡出，母族為京城第一豪門平郡王府，可想而知，這位皇子選正妃會在京城掀起何等樣的風波，連景川侯府的大姑娘李鏡都為了避嫌自宮裡搬出。方家因是清流中的望族，也有人提及方氏女。方閣老清流出身，倒不是說不願意家裡出一皇后，只是，大皇子的正妃位豈是易得的？千萬不要正妃未中，反中了側室，那就不是榮耀了。依方閣老的傲氣，如何願意孫女為側室，乾脆不希圖這樁富貴了。何況，大皇子雖則母族顯赫，但大皇子的資質方閣老也略知，肚子裡說句公允的話，遠不及當今。方閣老嘴上不說，心裡對這位嫡出皇子，是不大滿意的。

當然，以後誰繼承皇位，與方閣老無干。他乃忠耿之臣，絕不會摻和皇儲之事。

只是，一想到大皇子這般資質，難免有些遺憾是真的。

方閣老乾脆帶著長孫回老家，不摻和這些，也省得叫人做了靶子。

想來便是方閣老也未料到，此番回鄉，卻是開啟了另一段國朝最為風雲激蕩的歲月。

方閣老第一次見到秦鳳儀是在自己回鄉未久，因有些貪食，當然，方閣老是絕不能承認他是吃多了獅子頭給吃撐了的，然後，揚州城的士紳們聞風而動，紛紛過來探病。秦鳳儀就是這樣第一次與李家兄妹出現在方閣老面前，饒是方閣老這樣江南大族出身，在京多年，見慣出眾人物的，在第一次見到秦鳳儀時，都忍不住眼前一亮。秦鳳儀的美貌，竟然能令方閣老驚豔，可見此人相貌出眾，便是方閣老也是平生僅見。

方閣老原以為是李家兄妹的朋友，結果一問，竟然是揚州鹽商之子。

方閣老難免覺得可惜，惜這樣美玉一般的少年，竟然只是商賈出身。

其後，方閣老發現，便是商賈出身，這樣的美貌也絕對是世間利器。因為秦鳳儀絕不是尋常本領，他……他竟就靠一張臉入了李家大姑娘的眼，而且，李大姑娘還非他不嫁了。

要是說秦鳳儀是紈綺子弟，倒也不算誇大，這人因美貌，在揚州便有鳳凰公子的美名。只是，再怎樣的美貌，像秦鳳儀這種空有美貌的紈綺子弟，也絕配不上景川侯的嫡長女。李鏡非但是侯府嫡出，她自幼便入宮做了皇長女的伴讀，與皇長女一道在裴太后膝下長大。李鏡性情才幹，便是方閣老最為得意的長孫方悅，都不見得能匹配。據聞，平郡王嫡長孫，有京城雙玉之稱的平嵐，願以正室之位相聘。

便是方閣老的眼光，都有些想不通，李鏡這是相中秦鳳儀哪裡了。讓方閣老分析，很可能就是秦鳳儀這張臉讓李鏡中意。

其後，秦鳳儀手段之厲害，很令方閣老另眼相待。無他，秦鳳儀不僅取得李鏡的芳心，連李釗都願意這樣的妹夫。如果不是李家兄妹集體眼瘸，那便是秦鳳儀確有其出眾之處。

方閣老難免起了好奇之心，乍一接觸下，發現秦鳳儀雖是揚州城有名的紈絝，還真沒什麼惡行，而且頗有些天真無邪，說話行事率真有趣。越是接觸下來，越覺得秦鳳儀並非無可取之處。只是，秦鳳儀那一肚子的草包也真夠嗆。

待得秦鳳儀求了方閣老平珍在婚書上簽名做媒，去京城提親，那一齣大戲，在數年後都為京城百姓津津樂道，及至方閣老知曉秦鳳儀的提親經歷，已是秦鳳儀自京城回揚州城之後了，秦鳳儀為了娶李鏡，也可謂改頭換面，重新奮發向上。秦鳳儀在某些方面，直接得令人發笑，譬如秦鳳儀想拜方閣老做師父之事，方閣老想到便不由失笑。方閣老的身分地位，想拜他為師的讀書人不知凡幾，人家沒啥把握都不好開口，秦鳳儀不同，秦鳳儀胸無點墨，就能直接開口要拜師。然後，方閣老拒絕了。

秦鳳儀當真不是凡人，人家根本不怕被拒絕，人家被拒絕後申請到方家來念書。方閣老雖則沒有收秦鳳儀為徒，但秦鳳儀自有其優點所在，方悅也在念書準備秋闈。秦鳳儀肚子裡的墨水不大多，到京提親，即便沒有談下親事，卻也與景川侯談了個條件。縱使那個條件在方閣老看來無異於登天，可秦鳳儀信心滿滿啊。

待秦鳳儀到了方家念書，方閣老才曉得，人家秦鳳儀為什麼信心這麼足，人家完全是過目不忘啊！說過目不忘有些誇大，但鮮有文章秦鳳儀念上三遍還背不下來的。

方閣老都無語了，這樣出眾的資質，也不曉得秦家父母是怎麼把孩子耽擱到這時候的。有這樣資質的孩子，還曉得奮發了，方閣老簡直是愛不釋手，當下便想把秦鳳儀收至門牆。只是，略一思量之後，方閣老仍是按捺下激動之心，還是要看一看秦鳳儀念書的決心，用秀才試來試一試秦鳳儀科舉上的靈性。畢竟，也有那種學識淵博，就是科舉無能的。

事實證明，人家秦鳳儀放話要考狀元的狂話並不是沒有根據的，秦鳳儀是當年秋回的揚州，第二年春參加秀才試，便一路順遂，中了秀才，雖則名次不高，但這才讀小半年的書便能中秀才，這是何等的天分？須知，江南文風之盛，參加秀才試的人上千，秦鳳儀能在揚州城上千的參考人數中得中百名內的秀才，可見其天分不凡。

方閣老都有些愛不釋手了，當機立斷便讓秦鳳儀拜了師，方閣老相信，倘他不下手，一旦有人知道秦鳳儀過目不忘之才，多的是人願意收下這個門徒。他都手把手教導這許久了，焉能便宜了外人？這話當真不是方閣老誇大，便是教導自己的親孫子方悅，方閣老也沒費過這樣的心啊！

方閣老收了秦鳳儀這個關門弟子，接下來秦鳳儀在科舉上的斬獲證明了方閣老的眼光。秦鳳儀更是科舉親事兩不誤，這小子還記著每年去一趟京城，待到京城也不住別處，就住在景川侯府，鬧得半個京城都曉得景川侯大姑娘有未婚夫了。就憑秦鳳儀這厚臉皮，再加上秦鳳儀在科舉上的進益，這門親事，由原本人們覺得秦鳳儀癡心妄想，到如今倒都認為秦鳳儀有此「苦心人，天不負」的意思了。

待秦鳳儀與方悅一道至京城參加春闈，秦鳳儀在春闈上絕佳的運勢，更是令方閣老堅定了自己的看法，這小子將來必然前程無量，方閣老太相信運勢在官場上至關重要的作用。

春闈後，久闈官場的方閣老一躍成為京城傳奇。此次春闈大比，狀元探花得主，一為方閣老親孫，一為方閣老高徒。方悅與秦鳳儀，一為狀元一為探花，且同出自方閣老教導，一時傳為美談。

秦鳳儀非但如願娶了李鏡，更是在官場中如魚得水，同科進士中，無一人能有秦鳳儀在御前的得寵。先時方閣老還擔心秦鳳儀貪玩，成為佞幸一類，結果秦高徒沒幾天就在御前弄了個實差，雖則只是個跑腿的小差使，秦鳳儀卻很是肯任事，半點不怕得罪人，把差使還做得不錯。方閣老對這個高徒滿意得很，依方閣老對於景安帝的了解，相信皇帝陛下對於秦鳳儀也是很欣賞的。

秦鳳儀在御前越發得意，原本依方閣老的預計，秦鳳儀的性情，當能在官場有所作為，以後必為國之棟樑。

結果，事情的發展遠遠超出方閣老的想像。

便是方閣老，也未料到秦鳳儀是柳王妃之子。

若是知曉秦鳳儀是柳王妃之子，方閣老說什麼也不能接近秦鳳儀，這多犯忌諱啊！

方閣老倘不是這輩子經歷的風雨多了，真能叫秦鳳儀的身世愁死。真是兩頭不落好，非但景安帝疑他，秦鳳儀知曉當年方閣老曾舉薦平氏為后的事情後，就沒再往他這裡來過。方閣老鬱悶得，自己險鬱出病來，還是孫子方悅時常過去秦鳳儀那裡，帶秦鳳儀的消息回家，方閣老曉得秦鳳儀如今連岳父景川侯都不理會後，便覺得秦鳳儀對他這不理不睬的，也不算離了格，反正秦鳳儀就是這副愛恨分明的性子。

秦鳳儀一生的事業便自南夷而起，這位天資卓著的皇子親王，在西南邊陲成為整個國朝最為耀眼的政治明星。方閣老毅然把長孫派到了秦鳳儀麾下，直至秦鳳儀率兵回到京城，登基為帝，方閣老帝師之名算是坐實了。便是方閣老也未料到自己能教導出一代帝王，老爺子心中的種種驕傲自豪便甭提了。再者，方閣老沒想到，秦鳳儀還給他賜了個爵位。爵位什麼的就不用啦，方閣老看得清楚，他也這把年紀了，原以為致仕便已從人生頂峰退了下來，沒想到致仕後又教導出了一代帝王。

方閣老認為看到秦鳳儀登基，他這輩子也就到頂點了，然後方閣老發現，自己又想錯，因為秦鳳儀完全沒有讓他退休的意思，秦鳳儀又把老爺子聘為政務特別顧問，但凡有國家大事，也要把老爺子找來諮詢。於是，老爺子越活越硬朗，那身子骨真是棒棒的。

之八：秦鳳儀的執政生涯

秦鳳儀無疑是大景朝歷代皇帝中十分有作為的帝王，因為此位帝王平生所留下的傳奇事件太多，以致於後世史學家時常將其與大景朝的開國太祖皇帝並立。當然，這只是後世不認識秦鳳儀的史學家的看法，對於秦鳳儀當政時，後日也成為各種傳說或為主角或為配角的各大臣，現下他們對於秦鳳儀的感覺，委實一言難盡啊。

倒不是秦鳳儀執政有什麼問題，事實證明，秦鳳儀在政務上很是英明睿智，他有在西南執政十年的經驗，而且，秦鳳儀不是被在皇宮裡圈養出身的皇帝，他自幼生活在民間，對於民間的事一清二楚，又曾帶兵征戰，於軍務也很有見地，所以，你想糊弄他，那是甭想。正因秦鳳儀不好糊弄，朝中大臣們當差，也是兢兢業業，極是用心。

好在朝中這一干大臣多是景安帝留下的底子，大部分都是忠耿老臣。秦鳳儀最終折服這些老臣的是，秦鳳儀心胸開闊，並沒有搞什麼「一朝天子一朝臣」的那一套。他與景安舊臣也相處得很是不錯，自己麾下的一干人也都有妥當安置，他自己麾下的到底年輕，怎麼著也要在朝歷練兩年，才能接掌更重要的位置。

所以，在秦鳳儀的英明領導下，整個大景朝的朝廷都呈現了一派鬱鬱蔥蔥、欣欣向榮的青春奮發氣象。

秦鳳儀大開海貿，然後改制鹽課，選用賢能，自己也生活儉樸，沒什麼壞習性，在大臣們看來，這絕對是一代雄主的氣象，除了不大勤政這一點。說到勤政之事，簡直能把大臣們氣死，就是秦鳳儀的大舅兄李釗、他的師侄，以後也可能做親家的方悅也覺得，秦鳳儀在政務上委實有點懶。秦鳳儀嫌早朝的時間早，往後推遲了大半個時辰，按在南夷時的時辰改了，由五更初改到了五更末。秦鳳儀說了，起太早他一天沒精神，他體諒臣子，也讓大臣們多在家裡睡上半個時辰，睡眠充足，才能更好的為朝廷效力。

秦鳳儀覺得自己是一片好心，只是大臣們不願意啊！尤其內閣盧尚書十分可惡，竟然指出了秦鳳儀想要偷懶的心思，接著盧尚書熬了一宿，熬得兩眼通紅，洋洋灑灑寫了一封三千字的《論勤政早朝書》上呈給秦鳳儀，想讓秦鳳儀勤政。秦鳳儀收到盧尚書這封上書後，看了一遍便束之高閣了。盧尚書見沒了下言，找時間問秦鳳儀：「陛下可見了臣的上書？」

「見了。」秦鳳儀道：「我看盧老頭兒你這黑眼圈都出來了，定是一宿沒睡吧？要是覺得睏，就去補睡一覺。放心，我不扣你俸祿。」

盧尚書臭著臉道：「若陛下能採納臣之諫言，臣便是一宿不睡也值得了。」

秦鳳儀回他一句：「規矩豈能輕廢立？改都改了。行啦，就莫囉嗦了。這麼點小事，也值得你費心。來來來，咱們商量一下今秋秋舉之事，我可是聽說秋闈有很多貓膩。」一句話引出另個話題，盧尚書果然被秋闈的貓膩吸引了去，與秦鳳儀商議起秋闈監場的事來。及至盧尚書被打發出了御書房，都要走到朱雀門了才想到，今天他陛見是想跟陛下談一下勤政之事的，沒想到竟被陛下岔開了話題，這位皇帝陛下也忒狡猾啦！

盧尚書有心回去，可這也走了這許多路，他這老胳膊老腿的，何況哪怕再跟陛下去說，這位皇帝陛下誠心耍賴，也叫人頭疼。盧尚書甭看一向與秦鳳儀有些小矛盾，他很了解秦鳳儀，知道秦鳳儀要面子。盧尚書想了想，既然上書不管用，乾脆明日早朝直接說這事。

於是，第二日，盧尚書把他寫的《諫勤政早朝書》在朝上大聲宣讀了一遍，讀得秦鳳儀極是頭疼。盧尚書大聲讀完後道：「臣以為，先時太祖皇帝所定的五更天早朝正是祖宗法度，不可輕改。陛下一向英明，當不會違祖宗法度吧？」

秦鳳儀道：「這事兒啊，我跟祖宗溝通過了，祖宗說，改得好。」

盧尚書簡直被秦鳳儀的無恥驚呆了，失聲問：「這如何溝通？」你祖宗都死了啊！

秦鳳儀神祕兮兮，「這是我跟祖宗之間的祕密，哪裡能告訴你？」

盧尚書簡直要被他氣死。

反正憑你如何上書，秦鳳儀依然要將五更初的早朝改到五更末。秦鳳儀要辦什麼事時，那必然是要辦成的，盧尚書哪裡能拗過他。秦鳳儀對於盧尚書這樣的老刻板也很煩惱，讓鄭相勸一勸盧尚書。鄭相對於改早朝時間的事也不是太同意，不過，鄭相為人靈活，他道：「陛下正值年輕，自是不比我們這些上了年紀的。我們早上覺少，陛下卻還在長身體的時候，早上想多睡些，也是人之常情。」

秦鳳儀不禁一樂，「你少打趣我，我都三十多了，還長身體？」

鄭相道：「臣是想著年輕人覺多，陛下每天勞累，早上多眠，早朝略晚些也是使得。」

「可不就是這個理。」秦鳳儀覺得，還是鄭相善解人意好說話，「打我剛做了探花時，初一十五大朝會早朝，真是生不如死，我都是一面打著哈欠一面去早朝的。五更初實在是太早了，五更末就好許多，你們也輕省了不是？」

鄭相肅容道：「我等身為朝廷之臣，享高官厚俸，逢盛世明君，便當為朝廷鞠躬盡瘁。」

「我知道你們當差一向盡心。」

鄭相面露感激，「陛下這樣體貼臣等，臣等更當以效犬馬，只是……」話題一轉，「早朝晚了一個時辰，每天的政務卻只多不少，何況正值陛下開海港，改鹽課，政務無數。早朝減一個時辰，只怕耽擱政務。咱們這裡耽擱一個時辰，到了下頭就是一天，一個月。」

秦鳳儀鬱悶，「不至於此吧？」

「陛下想想，咱們這裡政務積攢，晚了一日，派發下去還得用車馬時間，便是到各州晚上一日，到各縣鄉就更不知晚到什麼時候了。若是什麼惠民良策遲了，說不得便有百姓要多受苦楚。陛下自幼在民間長大，最是知道百姓之苦的。」鄭相誠懇勸道。

秦鳳儀笑咪咪的，「我這裡也沒晚一個時辰，就大半個時辰罷了。這樣，咱們睡足了，做事效率也提高了。人腦筋清楚時，跟人昏昏欲睡時，這做事的效率也不同，不是嗎？」

鄭相嘆，「陛下要這樣說，老臣還有何可言呢？」

「哎喲，你可別這樣，朕只是要早上多睡半個時辰，至於嗎？弄得朕跟昏君似的。」

「老臣萬不敢有此意，最重無過聖體，一切自然要以陛下為先。」

「好啦好啦，就這半個時辰，成了吧？」秦鳳儀都說到這個地步了，要擱別人已是無法，但鄭相不愧是做首輔的，依舊能耐著性子與秦鳳儀商議，「冬日天寒，陛下體諒臣等，早朝略遲些也是好的。夏天一早便是天光大亮，陛下明鑒，哪家是五更末才做事的呢？便是民間也沒有這樣的，五更末就是店鋪都開門做生意了，咱們做臣子的，當為天下人表率。依老臣說，不若春夏依如舊時，如何？」

秦鳳儀心說，我們南夷四時溫暖，就按這時辰辦的，也沒什麼不妥。不過，看鄭相磨咕半日也就是為了能有半年早朝如舊時時辰。秦鳳儀還真不是個較勁兒的人，他想了想，「京城氣候與南夷倒也不盡相同，你們商量著，按節氣來定時辰吧。」

鄭相躬身領旨。

盧尚書看到這樣的結果，也表示接受，同時仍是忍不住私下諫了秦鳳儀一回，認為秦鳳儀正當年輕力壯，就該早起晚睡忙政務，不然就太不應該了。

秦鳳儀與大陽道：「盧老頭兒是個當差狂人，就以為人人都與他一樣。」

大陽道：「我看盧尚書也是好心，爹您聽聽就過算了。」

其實，江山還是老景家的江山，盧尚書著實是好意。

「不算了能如何，還能跟他吵架啊？」秦鳳儀道：「像你爹這樣心胸寬廣的很少見。」

秦鳳儀這還真不算自誇。

秦鳳儀在位期間，湧現出了不少忠耿之臣。這些個臣子，說話也是直接了些，偶有秦鳳儀惱怒時，那是真能下場跟臣子吵一架的。秦鳳儀並不是個好脾氣，把他說急了眼，他說出的話也不大好聽。譬如盧尚書就因說秦鳳儀愛出宮遊玩，連續三個早朝念叨這事，終於把秦鳳儀念叨得翻了臉，秦鳳儀直接道：「成天就知道說這些沒用的，我又沒耽擱政務，還不叫人出門了？滾滾滾！」

盧尚書險些氣暈，當下除下官帽，往地下一擲，怒道：「如此昏饋之君，臣不伺候了！」然後他老人家昂首挺胸大踏步離開了太寧宮。秦鳳儀氣得指著盧尚書喊道：「有多遠滾多遠，別叫我再見你，不然見一次揍一次！」

底下一干臣子都被秦鳳儀這等彪悍的市井作派震驚得瞠目結舌，整個大景朝，便是太祖皇帝出身尋常些，但太祖皇帝禮賢下士是有名的，秦鳳儀雖則在民間長大，也是參加春闈取得過探花名次的斯文人啊！

大臣們倒也會看臉色，眼見秦鳳儀臭著臉退朝，也沒人再敢多話了。

秦鳳儀退朝後氣得早飯吃了三碗，對媳婦道：「我這才明白唐時太宗皇帝是如何忍得魏徵的！妳不曉得盧老頭兒多不識趣，我出個門他都要叨叨個沒完，還不是叨叨一回，這都三天了，泥人還有三分土性，拿我當軟柿子還是怎地？」

不待李鏡過問到底何事，秦鳳儀已經劈里啪啦把事情說了。李鏡一笑，接過宮人捧上的桂圓茶遞給丈夫，道：「臣子可不就這樣，他們關心你，才會如此的。」

秦鳳儀重重哼了一聲，李鏡道：「要是盧尚書不識趣，冷他幾日也就罷了。」

秦鳳儀道：「我幹嘛在朝裡留著這麼個堵心的傢伙啊，早朝時我就叫他滾了！」

李鏡待問過兒子，才曉得丈夫在早朝時放的狠話。大陽還有些擔憂，「盧尚書也是好意，只是，他若就此不回朝堂，對我爹的名聲有礙。」

李鏡道：「這你不用管，你爹正在氣頭上，過幾天他自己就想通了。只要不是事關國朝，這樣的諫臣，不能驅逐。」

孩子很注意觀察父母處事的方法，大陽就想著，看他爹娘如何解決這事。然後，大陽發現，果然如他娘所說，過了個三五天，他爹就與他說：「唉，氣時是真氣，這氣過去了，好像盧老頭兒也沒這麼可恨了，是吧？」

大陽道：「大臣可不就是要上本奏事的，盧尚書是有些不大恭敬，爹您說的話也過分，還說見盧尚書一次就揍一次，這也忒嚇人了。」

「我就隨口那麼一說。」秦鳳儀說大陽：「你也不說勸勸爹，叫我一下子把狠話放出去，當時也沒多想。」

大陽心說，我哪裡勸得住你，我一句話都沒來得及說，你就把狠話放出去了。大陽一向機靈，道：「您要是覺得盧尚書還有可用之處，不如給他個臺階，叫他回來吧。」

秦鳳儀雖則有些後悔當日早朝風度不夠，但他也不願意去向盧老頭兒道歉，這還不助長了盧老頭兒的威風啊，以後怕要越發聒噪了。秦鳳儀見兒子也是長身玉立的少年啦，近來書也念得不錯，秦鳳儀道：「那我就考考你，這個臺階要如何給？」

大陽想了想，還真給他爹想出個法子，秦鳳儀聽了，也覺能行，便交給兒子去辦了。大陽先去求他娘，讓他娘召見盧夫人，與盧夫人說說話。這男人們鬧僵了，就得女人們幫著緩和一二。盧夫人到李鏡這裡坐了坐，秦鳳儀與盧尚書吵架，女人們關係完全沒受影響，還是說說笑笑的，李鏡根本沒提朝上的事，就是說些吃喝玩樂，盧夫人也沒提自家老頭子不大恭敬的事，奉承著李鏡說笑半日。

待盧夫人回家，很是說了自家老頭子一回，盧夫人道：「我早問過大郎了，陛下又不是那等不肯虛懷納諫的君王，自陛下登基以來，我都曉得輕徭役、減賦稅、改鹽課等事，百姓們沒有不說陛下好的，你也時常與我說陛下英明。你說說你，說一回就罷了，你連著三天不給陛下面子，不要說這是一國之君，便是尋常人，遇到你這樣的倔老頭子，也得惱火。」

盧尚書哼哼兩聲，「我還不是為了君王安危著想！」

盧夫人道：「倘不是知道你是好意，皇后娘娘如何會宣我進宮說這半日的話，還賜了我好些時興鍛子。我不管你了，我得做幾身時興衣裙去。」

盧尚書將嘴一撇，「這把年紀，還裁什麼衣裙？」

這話可是叫盧夫人不愛聽，接著又數落了半日盧尚書，從老頭子性情不好，到年輕時只念書不管家，待到做官時，一門心思都在政務上，父母兒女都是盧夫人操心云云。總之，盧夫人一張嘴，能把盧尚書念得連連求饒。

盧夫人先在家把盧尚書說得沒了脾氣，盧尚書冷靜這幾日，再加上同僚兒女相勸，大陽又親自過來，請了盧尚書一回，盧尚書也便順著臺階服了個軟，進宮給秦鳳儀賠了個不是。秦鳳儀彆彆扭扭地道：「那啥，那天我是一時氣極，說了些氣話，你也不要怪朕才是。」

於是，君臣重歸於好，盧尚書繼續回朝當差。

反正，秦鳳儀就是這樣的人啦。他有一代聖君的心胸，可一旦惹毛他，他說的那些話，完全是市井作派，也時常令朝臣哭笑不得。不過，這依舊不能改變秦鳳儀執政中的光芒，真正將大景朝的中興推到頂峰，成就一個偉大的年代，這其間種種重大的政治改革，幾乎都是自秦鳳儀這裡開始並完成的。

之九：大陽

小時候，大陽覺得自己是世界上最幸福的孩子。他爹他娘都很寵愛他，大陽不說無憂無慮，也是一派順遂地長大。及至長大，大陽才明白，這世間當真是沒有一帆風順的人生。

大陽十三四歲就被他爹交給他祖父帶出海去，在海上除了偶爾比較想念父母和大妞姊，因為有小夥伴們在一起，還有祖父外祖父的指點，另有傅趙二位師父教授學識，大陽過得也很有趣。待到十六歲回京，正趕上他爹對北蠻用兵。秦鳳儀以自己年邁為由，直接把大陽派到了北疆。去北疆便沒啥，只是年邁什麼的，彼時他爹不過三十六歲芳齡，就稱「年邁」，當真聽得大陽唇角直抽抽。

等北征大勝，大陽還朝，他爹親自把大陽接回東宮，極是欣慰地表示，兒子可用，以後就跟著爹聽政，處理政務吧。

大陽發現，他爹跟歷史中傳說中那些皇帝們完全不同，大陽讀過史書，知道許多皇帝都是至死不肯放權的，可他爹不一樣，大陽以為他爹讓他聽政，就是當朝跟著站班，然後，他爹處理政務時，他幫著打個下手。結果，完全不是大陽想像中那樣。他爹直接就給他講每道奏章中的貓膩，什麼樣的政務是皇帝必然要親為的，什麼樣的內閣處置便好，還有朝中百官各人的性情，他爹都會一一講給他知曉。接著，有什麼難做的差使，必然是大陽的。有什麼難辦的事，秦鳳儀也都交給大陽去為難，他自己完全不管。

秦鳳儀操心的是大陽的親事，在秦鳳儀看來，人這一輩子沒有比找一個情投意合的妻子更重要的。大陽一直很中意大妞，這些年看下來，大妞對大陽也不是沒有情意。秦鳳儀與李鏡商量了一回，李鏡笑，「我問一問駱師妹，你問一問阿悅的意思。」

秦鳳儀點頭應下。

這麼些年，孩子們打小便認識，彼此間的情意，兩家長輩又不瞎。秦鳳儀李鏡也中意大妞，秦鳳儀看大妞長大，李鏡一向心細，大妞與大美自小就在一處念書。後來秦鳳儀做了皇帝，住進宮裡，大美念書也要選幾個伴讀，大妞便與大美住在宮裡，李鏡在教導宮務時便時常帶著大妞一道。早在大妞及笄禮時，大陽在海外還命人捎帶回了一支紅寶鳳鳥長簪送給大妞，李鏡就問過方家的意思。方家覺得一則大陽在海外，二則孩子們年歲都不大，還是再看看，倘屆時彼此有意，方家自然也是願意的。

如今大陽十八歲了，大妞較大陽還大上兩個月。

秦鳳儀急著抱孫子，他當年是沒辦法才憋到二十歲，他兒子又沒遇到難纏的老岳父，完全不必受他當年的苦。只是，大陽回京後一直忙，秦鳳儀覺得自己便要幫著兒子張羅啦。

秦鳳儀在兒子的事情上很是盡心，他親自找了方悅，自大陽與大妞光屁股時認識說起，從兩個孩子小時候回憶到兩個孩子是多麼的情投意合，直說了大半個時辰，說的嘴巴都說乾了，喝了半盞茶潤喉，問方悅：「那啥，阿悅，你覺得兩個孩子的親事如何？反正我覺得只要是真心為孩子們好的，都不能拒絕，是不是？」

方悅哭笑不得，「按你說的，我要是不答應，豈不是就是不為孩子好了？」

「本來就是這樣啊！」秦鳳儀一副理所當然的樣子。

方悅笑，「我與陛下少時相識，太子是我看著長大，只要兩個孩子願意，我自情願。」

秦鳳儀道：「孩子們再沒有不願的。」

幸而大陽與大妞青梅竹馬的情意，不然秦鳳儀這嘴臉，當真與搶親有得一拚。

大陽聽說他爹娘在給他張羅跟大妞姊的親事，喜得不得了，自己差使忙得要命，還要每天打發人過去大妞姊那裡送東西，只要有空，他自己也會微服過去，討大妞姊的歡心。至於大妞姊嘛，自然歡喜。

兩個孩子的親事進行得很順利，就是一直對外戚身分有些敏感的方閣老也樂見其成。再要知道，孫女這一去便是太子妃的位分，而且兩個孩子是青梅竹馬長大，情分不同尋常。再者，秦鳳儀雖則性子不同尋常，女色上卻十分自持，後宮也只有李鏡一位皇后。大陽是秦鳳儀言傳身教出來的，方家也打聽了，出海這些年，大陽身邊清靜得很。這樣的好女婿再不樂意，能樂意什麼人呢？

待大陽成親，秦鳳儀就開始等著抱孫子了。

秦鳳儀還對小夫妻許下心願，想在四十大壽前抱上孫子，鬧得大妞很有些害羞，大陽倒是很努力，因為他也很想抱兒子。李鏡還說了秦鳳儀一回，嗔他口無遮攔。秦鳳儀才不管這個，他去找岳父吃酒啦，岳父大人是被他邀請回來參加大陽大婚禮的，當然，同時回來的還有景安帝，景安帝回京就住壽安宮。

大陽很給他爹爭氣，他爹在三十九歲那年就見到了長孫的面兒。慶祝過長孫的出生，第二年便是秦鳳儀四十歲整壽。尋常萬壽，一向只得三天慶賀，這一次，秦鳳儀破天荒舉辦了五日。因著秦鳳儀當朝以來，朝廷越發富裕，又逢皇帝陛下整壽，皇帝陛下想多慶賀幾日，大家也沒意見。畢竟，秦鳳儀這皇帝當得，值得大家為他大賀四十整壽。

這也是鄭老尚書致仕前的心願，參加皇帝陛下的四十萬壽再正式致仕。連一向在家為朝廷顧問，眼瞅著要活成人瑞的方閣老，也拄著秦鳳儀賜給他的沉香木拐杖過來賀壽。一直在海外征戰的景安帝、景川侯，也都受秦鳳儀邀請回朝。

秦鳳儀過了自己的四十歲整壽，覺得一切都挺圓滿，長子長大了，大美也到了可以出嫁的年紀，只是，秦鳳儀一直沒找到可以般配閨女的小夥子。閨女太優秀，秦鳳儀也是發愁。閨女的親事倒是不急，秦鳳儀眼下有一件大事，趁著萬壽節的好日子便宣佈了。他宣佈，他要退休當太上皇了，他要把皇位傳給太子大陽。

秦鳳儀雖則時常要放個大招，但這次的大招，不要說太子大陽，連李鏡都吃了一驚。秦鳳儀對妻子道：「我這已經四十了，妳也三十九了，做祖父母的年紀，老得不成啦。我看大陽當差挺好，這皇位早晚也是要傳給他的，這就讓他學著當家吧。」

李鏡簡直拿秦鳳儀無法，望著秦鳳儀那張依舊美豔非常的臉，氣不打一處來。都四十的人啦，臉上不見一絲細紋，這讓一直用珍珠粉玉容霜護膚的李鏡情何以堪？還老邁？你老邁個頭啊！這樣的大事，這傢伙竟不事先與她商量。李鏡倒不是占著后位不肯放的人，大陽是她親子，她便是不做皇后，也是太后，只有更尊貴的。李鏡主要是擔心長子，與秦鳳儀道：「大陽當差是不錯，可這與做皇帝是兩碼事，你就這麼放心？」

「這有什麼不放心的？什麼都是學的，一日不真正做上帝位，哪個就曉得成不成呢？就是開始不適應，過些日子也能適應的。」秦鳳儀一副很放心的樣子，「這事就這麼定了！」

秦鳳儀覺得定了的事，底下一群人都被他炸得不輕，首當其衝的是大陽，大陽簡直要給他爹氣哭，誰家爹這樣啊，才四十，正當年，就要把家業傳給兒子，他爹問過他的意思嗎？他完全沒有想繼位當家做主，他還想輕鬆兩年，多跟媳婦生幾個娃呢！

大陽過去勸他爹，結果被他爹批評為：不想扛活，怕累，嬌氣，善後小能手不可愛了。「善後小能手」什麼的，大陽叫他爹噁心得不輕，碰壁而歸。景安帝過去，秦鳳儀說景安帝：「你有什麼理由說我啊，不知道是誰，當初還裝死嚇唬人。」

景安帝被秦鳳儀一噎，他到底老奸巨猾些，很快恢復從容，「我那時皆因你羽翼已成。」秦鳳儀便以彼之矛攻彼之盾道：「你以為大陽沒能力擔一國之君的擔子嗎？我看他已可理事，若總被我壓著，只為副手，反是消滅了他的銳氣。我身子骨這麼棒，活到七八十歲沒問題，屆時大陽都五六十了。一個五十六的老太子，即便能登基，他還有少年的雄心嗎？正因要成就他，我方要退下來。」

景安帝勸道：「那也不用這麼急，待過幾年，大陽老成些會更好。」

秦鳳儀道：「過幾年就老啦！」他自己四十便稱老邁，好吧，可能秦鳳儀認為三十對於帝位便是「老」了，可想而知，當年秦鳳儀是沒機會，如果有機會的話，他可能也不介意二十歲登基做皇帝啥的。

景安帝都鎩羽而歸，其他人更不必提。

景川侯根本沒去勸秦鳳儀，知道這是個強種，勸也勸不動。

鄭老尚書堅決要辭官，他是說啥不肯再幹了，再不給老景家急費這個心了。一個個的，都是神經病，年紀輕輕都退位周遊四海去，留下他們這些老東西要「蠟炬成灰淚始乾」，鄭老尚書幾乎是要被老景家這些個皇帝氣死。

是的，鄭老尚書氣憤的皇帝裡，景安帝也算一個。

秦鳳儀說：「你等著大陽登基後再退吧，這樣以後後世人說起來，您老可是輔佐三朝雄主的老相爺啊！」主要是，由他提攜的首輔，與由大陽欽點的首輔，對於大陽也是不同的。

鄭老尚書氣極，「雄主是雄主，就是一個個年輕力壯的便跑出去玩，留下小的擔著萬里江山，不知道良心會不會不安。」好吧，鄭老尚書絕不會承認，他對於「輔佐三朝雄主的老相爺」給誘惑住了，一想到秦鳳儀又引誘他，鄭老尚書越發氣不打一處來。

秦鳳儀笑咪咪的，厚臉皮道：「不會不會，要是不安，我就不退位了。」

鄭老尚書越發氣憤，別開眼不理秦鳳儀。

秦鳳儀死活要退位，他連退位後的歸宿都想好了，他就帶著媳婦出海去。至於兒女們，願意留在朝中的，成年後讓大陽賜爵，要是願意與他們一道出海的，便一道出海遊玩。

雙胞胎小五郎都想跟父母出海玩，小六郎年紀小，不大懂這個，不過，他是不要離開父母的。大美也想跟父母一道，卻被他哥，新登基的皇帝陛下留了下來。大陽初登基，雖然許多初當家的少年人都願意立刻便大展身手，大陽卻是不同，如果他三十歲、四十歲、五十歲登基可能會有那種想法，但二十歲登基的大陽，希望妹妹留下，幫他穩固朝政。

於是，大美便留了下來。

雖然秦鳳儀退位很突然，但帝位的更迭不是遊戲。大陽的登基大典上，秦鳳儀將寶刀龍闕放到大陽掌中，說起龍闕的典故：「當年太祖皇帝失晉中，兵敗退至了陝地，麾下殘兵不滿百，只能棲身窯洞。時，名臣沈潛深為心疼，言太祖皇帝萬金之軀，竟住此破瓦寒窯？太祖便持此刀道，此刀跟隨朕身邊數年，一直未得名。於是，太祖皇帝便為此刀賜名龍闕。」

大陽深覺此刀分量非常，秦鳳儀道：「太祖皇帝出身貧寒，卻能白手起家開創一番帝業。大陽，你要記住，這世間並非帝位成就帝王，而是帝王成就帝業。想來，這便是太祖皇帝為此刀賜名龍闕真意。」

之十：柳王妃

柳王妃在成為柳王妃之前，身分是柳氏女。她的父親官位並不高，只是工部侍郎，不過深受陛下信重，而立之年便被提為了正三品侍郎位，父親的仕途已是可預見的光芒萬丈。在父親被提為侍郎的第三年，柳氏女成為柳王妃。

在一眾皇子妃中，她的出身不算高，卻也不算低，因為她的丈夫皇八子只是先帝庶出皇子，母族雖是國公府，卻不受先帝重視，母親裴賢妃位分雖在四妃之一，也不算特別受寵。只是，在到賢妃宮中請安時，只觀賢妃宮中不同於他宮的整肅，便可知這位娘娘是重規矩有手段之人。裴賢妃待她很和氣，用看自己人的目光看著她，柳王妃明白，那樣眼神的意思是，從此以後，我們榮辱便為一體。

年輕時的柳王妃，也信賴過這樣的眼神。

因為她的丈夫與她的婆婆有著相同的眼神。

柳王妃與景昊也曾一度恩愛，這樣的恩愛歲月，終是敵不過三年無子的尷尬。

柳王妃縱不是王妃，便只是一個尋常的女人，也會期待能有自己的骨血，但有時上蒼就是這樣的不公。對於別人再容易不過的事，對於她，便是這樣的艱難。

柳王妃已經打算是為丈夫安排侍妾，還是側室？只是，丈夫的步伐卻是快她一步。便是柳王妃也未料得，裴賢妃與丈夫相中的會是平國公府的嫡長女。當真是好眼光，也當真是好手段，竟令公府嫡長女心甘情願為側。

此時柳王妃才明白丈夫的畢生志向所在，是啊，東宮不過因嫡長方得冊封，論實幹，並不及丈夫，但一個嫡長，足以壓過一切才幹。

景昊怎能心甘？

景昊再不能心甘！

同樣是陛下的皇子，同樣是太祖血脈，論手段你遠不及我，我憑何臣服於你？

柳王妃從丈夫的眼神中讀出的便是這樣的內容。

柳王妃有些擔心了，她擔心的並非只是自己的地位，而是，丈夫於御前並不算得意，陛下有嫡出的東宮，有心愛的晉王，丈夫卻是無爵皇子，這樣的丈夫，再次聯姻平國公府的丈夫，究竟要用怎樣的手段才能達到自己的目的呢？

柳王妃竟隱隱有些不敢想像了。

柳王妃開始按照丈夫的意思為平側妃收拾新房，在平側妃進門的那一日，侍女小團特意跑去看了，回來忿忿道：「論品貌遠不及姑娘。」似是不明白自家殿下為什麼要娶這樣的一位側室。柳王妃淡淡一笑，殿下要用平家，不要說平側妃相貌清麗，便是平側妃尋常，殿下怕也會將其納進門，日日恩寵。

接下來平側妃所受榮寵與柳王妃的推測差別不大，柳王妃常看到平側妃一身銀紅衣裙，春風得意地在園子裡賞風景。那漂亮的銀紅色，在陽光下會令人有一種大紅的錯覺。

待景昊十五也歇在了平側妃房裡，第二日柳王妃見平側妃一臉惶恐地到她的正院請罪，說自己疏忽了昨日乃月半，委實失了禮數。柳王妃只是道：「既是不知，自然無過。」令人拿了兩匹大紅料子給了平側妃，柳王妃一眼便可看透平側妃那喜悅又嫉妒的眼神，柳王妃對平側妃道：「妳穿紅的好看，這兩匹緞子便拿去穿吧。」

儘管恩寵日濃，平側妃其實並不大明白景昊，待平側妃用大紅料子裁了衣裙，並嬌嬌羞羞地對景昊說是柳王妃所賜時，景昊只是道：「這原是妳們姊妹間的情分，只是，倘叫御史知曉，怕要參咱們府裡內闈失儀了。」平側妃有些不情願地換下了大紅衣裙。

景昊當晚並沒有宿在側院，而是到了正院。

正院中，柳王妃還未休息，正在燈下看書，見景昊過來，便吩咐侍女服侍他洗漱了。夫妻二人說話時，景昊難免說到大紅料子之事，柳王妃只作尋常，道：「看平氏很是喜歡紅色，就給她兩匹裁衣裳。」

「大紅是正室專用，平氏是側室，豈可違禮？」景昊有些不滿。

柳王妃笑笑，「昨日是月半，我並不是要爭寵之人，殿下宿在書房也是一樣，偏去了側室房中。殿下如此，我以為並不要緊呢。」

景昊被柳王妃一噎，訕訕道：「昨日是我孟浪了。」

「不會再有下次了吧？」柳王妃柔聲溫言問。

景昊眼中帶了些歉意，連忙道：「再不會了。」

柳王妃道：「平氏已然進門，殿下太過偏愛，會讓她逾越了禮數。殿下的事業不在內闈，而是在外朝。聽說平氏上個月未曾換洗，殿下再等一等，她若能有孕，再好不過。」

景昊臉上一喜，連忙正色道：「府中之事，便請王妃操勞了。」

「不敢有負殿下託付。」

也許平側妃將內宅恩寵視為生平最重，她卻著實誤會了柳王妃。在陛下帶諸臣北巡，而後於陝甘出事時，柳王妃深受打擊病倒，從此再顧不得平氏。便是平氏生子後，帶著裴賢妃所賜鳳凰錦過來炫耀時，柳王妃望向平側妃喜氣盈腮的臉龐，輕聲道：「妳的榮耀，現在只是個開始。平氏，願妳有此始，有此終。」

柳王妃如此大度，平側妃反是無趣，訕訕告辭了去。

張嬤嬤氣不過，在平側妃告辭後道：「王妃也太仁善了。」

柳王妃一嘆，「不過如此。」他與景昊的夫妻之情，不過如此。景昊與平側妃又有多少情意？這樣一想，平側妃又有何可恨之處呢？在柳王妃看來，反是可悲了。

平氏雖為景昊誕下長子，也許很快，平氏還將取代她，成為景昊的正室，隨著景昊登上大位，平氏母儀天下，她的兒子最終會成為帝王的嫡出皇子。可如果平氏能想一想景昊是如何登上帝位的，她所出的嫡長子又有何可喜之處呢？景昊以庶子之身登上皇位，他難道是重視嫡子的人嗎？她太了解景昊，也許景昊可以心胸寬闊的與平氏一族善始善終，但帝位向來是能者居之，而景昊，他絕不會喜歡一個母族過於顯赫的皇子登上皇位，除非這位皇子能出眾到讓人忽視他的母族。

平氏啊，妳這一世榮寵，由此始，由何終呢？

柳王妃靜靜地看著景昊幹掉競爭力最大的六皇子，登上帝位。

不出意外的，她的位分仍是王妃。

柳王妃一向是個識趣的人，她向景昊說了想去天祈寺禮佛之事。

景昊沉默片刻，看向柳王妃，問了一句：「妳想好了嗎？」

柳王妃點頭，「想好了，只是，臨去前，想與殿下討一樣東西。」

「什麼？」

「我想要鳳樓劍。」柳王妃道。

景昊並沒有猶豫太久，他令人取來鳳樓劍，這是一柄嵌滿珠玉寶石的寶劍，模樣頗是暴發，卻是皇室重寶。太祖皇帝曾傳下一刀一劍，刀為龍闕，劍名鳳樓，從此便為帝后所掌。

景昊握一握鳳樓劍冰涼的劍身，忽然覺得，這便是世間至尊權柄的溫度吧。可惜，他卻不能將另一半世間至尊權柄賦予他更中意的女子。

景昊頓了頓，雙手遞給柳王妃，忽而輕聲道：「在我心裡，在我心裡……」

在我心裡，始終是妳最堪配此劍。

這未盡的一句話，怕就是景昊的全部心意了。

柳王妃接過鳳樓劍，輕聲道：「願陛下一展平生志向，莫負天下。」

柳王妃到天祈寺的第二個月，隱隱覺得身上不大對，她委實未料到會在這時有了身孕。在她將要離開京城的時候，竟在這時有了景昊的孩子。柳王妃一嘆，或者真是天意。

但此時，她再不能回宮，也再不能繼續留在天祈寺。

她要保住自己的性命與自己的孩子。

柳王妃早有離開京城的打算，在忠僕小團與秦淮的幫助下，順利生下了兒子。

小小孩童，滿月後便可見其以後的標致相貌。

柳王妃不是沒有野心的人，但在見到這個孩子時，她滿心的抱負似乎只化為一腔愛意，她唯有所願這個孩子平安健康罷了，所以，她為這個孩子取名：平兒。

只是，天不假年。

可惜，天不假年。

柳王妃多麼的想看著兒子長大。

小團與秦淮都是忠誠可靠之人，還給小小的阿平改了一個威風又氣派的名字：鳳儀。

鳳儀鳳儀，鳳皇來儀。

的確比阿平更合適。

只是，這孩子可真是讓人操心，以景氏先人之靈，給這孩子一點命運的提示吧。看這孩子驚驚惶惶地以為看到了前世，委實有趣。

有時，柳王妃看著這孩子便不禁想到自己以往曾與小團在靈雲寺求的兩支籤，一籤為：庭前芍藥妖無格，池上芙蕖淨少情。唯有牡丹真國色，花開時節動京城。便是小團這不大懂詩的人，瞧了這詩都覺得是極好的。籤文註釋為：得此籤者，生而貴重，後大貴天下。

第二支籤為：君生二意相決絕，梧桐枝頭鳳來儀；九天閶闔開宮殿，萬國衣冠拜冕旒。這支亦為上籤，籤文註釋：得此籤者，必得麒麟子，夫貴子顯，是為上籤。

彼時許多籤文解不透，如今見到小鳳儀，柳王妃隱隱覺得，自己似乎有些明白了。當初景昊以為「九天閶闔開宮殿，萬國衣冠拜冕旒」意喻他這一生的事業，在柳王妃看來，也許是景昊解錯了，說不得這句意喻為她的兒子，她的小鳳儀。

鳳儀鳳儀，鳳皇來儀。

之十一：未解之謎

景安帝登基後，裴賢妃身為景安帝生母，自然移居慈恩宮做了太后。平側妃在皇室宣告柳王妃「病逝」後，被景安帝冊為中宮皇后，入主鳳儀宮。而後，兩宮人最奇怪的是，象徵后位的鳳樓劍在哪裡？

裴太后：定是皇帝給了皇后保管，這可真是有了媳婦忘了娘啊！

平皇后：定是陛下給了太后娘娘保管。鳳樓劍歷來為鳳儀宮所掌，從未聽說過太后掌鳳樓劍的，陛下可真是孝順！

柳王妃微微一笑。

……

秦鳳儀做了皇帝，仍有一件事，終是未能查清楚，那就是，當年中秋宮宴，那一對陷害他的雙胞胎，究竟是何人所指使。

要說這件事，秦鳳儀當年遭人陷害時不清楚還情有可原，在秦鳳儀為親王時，因他在南夷，離京城路遠，不能細知京城事，也不曉得亦情有可原。但秦鳳儀登上帝位後，十年的時間仍未能查明此事，就當真是未解之謎了。

有一日，秦鳳儀與妻子談及此事。事雖是舊事，但一日未能查清，秦鳳儀又是個好奇心極重的人，自然是放不下的。

李鏡笑：「這事，我雖沒有確鑿證據，不過，倒是推斷出一人。」

秦鳳儀道：「說說看。」

「當年宮中，有能力做這件事的，只有三個人，一為太皇太后，二為平氏，三便是陛下了。」李鏡道：「現下已知，此事並非太皇太后所為，也非平氏所為，那麼，究竟是誰所為，豈不一目了然？」

秦鳳儀再不能信的，急道：「這怎麼可能？我與他到底是有血脈關連的，世間哪裡有親爹給自己兒子扣屎盆子，然後，給自己戴綠帽子的？」

李鏡道：「一個宮婢罷了，算得上什麼綠帽子。」

「總得為點什麼吧？難不成，他就為了把我搞臭？」

李鏡笑，「誰曉得呢？但如果當年不是中秋宴上你突然為人陷害，我不會大庭廣眾之下說破你的身世保你平安。愉王又那樣喜愛你，說不得你便做為愉王世子這麼過下去了。」

「這也說不通，如果他想我做皇子，當初何必出什麼主意，騙我說是愉叔祖之後？」

李鏡道：「太上皇的心思，誰能說得清呢？可這件事，除了他，不會是別人。你別忘了，當初你是在前庭被人陷害，太皇太后與平氏的手，不可能伸到前庭來。」

李鏡於此事頗是篤定。

秦鳳儀一時不知該信誰了。

難不成，那老頭兒當真變態至此？

後記

《龍闕》動筆的時間是在《千山記》完結之後，這篇小說的起因非常偶然，甚至並不在我的一些小說計畫裡。但是，因為《千山記》帶給我非常強烈的情緒上的一種壓抑的克制，彼時，急需調節這種心理狀態，遂有了動筆寫一篇歡樂向小說的意願。

《龍闕》由此而來。

對於我，《龍闕》是一篇很特別的小說，它非常不同於我其他小說，也不同於諸多權謀小說。因為一開始的設計便是想寫一篇能在寫作過程中笑出聲的小說，所以，有了秦鳳儀這位歡脫活潑的鳳凰公子做主角。因為有了鳳凰公子這位大大的主角，才提振整篇小說的色調，使它在諸多權謀文中有了自己獨特的風格。

有時總覺得，寫文字的過程，尤其是創作一篇小說的過程，真正在鍵盤上敲擊出一個個的文字時，會有一種我的人物生活在我所構建世界的感覺。同時，當發現你的人物「活」了時，這個人物的喜怒哀樂又會切生生影響著在螢幕前打字的你。現下回想，甚至有時翻到《龍闕》裡的一些情節，都會情不自禁會心一笑。若此時再讓我寫，怕寫不出當初的文字了。

鳳凰公子是我創作過程中最特別的人物，他不是最聰明，但是最美貌，不是最厲害，但是最灑脫，他最終得到權位，並非因為冷酷與犧牲，而是因為，他最終強大到不必犧牲情義來換取權柄。

我時常會想，什麼樣的人才算得上真正強大的人。毒蛇噬腕，壯士斷臂，自然是一種強大。殺伐決斷，不留情面，也是一種強大。而《龍闕》裡的強大，便是秦鳳儀這種成長中的強大吧。他出身揚州商賈之家，從一介商賈公子，到取得探花功名，當朝為官，最終在身世揭露時，面對生母當年所遭受的極大不公，而能保持其至純至真的本心。這種自始至終的本真，便是秦鳳儀的強大。

當景安帝親自到南夷問秦鳳儀：「可願為君否？」

秦鳳儀說：「我這一生，定不與你同。」

至今我的心情都很是激盪。景安帝與秦鳳儀，兩代帝王，至親父子，他們取得皇位的方式，都不是傳統的繼承制。與景安帝當年犧牲掉髮妻不同，秦鳳儀的路，更為光明正明，堂堂皇皇。所以，秦鳳儀的路，也終能走得更遠、更久。

至此處，方覺得，此方是，我想寫的人，我想寫的故事。

哈哈，至今想到鳳儀，都有許多想說想寫。不過，就到此吧，再多就囉嗦了。

最後，感謝鳳凰公子伴我這段美好時光。

漾小說 204

龍闕 8 完

國家圖書館出版品預行編目資料

龍闕/ 石頭與水著. -- 初版. -- 臺北市：
晴空, 城邦文化出版：家庭傳媒城邦分公司發行,
2018.11
冊；　公分. --（漾小說；204）
ISBN 978-986-96855-2-8（第8冊：平裝）

857.7　　107008853

原著書名：《龙阙》，由北京晉江原創網絡科技有限公司授權出版。

作者　石頭與水
封面繪圖　畫措
責任編輯　施雅棠
國際版權　吳玲瑋　蔡傳宜
行銷　艾青荷　蘇莞婷
業務　李再星　陳玫潾　陳美燕
編輯總監　劉麗真
總經理　陳逸瑛
發行人　涂玉雲
出版　晴空
城邦文化事業股份有限公司
104台北市中山區民生東路二段141號5樓
電話：（886）2-2500-7696　傳真：（886）2-2500-1967
發行　英屬蓋曼群島商家庭傳媒股份有限公司城邦分公司
104台北市中山區民生東路二段141號2樓
客服服務專線：（886）2-25007718；25007719
24小時傳真專線：（886）2-25001990；25001991
服務時間：週一至週五上午09:00~12:00；下午13:00~17:00
劃撥帳號：19863813；戶名：書虫股份有限公司
讀者服務信箱：service@readingclub.com.tw
晴空部落格　http://blog.yam.com/readsky
香港發行所　城邦（香港）出版集團有限公司
香港灣仔駱克道193號東超商業中心1樓
電話：852-25086231　傳真：852-25789337
E-mail：hkcite@biznetvigator.com
馬新發行所　城邦（馬新）出版集團【Cite (M) Sdn Bhd】
41, Jalan Radin Anum, Bandar Baru Sri Petaling,
57000 Kuala Lumpur, Malaysia.
電話：(603) 9057-8822　傳真：(603) 9057-6622
Email：cite@cite.com.my
美術設計　洸譜創意設計股份有限公司
印刷　沐春行銷創意有限公司
初版一刷　2018年11月08日
定價　320元
ISBN　978-986-96855-2-8

們的崇敬和愛戴。

一九七九年，確吉・尼瑪仁波切創辦讓炯耶喜佛學院，這是專爲想要系統學習和修行佛法的國際學生所創立的一所高等教育機構。讓炯耶喜佛學院提供加德滿都大學的學士、碩士和博士學位，所頒發的文憑受到國際廣泛承認。迄今爲止，佛學院培養了大量的佛典翻譯專業人才。同時，確吉・尼瑪仁波切還創立讓炯耶喜出版社，並已出版發行數百部當代藏傳佛教大師的論著，特別是有關大手印和大圓滿的著作。

近半個世紀以來，確吉・尼瑪仁波切在管理尼泊爾加德滿都噶甯謝珠林寺、納吉尼寺、帕平阿蘇拉山洞閉關中心的同時，還先後在美國、德國、奧地利、丹麥、英國、俄羅斯、法國、蘇格蘭、烏克蘭、以色列、墨西哥、馬來西亞、越南、加拿大等數十個國家設立禪修閉關中心，令佛法在西方得以廣弘。

確吉・尼瑪仁波切投入畢生精力，致力於弘揚及保存佛法；他擅長以精要、淺顯、幽默的方式，傳授佛法的核心要義、開啓眾生的本然覺性。時至今日，他依然孜孜不倦地往返於世界各地，親自主持佛學講座，帶領指導閉關和禪修，持續不懈地爲大眾帶來智慧的啓發。

編輯序

在尊者頂果欽哲仁波切的建議下，祖古·確吉·尼瑪仁波切同意講授金剛乘（Vajrayana）佛法實修傳承大師策列·那措·讓卓（Tsele Natsok Rangdröl）所著之四中陰經典教導《正念明鏡》①。仁波切於一九八七年的秋季研討會中，在尼泊爾博達納的自生智佛學院（Rangjung Yeshe Institute）給予多達十場的系列教學。在那段寶貴的時光裡，現場每一位參與者都為主題的深刻和仁波切的洞見光輝所深深打動。許多學生受到此教材豐富內容的啓發，開始幫

編按：○為原註；●為譯註。

①《正念明鏡：中陰成就無上密法》（*The Mirror of Mindfulness*），策列·那措·讓卓（Tsele Natsok Rangdröl）所著，靈鷲山般若文教基金會，2016年。

【譯註】本書中的Bardo（梵，antarābhava）一詞，《大正藏》裡有「中有」、「中陰」、「中蘊」等譯名，若依玄奘大師並考量契合梵語原意應譯為「中有」，但因當今多採「中陰」而沿用之。

忙繕寫講稿。其後，英譯本也在謹慎比對口授教言的原始藏文文本後完成。然而，就在研討會七個月後，我們摯愛的好友葛利達．高曼（Gilda Goldman）不幸辭世，參與這項計畫的我們無不深感悲痛，深深體悟到這份工作的重要。「中陰的那些事」已不再是遙遠的傳說。我們了解到，這是人人必經且無可預期何時將會發生的歷程。

基於失去好友的感受與期望藉此幫助他人的發心，我們更是加倍努力。隨後亦開始仔細濃縮教導並編選最適切的教材。祖古．確吉．尼瑪仁波切常說，希望這些教導能成為易於上手且實用的指南，但願《中陰指引》的確符合如此的期許。首先我要感謝艾瑞克．貝瑪．昆桑（Erik Pema Kunsang）的翻譯與審慎校對文稿；其次要感謝負責繕寫的工作人員，尤其是瑪麗蓮．蒙哥馬利（Marilyn Montgomery）與伊莉莎白（Elizabeth）；再來要謝謝協助檢視錄音的達拉（Tara）、編輯初版文稿的凱希．莫瑞斯（Kathy Morris）、細心編輯的敏．庫斯達（Mim Coulstock）、審稿的凱瑞．莫芮（Kerry Moran）、輸入校對的平究．雪帕（Phinjo Sherpa），以及整體校對的亞伯拉罕·札布洛奇（Abraham Zablocki）。當然更要感謝確吉·尼瑪仁波切讓這一切成爲可能。

馬西亞·舒密特（Marcia Schmidt）
一九九〇年六月二十日。於納吉寺（Nagi Gompa）

序言

中陰教導將死亡時刻形容爲「子投母懷」。認出母親的孩子會毫不懷疑地直接投入母親的懷中。「毫不懷疑的孩子」是比喻曾經從具德上師（guru）領受立斷（Trekchö，藏音「徹卻」）或大手印（Mahamudra）之竅訣，且已認出「母」本淨（primordial purity）的修行者。我們當下心識的無爲本質（uncompounded essence，非和合而來的精要），超越了各種戲論，是本淨的空然光明，而我們必須在臨終之際認出這樣的空性。能在死亡時刻認出如此空性本覺的行者，就會證得法身佛果。

我們的身體最初是由來自母親之紅明點與來自父親之白明點，因緣和合而成。在這身體中，有著猶如房屋樑柱的中脈。來自父親的白明點安住於中脈上方，白明點的自性是白色且帶有樂受的「杭」（HANG）字；中脈底部有來自母親的紅明點，位於臍部下方四指、三條經脈交會之處。紅明點有著稱作「阿通」(Atung)的形狀，意思是形狀如焰，爲紅色且灼熱如火。而持命氣或持命風(life-prana)則位於紅白明點之間而使二者分離；臨終時吐出最後一口氣後，持命風就此止息且紅白明點在心間交會。在此過程將會產生三種體驗。

來自父親、帶有「杭」種子字的白明點慢慢降下時，產生了第一種「白顯相」的體驗，感覺猶如皎白明月緩慢沉入天空之中；接著位於臍部下方、來自母親的紅明點如日升起，此時會有好比太陽升起的感受，這就稱爲「紅顯相」。其後紅白明點在心間交會時，感覺猶如天空與大地交會，這就是「黑顯相」的體驗，一般人在此時將會昏厥。

三十三種瞋心將在白顯相的階段止息，四十種貪心則在紅顯相時止息，七種愚痴心則於紅白明點交會時止息。教導提到，黑顯相發生時，凡夫或經驗不足的行者會昏迷且毫無所覺地停留於總基識(all-ground，本基識、阿賴耶識)之中，也會無意識地流淚，前述之八十性妄(俱生分別妄念)將於此完全止息。

從未領受過心性指引的人，會昏迷三天半的時間。過了此段時間之後，心識與身體會再度如同天與地一般分開。重新醒來時，心識可能由頭頂、五感的器官，或從身體底部的竅孔離開身體。若心識由底部離開身體，則會投生於三惡道。

心識離開身體後，亡者會感到迷惑而想到：「我現在該怎麼辦？」「我還活著嗎？或者已經死了？」亡者會回到原本居住的家中去見家人或父母。其心識會拍拍家人的肩膀說：「別哭啊！我沒死，我在這裡！」但家人什麼也聽不見，最後亡者驚慌失措地發現：「噢！原來我已經死了。」

亡者的心識走在沙上不會留下腳印，也可以任意穿越堅實的物體，亡者會想：「以前我不能穿過牆壁，現在我的身體是怎麼了？」這時我們所擁有的身體為如幻身，與睡夢中感受到的身體相同，皆是想像之身。此刻，五蘊中的色蘊已消失，但其他受、想、行、識等四蘊仍然存在且與意生身連結著。

由於分別念的力量，也就是業風的力量，此時心識連一絲暫歇都不得，不停地在各處移動，有「居所不定」、「所依不定」、「行為不定」、「飲食不定」（以各種氣味與香氣維生）、「同伴不定」、「感受不定」等六種不定。心識猶如隨風飄盪的羽毛。

在這個階段，將會遭遇三種與三毒有關的險境威脅，分別是來自愚痴的漆黑險境、來自瞋忿的深淵險境，與來自貪著的寬廣險境。心識也會聽到地、水、火、風此四大種產生的巨大聲響。像是後方持續崩塌的隆隆作響，巨大河川的湍急聲音、龐大火山的熾熱火焰，以及猛烈風暴的聲音。此外，又因只有色身才能感受到日月光輝，此時心識已無法感知日月，因而在這四十九天內將失去晝夜之分。這些是我們會體驗到的種種感受。

再次提醒，我們應依循上師的教導認出本淨的自性，且離於三時一切念頭而保任本覺。一旦認出本覺，八萬四千的一切煩惱將不復存在。若在白、紅、黑三種顯相中認出本覺，此刻因所有煩惱都已徹底止息，就可能在本淨中達到穩固。未能認出自心本性的眾生會陷入昏迷，得以認出者則能保持清醒。在此三種顯相的階段，就是運用「子投母懷」教導的時刻。由上師指引我們所認出的本覺爲孩子，而本淨，即根本光明，則是母親。若能在臨終的死亡中陰之際如此認出，就能確定解脫。

在五大種分解與「明、增、得」三種顯相（即白、紅、黑顯相）之後，將會以「心識融入虛空」來展開法性中陰。接著依序是「虛空融入光明」、「光明融入雙運」、「雙運融入智慧」、「智慧融入任運自成」，最後則是「任運自成融入本淨」。文武百尊會在光明融入雙運時顯現，若一開始未能認出寂靜尊的體性，其後就會是忿怒尊的顯現。如果無法認出忿怒尊的體性，則會觸發習氣再度生起，因而進入投生中陰。反之，若是能認出心的體性，在法性中陰時就能證得報身佛果。

當發現自己已經死亡時，應當奉行六隨念的教導，例如憶念自己的修持與本尊。如果行者知道如何認出心性且三昧耶沒有任何毀損，即可投生在五方佛剎土的蓮花花蕾中。但若已毀損三昧耶，此刻會感覺猶如行走於黑暗中，被濃霧籠罩而全然迷失方向。

到了投生中陰時，八十性妄又會再度生起。亡者會想：「我可以投生在哪裡呢？」開始尋找投生處時，也會經歷強烈的痛苦與擔憂。若是即將投生下三道的亡者，由於業力使然，他的頭會下垂而非朝上。若將投生上三道者，則會挺直行走且頭部朝上。亡者會一直尋找投生的地方，直到抵達來世父母正在交媾之處。在前往子宮的通道口有著許多等候的眾生，如同蒼蠅盤旋在肉塊之上。

若將投生爲男性眾生，會對父親感到瞋怒且對母親懷有貪愛，反之則將投生爲女性。因瞋忿與貪愛之力，亡者將立即進入母親的子宮。此時心識如同蒼蠅，來自父母的紅白明點則像黏膠，心識便如此被牢牢黏住。

一旦進入子宮，就再也不能離開，也沒有「我不喜歡這個地方」的自由。在後續的七天內，身體將從一個微小的胚胎開始發育且越長越大。首先長出中脈，連接臍部與眼睛。漸漸地每隔七天都會發生較大的變化，直到九個月又十天後由母親的子宮出生。教導提到，恩慈的母親在這九個月又十天當中載負著我們，這段時間裡母親與孩子有著同步的呼吸。母親活動時，胎兒會感到更大的不適；母親進食時，孩子會覺得猶如泰山壓頂的驚恐。在九個月又十天的尾聲，由於特定風息的作用將讓胎兒上下翻轉。

出生時所受的痛苦宛如將自己的血肉從骨頭剝下。實際上，出生就像是由空中墜落地面。直到出生後吸入第一口氣，此時才能眞正脫離母親的呼吸。

現在我們正處於此生中陰，這段期間始於我們的出生、直到開始死亡的過程爲止。在這個中陰期間，我們應當依循上師指引而修持「禪定中陰」。如同先前提過的，死亡之際會有白、紅、黑三顯相的體驗，若能依循上師傳授之竅訣，就能認出心的自性而不陷入昏厥。「認出」、「修持」、「獲得穩固」好比三個彈指，以此，我們將獲得圓滿解脫。

祖古・烏金仁波切
（Tulku Urgyen Rinpoche）